KB202300

호남 구전자료집

영광군

영광군

호남 구전자료집 7

조희웅 · 노영근 · 이선형 엮음

도서
출판 박이정

머리말

    국민대학교 국어국문학과에서는 1988년부터 '구비문학개론' 강좌의 일환으로 구비문학 자료 현지조사를 한 해도 빠짐없이 실시하여 왔다. 이와 아울러 이야기문학연구회를 중심으로 연구 및 현지조사도 병행하였다. 그 결과 지금까지『영남 구전자료집』(1989~2001 조사 ; 전 7책, 2003),『영남 구전민요 자료집』(전 3책, 2005) 및『경기북부 구전자료집』(1998~2000 조사 ; 전 2책, 2001)을 발간한 바 있다. 따라서 이번『호남 구전자료집』(1992 및 2002~2008 조사 ; 전 8책)의 간행으로 경기 이남 지역 및 충청도 일대를 제외한 중·남부 지역 조사를 1차적으로 마무리짓게 되었다. 물론 아직까지 미처 조사를 하지 못한 여타 지역에 대한 현지조사는 앞으로 계속될 것이다.

    이전의 조사처럼 이번에도 거듭 느낀 바는 교통 및 숙식 여건이 한결 나아진 반면 정작 자료 취득은 점점 어려워지고 있다는 사실이다. 물론 그 주된 이유는 전승자층의 고령화 내지는 사망 등이 원인이겠다. 하지만 이에 못지않게 중요한 원인은 각종 매체의 발달로 인해 구전 기회의 소멸 즉 구전 현장의 부재를 들 수 있겠다. 이러한 상황 속에서 입수된 자료를 검토해 보면 단편적인 것들이 아니면 개인의 경험담적인 자료들이나 근래의 것들이 상당수를 차지한다. 따라서 이 책에 수록된 내용이 보암직한 민간 전승 자료일까는 의문이다. 하지만 워낙 이 같은 자료집들이 충분치 못했던 학계에는 커다란 보탬이 될 수 있을 것이다. 편저자의 판단으로는 개중에는 상당히 의미 있는 자료들이 꽤 많이 포함되어 있기 때문이다.

    영남 지역의 경우에도 그러했지만 이번 호남 지역의 자료 조사시에도 지역 선택은 일단 1970년대의『한국구비문학대계』간행시에 누락되었던 지역을 우선적으로 선정하였는데, 그 이유는 '대계' 때에 빠뜨렸던 지역에 대한 보완 작업이 무엇보다 시급했던 까닭이다. 또한 채집의 대상은 구비문학 장르 전반을 대상으로 하기는 하였지만, 결과적으로는 설화 및 민요를 제외한 자료 채록은 매우 미미하였으므로, 본 자료집에는 설화와 민요만을 뽑아 실었다. 단, 설화 자료 중에는 짜임새 있는 결구를 갖춘 이야기가 아니더라도 단편적인 전설이라든가 혹은 민속 현상에 대한 증언, 나아가 근대의 개인 경험담까지도 일부 포함시켰다. 근래에 이르러 설화의 범주가 확산되는 추세에 있기도 하거니와 무엇보다도 이들 자료가 앞으로 구비문학 연구에 대한 주요한 보조 자료가 되리라는 점에서다. 또한 기록문학의 구비문학적 전승을 보여주는 예로서 고전소설의 구연도 일부 포함시켰다.

민요에는 일부 무가 및 판소리(단가)를 편입시켰다. 그리고 구연 민요가 너무 단편적인 것이라 하더라도 지역별 전승 상황을 살피는 데 필요하거나 자료 자체로 의미 있다고 여겨지는 것들은 포함시켰다. 하지만 노동요의 경우 한두 소절로 그친 유사한 자료들이 꽤 많았으나 중복을 감안하여 대부분 할애하였다. 간혹 실제 가창이 아닌 구술 자료도 자료적 가치를 감안하여 포함시킨 경우도 있음을 밝혀둔다. 또한 일단 답사 직후 자료 보고서를 낸 후 원 녹음자료를 분실하여, 이번 책자로 간행시 확인 교정을 볼 수 없었던 자료들이 더러 있었는데, 이런 경우는 모두 각주로써 밝혀 놓았다.

채록의 원칙은 가급적 방언을 살리고 제보자의 말 그대로 표기함을 원칙으로 하였다. 하지만 정확한 표기가 불가능한 경우는 가능한한 원발음에 가깝게 표기하려고 하였다. 따라서 본서의 표기는 맞춤법이나 띄어쓰기는 원 규정과는 합치하지 않는다. 녹음기 조작 실수로 내용의 일부가 잘렸거나, 제보자가 말을 흐리거나 빠른 말투 때문에 확인키 어려운 경우도 많았는데, 본문 중 '(청취 불량)'이나 '(청취 불능)'이라 한 것은 그것을 나타낸 것이다. 우리말 풀이는 대체로 인터넷 네이버의 국어사전(원래 국어연구원 편찬)을 참조하였음을 밝혀 둔다.

  그 밖에 본서 편집자가 본문 기록에 적용하였던 대체적인 원칙은 다음과 같다.

① 구어체에서 많이 나타나는 '인자/인제/인저'라든가 '이/그/저' ; '에-/응-/음-' 따위도 그대로 기록함을 원칙으로 삼았으나, 실제 채록시에는 누락시킨 것도 많다.

② 대화에 이어지는 '-하고/-하구'는 모두 별행으로 처리하였다.

③ 제보자가 기억을 더듬거나 그 밖에 이유로 중복된 단어나 어절 들을 거듭 사용하였을 경우, 또는 장면 전환이나 말이 중단되었을 경우에는 '-'(줄표)로써 나타냈다.

④ 방언에 대한 표준어 표시나 잘못 발음된 단어에 대한 원 단어 표시, 혹은 간단한 뜻풀이 따위처럼 대략 5자 이내의 주석은 본문에 [ ] 안에 써 보이고, 그 이상으로 길어지는 뜻풀이나 설명들은 각주로써 나타냈다. 한자어의 경우에는 ( ) 안에 한자를 써넣었다.

⑤ 그 밖에 본문 중에 보이는 문장부호 [ ]는 편집자 주임을 나타낸다.

⑥ 본문 중 조사자·청중 혹은 간혹 제보자 자신의 개입이 이루어지는 곳이 많은데 이 경우는 각각 (조사자 : ……); (청중 : ……) ; (제보자 : ……)로 처리하였다.

⑦ 구연 도중 웃음이나 혹은 제3자의 출현으로 잠시 구연이 중단된 경우에는 (청중 웃음)이라든지 다른 설명을 덧붙여 보였다.

⑧ '추정'을 나타내는 '-것다'는 '-것/-겄'의 양자를 혼용하였다.

⑨ '-버리다/-삐리다/-뿌리다'나 '-가지고/-갖고' 같은 것은 띄어쓰기를 하지 않고 붙여 썼다.

⑩ 민요 가사의 채록은 띄어쓰기 규정을 따르지 않고 음수율이나 음보 따위를 고려하여 띄어 썼다.

지금까지 조사에 응해주신 현지의 제보자 여러분께 충심으로 감사드리며, 열과 성을 다하여 자료 채록에 이바지했던 공동 저자 및 조사 단원 모두와 함께 이 책 출간의 기쁨을 축하하고 싶다. 좋은 책을 만들어주신 박이정 박찬익 사장 및 편집부 여러 분의 노고에 대해서도 감사의 말씀 드린다.

2010. 8. 15.

차 례

2. 영광군 군서면

4) 설화

I. 영광군 조사 개관

1. 영광군 개관

1) 연혁

영광은 광활한 평야가 펼쳐져 있어 예로부터 '호불여영광(戶不如靈光)'이라고 불릴 만큼 산수가 아름답고 '어염시초(魚鹽柴草)'가 풍부하여 인심 좋은 고장으로 불리고 있다.

지석묘 700여 기가 분포하는 것으로 보아 선사시대(청동기시대)에 사람이 살기 시작한 것으로 추정된다. 삼한 시대에는 마한에 속하였으며, 그 시기에 영광읍, 염산면, 군남면 일대에서 3개의 부족국가를 형성하였다.

백제 근초고왕 시기에는 영광에 무시이군(武尸伊郡), 고록지현(古祿只縣), 아로현(阿老縣) 등의 군현을 설치하였으며, 침류왕 원년(384년) 인도승 마라난타가 법성면 진내리를 통하여 백제에 불교를 최초로 전파하였다.

통일신라 경덕왕 대에는 무시이군을 무령군으로 개칭하였으며, 진성왕 6년에는 후백제에 의해 통치를 받았다.

고려 초기 태조 23년에는 무령군을 영광군으로 개칭하였고, 당시에 2군과 8현을 관할하였다. 또한 성종 11년 조세제도의 실시로 부용포(현 법성포)에 조창을 설치하였으며, 현종대에 전라도 설치로 전주를 관할하였다. 문종 때에는 영광에 성산읍성이 축성되었고, 부용포와 부용창을 법성포와 법성창으로 개칭하였다.

조선 고종 33년 13도제의 실시로 전라남도에 소속되었고, 1914년 내동, 외동, 삼남 등 6개 면이 장성군에 편입되었으며, 지도군의 낙월, 위도 2개 면이 영광군에 통합되어 12면을 관할하였다.

1955년 6월에는 영광면이 읍으로 승격하였고, 1963년 1월에는 위도면이 전북 부안군에 편입되었다. 1967년 5월에는 영광에 안마출장소를 설치하였다. 또한 1980년 12월에 백수면이 읍으로, 승격되었고, 홍농면이 읍으로 승격되었다.

2) 역사

무릇 인류의 집단생활이 비롯된 곳은 해안이나 천변이었듯이, 선사시대의 영광은 서해안에 위치하였을 뿐 아니라 불갑과 와탄의 양대천을 끼고 있는 까닭에, 일찍이 정착생활의 근거지로 선택받았을 것으로 추측된다. 그 중에서도 선사유적들이 많은 지역은 백수, 홍농, 대마의 3개 지역이다. 한 가지 유감스러운 것은 지표조사가 이제야 이루어지고 있어서 많은 선사유적을 가지고 있으면서도 유물을 제대로 보관하지 못하고 있는 실정이다.

마한시대에는 시대구분상(時代區分上)으로 이미 청동기시대를 지나 철기시대에 접어들었으나 아직도 일부에서는 금석을 병용하고 있었다. 그러나 정치적으로는 부족공동체의 틀에서 벗어나지 못하였고 제정만 분리된 단계에 머물렀다. 의식생활은 이미 원시형태에서 벗어나 농경을 대단위화하는 수준에까지 이르고 있었다. 물을 가두어 농사에 이용하기도 하였고 철을 녹여 농구를 만들기까지 하였다. 뿐만 아니라 누에를 길러 천을 짜기 시작하였는가 하면, 소와 말을 길러 농사를 활용하였고, 해안지대에서는 바다에 발을 쳐 고기를 가두어 잡기까지 하였다. 특산물로서는 꼬리가 긴 세미계(細尾鷄)와 배만큼이나 큰 밤이 유명하였다.

집은 대개 평지에서는 움집, 산지에서는 귀틀집을 지어 살았는데 의복은 나무껍질을 이용한 삼베와 모시베 명주 등으로 지어 입었다. 남자는 머리에 상투를 틀고 여자는 가래머리를 얹었다. 신발은 집이나 가죽으로 만들었고 구슬은 재보 이외(財寶)에 장신구로도 썼다. 이러한 사실들은 당시의 고분 부장품에서 알 수가 있다. 풍속은 매우 온순하여 길 가는 사람끼리 서로 앞을 사양할 정도로 예절이 밝았고 형벌은 엄하였다. 또 마한인들은 본래 성

품이 낙천적이어서 춤추고 노래 부르며 술 마시기를 좋아하였다. 연중행사로는 5월과 10월에 크게 천신(태양신)에게 제사를 지냈는데 이때 모든 부족원들은 주야로 모여 놀며 즐겼다.

삼국시대에는 불교가 전해지게 되는데 백제 땅에 최초로 불교를 전한 사람은 호승 마라난타이며, 동진에서 서기 384년(침류왕(枕流王) 원년(元年))에 도래하였다. 그러나 고구려나 신라와는 달리 불교가 어떤 경로를 통하여 들어왔는지에 대한 기록을 찾아볼 수는 없다. 불가에서는 법성포 도래지설로 정착되어 있다. 다시 말하면 동진에서 백제 땅에 불법을 전하고자 건너와서 첫발을 내디딘 곳이 영광 법성포라는 것이다. 그 증거가 바로 불갑사의 가람명, 불갑사 대웅전의 용마루 보주이다. 특히 불갑사 대웅전 지붕의 용마루 중앙에 장식된 보주형의 장치물은 인도 혹은 백제 불교미술의 원형으로 작용하였을 것으로 보여지는 남중국의 불교양식과 관련성이 보이고 있어 고증을 위한 중요한 자료가 되고 있다. 또한 불회사의 상량문 및 옥천사 사적은 백제 불교 도래지를 입증할 수 있는 대단히 중요한 단서를 제시한다.

통일신라시대의 행정구역을 살펴보면, 영광 지역내의 무시이군과 아로현, 고록지현은 군, 현의 격(格)의 차가 있지만, 각기 독립적인 군현 단위의 성격이 강했을 것으로 추측된다. 이들 3군현의 위치는 대개 무시이군이 현재의 영광읍 일대, 고록지현은 현재의 영광군 염산면과 백수읍 일대, 아노현은 현재의 군남면 일대로 추정된다.(김정호(金井昊), 지방연혁연구 총설, p. 25) 물론 이러한 위치 비정은 개략적인 것이어서 수정될 여지는 있다. 이 시기의 군현들은 오늘날과 같은 상하 조직을 분명히 갖춘 상태가 아니라 독자적인 지방 세력들에 의해 지배되었을 것이기 때문에, 백제로서는 다만 영토로 포함시킨 사실에 더 큰 의의를 두었을 가능성도 있다 할 것이다.

고려시대의 영광은 현재의 영광, 함평, 고창 일부, 장성 일부, 무안 일부, 신안 일부를 포괄하는 커다란 세력권을 형성하면서 호남 서북부의 행정 중심지로 성장하였다. 이처럼 고려시대에 와서 영광지역이 지방지배의 거점으로 부상하게 된 배경은 다음과 같이 추측된다. 첫째, 서남해 해로와 밀착되어 부용창(법성포)이 설치되어 호남 서북부의 세곡의 운송로로서 중요한 위치를 차지하였을 것이란 점이다. 둘째, 후백제와 고려가 각축을 벌였을 때 영광지역의 호족세력이 왕건의 후원 세력으로 역할하였을 가능성이 높다는 점이다. 또한 법성포에는 900여 년이라는 오랜 세월 동안 조창이 있으므로 해서 국가에 공헌한 바도 크지만, 한편으로는 대소 전란시마다 공격목표가 되어, 그때마다 주민들이 엄청난 고통을 겪었을 것으로 생각된다.

조선시대 영광의 행정 편제에서 주목할 만한 점은 법성창의 존재이다. 조선이 건국된 후 전남지역에는 나주와 영광에만 조창(漕倉)이 설치되어 운용되었다. 그나마 나주 영산창은 수로가 험하여 배가 전복된다는 이유로 폐쇄당하고, 영광 법성창만이 전남 지역의 유일한 조창이었다. 법성포에 조창이 있게 된 것은 고려 성종 11년(992)의 사실이니 그로부터 552년 후에 수군의 진영이 설치된 것이다. 법성진은 법성창과 더불어 국운의 성쇠에 따라 숱하게 많은 풍상을 겪어야만 하였다. 상대에는 조운선을 해구(海寇)로부터 방어하였고 임진왜란 때에는 충무공의 휘하에서 전공도 세웠다. 그러나 정유재란 때에는 왜적의 수중에 완전히 함락당하여 성중이 불바다가 되는 수난도 겪었다.(『난중일기』 중에) 그뿐 아니라 병자호란 시에는 병량 수송에 일익을 담당하였는가 하면 동학과 의병 시절에는 국세미를 지키는데 많은 어려움을 겪기도 하였다.

근대에 이르러 영광은 1894년 동학운동 때 중심지 가운데 하나였으며, 1,500명에 달하는 주민이 당시 동학군에 가담하였다. 1895년 영광군은 전주부 산하의 20개 군 중 하나로 편입되었다가 1896년 전라남도에 속하게 되고, 1896년 제도 개편으로 전라도가 남도와 북도로 분리될 때 전라남도로 속하게 되면서 외동, 내동, 현내, 삼남, 삼북면 등이 장성군으로 편입되었다. 1906년 망운면과 진하면(해제면 창매리 지역)을 무안군으로 이관시켜 26년을 관할하는 체제가 된다. 일제강점기에는 현재 삼계면 지역을 장성으로 넘기고, 위도와 낙월2면을 넘겨받았다. 그리고 각 면을 통폐합하여 현재의 편제에 가깝게 되었다.

현대에 와서 1955년에는 영광면을 읍으로 승격하고, 1962년에는 위도면을 부안군에 넘겨 주었다. 1980년에는 백수면, 1985년에는 홍농면을 읍으로 승격하여 현재에 이르고 있다. 현재 3읍, 8개의 면, 1출장소, 127리로 되어 있으며, 군청 소재지는 영광읍 무령리 198-4번지이다. 현재 영광군은 전라남도 북서 해안에 위치해 있으며, 동쪽은 장성군, 서쪽은 서해의 칠산바다, 남쪽은 함평군, 북쪽은 전라북도 고창군에 각각 접해 있다. 전체 면적은 473.2㎢이며 총인구가 6만 4148명(2003년말 기준)이다. 자연환경으로는 노령산맥이 해안으로 뻗으면서 동쪽으로 고성산, 태청산, 장암산 등이 솟아 장성군과 경계를 이룬다. 남쪽으로는 불갑산, 모악산, 군유산 등이 솟아 함평군과 경계를 이루며, 서쪽으로는 봉화령, 수리봉 등이 솟아 있다. 기후는 북서 계절풍의 영향으로 겨울철에 같은 위도상의 동해안 지역보다 냉랭하며, 다른 지방에 비해 눈이 많이 온다.

영광의 문화행사로는 옥당문화제가 1977년부터 실시되고 있으며, '옥당제'라는 명칭은 1982년 제 6회 때부터 붙여졌으며, 지금은 영광군민의 날(매년 9월 5일)을 전후하여 개최한다. 매년 음력 5월 5일 단오제를 전후해서 열리는 법성포 단오제 행사는 400여 년 전부터 전해 오던 전통행사로 연등놀이와 용왕제, 당산제 등의 제전의식과 민속경기 등이 행해진다. 이 단오제는 동해안의 강릉 단오제와 더불어 쌍벽을 이루며 깊은 역사와 전통을 이어오고 있다. 이 지역의 민속놀이 중 칠산어장놀이는 출어할 때 풍어를 비는 놀이인데, 먼저 구수산 기슭에서 인형으로 만든 선수 각시를 모시고 풍어를 기원하는 수신제를 거행하고, 제가 끝나면 배 위에 오색기를 꽂고 농악에 맞추어 한바탕 흥겹게 논 다음 '뱃노래'를 부르며 어장으로 향한다. 군남면 반안리 안수 마을의 당산제와 영광읍 무령리 관람산의 산신제가 유명하다.

3) 특징

영광군은 전남의 서북권에 위치하여 동부에는 산간지와 서부에는 평야지, 리아스식 해안을 갖추고 있다.

영광군의 기후는 여름은 해양성 기후의 영향으로 고온다습, 겨울에는 대륙성 기후로, 한랭건조하며 일조시간이 길어 농작물 생산에 적합하다. 또한 바람이 강하고 눈이 많이 내린다.

영광에는 유인도 11개, 무인도 51개로 총 62개의 섬이 있으며, 해안선이 199.15㎞, 바다 면적은 14,000㎢, 임야 214.37㎢(45.7%), 경지 180.17㎢(38.4%), 기타 79.41㎢(15.9%)이다. 영광군의 가구는 24,991가구로 그 중 농어 가구는 9,089가구이다. 인구는 남성 인구 29,968명, 여성 인구 30,301명, 총 인구 60,269명으로 구성된다. (2006년 12월 기준)

영광군의 캐릭터는 "영이"(과거 영광의 찬란했던 역사와 다양한 정신문화를 세계에 전파하는 신의 소녀)와 "광이"(미래의 광산업과 첨단정보통신에 앞서가는 영광을 세계에 알리는 빛의 소년)이다. 이 영이와 광이는 과거와 미래를 연결하여 풍요한 영광을 만들어 가는 마스코트(Mascot)로서 특산품 홍보와 영광문화를 개척하는 주인공이며, 관광객과 군민들의 친절한 안내자로서 무한한 가능성을 지닌 인물로 활용된다.

군을 상징하는 꽃은 진달래로 절제, 청렴, 질서를 상징하고, 군의 나무는 소나무로 장수, 희망, 고고함, 굳은 절개를 상징한다. 군의 새는 국조, 행운, 길조를 상징하는 까치이다.

유명 농수산물로는 쌀, 보리, 해태, 다양한 어류가 풍부하며, 광활한 갯벌과 수려한 해안, 유·무인도의 자연경관을 뽐내고 있다. 문화유산으로는 법성포 단오제, 백제불교 최초 도래지, 불갑사, 원불교 발상지, 전통가옥 등이 있다. 영광의 특산물로는 굴비, 태양초 고추, 천일염, 새우젓, 간척지 쌀, 찹쌀, 보리, 포도가 있다. 대표적인 관광지로는 불갑사, 내산서원, 불갑산, 원불교 성지, 가마미해수욕장, 백수 해안 관광도로, 해수찜, 바다 낚시터, 송이도 해수욕장 백제불교 최초 도래지, 불갑사 상사화 군락지 등이 있다.

2004년 4월 기준으로 주요기관 및 단체를 살펴보면 교육기관으로는 유치원이 26개교, 초등학교가 19개교, 중학교가 10개교, 고등학교가 일반계 3개교, 실업계 4개교, 대학교 1개교가 있다. 의료기관으로는 보건소가 1개소, 보건지소 7개소, 보건진료소 15개소가 있으며, 사설 병원으로 병원이 3개소, 의원이 24개소, 치과가 9개소, 한의원이 5개소가 있다. 사회보장 시설로는 아동복지 시설이 1개소, 노인복지 시설이 양로원 1개소, 요양원 1개소, 경로당 161개소, 장애인 복지회관이 1개소가 있다.

2. 구비문학 답사 일정표

4월 10일 (화)	오전 9시 30분 : 학교출발 오후 3시 30분 : 영광군 도착 오후 5시 30분 : 각 조별 조사지역 도착 이후 각 조별로 조사 활동 시작
4월 11일 (수)	각 조별 조사 활동
4월12일 (목)	오후 5시 : 영광군 도착 오후 5시 30분 : 저녁 식사 후 각 조별 보고 오후 7시 30분 : 전체 집합 장소 도착 오후 8시 : 전체 모임
4월13일 (금)	오전 10시 : 영광군 출발 오후 2시 : 학교 도착

3. 영광군 약도 및 조별 명단

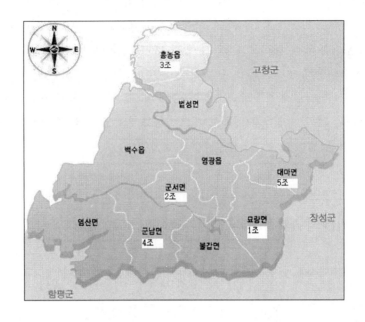

1조 (묘량면 - 삼학리, 신천리)	박재림, 이민아, 박다영, 이슬, 홍지혜, 황수정, 황은지, 이선형(선배)
2조 (군서면 - 마읍리, 매산리)	안중영, 함경주, 민보라, 조성민, 서소라, 이소영, 차상민
3조 (홍농읍 - 칠곡리, 성산리)	김태형, 김예슬, 김종찬, 백지혜, 탁애란, 임새라, 조재현(선배)
4조 (군남면 - 용암리, 대덕리)	강호준, 이상의, 유정현, 이하얀, 이선민, 공덕향, 임주영(선배)
5조 (대마면 - 송죽리, 월산리)	김주영, 윤혜원, 유소영, 김윤지, 방인성, 김보름, 정예진

4. 현지 조사의 의의

구비문학의 자료보고서는 문자로 정착되어 있다. 자료를 보고하는 데 있어서 글로 쓰는 것 이상의 효과적인 방법을 찾아내기는 어렵다. 그러나 구비문학의 자료보고서는 현지 조사에서 찾아내고 경험한 바를 전하기 위해서 존재할 따름이고 그 자체로는 온전한 것일 수 없다.

자료보고서를 읽고 구비문학을 연구하는 것도 가능하지만 자료보고서를 읽는다는 것은 글로 쓰인 것을 통해서 실제로 구연된 구비문학을 짐작한다는 뜻이다. 현지조사를 제대로 해야 보고서다운 보고서를 쓸 수 있고, 보고서의 글을 읽고 실제의 구비문학을 짐작하는 능력도 가질 수 있다. 기록문학의 자료는 당장 다루지 않는다 해도 그대로 보존될 수 있다. 없애지 않는다면 후세의 사람이 찾아내 연구할 수 있다. 그러나 구비문학의 자료는 그 현장에 들어가서 듣고 느끼고 보고하지 않으면 연구에 이용될 길이 없다.

이야기를 하거나 노래를 부르는 구비문학의 구연은 어느 경우에나 단 한 번에 이루어진다. 나중에는 다른 것이 되기도 하고 없어지기도 한다. 바뀌고 없어지는 것이 본질적인 속성이므로 지금의 것은 지금 조사해야 하고, 지금 조사하지 않으면 다시는 조사할 수 없는 것도 있다.

구비문학의 현지조사는 구비문학 자체의 연구를 위해서 필요할 뿐만이 아니라, 문학이 생활에서 어떤 의의를 가지는가, 문학을 포함한 문화일반이 어떤 변화를 겪고 있는가, 문화 창조의 방향이 올바르게 설정되고 있는가를 따지는 작업을 그 현장에서 객관적인 사실에 관한 경험을 토대로 전개하기 위해서도 요청된다.

서재에 들어앉아 고독하게 하는 학문은 세상의 움직임에 둔한해서 개인적인 취향에 빠지기 쉽다. 문학을 기록문학으로만 한정한 문학의 자료를 문헌자료로만 규정하면 생길 수 있는 이러한 한계를 극복하는데 있어서도 구비문학의 현지조사는 중요한 의의를 지닐 수 있다.

Ⅱ. 조사자료

영광군 묘량면

1) 조사 마을 개관

[묘량면 마을 1] 전라남도 영광군 묘량면 삼효리 몽강 마을

이 마을은 인동장씨, 평택임씨와 전주이씨가 터를 잡고 살았다 하며, 이 마을에 살던 강생원이 진사에 응시하러 가기 전 날 밤 온 마을이 강이 되는 꿈을 꾸고, 다음날 시험에 합격하고 진사가 되어 자신의 꿈과 연관시켜 몽강(夢江)이라 했다.

이 마을을 찾아갔을 때 마을 어르신들 대부분은 일을 하러 바깥에 나가셔서 거의 빈집이 많았다. 연세가 많으신 어르신들은 일을 못하셔서 집에 계셨다. 분주하게 일하시는 중에도 학생들이 찾아가 이야기를 듣고자 청하면 으레 웃으시며 반갑게 맞아주시고 협조해 주셨다. 낮에는 밭일을 하러 가셔서 마을 안이 조용했고, 저녁 8시가 넘으면 어르신들 대부분이 잠자리에 드셔서 내내 한산한 분위기를 느낄 수 있었다.

[묘량면 마을 2] 전라남도 영광군 묘량면 삼효리 효동 마을

효동 마을은 장암산(482m) 자락에 위치하여 자연경관이 뛰어났다. 마을 입구에 고인돌, 뒤엄나무 정자수가 있고, 초가집과 돌담길(3㎞)이 잘 보존된 환경친화 마을이다. 그러한 이유로 외부에서 방문객들이 종종 드나든다고 한다.

우리와 비슷한 목적으로 찾아온 사람들이 많았는지 어르신들 대부분이 마을 이야기를 상세히 해 주셨다. 마을 사람들은 자신이 사는 곳에 대한 자부심이 강했다. 전에는 사람들이 많이 살았으나, 세월이 지날수록 도시로 나가는 사람들이 많아져서 현재 마을 인구는 108명, 가구 수는 44호뿐이다.

효동 마을은 300년 전 인동장씨, 성주배씨, 평택임씨 등이 터를 잡아 살았고, 효자(孝子), 효부(孝婦)가 많이 생기면서 '소골', '효골'로 부르기도 했다.

[묘량면 마을 3] 전라남도 영광군 묘량면 운당리 영당 마을

영당 마을이 소속된 운당리는 본래 영광군 묘장면의 지역인데, 1910년 행정구역 폐합에 따라 운암과 영당의 이름을 따서 운당리라 하고 묘량면에 편입되었다. 영당 마을은 현재는 전주이씨 양도공 후손이 주종을 이루고 있고, 영정을 모신 마을이라 하여 영당이라고 한다.

마을은 이전에 갔었던 다른 마을들과는 비교가 안 될 정도로 규모가 큰 편이었다. 마을 어르신들 중에는 5, 60대 초반의 비교적 젊은 분들도 계셨다. 우리가 조사를 간 날은 읍에 장이 서는 때라서 마을 어르신들을 정류장에서 많이 뵐 수 있었다.

[묘량면 마을 4] 전라남도 영광군 묘량면 삼학1리 삼산 마을

삼산 마을은 1910년 행정구역 폐합에 따라 삼산과 학동의 이름을 따서 삼학이라 하였다. 삼산 마을 주민들은 마을 어귀에 있는 당산나무가 300여 년이 되었다고 말씀하시면서, 아마도 마을이 4, 500년 전부터 형성되었을지 모른다고 추측하셨다. 마을 뒤에 모봉, 중봉, 말봉의 삼봉이 있다 하여 삼봉이라 불리다가 조선 말엽부터 삼산이라고 부르기 시작했다고 한다.

마을은 비교적 크고 한산해서 어른들을 뵙기가 힘들었다. 혹 마을에 남아 계신 분들은 본격적인 밭일을 시작하기 위해 작업을 하고 계셨고, 할머니들은 장을 나가셨는지 대부분이 집이 비어 있었다. 커다란 나무 밑에서 담소를 나누시며 쉬고 계시는 어르신들도 계셨다.

[묘량면 마을 5] 전라남도 영광군 묘량면 신천1리 신흥 마을

신흥 마을은 1810년 함평이씨가 나주에서 녹산리를 거쳐 신흥으로 정착하면서 형성되었다. 또한 고려말기 이흥사가 있어서 '이흥'이라 불리다가 절이 소각된 후 마을 아래로 집결된 새로운 마을이 형성되면서 신흥이라고 불리기 시작했다.

우리가 찾아갔던 거의 모든 마을에서 그랬던 것처럼 신흥 마을 어르신들도 낮에는 대개 바깥에서 밭일을 하고 계셨다. 따뜻하고 후덕한 인심을 가지셔서 학생들을 반겨주시고, 흔쾌히 작업에 협조해 주셨다. 마을은 밭일을 하시거나, 읍내로 장을 보거나, 구경을 하러 나가신 분들이 대다수였다. 그래서인지 마을의 전체적인 분위기는 조용하고 한산하였다.

[묘량면 마을 6] 전라남도 영광군 묘량면 신천1리 연촌 마을

마을의 지세가 솔개의 모습을 닮았기에 솔개 연(鳶)자를 써 연촌이라고 불렀다고 한다. 낮에는 빈집이 많았지만, 일이 끝난 저녁 즈음에 마을 어르신들이 마을회관으로 내려오셔서 함께 텔레비전을 보거나 담소를 나누시기도 했다. 마을 인구는 123명으로 우리가 찾아간 다른 마을들에 비해 많은 편이었고, 가구 수는 31호나 되었다. 면적은 14ha이며 주산물은 쌀·보리라고 한다.

[묘량면 마을 7] 전라남도 영광군 묘량면 신천2리 용정 마을

이 마을의 명칭은 금해금씨 금수견이 지금부터 400년 전 이곳으로 귀양

온 후부터 마을이 형성되었고, 서북 방향이 백호 형상이고 남동 방향으로 황룡 형상이라 하여 용호동이라 불리다가 이웃 석정 마을과 합하여 용정이라고 붙여졌다.

우리가 도착했을 때는 9시가 좀 넘은 시각이었는데, 하루 종일 논, 밭일을 하신 어르신들이 대부분 주무시고 계셨다. 마을의 규모는 크지 않았으며, 총 마을 인구수는 91명, 가구 수는 24호이다. 이곳의 문화재로는 영광 신천리 3층 석탑이 있다.

[묘량면 마을 8] 전라남도 영광군 묘량면 신천2리 신정 마을

이 마을은 지금부터 400년 전 김해김씨 김청호가 임진왜란 당시 피신하기 위해 이 마을에 오면서 형성되었다고 하며, 마을 서남쪽에 마을을 보호하기 위해 팽나무를 많이 심었다고 한다. 옛날 구동 마을에서 새롭게 나누어졌다고 해서 새로운 신(新)자를 따서 신정이라 부른다. 우리가 사람 소리가 들리는 어떤 할머니 댁에 찾아갔을 때, 일을 막 마치고 돌아오신 어르신들이 모여 계셔서 그분들께 이야기를 들을 수 있었다.

[묘량면 마을 9] 전라남도 영광군 묘량면 신천2리 구동 마을

400년 전 금해금씨 금청호가 임진왜란 당시 피신하기 위해 이 마을에 오면서 형성되었고, 마을 서쪽에 맑은 물이 나오는 샘이 있어 마을의 이름을 '샘골'이라고도 했다.

구동 마을은 마을 옆으로 큰 도로가 인접해 있었지만, 인적이 드물어 어르신들을 뵙기가 좀처럼 힘들었다. 마을 인구는 84명, 가구 수는 22호가 있다. 이 마을에서부터 나누어진 마을로는 신정 마을이 있다.

2) 조사 기간 및 일정

2007년 4월 10일 ~ 13일

4월 10일 오후 4시쯤에 영광에 도착하여 버스를 타고 삼학1리 삼산 마을에 4시 13분에 도착하였다. 마을회관에 들려 짐을 놓고 4시 45분부터 조사를 시작하였다. 파란 지붕 집에 할머니들이 많이 모여 계셔서 조사를 할 수 있었다.

6시 30분쯤에는 다시 마을회관으로 돌아와 이장님께 이야기를 들었다. 상황이 안 좋다고 판단하여 계획을 변경하여 오후 7시 10분경 신천리로 출발해서, 저녁 7시 40분경에 신천2리 구동 마을 마을회관에 도착하였다. 그곳에서 이장님과 어른 두 분을 뵙고 이야기를 채록한 다음 저녁 9시 30분이 돼서야 저녁 식사 준비를 하였다. 늦은 저녁을 먹고 채록했던 자료들을 정리한 후, 간단한 세면을 하고 밤 12시 30분에 잠자리에 들었다.

4월 11일 아침 6시에 일어나 세수를 하고 밥 먹을 준비를 하였다. 마을회관에 있던 압력밥솥이 고장 나서 우여곡절 끝에야 밥을 먹을 수 있었다. 아침 9시 30분에 조를 3개로 나누어 조사지로 출발하였다.

A조(박다영, 박재림)는 용정 마을로 가서 채록하였다. B조(이민아, 황수정, 이선형)는 마을회관이 있는 구동 마을에서 채록하였다. C조(이슬, 황은지, 홍지혜)는 걸어 내려가서 신천1리의 연촌 마을과 신흥 마을에서 채록하였다. C조는 채록이 끝난 후 제보해 주셨던 할머니께서 점심을 차려 주셨고, 할아버지께서 차로 삼효리 효동 마을에 데려다 주셨다. A조와 B조는 마을회관에 모여 이장님이 태워주신 트럭을 타고 삼효리 효동 마을에 C조보다 먼저 도착하여 간단히 점심을 먹고 후에 도착한 C조와 함께 간단히 회의를 한 후, 2시 50분에 다시 채록을 시작하였다.

세 개 조로 나누어 조사 다니는 것이 비효율적이라는 생각에 다시 조를 정비하여, A조(박다영, 박재림, 이민아, 황수정)는 운당리 영당 마을로 채록하러 갔고, B조(이슬, 황은지, 홍지혜)는 몽강 마을로 갔으나 어른들을 뵐 수 없어서 효동 마을에서 채록을 하기로 했다. 오후 7시 30분에 모두 마을회관에 모여 저녁 식사를 했다. 오후 7시 50분쯤 마을회관에 모인 어른들에게 채록을 시도하려 하였으나, 할머니들이 일일 드라마를 보고 계셔서 이야기를 들을 수가 없었다. 8시 5분에 효동 마을로 채록하러 갔지만 별다른 성과없이 돌아와 오후 9시에 다시 마을회관에 모이신 할머니들께 이야기와 민요를 채록할 수 있었다. 9시 50분에 채록을 마치고 세수를 한 후, 채록한 것을 정리하고 오전 1시에 취침을 했다.

4월 12일 7시 10분에 일어나자마자 바로 상여소리를 잘 하시는 할아버지를 찾아뵈러 갔다가, 8시에 돌아와서 아침식사를 하고 세수를 하였다. 9시 35분에 처음의 3조로 나누어 효동 마을 집집마다 찾아다녔다. 오전 11시 15분에는 다시 마을회관에 모여 채록한 것을 정리한 다음, 이장님이 태워주시는 트럭을 타고 영광읍내 숙소 앞에 12시 19분 도착했다.

오후 1시 30분에 다른 조와 만나서 굴비로 점심식사를 하고 오후 2시에 숙소에 도착해서 씻고 휴식을 가졌다. 저녁에 다른 조들도 다 함께 모여 식당에서 저녁식사를 하며 구비답사와 방언답사의 일정을 발표하는 시간을 가졌다.

4월 13일 아침식사를 하고 오전 10시경 영광을 출발하여 오후 2시경 학교에 도착하여 답사를 완료하였다.

3) 제보자

제보자 1　삼산 마을, 김분순, 여 · 60.
제공한 자료 : 설화 1.

　　'이야기 한번 해볼까.' 라며 먼저 이야기의 화두를 꺼내시면서, 우스운 이야기를 많이 해주셨다. 김분순 할머니 덕에 어색해 하셨던 다른 할머니 분들도 자연스럽게 이야기를 시작하셨다. 이야기가 끊이지 않도록 적극적으로 분위기를 이끌어주시는 밝은 성격의 할머니셨다. 금목걸이와 금귀걸이를 하시고, 화려한 연두색 꽃무늬 블라우스를 입으신, 연세에 비해 아주 젊어 보이는 할머니셨다. 슬하에는 자제가 둘 있다고 하셨다.

제보자 2　삼산 마을, 강정호, 남 · 70
제공한 자료 : 설화 2.

　　신천2리로 향하기 위해 마을회관에 들렀을 때, 우리를 위해 보일러를 틀어주고 계셨다. 무표정한 인상에 말투도 무뚝뚝하셨지만, 이야기를 해 달라고 조르니 이것저것 많은 이야기를 해주셨다. 백발에 눈썹이 길고 연세에 비해 얼굴이 젊어 보이셨다. 옛날이야기보다는 조상들을 모시지 않는 현 세대를 안타까워하셨다. 조금 무서웠지만 그래도 친절하게 다 이야기해 주셨다. 슬하에 아들 둘, 딸 둘을 두셨다. 할아버지께서는 여섯 살 때부터 지금까지 계속 농사일만 하셨다고 한다.

제보자 3　용정 마을, 김영만, 남 · 64.
제공한 자료 : 설화 3~12.

　　흰바탕에 양팔이 빨간색으로 된 트레이닝 점퍼를 입고 계셨고, 왼쪽 손을 사용할 수 없어 흰색 목장갑을 착용하고 계셨다. 발음이 정확하지는 않으셨지만 최대한 정확하게 하려고 노력하셨고, 적극적으로 이야기를 해주셨다. 지리적인 내용을 이야기할 때는 손짓을 섞어가며 위치를 알려주셨다. 사자성어도 많이 이야기 하시고, 잘 모르는 어휘는 풀이도 해 주셨다. 특히 풍수지리와 명당자리에 대한 이야기에 해박하셨다. 이장님께서 마을 지명 유래에 대해 해박한 분이시라며 마을회관으로 모셔 오셨다.

제보자 4　구동 마을, 김옥심, 여 · 74.
제공한 자료 : 설화 13.

　　옆집에서 놀러 오셔서 처음에는 아는 이야기가 하나도 없다며 가만히 계시다가 갑자기 옛날이야기를 꺼내셨다. 중학교까지 졸업하셨고 굉장히 이야기를 조리 있고 침착하게 하셨다. 도깨비불도 과학적으로 설명하시고, 연세에 비해 피부도 좋고 정정하셨다. 연두색 옷에 챙 넓은 모자를 쓰고 계셨고, 옛날이야기를 많이 알고 계셨다. 슬하에 아들 셋, 딸 셋을 두셨다.

제보자 5　구동 마을, 오판례, 여 · 81.
제공한 자료 : 설화 14, 15.

　　장을 보고 막 집으로 돌아오시는 길에 만나서 같이 집으로 들어가 이야기를 들었다. 할 수 있는 이야기가 하나도 없다고 하시면서도 집으로 들어오라고 흔쾌히 우리를 반겨주셨다. 모른다고 계속 손사래 치시다가 갑자기, "그럼 한 번 해볼까." 라며 이야기를 꺼내셨다. 이야기를 천천히 알아듣기 쉽게 해주시고 이야기 도중에 웃기를 잘하셨다. 연보라색 티셔츠에 머리는 백발이셨고, 슬하에 딸 다섯, 아들 둘을 두셨다.

제보자 6　영당 마을, 이평신, 남 · 68.
제공한 자료 : 설화 16. 민요 15～17.

　　농협 하나로마트에서 마을회장님이신 할아버지를 만났다. 단정한 머리와 외모, 옷차림을 하고 계셨다. 진한 연두색 점퍼와 검은색 정장 바지를 입고 계셨고, 굵은 금반지를 끼고 계셨다. 영당 마을에서 태어나셔서 계속 자라셨다고 한다. 하나로마트에서는 영당 마을의 유래를 말씀해주셨고, 나중에 마을회관에서 우연히 만났을 때는 북을 치면서 노래를 불러주셨다. 회관에 계신 할머니들이 말씀을 안 하시려고 하자 적극적으로 이야기를 하라고 부추겨 주셨다. 슬하에 2남 3녀를 두셨다.

신흥 마을, 김소님, 여 · 73.
제공한 자료 : 설화 17, 18.

　　신흥 마을에 가서 처음 뵌 분으로 옛날이야기를 해 달라는 우리의 요청에 쉽게 응해 주셨다. 그늘에 자리 잡고 편하게 앉으신 후에, 무릎에 팔을 걸치고 먼 산을 바라보시며 차분하고 조리 있게 이야기해 주셨다. 갈색 니트와 검은색 바탕에 빨간색 물방울무늬 바지를 입으시고 은색 손목시계를 차셨으며 햇빛가리개 모자를 쓰시고 흰색 고무신을 신으셨다. 건강한 구릿빛 피부를 지니고 계셨으며 연세에 비해 피부가 좋으셨다. 완결성 있는 이야기를 해 주셨으며 이야기 끝에 그 이야기의 교훈을 덧붙여 주신 점이 남달랐다. 성격이 여유로워 보이셨고 많은 이야기를 해 주려고 노력하셨다. 다른 이웃 분들에게 우리를 소개해주시며 이야기를 유도해 주셨다. 우리가 양갱을 드리자 거절하시면서 우리에게 녹차 맛 사탕을 주시는 다정한 모습도 보여주셨다.

효동 마을, 이애희, 여 · 77.
제공한 자료 : 설화 19~24. 민요 10~12.

　　밭에서 쟁기로 돌을 고르고 계셨는데 우리가 인사를 하며 다가가자, "아이고, 우리 새끼들 왔어." 하면서 정겹게 반겨주셨다. 이야기를 청하자 하시던 일을 멈추고 이야기를 해 주셨다. 저녁에 다시 해 주겠다고 하시는 성의까지 보여주셨다.
　　연두색 체크무늬 점퍼와 검은 바탕에 노란색, 갈색의 꽃무늬가 그려진 바지를 입고 계셨으며 표범무늬 덧버선에 흰색 고무신을 신으셨다. 일을 하고 있던 중이어서 그런지 면장갑을 끼고 계셨고 주황색 스카프를 하고 계셨다. 사투리는 알아듣는데 큰 어려움이 없었으며 설명이나 감정 표현시에 손짓을 많이 사용하셨다.

효동 마을, 정진수, 남 · 73.
제공한 자료 : 설화 25.

　　밭에서 돌을 고르고 계시다가 우리를 보고 반겨주셨다. 모자를 쓰고 계셨으며 눈썹은 길고 면도를 하지 않으신 듯 흰색 턱수염이 나셨다. 금장시계에 체크무늬 면남방을 입고 계셨다. 일을 하시던 중이라 면장갑을 끼고 계셨으며, 회색 트레이닝 바지에 검은색 고무장화를 신고 계셨다. 인상이 좋으시고 유머 감각이 뛰어나셨다. 공직생활을 하시다가 농사를 지으신다고 하셨다. 아랫니가 빠져서 발음이 새셨다. 설명하실 때 손으로 방향을 자주 가리키시고 사투리가 약간 심하셔서 다른 분 얘기보다 알아듣는 데 조금 어려움이 있었다. 표현력이 좋으시나 전설, 민담보다는 마을에 대한 역사적인 이야기를 더 많이 아셨다.

제보자 10 용정 마을, 오매순, 여 · 73.
제공한 자료 : 설화 26.

빨간 조끼에 고동색 몸뻬바지를 입고 밭에서 고랑을 갈고 계셨다. 햇빛을 피하기 위해 모자에 노란색 수건을 두르셨고, 목에는 분홍색 머플러를 하고 계셨다. 농사일을 많이 하셔서 얼굴이 검은 편이셨으며, 한 쪽 눈이 인조눈이어서 사진 찍는 것을 싫어하셨고, 계속 감추려고 하셨다. 용정 마을 토박이로, 시집갔을 때 잠깐 다른 곳에서 사시다가 다시 용정 마을로 오셨다고 한다. 국민학교 4학년까지 학교를 다니셨고 농사를 지으셨다. 슬하에 아들 둘, 딸 둘을 두셨으며 밝고 쾌활하신 성격이셨다.

제보자 11 삼효리 효동 마을, 김영준, 남 · 90.
제공한 자료 : 설화 27.

조사자의 실수로 제보자의 인적 사항을 조사하지 못하여 자세하게 수록하지 못하였습니다. 제보자께 양해와 용서를 구합니다.

제보자 12 삼효리 효동 마을, 정휴대, 남 · 90.
제공한 자료 : 설화 28.

아침에 할아버지 댁에 찾아가니 아침을 드시고 계셨다. 아침을 드시고 회관으로 찾아오신다고 하셨다. 연보라색 한복을 곱게 차려 입고 보청기를 왼쪽 귀에 끼고 회관으로 찾아오셨다. 마을과 자제분들에 대한 자부심이 아주 강하셨다. 눈에 계속 눈물이 맺혀 있어서 계속 휴지로 닦아내셨다. 영광에서 친구들과 약속이 있다고 하시며 계속 시계를 보셨으며, 웃는 얼굴로 이야기 해주셨다.

제보자 13 삼산 마을, 이금숙, 여 · 67.
제공한 자료 : 민요 1.

나중에 들어오셨는데 할머니들께서, "저 할머니 이야기 잘해." 라고
추천해주셨다. 말씀을 시작하기 전에 수줍어하시면서 깔깔 웃으시고,
이야기보다는 민요를 잘 알고 계셨다. 한번 이야기를 시작하시면, 부
끄러워서 하시면서도 계속 이야기를 이어나가셨다. 어렴풋이 생각나
는 민요는 많지만 끝까지 다 기억하지는 못하셨다. 체구는 작은 편이
며, 검은색 바탕에 커다란 흰 꽃무늬의 가디건과 보라색 바지를 입고
계셨다. 슬하에 자제는 셋을 두셨다.

제보자 14 구동 마을, 한순애, 여 · 63.
제공한 자료 : 민요 2~4.

집에 찾아가니 할머니께서 잡초를 숨고 계셨다. 팔을 다치셔서 장
에 못 나가고 집에 계신다고 하셨다. 얼굴에 주름도 없고 매우 젊어
보이셨다. 민요를 많이 알고 계셨다. 이야기를 청하자 일하시다 말고
흔쾌히 바닥에 편히 앉아 노래를 불러주셨다. 한순애 할머니 댁에서
민요를 하나 듣고 옆집으로 자리를 옮겼는데, 한순애 할머니께서 그
자리로 찾아와 더 많은 노래를 불러주셨다. 검은색 바탕의 꽃무늬 블
라우스에 검은색 바탕의 보라색 물방울무늬 바지를 입고 계셨다. 국민
학교 4학년까지 다니시다 그만두셨고, 슬하에 아들 둘, 딸 하나를 두셨
다고 한다.

제보자 15 구동 마을, 차금례, 여 · 76.
제공한 자료 : 민요 5.

자주색 티셔츠에 약간 풍풍하신 편이고, 머리 앞부분만 갈색으로 염
색하셨다. 아는 이야기가 하나도 없다고 하시다가 한순애 할머니께서
찾아오셔서 노래를 부르시니, 그 뒤에 노래 몇 개를 짤막하게 해 주셨
다. 노래를 부르시면서도 계속 잘 모른다고 멈추곤 하셨다. 18살 때 구
동 마을로 시집오셨고 슬하에 아들 하나, 딸 셋을 두셨다고 한다.

`제보자 16` 영당 마을, 문영식, 남 · 70.
제공한 자료 : 민요 6.

　길을 가던 중 할아버지를 만났는데 우리가 어디서 왔는지 관심을
보이셨다. 흰색 모자에 선글라스를 쓰시고, 흰색 점퍼와 검은색 정장
바지를 입고 계셨다. 웃는 인상이 좋으셨고, 이가 빠져서 발음이 조금
부정확하셨다. 우리가 문영식 할아버지와 함께 계시던 나이 많으신 할
아버지께 이야기를 해 달라고 부탁드렸는데, 문영식 할아버지께서 계
속 기억이 나지 않으실 거라며 말리셨다. 30년 전에 영동 마을로 이사
오셨고 슬하에 삼형제를 두셨다.

`제보자 17` 영당 마을, 이길신, 남 · 87.
제공한 자료 : 민요 7.

　문영식 할아버지께서 이길신 할아버지를 적극적으로 추천해 주셔서
댁으로 찾아갔다. 할아버지는 기억이 잘 나지 않는다고 머뭇거리셨지
만 다른 할아버지들이 재촉하시자 노래를 시작하셨다. 창을 하시던 할
아버지신지라 목소리가 크고 걸걸했다. 백발에 조금 무서운 인상이셨
다. 윗니가 없어서 발음이 부정확하셨고 방언이 심했다. 영동 마을 토
박이이신 할아버지는 슬하에 7남매를 두셨다.

`제보자 18` 영당 마을, 이완섭, 남 · 82.
제공한 자료 : 민요 8.

　사설을 잘 하시는 할아버지라는 추천을 받았는데, 마을회관에서 우
연히 만날 수 있었다. 얼굴은 붉고, 검버섯이 피었으며, 베이지색 점퍼
를 입고 계셨다.
성격은 밝으셨고, 노래를 부탁드렸을 때 머뭇거리지 않고 바로 하셨
다. 방언이 좀 심하셨고, 영동 마을 토박이라고 하셨다. 슬하에 아들
셋, 딸 셋을 두셨다.

`제보자 19` 신흥 마을, 박영자, 여 · 66.
제공한 자료 : 민요 9.

　신흥 마을의 150년 된 나무 아래서 다른 주민들과 김소님 할머니께
서 함께 쉬고 계셨다. 우리가 옛날이야기를 해달라고 조르자 서슴없이

해 주셨으며 노래를 먼저 불러주겠다고 제안까지 하셨다. 농담을 많이 하시는 것으로 보아 유머 감각이 뛰어나신 듯하였다. 시집살이 노래를 정확한 발음으로 완창하셨으며 사투리는 '-불제', '인자' 등의 군소리를 많이 붙이시는 편이다. 차분하게 말씀하시다가도 흥분하시면 눈에 띄게 어조 변화를 보이셨고 상황 묘사를 하실 때 몸짓을 많이 사용하셨다. 연보라색 면티셔츠와 자주색 면바지를 입고 흰색 고무신을 신으셨으며 역시 다른 할머니들처럼 피부가 고우셨다.

제보자 20 효동 마을, 정영재, 남 · 76.
제공한 자료 : 민요 13, 14.

  마을 분들의 추천으로 상여소리를 잘 하신다는 할아버지 댁을 찾아 갔다. 아침 일찍 찾아갔는데 바쁜 일이 있다고 하시며 처음에는 거절 하셨으나 함께 갔던 아저씨의 권유로 방으로 들어가 노래를 불러 주셨다. 한쪽 눈을 다치셔서 사진 찍기는 거부하셨다. 처음에는 머뭇거리 시더니 나중에는 흥이 나서서 즐겁게 노래를 불러 주셨다. 눈에는 안대를 하셨고, 얼굴에 주름이 많으셨다. 슬하에 자제는 일곱이 있다고 하셨다.

4) 설화

[묘량면 설화 1] mp.01

삼학1리 삼산 마을, 2007. 4. 10., 1조 조사.
김분순, 여 · 60.

해와 달이 된 오누이(수숫대 속이 빨간 이유)

* 조사자들이 옛날이야기를 해달라고 조르자 이런 이야기를 해도 되는 거냐고 물으시면서
이야기를 해주셨다.

옛날에 가난하디 가난하게 살았는디 엄마가 밭 매-베를 매러 갔어. (조사
자 : 베를?) 이래이래 베 짜는 것 있잖아? 베를 매러 인자 가서 밥을 쪼까
베 맨 집이서 가난하게 사니까 돈 안 주고 애기들 갖다 주라고. 밥을 가지고
온게, 한 잔등 넘어온게-그런 얘기해도 된가? (조사자 : 네, 그럼요.) 한 잔
등 넘어온게 호랑이가 딱 나타났어,
"밥 한 덩어리 주믄 안 잡아먹제."
갖고 온 밥을 줬어. 준게 딱 뺏어 먹고는, 또 한 잔등 넘어온게 또,
"팔뚝 하나 짤라주믄 안 잡아먹제."
그래갖고 팔 짤라줬어. 또-또 한 잔등 넘어온게- (청중 : 거짓말이여.)
(청중 웃음) 또 인자 또 잔등 넘어온게 다리 짤라 주라 헝게 다리까지 다
짤라서 먹고-잡어먹고 와가지고-앞에 와서,
"애기들아?"
불른게,
"말소리가 어째 울 엄마 소리 아니고 이상허네?"
그렁게,
"손 한 번 너보라."
한게, 손에가 털이 달렸어,

"울 엄마 손은 털이 없는데 털이 달렸냐?"

고 그런게는- (제보자 : 몰라. 아짐[아주머니] 해봐, 아짐 해봐.) (이야기 중간에 옆에 계시던 분을 시키셨다)

그러잖애. 인제 베 매고 하다가 그러고 밥 주고 거시기 해갖고 다 잡아멕혀버리고, 인자 아그들이 집에 와서 인자 엄마라 보고 인자 부른게, 애기들이 지그 어매 목소리가 아닌게 문을 안 열어준 게 막 그냥 문을 열으라고 해도 아무래도 이상한게 애기들이 이런 창을 떨[뚫]었어, 벡[벽]을. (조사자 : 벽을 뚫었어요?) 벡을 떨어갖고 두 것들이 튀어나갔어. 튀어나가서 새 암[샘] 있는 거시기-나무에를 올라갔어. 그렇게 그림자가 빈게[뵈니까-아이, 나무 위에 그림자가 빈게,

"함박 갖고 건지냐? 조리 갖고 건지냐?"

호랭이가 막 그래. 그러콤 막 그냥,

"느그들 어처고 그러고 올라갔냐?"

고 하도 헌게, 오빠는 말을 안 한디 동생이 그랬어.

"우는 여 즈그 오빠는 요 이웃집 가서 지름 한 깍지 갖다 붓고 질질 올라왔다."

고 그랑게, 붓은게[부으니까] 더 내려지고 못 올라가제. 그러니께 동상이 속이 없는게,

"도치[도끼]로 꽉꽉 찍고 올라왔다."

한게 꽉꽉 찍고 하늘로 올라와. 그거 거시기가-호랭이가. (청중 : 잡아먹을라고!) 그런께,

"하나님네, 하나님네. 우리를 살릴라믄 새 줄을 내리치고, 우리를 죽일라믄 헌 줄을 내리치라."

한게 새 줄 주르르르 내리친게 둘이 올라가 부렀제. 그래서 해하고 달하고 되았다 안 해? 그러고 인자 호랭이는 또 고로코 말한게 인자 헌 줄을 내린게 올라가다가 떨어져서 쑤싯대[수숫대]에 똥꾸녁 콕 찔려서- (청중 웃음) 그래서 쑤싯대가 뻬래[뻘개]. 전에 그런 이야기가 있어.

[묘량면 설화 2] mp.02

삼학1리 삼산 마을, 2007. 4. 10., 1조 조사.
강정호, 남 · 70.

삼학리 · 황량리

 (조사자 : 왜 삼학리예요?) 삼학리란 데가 여기-여기가 이 고을 안에 가서
-여기 가서 자학지서(坐鶴地所)라는 명당이 있어. (조사자 : 예?) 좌학지소-
좌학지소라는 명당이 이 고을 안에 들었다고 그러는디, 옛날 어른들부팀 지
금도 원 그 자리를 못 찾어. 못 찾는디, 지금 인자는 좌학지소를 터를 어디
로 보냐믄 학교 터를 봐. (뒤편에 있는 학교를 가리키셨다) 이 학교 출생들
이 다 괜찮애. 이 학교를 나온 출생들이. 그래서 여기를 인자 지금 그래갖고
저 좌학지소라고-학교 터가 좌학지소지 않냐? 그래구- (조사자 : 학교 터가
명당이지 않나 그런 말이예요? 자학지서가 무슨 뜻이예요, 어르신?) 좌학지
소라는 것은, 학이 알을 품고 있는 모형이여. (조사자 : 아, 학이 알을 품고
있는 모형이다? 근데 그 자리를 찾지를 못 했다?) 그렇지. 그 자리를 못 찾
어, 그렇게 지금도. 못 찾고-
 여기가 지금 삼학리라고 허는 것은 이 앞-이 산이 이쪽에서 빠짝 보이지?
(뒤편의 산을 가리키셨다) (조사자 : 네.) 저기 세 봉이 똑같은 봉이 있어.
그래서 삼산봉이라 그래. 그래갖고 이 마을 이름이 삼산이야, 이 마을. 그
산이 똑같아 있는-여그도 보믄 지금 요쪽에는 지금 그거 잘 안 보인디, 쩌
그 보믄 뾰족한 봉 있제, 저가 목봉, 이게 중봉, 이것은 말봉. 그래가지고
삼봉이 똑같은 봉이 있어. 그래서 삼산이여.
 그리고 여기는 원래 여기가 옛날에는 이 삼학리 아니라 황량리여. (조사
자 : 황량리요?) 누를 황(黃)짜 황량리여. (조사자 : '황량하다' 할 때?) 그려.
황량리고 황산이여, 여가 원래가. (조사자 : 왜 황산이라 그러고 황량리라
그랬대요?) 그런게 그 전에는-옛날-인자 우리는 어른들한테 들은 얘기제.

들은 얘긴디 어째서 황산이라 했냐 하면은, 여그 바로 요 뒤에가 시방 묘가 묵어 있는데, 비도 지금 부러져부리고 이 밑 종가리만 저기 서 있어. 근디 거가 옛날에 황정승의 묏이라 했어. 황정승 묏-정승네 묏. (조사자 : 아, 황정승네 묘?) 황정승네 묏인디, 그 사람들이 재정이 이 고을 안이 다 그 사람들 땅이라네야. (조사자 : 부자였네요.) 이 고을 안이-. 그랬는디, 그 분들이 인자 여그서 이 바닥을 손자만 두고 그냥 떠부렀어. 그래갖구는 이를테믄 옛날 저 일제 난리라든가 인자 고려 말기 이런 난리를 칠 때게[때에] 후손들이 인저 여기를 못 찾아와. 그런게 여기 지방 사람들이 이 땅을 그냥 안 뺏길라고 그 비를 싹 빼다가 어디 고려 논에다가 또-또랑에다 묻어부렀다는디 찾들 못해, 지금까지. (조사자 : 묘를 일부러 묻어놓은 거예요?) 비를-비문을. 고 놈 보면 알 것 아니여? 비문 고놈을 비를 분질러다가 갖다가 어디다 논두렁에다 묻어부렀다는디, 옛날 어른들 전해오는 얘기로 들으믄-전설로 들으믄은 그런디 지금까지도 못 찾어. 못 찾고, 그 분들이 여기를 나중참에 자기 선산을 찾을라고 여길 와서 본게 촌명을 싹 바꿔부렀어. (조사자 : 아, 못 찾게 하려고 촌명을 싹 바꿔버렸네요?) 응. 촌명도 싹 바꿔버리고, 비문도 없어져버리고 헝게 묘를 못 찾어. 그런게 여기서 인자 요쪽 어딘지 허고 여기다 대충 세우고-그 해갖고는 음식 채려 놓고 절만 하고 가부렀다는 거야, 중간에.

옛날 어른들 얘기로는 들으면은 쪼금 전설에는-지금 전해 나오는 얘기로는 그렇게 있어. (조사자 : 그럼 마을 어르신들이-여기 마을 계신 분들이 다 이렇게 일부러 그렇게 하신 거네요.) 옛날엔 어른들이 그랬어. 그런디 이 지금 그 현재 묘자리보다가[보고]-황정승 묏자리보다가 치명당이라구 그래. 치명당이라구 허는디 지금은 깔던[갈대] 풀밭이 되부렀는디, 지금 그거 그냥 봉분에 깔던 풀 나고 그냥 그래버리는디, 옛날에는 소 깔꼴[1)]을-풀을 벨 때에는 그 묘에서 다 소 풀이랑 벼[베어] 갈라고 한게 그 묏이 안 묵었어. 그리고 1년에 이 풀을 벌초를 잉? 몇 번을 해, 이 동네 사람들이. 해서 해로

---

1) 말이나 소에게 먹이는 풀.

운 사람은 없어. (조사자 : 다 복 받으셨어요?) 응, 그 묘를 풀을 벼 주머는. 그러니까 서로들-근디 인자는 요즘 철 되아서는 그 묏이 다 묵어버리고 깔던 풀 나고. 바로 여기예요. 요그서 알마 안 돼. 그런 것이라구. 그렇게-그래가지고 여기 지금 촌명도 그래서 여기 지금 찌기 저 그전 옛날 건물두 있는디-있었는디 거기는 지금은 노랑뫼라고 그러는디 옛날에는 거그다가-거가-거기 황량이여. 근디 인자 누를 황(黃)자, 인자 노르다 그 말이여. 그래서 노랑뫼라고 이름을 바꽈버린거야. 다 그렇게 촌명을 그렇게 바꽈부렀어, 옛날에.

[묘량면 설화 3] mp.03

신천2리 용정 마을, 2007. 4. 10., 1조 조사.
김영만, 남 · 64.

축시하관丑時下棺에 인시발복寅時發福 명당

* 이장님께서 마을 지명 유래에 대해 해박한 분이시라며 마을회관으로 모셔 오셨다.

그 가난하게 사는디 생활이 곤란한디, 아이 어느 중이 인제 마을에 들어와 가지고는-들어왔는디 그 대접을 잘 했든 모냥이여. (조사자 : 공양을 잘 했다고요?) 응, 공양을 잘 헌께 그 중이 참 마음씨가 참 곱거든. 그런디 저 요로코 고운 사람이-마음씨가 고운 사람이 어째서 못 사는고? 인자 그런 생각이 들어가제. 근디 그 승려가 지리를 공부를 해가지고 통달을 했던 모양이야. (조사자 : 풍수지리요?) 응, 풍수지리를. 그 통달을 했든가 '아, 이 사람을 내가 하나 좋은 묏자리를 잡아줘야 쓰겄다. 가난하게 사니께-' 그리고는-거 대접을 받고는,
"내 말 한 마디 들을라냐?"
구 물응께,

"뭔 말이냐?"

구,

"아이 그 저그 가서 못자리 한 자리가 쓸 만한 데 있는디 쓸라냐?"

구 긍게,

"아부지는 어디가 있냐?"

구 긍게,

"아이 저 앞산 저 바위 우게 가서 초분을 내가지고 있다."

"아, 그랴냐?"

구,

"거기 가서 보자."

구. 초분 게가 있어. 그래,

"여그 해서 짊어지라."

구. 초분 뜯어서 다시 쓰라구 할라구 짊어지고 가자구 해서 온 것이 요 앞에 준봉산이라구 있어. (조사자 : 아, 요기요?) 응, 여기 지금은 안 보이지, 저 앞에로 준봉산이 있는디 물이 요짝에서 내려오는 물이 앞으로-그 산 앞으로 잉? 질르고 저 짝으로 들어오는 물도 거가 산 앞에 쪽으로 질러. (조사자 : 물이 이렇게 모여 들어요?) 응, 모여들어-큰물이-양쪽서 오는 물이-계수(溪水)가. 헌디,

"여기다 파고 쓰라."

고. 그 인자 일 해 묵던 사람이라 일 잘하제. 그 덤불 그냥 둘둘둘 몰아서 그냥 치어가지구는 그거 파가지구선-판게,

"시간이 됐다."

고. 그래 인자 묘를 썼어. 그러구는 아이 인자 집으로 갔단 말이여.

근디 그 양반 인자 부인이 [남편이] 산일을 해로 갔는디-중이 데리꼬 갔는디, 오먼 뭣을 쪼가 해줘야 쓰것거든. 근데 요로코 천장을 찾아본께 저 종자헐라고 달아 논 저 옛날 찰수슥[찰수수]이 있든 모양이여. (조사자 : 네, 찰수수-) 응, 찰수수 고놈을 방아를 쪄가지구 고놈을 쪄가지고 떡을 만들어

가지고 인자 놔뒀다가-인자 놔뒀는디, 온게 시장허제, 사초[2] 일-밤에 인제 일을 해서. 그놈을 인자 먹었어. 그래 먹고났는디 아주 뒤끝이 없어.

긍게 그전에 인자 그 마을에 가서 잘 그 일도 해주고 식량도 그 집서 갖다 먹고 그러는 인자 집이 있든 모양이야. 그래 인자 간단 것이 일찌감치 간단 것이 쪼까 밤중에 쪼까 치댔든 모양이여. 그것도 말이야, 거 가가지구는 대문을 열어야 들어가지. 그래 못 들어가구 대문 앞에서 그냥 그대로 앉았든 것이 그냥 피곤하고 긍게 코 골고 인제 잠을 자는디, 아이 근디 그 집이 인자 과부든 모양이지, 남편 죽고 혼자 사는-. 긍게 인자 아니 꿈을 뀐게 청[청]룡 황룡이 그냥 두 마리가 대문 앞에서 주리를 틀고 앉아 달라들거든. 큰 용이-뿔 달린 용이. 그래 아이 참 좋은 꿈이거든, 꿈은-용꿈인게. 하 이 좋은 꿈을 뀄는데 신랑이 있어야제? 신랑이 없제. 그래 한숨을 쉬고 담배통에다가-뒷똘에다-이런 담배통에다 담배를 몰아넣구는 담배를 피면서 그냥 재통만치로 거 재뗑이만 그냥 꾸덩구덩했던 모냥이야. 그래서 인자 또 저 잠을-그리고는 잠을 자. 그래 또 역시 또 그런 꿈 꿰진다고. '아, 근데 이거 이상한 일이다.' 그래 몸종을 시켜서,

"배깥에 나가보라."

고 했어, 대문 앞에.

"뭣이 있으면 데리꾸 오라."

고. 그 본께 아이 그거 항상 그 자기 집 댕기믄서 일도 해주고 모다 그런 양반이 거가 코 골고 고렇코 드러눠 계섰어. 그래 깨가지구는,

"그냥 마님이 지금 모시라구 그렇께 따라서 들어가시죠."

아 인제 들어간게는 아이

"모욕탕에 가서 모욕하라."

고 물 딱 대절해 놓고는 '모욕하라.'고. 모욕허구는 거 그전에 자기 남편이 입든 갓망건 좋은 인자 잉? 도옥에다가 다 내주거든. 고놈

"입으라."

---

[2] 무덤에 떼를 입혀 잘 다듬는 일.

구. 아이 고놈 입응께 훤한 장수란 말이여, 그렇게 잘 생겼거든. 그래 그 남편 삼아부렀어, 그 사람을. (청중 웃음) 그래가지고 그 종보담[종에게],

"거그 가서 저 그 어머님이랑 저 절에 중이랑 여기 모시구 오라."

구. 그래가지고 거 저 축시하관(丑時下棺)에 인시발복(寅時發福)했다고 많이 그랜 속담에-전설 있는 그런 못자리를 썼어.

[묘량면 설화 4] mp.04

신천2리 용정 마을, 2007. 4. 10., 1조 조사.
김영만, 남 · 64.

능구렁이 명당

근디 그런 묘지에 대해서 전설은 여 앞에 거시기 능구리명당이라고 있는 이씨들 선산이 있는디-그거도 있어. (조사자 : 이름이? 능구리명당이요?) 응, 능-능구리 명당. (조사자 : 능구리?) 응, 능구리라는기 능구렝이. (조사자 : 이씨-무슨 이씨요?) 전주이씨. 전주이씨(全州李氏) 선산인디, 이조 때 국지사(國地師)가 어디-나라에서 인자 잉? 좋은 명당을 쓸라고 지사를 내려 보냈어. (조사자 : 자기들 쓰려고요?) 어- 왕실에서 인자 쓸라고. 왕실에 인자 지사 그 사람을 내려 보내 가지고는 거기 가서 좋은 혈이 있다구 그래니께, '가서 보고 오라.'고. 근디 우둣재라는 잰등-잔등재가 있어. (조사자 : 고개예요? 우두재.) 응, 우두재. 거 잔등에 인자 앉아서 담배를 인자 피고 인제 쉬었단 말이야.

그러고 있는디, 아이 어떤 사람이 그리 또 오거든.

"아이 담배 한 대 피워보시라."

고. 그래구 그거 건넵니다. 그거 젊은 사람 인자 젊은 사람 한-한 분이. 그래 인자 자기 것은 색깔이 노리-노랗단 말이야, 담배 색깔이. (조사자 : 좋은 담배?) 응. 근디 자기에-준 놈은 같은 담배라도 색깔이 시커머니 그래. 안 맛있게 뵌 단 말이야, 보기에도. (조사자 : 안 좋은 거?) 응. 안 좋은 거. 근디 고놈 피다가는,

"아이 바꽈서 피워 보자."

고. 근디 바꽈서 피는디 아이 그 사람이 핀 것이 맛이 없거든. 색깔만 그렇게 좋았제. 그래 잘 준 거야. 좋은 것을 줬거든. (조사자 : 아, 검은 게 더?) 응, 검은 거-검은 거이. '아, 이 사람 마음이 그렇게 괜찮은구나!'

"근디 당신은 뭣허러 댕기는 사람이요?"

허고 물었거든. 그런께,

"에- 나는 참 정처 없이 답산(踏山)3) 댕기는 사람이요. 그라믄 당신은 뭣허러 댕기구 있냐?"

그러닝게,

"아이 나는 우리 부모님이 돌아가셨는데, 신후지(身後地)를 하나 구헐할까 해서 여기를 나왔다."

고.

"그래야?"

고,

"그러면 좋은 자리가 있는데 비단 천 동을 내놓겠냐?"

고. 비단 천 동을-옛날에 잉? 옛날에 이조시대인데-이조 초기 무렵인디,
"비단 천 동을 내놓것냐?"

고 그렇께, 저 그 사람이 하는 말이,

"아, 천 동 내놓고 말고야."

고, (조사자 : 아이, 나 참!)

"좋은 자리만 준다면 천 동 내놓자."

고. 아, 이 사람이 배포가 크거든. 보통 배포가 아니여.

"그래, 그럼 어트케 천 동을 내놓아?"

---

3) 묏자리를 잡으려고 산을 돌아다님.

"아, 내가 쓰구나서 잘 되믄 천 동을 아니라 만 동이라도 주지 어찌야?"
고. (조사자 : 아, 나중에 준다는 말이네요?) 응. 어차피 잘 되믄 준다 이 말
이여. 지금은-현재는 없응께 못 주고. 긍게 그래도 배포는 크거든. 그랭게
도 쩨[저]도 이 봐줄만 하게 생겼으니,

"그러믄 늬가 써라."

그래가지고 자리를 잡아줬어. 잡아주고 인자 조정으로 올라가가지고는
바다하고 앞에 산 보이는 것허고 도면에서 빼버렸어. (조사자 : 왜요?) 응?
(조사자 : 왜요?) 나라에서 왕들이 보면 다 알제. (조사자 : 좋은 자린 거?)
그러제, 좋은 자리인 것을. 그 인자 왕들도 나라에서 거 쓰는 옛날 거 『금낭
경(錦囊經)』[4]이나 옥룡자(玉龍子)[5] 비결(秘訣) 같은 거, 모다 인자 좋은 이
-그런 책이이야 관가[6]에는 많이 있그든. 그런게 보면 다 알아, 그 사람들
도. (조사자 : 좋은 자리라는 걸?) 응, 좋고 나쁜 것을. 긍게 딱 본게 그놈을
빼부렸다.

"여그 뭔 큰 바다 같은 것이 안 보이디야?"

긍게- (조사자 : 거짓말 하는 거죠?) 응.

"예, 안 보입디다."

아, 넘[남]으 이놈을 주어부렀는디 보인다믄 될 것이여? 안 보인다구 해야
지.

"그러믄 앞에 큰 뭔 좋은 산이 보이디야?"

"무슨 산도 안 보입디다. 그래 좋긴 좋다마는 못 챚겠습니다-못 챚겠습니
다."

소용이 없는-없어가지고- (조사자 : 소용이 없는 땅이라구요?) 응. 소용
이 없는- 그게 천 년은 가되 손이 없는 사람이 돼 손이 없다. 대-대가 끊겨
가지고 천 년은 간다. (조사자 : 그러면 그 왕이 못 쓰고 그 준 사람이 전주

---

4) 풍수 지리서의 이름.
5) 도선(道詵, 827~898). 통일신라시대의 승려로 그의 음양지리설, 풍수상지법(風水相地法)
은 후대에 큰 영향을 끼쳤다.
6) '관가'인지 '반가'인지 '아무 가'인지 청취 곤란함.

이씨인 거예요?) 응. (조사자 : 아, 그래서 그때부터 인제 대대로?) 근디 전주이씨가 왕 그 양자루 가가지고-왕가에 양자를 가가지구 그 크게 뭐 됐다구 그 말 있어.

[묘량면 설화 5] mp.05

신천2리 용정 마을, 2007. 4. 10., 1조 조사.
김영만, 남 · 64.

금계포란金鷄抱卵명당

금계포란-금닭이 알을 품고 있는 그런 형상이다 해가지고 금계포란. 그래서 석정하고 새뜽하고 합쳐서. 40년 전에 거그 저 길봉씨란 분이 거그에서 살았는데, 그 이 새뜽이란 마을에서. 그래서 거 금계포란이 있고 그래서 유성이라는 그러코 이름을 지었어, 그분이. 근디 그 금계포란은 옛날 이조 때 국지사 남유리가 영광을 지나다가 학실이를 지냈어. 그 냥반 학실- (조사자 : 학실?) 응 학실. 거그를 지냈는데 거그서 이씨들이 살고 있는데 이씨 집이를 들렸든 모양이야. (조사자 : 전주이씨요?) 광주이씨야, 거기는. (조사자 : 강주?) 광주이씨. 근데 광주이씨 집이를 들려가지고 보니까 사람이 참 마음이 좋그덩. 근데 마음 좋은 사람이 못 살그덩. (청중 웃음) 그래, '마음은 참 좋은데 어째서 이 사람이 못 사는고? 아이 이 사람이 선산이 안 좋은가 보구나!' 하고는,

"당신네 선산이 어디 좋은데 썼는가. 당신네 선산 한번 구경이라도-"

"아이 선산 못 쓸 데 써가지구 그랬다."

"아이 내가 못자리 한 자리 잡아줄게 쓸라냐?"

구 그렁께,

"그럴란다."

구. 그 어디로 가는고 하니, 저 능구리명당이라는 거기에-능구렁이 명당이
라구 그러는 데-아까 저- (조사자 : 예, 아까 말씀해주신-) 아까-응. 거글
와서는,

"여그를 쓸라냐?"

구 그러닝께,

"여기는 어떤 자리요?"

그래 인제,

"여그는 장원(長遠) 지리라고-늦게 바람나는 자리라고-늦게까지."

그러그덩. 근데 지금 생활은 곤란해 가지고 배는 고프고 그런-배고프니
께, 아이 그래갖고,

"그런데 어디 또 딴 디 더 빨리 속발(速發)할 자리는 없소?"

그러니께,

"그럼 가자."

고,

"여긴 금계포란이라 해가지구 여기는 어떠시오?"

긍게,

"여게 쓰겄다."

구 형게,

"여기는 어찌요?"

그래.

"여기는 석 달 만에-쓴 석 달 만에 발복(發福)헐 자리라."

고.

"그러믄 나 여기 쓸라우."

(조사자 : 빨리-) 응. 배 고픈게-밥 묵고 살아야 한게. 그래서 그 금계포
란을 쓰고, 어 광주이씨가에서 처제[처음에] 군수가 하나 태어났다고 그 말
있어.

신천2리 용정 마을, 2007. 4. 10., 1조 조사.
김영만, 남 · 64.

달구[닭]명당에서 태어난 강항姜沆

옛날에 저 유봉이라는 마을 뒤에가 있거든? 게 유봉이라고 게가 있는데 그 강씨 한 분이-인제 선비가 하나 살구 있었어, 그 마을에 가. 선비가 살고 있는데 에 거그서 묫자리를 잡어놓고 달구[닭]명당, 잉? 닭명당을 잡어 놓고, 그 묏을 인자 쓸라고 거기 올라 가 일꾼들을 데리고 일을 했단 말이야. 일을 하는디 아이 영광 군수가 나왔다구 그러거든. 인자 이- (조사자 : 그럼 최근인가?) 아니 옛날 이조 때-이조 때. 이조 선조 이전에-긍게 명종 시대나 됐든가 어쨌든가 몰라. 그때나 됐든가, 군수가 나와 가지고 찾는다구. 저 초립둥이[초립동이7)]가 와가지구 그러거든. 그렇게 군수가 와서 찾는당게 일꾼들보다가[일꾼들에게],

"여그를 파게 되믄 무슨 돌이 나올 것이다. 그거 무슨 표적이 나올 것인데, 그놈 깨뜨리지 말고 잘 보호해서 더 파지 말고 그대로 놔둬라."

그리곤 내려갔어. 내려갔는디-거 내려가서 인자 유봉이라는 마을에 가서 보니까 초립둥이두 어디 가버리고 군수도 나오지도 않고-긍게 요새 말하자면 군수가 옛날에는 원님이제. 원님 옛날에는 원님이었어. 그 없단 말이야. 거 참 허망하그던. 도깨비한테 홀린 것 같거든. 기분이-묘해가지구 게 올라 왔어.

올라와서 보니까-아이 그러자 그거 내려간 뒤에 거 뭔 독[돌] 우에 빼쪽 빼쪽 한 게 나와 가지고 있거든. 근데 일꾼들이, '독이 참 이상하게 묘하게 생겼다.' 그러고는 꽹이 꽁댕이로 탁 때린게 그것에서 뭔 피같이럼 물이 주르르르 나오그덩. 응, 독에서. 도깨비 돌이제. (조사자 : 참 신기하다.) '거

---

7) 초립을 쓴 아이.

참 이상하다. 한 번 더 해보자.' 또 하나 팡 때리니 또 고놈이 생긴단 말이야. 긍게 지금 하나 남았제? 두 개 깨트라부리고. 그래 인자 고거 올라와서 보니게, 두 개 깨트라부리고 한 개 남았거든.

"아이, 깨트리지 말곤 우선 잘 보관하라닝게 어째서 깨트라부렸냐?"고.

"아이 참 이상하게 하나 때리닝게 물이 나와라우. 그래서 또 요놈 하나 더 깨트러보자고 이상하다구 그래 깨트라 본 것이 이렇게 한나 남았다."구.

"그놈 깨트리지 마라. 언능 치 노라."

구, "내 쪼끔 돋우자."

구. 그 놈 안 보이게 인자 딱 돋았어. 돋아가지고는 거기 묘지를 썼어. 묘지를 썼는데, 거그를-그 돌을 세 개를 안 깼으믄 그 유명한 거 강항(姜沆)[8]선생-저 전설 따라에 나오는 강항선생-강수은[姜睡隱][9]선생- (조사자 : 아, 강수은선생.) 응, 강수은. 강수은선생 같은 분이 세 분이 날 자린디, 강수은선생 하나 백이 못 났다고. (조사자 : 두 개를 깨트려버려서?) 응, 두 개를 깨트려버려서. 근데 그 '간양록(看羊錄)'이라고 거 연속극에 나온 그 강항선생-강수은선생인데 그 유봉 달구명당 그 못자리를 쓰구 났다고 그런 설이 있어. (조사자 : 무슨 강씨인 줄 아세요?) 응, 진주강씨.

[묘량면 설화 7] mp.07

신천2리 용정 마을, 2007. 4. 10., 1조 조사.
김영만, 남 · 64.

---

8) 조선 중기의 학자 · 의병장 (1567~1618). 정유재란 때 왜적의 포로가 되어 일본에 끌려가 오사카[大阪], 교토[京都]에 있으면서 적정(敵情)을 고국으로 밀송하였음.
9) '수은'은 강항선생의 호.

걸어가다 멈춘 불갑산佛甲山寺

거 백제에 모다 거 시대에-저 백제 시대에 마나나타[摩羅難陀10)] 스님이
(조사자 : 마나-?) 마나나타. 중국 인도에서-인도 스님이 영광 법성(法聖)11)
으로 해가지고 어 저 거시기 거가 은선암(隱仙庵)이라구 있어. (조사자 : 은
선암이요?) 응, 법성 가서. 은선암을 걸쳐가지고, 저 함평-영광 경계선 있는
디, 함평 쪽에 가서 연흥사(燃興寺)라구 있어. 연흥사. 연흥사를 거쳐 가지
고 불갑산을 와-인자 와서 보니까, 참 터가 좋은 터가 있거든.

그러자 그 전에 에- 이 불갑산이 저 물에 가서 묻혀 가지고 있는 산이었
었는데, 거 어떤 여자가 빨래를 허고 있는디, 산이 요로코 걸어서 올라가거
던-산이 이러코, 올라오그던, 바닷물에서. 그렇게 하두나 신기헌께 허허 웃
음서,

"산이 다 걸어서 올라간다."

고. 그래니께 산이 그냥 깜빡 놀라서 거기 서버리구 굳어버리구 불갑산이
되었다는 설이 있어.

[묘량면 설화 8] mp.08
신천2리 용정 마을, 2007. 4. 10., 1조 조사.
김영만, 남 · 64.

'호랑이 담배피던 시절'이란 말의 유래

자식이 없든가, 공을 들여가지고 애기를 하나 낳드래. 인자 아들을 한나
났는데 조기 가면 베늘바위12)라고-베늘바우라고 바위가 있어. (조사자 : 벼

---

10) 백제에 처음으로 불교를 전한 인도의 승려. 제15대 침류왕 원년(384)에 중국의 동진(東
晉)을 거쳐 백제에 들어와 불법을 전하였음.
11) 법성포(法聖浦). 영광군 서북 해안에 있는 포구.

늘바위요?) 응, 베늘바위. (조사자 : 배눌?) 벼눌. 옛날에 벼 이거 이렇게 쌓
아놓은 벼 널- (조사자 : 벼눌.) 응, 바위. 그러닝게 벼 이러쿠 싸 놓은 노적
망이로 생긴 바위지, 쉽게 말하자면- 잉? 그 바위 뒤에 가서 범굴이라고 굴
이 하나 있어. (조사자 : 범굴이요?) 응, 범굴. 범굴이 있는데-

거기가 애기를 나가지고 공들인 애긴디 킨[키운]단 말이여. 근데 아이 아
를 인자-옛날에는 디딜방아라고 방아가 있거든? 사람이 발로 디뎌가지고
찧는 방아. 근께 혼자는 찧기가 어려운 때문에 자기 내우 간에 가가지고
방아를 찧어. 방아를 인자 찧는디 저 호랭이가 그 와가지고-긍게 뎇고개
밑에 마을이 있었거든? 별마을 밑에 가서, 잉? 지금도 거 집이 인자 새로
짓어[지어]가지고 있어. 그전에는 인제 그 집이 있다가 없어져 버렸었는디,
근데 거그 밑에서 인자 사는디, 고 뒤에서 호랭이가 내려와가지고 애기를
업어가 버렸어. (조사자 : 애기를요?) 응. 근디- (조사자 : 애기를 데려가버
린 거예요?) 응, 애기를 데려가버렸어.

근데 호랭이가 거그 산 중은 알고 누가 오는 사람이 없단 말여. 밤이라-
밤중이라. 근디 그 호랭이가 틀림없이 데려갔겠다고 그 혼자 올라를 갔어.
호랑이굴에로. 호랑이굴에로 올라간디, 애기가 거 가서 쉽게 곤히 잠자고
있거든. 응. 갓난애기가. 그런데 인자 '악아?'하고 반갑제. 그래 '악아'하고
인자 보듬은게 빵긋이 웃는단 말여, 애기가. 근데 하나 건들지도 않았어, 애
기를-호랭이가. 물어만갔제-데려만갔제. 그 굴에로. 그 굴에다 뉘놨어. 그
래가지구는 아이 가만 있응게 뭣이 소리가 뿌시럭뿌시럭 소리가 나. 그런디
저 가만 있응게 인자-근데 범이 굴 속에 들어올 때는 꼬리부터 들어오는데,
그러고 또 누가 있는가 휘휘 젖고, 꼬리로-.

근데 담배를 인자-옛날에 으른들은 요거 담뱃대-담뱃대를 거기다-태평
이라구 거기다 담배를 너가지고 그 담배를 피고 그랬거든. 된 거 가지고 부
싯돌로 불 켜가지고. 근데 고놈을 인자 꽁망이[꽁무니]에다 인자 차구 올라
갔었어. 그래데 인자 꼴랭이[꼬리]를 인자 뒤루 두르고는 여 들어온게 담뱃

---

12) '벼를 널어 놓고 말리는 바위'라는 말.

대 쬐만한 놈을 갖다가 호랭이 똥구녁에다 넣어버린겨. (조사자 : 아 담뱃대를 빼갖구서?) 응, 빼가지고 호랭이가 똥구녁으로 그냥 밀고 들어온게. 똥구녁에다 인자 박아버린게 벽력같이 인자 악을 쓸 꺼 아녀? 그놈은 인제 튀어서 도망가고. (조사자 : 호랑이가요?) 응.

(조사자 : 그래서 애기를 구했네요?) 응. 애기는 인자 구해서 인자 끌고 내려오고, 호랭이는 거그서 도망가버리고. 근디 거가 덫고개라고 거 거기가 가지고 그 호랑이가 죽어버렸어. (조사자 : 덫고개에서요?) 응. 그래서 인자 - (청중 웃음) 그래 사람들이 가면 인자-거기 인자 가다가 보니까 뭔 호랑이가 저 똥구녁 있는 쪽에가 담배대가 있거든. '아 참 이상하다! 호랑이가 담배를 피나?' 하고-그래가지고 '아이 호랑이가 담배 피고 있다.'고, '담뱃대가 호랑이 똥구녁에 가 있다.'고. 아, 애[호랑이]는 죽어가지구 있는디-뻗어 가지고 있는디, 그놈이 고러구 있응게 꼭 산 놈 같거든. 그런게 인자 사람들이 접근을 못허고 있다가 어느 때 가서 보니까 안 움직이니까 가서 보니까 죽어가지고 있드래. 그래서 호랑이 담배 먹던 시절이라고 그러지.

[묘량면 설화 9] mp.09

신천2리 용정 마을, 2007. 4. 10., 1조 조사.
김영만, 남 · 64.

덫고개

덫고개. 옛날에 저 불갑사 절이 노서화전(老鼠花田)이라고 그럴 때-늙은 쥐가 꽃밭에 들어갔는디- (조사자 : 늙은 쥐요?) 응, 노서화전-늙은 쥐가 꽃밭에 들어간 그런 형상. 쥐가 있으믄 덧[덫]이 있어야 할 꺼 아니여, 쥐 잡는? 거그 덫고개-인자 그 쥐 잡는 덫이여. 한 마디로 말해서, 지명이. 그래서 덫고개여. 쥐 잡는 덫. (조사자 : 아, 그래서 덫고개구나!) 응. 그래서 덮고개여.

[묘량면 설화 10] mp.10

신천2리 용정 마을, 2007. 4. 10., 1조 조사.
김영만, 남 · 64.

팔녀각八女閣

팔선녀 전설은 어떻게 됐냐 하면- (조사자 : 영광에 대한 거예요?) 응, 영
광. 영광 저 어디 바닷가에 쪽에가 있다 해. 바닷가 쪽으 거가- (청중 : 뭣이
가?) 팔선녀. (청중 : 동북정에 가 있지.) 근디 어떻게 됐냐 하믄 그 팔선녀
가 그 임진왜란 때 일본 놈들한테 그 쫓겨가다가- (조사자 : 선녀들이요?)
아가씨들이. (이때 청중들이 각각 개입하여 이야기를 하느라 잠시 중단되었
음.) 여자들이-우리나라 조선으- (조사자 : 부녀자들?) 일본놈들에게 잡혀
있거든. 잽혀져 있으니 그 물에 빠져 죽어버렸다고 그런 설도 있어. (조사
자 : 8명이요?) 응, 지금도 그 묘지에서-묘지에 가서 시사(時祀)를 모시는디,
바다에 해물은 절대 안 나. (조사자 : 왜요? 거기서-) 돌아가셔서-. 해물이
안 나. 시방두 그러지마는-.
치마에다 돌은 여어가-담아가지고 토나왔어. (조사자 : 언제요?) 임진왜
란 때. 그래가지고 지금은 팔녀각이라고 하는 여덟 사람에 각(閣)이 있어.
(조사자 : 팔녀각? 그런데 있어요?) 응? (조사자 : 있어요?) 동북기미가 있다
고. 동북기미. (조사자 : 예?) 동북기미가 있다고-대신리(大新里)[13] 동북기
미. (청중 : 대신리. 동북기미라고 영남 그 서해안 그 고속도-아니 저 해안
도로 타면은 바로 나와.) 거 가가지구 대신리서 물어보면 알아.

---

13) 백수면(白岫面) 관내의 동리 이름.

신천2리 용정 마을, 2007. 4. 10., 1조 조사.
김영만, 남 · 64.

부자 되고 도깨비 쫓아버린 김진사

마당발이라는 바위가 있어. (조사자 : 마당바위?) 응, 마당바위. 널따란
바위가 있어. (조사자 : 네, 마당바위.) 근디 지금 그거-음 거 유산각 지어져
가지고 있그던? (조사자 : 유산각이요?) 응. (조사자 : 그게 뭐예요?) 요새 말
루 하면 시장. 시장 같은 거 기대가 짓어져가 있어-팔각정. 산에 가서. (조
사자 : 암자?) 아니, 팔각정-팔각정. (조사자 : 아, 네.) 그 저 자농산에 가서
세 개가 있어. 근데 옛날에 저기 저 서촌이라고 거그 가면 버린내 김- (조사
자 : 김?) 김진사라는 분이 살아-살았거든? (조사자 : 서천에요?) 응, 김진사
라는 사람이 살았는데-거그 살았는데, 거기서 고기를 잡고 살았다 하더라
고. 인자 살았는데 하루는 고기를 잡고 들어오는데 시커먼 놈들이 와가지고
는,

"야, 너 고기 많이 잡아주께. 오늘 저녁에 가께 저 맛있는 것 좀 해줄래?"

그렁께,

"뭣을 해줄까나?"

그래.

"아이 저 메밀덤벅[범벅14)] 좀 갖다 줄래?"

(조사자 : 예?) 메밀덤벅. (조사자 : 메물덤벅?) 응. 메밀덤벅. 메밀 씻근
묵. (조사자 : 응, 메밀묵 좀 쒀달라구?) 응.

"메밀묵 좀 갖다 줄래?"

그랬더니- (조사자 : 고기 많이 잡아준다구?) 고기 많이 잡아준다구.

"그러믄 그러마."

---

14) 곡식 가루를 된풀처럼 쑨 음식.

아니 그런데 고기 인자 그물을 쳐놨는데 아니 고놈들 물 속에 들어가서 기냥 막 젓고 댕기거든.

"야, 걷어가야? 걷어가야?"

아이 걷어메야 걷어메야 (청취 불능) 고기가 한나 이렇게 해서 나오구 있단 말이야. (조사자 : 잘 잡았네.) 자기 지고 갈 만치 싣고 지고 얼마침 잡었어. 잡어가지고 인제 집이로 와가지고 자기 마누래다,

"아이, 이만저만해 이리저리해서 거 바닷가에 갔는데 시커먼 놈들이 나와가지고는 거 메밀, 인제 묵을 좀만 쒀 달라구 그래. 그래 인제 그 말대로 했드니 그걸 겁나게 잡아주드라."

구.

"갖고 왔네."

그래,

"메밀 쑨-저 묵을 좀 쒀줘야 되겠다."

구. 그래 메밀묵을 인자 갈아가지고 인자 자기 부인이 인자 쒀가지구는 인자 그 대청마루 우게다가- (조사자 : 마루 우에요?) 응. 마루에다가 놔뒀는데 기냥 시커먼 놈들이 오드니 기냥 알아듣도 못허는 소리를 '비비비비' 뭐라구 하믄서 기냥-막 기냥 퍼먹거던. 그래 먹고는 가-간단 말이야. 아이 그 이튿날 저녁에 인자 또 나강게 또 있그덩? 그래서,

"또 고기 잡으러 나왔냐?"

그렁께,

"응, 나왔다."

구. 그래,

"그러믄 너 오늘 저녁에도 고기 그거 잡아줄 테니까 메밀떡묵 좀 쒀줄래-메밀묵 쒀줄래?"

"그러마."

그래 인저 좋다구 그랬어. 그래 인제-그래서 즈그 집이 와가지구 인자 재미루 허지 인자. (청취 불능) (조사자 : 묵만 주면 잡아다주니까.) 응. 묵 만

주면 되니까-묵만 쒀주면. 그러니까-그래서 그 뒤로-아이 인자 도깨비가 그러는 거야.

"아이, 메밀떡묵을 쒀주믄 우리가 일 한번 해줄께. 저 늬 곳간 문 전부 다 열어 놀래?"

(조사자 : 그- 도깨비였던 거예요?) 응, 도깨비여. (조사자 : 시커먼 애들이?) 응. 시커매-도깨비였어. 일 도깨비여. 사람 같지만- (조사자 : 아-.) 그래 곳간 문 다 열어노라구 인자- (조사자 : 곳간- 그러니까 메밀묵을 쒀준다고요?) 응, 메밀묵 쒀주면 먹고 일을 해주께, 우리가 (조사자 : 아, 그러니까 곳간 문 열어놓으라구?) 응, 열어노라고. 그래 곳간 문 다 열어놨지, 광문을. 다 열어놓고 인자 있는디, 아이- 메밀묵을 먹고는 아, 요놈들이 나가드니 기냥 뭣을 기냥 짊어지고 와서 '쿵' 두구 나가고 기냥 '쿵' 두구 나가고 그러거든.

"아이, 저것이 무신[뭣인]고?"

인자 그러지. 그래 사람들이 다 가고 난 댐에 인자 아침에 인자 날이 새 가지고 문을 열어 보니께 여그 해골이 기냥 하나 찼어. (조사자 : 해골이요?) 응. (조사자 : 해골이요?) 응, 사람 해골. (조사자 : 으 무서워.) 응. (조사자 : 쌀은 안 놓구요?) 응. 쌀은 암 것도 없구. (조사자 : 골탕 먹인 거네요?) 응. 아이 그냥 해골이 기냥 하나 찼구먼. 아이 일은 못헌께 치든 못허고-치우지도-. 마음이 참 안 좋지. 탁 털고 (청취 불능) 없응게. (조사자 : 맘 상했어.) 아니 그래 그물을 좀 만져가지구는 고기 잡으러 또 나갔어. 또 나강게 또 거기 들 있그던.

"아이, 이 자식들아. 뭣을 그 곳간에다가 그렇게 해놨냐? 해골 좀 치어[치워] 주라."

그러닝께,

"그래야, 치 주께. 또 메밀묵 좀 쒀줄래?"

(청중 웃음)

"그럼 쒀주께. 인제 쳐놔라."

그래 인자 메밀묵을 인자 쒀준게 퍼먹고는 인자 고놈을 퍼다 내뿔고 또 뭣을 져다가 또 부리고 내주고 그러네. 아칙에 본게 기냥 돈구렁게[돈꾸러 미개] 하나 찼거덩-돈이. (조사자 : 아, 해골은 없고?) 해골은 인저 다 어디 가버리고. 그래 기냥 그 거시기-아이 이놈이 가난하긴 가난한디 돈이 하나 찼으니 이러구 무서워서 돈을 못 써. (청취 불능) 못 쓰고 누어 있응게- 아 이, 그 인자 고기 잡으러 나가, 인제. 그런데 또 마침 나타나그던.

"야, 이 녀석아. 어째서 돈을 안 쓰냐? 돈 쓰제. 아이, 네가 아무 것도 없 는 놈이 거기서 돈 안 쓰믄 어트케 할 배짱이냐?"

"아 이 나라에서 알게 되면 아이, 오라 가라해 참 귀찮을 일 아니냐? 그래 못 쓴다."

그러니께,

"걱정마라. 우리가 저 바다에-저 배루 바다루 나가지구 빠진 놈, 고놈 빠 진 놈 건져 온 것인게 걱정 말고 써라."

(조사자 : 아, 바다에서 건져온 돈을?) 응. '건져온 돈잉게 써라.' 그래 인 자 그놈 갖다가 기냥 논을 많이 샀어. (조사자 : 논이요?) 응. (조사자 : 부자 됐네요, 갑자기. 도깨비 때문에.) 그래 사가지고 인자 아주 부자가 됐어. (조 사자 : 응. 도깨비 덕분에?) 응. 그래가지구 도깨비들이 인자 잘 살게 해줬으 니께 메밀묵만 쒀 도라고-지들 땜에 잘 됐다고. 아, 그런데 안 쒀 줄 수두 없지? 그래 인자 쒀주구 그런디, 아이 떠부려야 쓰것거든. (조사자 : 아, 귀 찮아서요?) 응, 인제 살만치 살고 헝게 떠부려야 쓰것는디 이거 띨 방법이 없그던. (조사자 : 맨날 맨날 찾아오니께?) 응. 맨날 맨날 찾아온게.

"아이, 수수꺼끼를 맞추기 해가지고-"

(조사자 : 네, 수수께끼?)

"수수꺼끼를 해가지고-저 삼세 번 내가지고 못 맞추면 우리 집 안 오기로 해라."

(조사자 : 오오-. 떼버릴라고.) 응, 떼버릴라고.

"그러면 늬가 내 봐라. 그러믄 우리가 맞치께."

"그러믄 그래야."

그래 문에가 인자 문을 활짝 열구서는 발을 요러코 문에다 걸치고,

"내가 들어가겠냐 나가겠냐?"

허고 물어봐. 도깨비들보고. 나가겠다고 허믄 들어오고, 들어온다고 하믄면 나가것거든? 그래,

"그건 모르것다. 나가겠다고 허믄 들어올 것이고 들어오것다 허믄 나갈 것인디, 그걸 어떻게 맞추겠냐?"

(조사자 : 정답이네, 어떡해?) 그래,

"내가 [네개 '나가것냐, 들어오것냐?' 했응게, 그럼 [내개 '들어오것다.' 허믄 나가불 것이고, 나가것다 허믄 들어올 것이라고 그러고 그러니 그를 못 맞추겠다."

그 말이 맞는 말이야. 정답이제. (조사자 : 예.)

"그럼 또 한나 더 내봐라."

"저 장암산에 가면은- (조사자 : 네.) 마당바위가 있는디, 그 바위를 이리 띠미다개[떼밀어다가] 우리 마당 앞에다가 놔두먼 내가 메밀묵을 니들 흠족 [흡족]허니 쒀주마."

(조사자 : 응, 그게 너무 커서 못 할 거라고 생각한 거죠?) 아이, 산에 가서 바위가 많은디 으트게 그걸-도깨비일망정 큰 바윈디-그래가지고 그 바위를 그 띠밀구는 간다고 가가지고 그 영차영차 했다고 그런 소리가-전설이 있어. (조사자 : 하하하.) 그 마당바위를 떼밀구 뜽거갔다구. 그래서 도깨비들이 안 와부린다고. (조사자 : 아, 마당바월 못 들어가지고?) 응. 못 들어가지고-.

[묘량면 설화 12] mp.12

신천2리 용정 마을, 2007. 4. 10., 1조 조사.
김영만, 남 · 64.

호랑이와 곶감

호랑이 곶감 얘기는 어떻게 됐냐 하믄, 그 인자 어머님이 애기를 낳어. 애기를 낳는디 벨것을 다 주면서 애기도 안 울거든-저 울거든. 벨거를 다줘도-인저 달랠라고. 그래도 울제. 하도나 울어싼게 이걸 어트케 해서 달랠 도리가 없그던든.

근디 요 호랑이가 인자 그 뭐이 인자 먹을 것이 없어가지구 마을로 내려와가지구 뭘 인자 잡아먹을라구 개라두 잡어먹을라구 인자 내려왔어, 마을로. 소나 개 같은 걸 인제 잡아먹을라고. (조사자 : 배가 고파서?) 배가 고파서. 그랬는디 애기가 하도나 우는디,

"악아, 아나 꿀-"

해도 울고,

"아나, 산자-"

해도 울고,

"아나, 과자-"

해도 울고, 그래 노래 달콩달콩 허고 얼리괴[어르괴] 노래 불러줘도 울고, 그런께,

"아나, 꼿감-"

헝게 기냥 뚝 그쳐부리거든. 그래 '도깨비가 온다.' 해도 기냥 '앙-' 거시기허고, '호랭이가 온다.' 해도 기냥 울고 그랬는디, '아나, 꼿감.' 헝게 기냥 뚝 그치제. '아따, 꼿감이 참 무서운 것인가보다! 나보담 더 무서운 것인가 보다!' 그러고 호랑이가 기냥 개 같은 거 잡아 먹으러왔다가 기냥 도망가 버렸다고 해. '꼿감, 꼿감' 헝게-.

[묘량면 설화 13] mp.13

신천2리 구동 마을, 2007. 4. 11., 1조 조사.
김옥심, 여 · 74.

흥부놀부 1

흥부놀부는 두 형제가 살았는데, 놀부가 성님이고 흥부는 동생이고, 그라고 흥부-흥부는 마음이 착했고 놀부는 마음이 안 착했는가봐. 그래가지고 동생을 학대하고-동생은 또 아이도 많애. (조사자 : 응-자식이?) 응. 많애서 너무나 가난하게 살았는디 쫓아내버렸어, 같이 안 살고. 재산은-재산은 성이 다 차지허고 아무것도 없이 동생은 쫓아내부렀는디, 흥부가 아그들이 많앴어. 몇 남맨가는 몰라도-애기들이 많앴는디, 그 밥을 얻어먹으러 다니고-(조사자 : 흥부가요?) 응. 성네 집이로 인자 쪼까 뭣을 얻으러 갔어, 흥부가. 쪼까 식량이라도 도라고-밥이라도 도라고 얻으러 갔드니, 주걱으로 밥 묻혀갖고 주걱으로 뺨 때려버리고. (조사자 : 누가요?) 셍님이. (조사자 : 놀부가요?) 응, 성님이-이를테면 성수씨가-형수씨가. (조사자 : 형수?) 그러코 형님도 그렇게 독허게 하고 그러닝게 흥부는 가난하게 살았는디-

하루는 제비가 날아와 갖고 발이 분지러졌어. 발이 분지러진 제비가 막 날고 있응께 그 제비를 잡어가지고 발을 다 요러코 잇어서 날려 보냈어. (조사자 : 응, 고쳐서-) (조사자 : 흥부가요?) 응, 흥부가. 근데 그 제비가 박을 하나 물고 와서 떨어치니까 숭겄어. 그랬더니 박이 어떻게 크게 열었든지 그 박을 인자 타니까, 그렇게 금은보화가 많이 나왔어. 그래서 인자 잘 살게 되야. 그래가지고- (조사자 : 그러구 놀부는 어떻게 됐어요?)

화초장, 화초장, 화초장 있제? (조사자 : 화초장이 뭐예요?) 화초장이 나도 뭣인가는 모르는디 여하튼 좋은 농(籠)[장롱]이고 거가 금은보화도 많이 들었는가봐. 근디 그 화초장도 그 동생네 집은 갖추고 있고, 그러닝게 형님이 와서 보고 그 화초장을 욕심냈어. 욕심내고 또- (조사자 : 부자인 데두?) 응. 자기도 인자, 또 제비를 발을 역실로[일부러] 분질러 갖고 (청중 웃음) 흥부는 분저러진 놈 발견해갖고 고쳐줬는디 인자 놀부는-저 형님은 일부러 제비를 잡아서 일부러 발을 분지러갖고 인자 쬠매서 날라보냈드니 또 박씨를 물어왔어.

그랬더니 그 박이 열려가지고-심어서 열려가지고 인자 박을 탔어. 인자, '동생같이 금은보화가 많이 나오겄다.' 허고 타니까, 막 마귀들이-군사들이 나와갖고 막 놀부를 막 때리고- (조사자 : 금은보화는 없구?) 응. 금은보화는 하나도 없고, 그래서 망했는디-그러기 전에 만날 그 화초장만 동생보고 도래[달라고 그래갖고 화초장 그 노래가 있어. (조사자 : 어떤 노래예요?) 국악 노래. (조사자 : 그 노래 아세요?) 난 모르는디, '화초장, 화초장-' (웃으며) 나는 모른디, 그놈을 인자 짊어지고-동생 꺼 뺏어갖고 화초장 노래를 부르면서 가는 그런 장면 그렇코롬 들었어. (조사자 : 화초장 노래 들으셨어요?) 응. (조사자 : 어떻게 하는지 모르세요?) '화초장, 화초장, 초장화' 막 허면서 그거 짊어지고 가. 그런 이야기도 듣고-인자 똑똑이는 몰라. 다 잊어 부렀제.

[묘량면 설화 14] mp.14

신천2리 구동 마을, 2007. 4. 10., 1조 조사.
오판례, 여 · 81.

쇠뿔에 죽은 원님

원님이 있었어. 원님이 있었는데, 원님이 해필이면 쇠뿔에 찔러 죽겄다고 하그던. (조사자 : 쇠뿔에?) 응, 소-소, 소뿔에. 그렇게 아이 소뿔에 찔러 죽을 일이 아 절통허지. 신하들보러, '전부 외양간 저 다 잠그고 집에 문도 다 잠그고 이 문을 지키라.'구 했어. 다 지키라구 허다가 허다하다 안 오그던. 소가 안 온게, 아 가만 생각해본게, 깝깝해. 문을 다 잠그고 있을란게. (조사자 : 그렇죠.) 그래서 인자-전에는 문이 쪼깐한 문이 있었거든, 들창문이라고. 시방은 인자 저런 철근문 거시기하지. 들창문에다가 고개를 요로고 비고 좀 누웠던가 잠이 들어부렀어. (조사자 : 원님이?) 원님이.

잠이 들었는데 그냥 거시기 그 기냥 문이 갖다 베락을 쳐 버리면서, 그냥 그 귀우지개[귀우개]가-그러니까 그냥 소-소뿔로 귀우지개도 만들었든가보제. 그놈을 이자 간질간질 긁고 안겄으니께[앉았으니까], 탁 째려버린게 하 인자 그냥 정신없이 죽어버렸어. 그래서 쇠뿔에 찔러 죽으라 한게 그러코 막았어두 죽었다 그런 이야기가 있었어.

[묘량면 설화 15] mp.15

신천2리 구동 마을, 2007. 4. 10., 1조 조사.
오판례, 여 · 81.

고려장 1

고려장을 시켰거든. (조사자 : 예, 고려장.) 잉, 고려장-나이가 먹으믄. 우리 이상 고려장 깜이여. 시방이니께 그렇지. 그런데 그 고려장을 시키는데, 그 고려장을 시킬라고 지고 가. 고려장을 시킬라고 지고 가믄스루 그래도 엄마는 부모라 멩주실이라고 있어. (조사자 : 예, 명주실?) 응, 명주실 꾸리를 하나 딱 해가 쥐구 문고리에다 딱 쬠매고 환 하고 가. 고려장시키는 디까지. 가서-거 가서 고려장시킬라구 형게 지게를 안 지구 올라구 그러거던? (조사자 : 응, 아들이?) 인자 아니 아들이 안 지구 올라구 그래-손지[손주]가,

"아부지는 어쩔라고 지게도 안 지고 가요?"

애가,

"나는 어뜨케 지고 오라고?"

그래서 도로 지고-엄마를 도로 지고 왔어. 근데 그 때는 도로 지고 왔다고 그러믄 구속 살재. (조사자 : 잡혀 가죠. 예, 그렇죠.) 잉. 아 그래갖고-그렇게 인자 엄마가 와서 그랬어.

그래도 인자 그거랑-원이, 원님이 있든가봐. 원님이 뭐라 그러는고 허니
-원님이 고려장을 시키라고 했는디, 원님이....... 인자 갔더니 콱 나뭇채에
다 묻어놓고 밥만 쪼깐씩 주는디, 가난허게도 살고. 원님이 뭐라 그러는고
허니,

"나무배를 깎아서 물에다 띄우면 어디가 대갈빡인지 어디가 꼴랑진지를
아는 사람은 그러믄 상도 준다."

구 했어. 상 두 개를. (조사자 : 두 개를?) 그렇게 인자 준다 헝게 그 엄마가
시켰어, 아들을. 오라 해갖고-나무 켜서 오라 해갖고,

"어디가 머리고 어디가 꼴랑지를 내가 그르차주게 해 봐라. 물살이 쩌 물
에 쩌 우게다 띄워 노믄 내려올 때 여그 여 내려오는 데가 머리다."

(조사자 : 아, 나무 내려오는 데가 머리다!) 암은. 나무 이러코 내려온다
고. 그러믄,

"야! 여그 이러코 내려오믄 여가 머린게 여가 머리고 여가 꼴랑지다. 그렇
게 맞춰라."

일러줬어. 대체나 인자 그렇게 맞췄어. 그 머리를-여가 머리고 여가 꼴랑
지라구- (조사자 : 그 원님한테 가서?) 어. 그렇게 해서 고(告)를 했어. 항소
[상소]를 했어. 그렇게 부를 이만치 줘서 잘 살아먹었어. (조사자 : 어머나!
아니 고려장할려구 했든 엄마가 자식을 살렸네요.) 응, 자식을 살렸지. 그렁
게 인자-인자 원님하고 통화 했응게 엄말 내놔도 괜찮지. (조사자 : 그렇겠
네.) 잘 살아 먹었지.

[묘량면 설화 16] mp.16

운당리 영당 마을, 2007. 4. 11., 1조 조사.
이평신, 남 · 68.

이천우李天祐의 영당 마을

* 하나로 마트에서 쉬고 계시던 할아버지를 만나서 이야기를 들었다.

에, 이성계씨 조카- (조사자 : 예, 태조 이성계?) 응, 이성계씨 조카가 누구냐 하면은 그때 개국공신이여. 이천우[15]씨라고 있어-이천우. (조사자 : 이천우씨요?) 응, 역사에 나와-이천우씨. 그 양반이 좌명공신(佐命功臣) 개국공신 여러가지 이조판서도 하고 다했어. 그 양반이 이 지금 말하자믄 후손들이 여그 마을에 살그 있거든. 영당이나 이 지역 여기 전부 다 당산에두 살구 있구 전부 다 살아. 그래서 지금 우리 마을에 사당이 있거든. 그 사당을 거그다가 지으면서 그 이 냥반 이성계씨가 말고-그 이천우씨라고 그 냥반이 에- 3대 임금을 모셨어. 이천우씨도[가] 모시구-태조대왕, 태종대왕, 정종대왕 3대 임금을 모셨다니까. 그 3대 임금을 모시면서 아주 숭군훈치의 행정을 하신 분이 바로 이성계씨거든? 그 숭군훈치으 행정이라 하믄 뭣인고 허며는 에- 그전에 고려 때에는 전부 유교 사상이 아니라 불교 사상이 강헌 판인께, 그 분이 사신을 중국으루 사신 갔다 와가갖고 거그서 본게 중국 가서 본께 숭군훈치 그 행정이 상당히 좋아서 그것을 본따가지구 와서 우리나라에 보급을 제일 먼저 한 양반이여.

또 이성-그 천우씨가 그 냥반이 무엇을 했냐 하면은, 얼마나-이 한양 읍터를 잡을 때에-터를 잡을 때, 그 냥반이-돈으로 요거 던져서 엎어지믄 이 터가 좋으니 안 좋니 헐 때 그 냥반이-그 결정한 냥반이여. 한양 도읍터를 잡은 그 결정을 지은 양반이여. 그래서 상당히 그-그리고 3대 임금을 모시면서 그 전부 다 즉 말하자믄 곽 분할이라든가 정도전으 난이라든가 그것을 해결한 양반이 바로 이천우씨여. 그 냥반이 그래서 공이 많고 그래서 태종대왕이 인자 벼슬을 그만 둘란다고-그 양반이 내놀란다고-그만둘란다고 그러니께, 태종대왕이-태종께서 그때 (청취 불능) 80여호허고 전답을 80결을

---

15) ?~1417. 본관은 전주(全州), 태조 이성계(李成桂)의 서형(庶兄) 완풍군(完豊君) 이원계(李元桂)의 둘째아들. 조선 전기의 문신.

준다 그랬어. 그렇게 전답을 많이 준다 그랬단 말이여. 그러나 그때 그 분은 절대 사양을 허고-전부 다 사양을 했어. 사양을 허고 무엇을 원했냐 하며는, 그때 태종대왕이 사냥을 많이 좋아해. 그 사냥을 많이 좋아하니까, 그 뭐이냐 허든 매-매사냥, 매사냥을 좋아하닝게, 국사에는 정신이 없이 너무나 사냥을 좋아하니까, 국사에 전념을 해 달라고, 그 냥반이 매를 나를 돌라구 했어. 그 냥반이 하직-베슬을 그만두구 인자-베슬 그만두면서,

"매-이 매를 나-거시기 그 매를 갖고-참 사랑하는 그 매를 나를 주십시오."

(조사자 : 사냥할 때 쓰는 그 매요?) 응,

"사냥하는-즐기는 그 매를 나를 주라."

구 했어. 그래서 바로 태종대왕이-방원-이방원이-태종대왕이 바로 그 말을 알아듣고, '아, 국사에 전념허라 소리구나!' 하는 것을 알구 씩 웃으면서 화공을 불러다가,

"매 그림을 그려라."

이 사당에 지금 보존돼 있거든. 이응도(二鷹圖)라 그랬어-이응도. 매 응(鷹)짜, 두 이(二)짜. 이응도-매를 두 마리를 그려줘서-인자 매 두 마리를 그려줘서 이응도. (조사자 : 이응도?) 이응도라구 그래. 매 응짜야. 한문으로는 매 응(鷹)짜라서 이응도라구 그런 것이야. 그림 도(圖)짜야.

그래서 그런 충신이여. 그래서 그 냥반이 돌아가시고 난 뒤에-그 돌아가시기 전에 그래서 또 화공을 불러서 그 냥반 그림을-이 얼굴-화공을 불러서 그림을 그리구 매를 그려서 같이 이러구 줬어. 그 영정을 모신 자리가 바로 이 사당이여. 영정(影幀)-그래서 영당(影堂)이라구 그랬어. 그 영정이라구 허믄 뭐냐 허믄 지금 같으믄 영정사진이라 그러지? 그 영정사진. 그 사진을 모셔논 자리가 바로 이 영당 사원(祠院) 이 사당이라니까. 그래서 그 마을 뒤이로 거그다가 사당을 모시면서 영당이라구 했어. 영당. 마을 이름을 영당이라구.

신천1리 신흥 마을, 2007. 4. 11., 1조 조사.
김소님, 여 · 73.

고려장 2

옛날에 부모하고 자식하고 할머니하고 살았는데, 인자 할머니가 육십에 돌아가시믄 옛날에는 고름장이라고, 여 저 뭣이냐 땅에다가 이렇게 묘를 해 갖고 속에다가 구뎅이를 파서 고 속에다가 인자 찰밥을 허고 그 뭣이 호롱불 있지? 호롱불 모르제? (조사자 : 아, 예. 알아요.) 응, 그 인제 저 여 기름을 요러고 보시기16)에다 담아갖구 종아리[종지] 같은 것에다 담아갖구 거기다 심지해서 이렇게 너서 불을 써갖고, 그 속에다가 다 할무니하구 갖다 넣어부러. 할무니가 안 죽으믄. (조사자 : 할머니가 안 죽는데도 갖다 넣어요? 그냥 산 채로요?) 응. 찰밥하고 그 호롱불 불 쓰괴[켜괴] 해서 지름에다 해서 갖다 넣고 딱 이렇게 묘를 해 놔부린다구. 옛날에는 그렇게 기냥 얼른 안 죽은게.

그랬는데 인자 그러고 해서 갖다 넣고 인자 집으로 돌아오니까, 손자가 인자 아버지보다가 하는 소리가,

"아부지?"

할머니는 갖다 산 채로 거기다가 갖다가 그러고 넣고-이 지게로 지고 갔거든-지게에 태워 갔거든? 지고 인자 할머니를 갔는디, 지게를 버리고 온 게 손자가 지게를 도로 줍드래. 그럼서 뭣이라 헌고 허니,

"아빠, 지게를 갖고 갑시다."

그러닝게,

"왜 지게를 갖고 가야? 그 버리자."

고 그런게,

---

16) 김치나 깍두기 따위를 담는 반찬 그릇의 하나.

"나도 아버지를 늙으믄 내가 지고 가야-가다가 그러고 할머니맹이로 그러고 해놔야 쓰겄냐?"

고. 그래서 인자 그때서 뉘우쳐갖고 그 자녀가-아들이 인자 그 할머니를 다시 파서 집으로 업고 왔다는 그런 옛날이야기가 있거든. 그래서 그-그런-그때부터는 인자 저기가-손자가-아냐. 아들이 인자 효자 노릇을 했어, 부모한테. 그래서 그 대대로 인자 효자가 생기는 거야.

[묘량면 설화 18] mp.18

신천1리 신흥 마을, 2007. 4. 11., 1조 조사.
김소님, 여 · 73.

흥부놀부 2

옛날에 박씨-박가 성을 가진 사람 형제가 살고 있었는데-박씨 성 형제가 살고 있는디, 큰 성은 돈이 많고 부자고 작은 형은 가난허고. 근디 자녀를 작은 아들이 많이 났어. 작은 동생이 자녀를 겁나게 하여간 열 명 나면 났는가봐. 그래가지고 인자 그 자녀가 배가 고프제, 하도 수가 많은게. 그래서 동냥을 해다가 인자 밥을 주고 주고-인자 하루는 하도 배가 고파서 즈그 성한테로 가갖고-그 놀부한테로 가지고,

"형님, 나 쌀 좀 주라."

고 하니까, 거시기-

"너, 너 줄 것 있으믄-"

뭔, 어디다가? 개를 준다구 했다냐? 동생을 안 주고. 그런다고 해서 인자 동생은 고생을 허고 형은 잘 살았는데, 그 형네 집을 간게 밥을 차리드래. 그래서 형이,

"밥 좀-"

아니 동생이 형보다가-형수보다,

"밥 좀 도라."

한게 안 주고 주걱에다 묻은 놈 갖고 뺨을 때려버렸대. 그래갖고 이놈을 뜯어서 이러코 막 먹고, 자기는 먹었-응 주걱에 묻은 밥이라도 뜯어 먹었는데, 인자 즈그 자녀들은 굶고 있거든.

그래서 인자 그 박씨를-하도 마음씨가 고운게 제비가 박씨를 물어다가 인자 동상네 집이다가-놀부네 집이다가-아니, 흥부네 집이다가 인자 심어 주었어. 그래갖고 그 박을 탄게 그냥 금, 은, 돈, 쌀 겁나게 터져갖고- 그런 게 사람이 마음 양심을 바르게 먹고 살아야 그 낭참[뒤]에라도 인자 후손이라도 다 도움이 있거든. 부자가 되고?

근디 셍은-성은-놀부는 망허고 동생은 부자가 되았어, 낭참. (조사자 : 형은 어떻게 망했어요?) 인자 심술이 고약헌게-심술이 고약해가지고 맨 나쁜 맘만 먹고 욕심만 많애가지고 놈[남]에 것만 막 모르게 훔처 올라 하고- 그래갖고 동생은 양심이 바르니까 자연히 진리가 다 도와주고, 인자 형은 마음씨가 불량하니까 그냥-지금 우리 현대 지금 사람-사람도 마음을 곱게 먹어야 부자가 되제, 인자 마음을 곱게 안 먹으믄 그렇게 언젠가는 진리가 다 벌을 주는 거여.

[묘량면 설화 19] mp.19

삼효리 효동 마을, 2007. 4. 11., 1조 조사.
이애희, 여 · 77.

초분에서 귀신 만난 소금장수

옛날 소금장시가-응, 옛날 소금장시가 소금장수를 하고 댕애[다녀]. 전에 -옛날 옛날에 소금장수를 허고 댕기는디, 어느 한 집을-소금을 팔러 댕기다가 어느 한 집이-정글어서[저물어서] 어느 한 집을 불 써졌은께[켜졌으니

깨 들어갔어. 그랬더니-인자 그러고 가만히 인자-그 사람 소금장시 눈이로
는 사람으로 보이거든-사람 집으로 보이거든. 그런디 초분[草墳]이여-인자
산 속에 초본. (조사자 : 초본이 뭐예요?) 이를테믄 인자 간을 나락짝으로 이
어놨어, 짐-짚이루 엮어서. 그-그 속에서-그래서 초가집-인자 그래서 요러
고 가만히 들어가서 이러고 소금장수가 의지를 허고 있는디, 예쁜 각시가
머리를 빗구 있드락 해. 징허게도 이쁜 각시가 머리를 빗구 있으믄서,

"아무개야, 거시기 닭 울기 전에 얼른 얻어묵으러 가자."

인자 그-그 죽은 사람 지사제사가 닥쳤든 때여. 그 죽은 사람 지사가.
그런게,

"아무개야, 얻어먹으러 가자."

한게,

"어이, 나 곧 머리 감고 곧 가네."

인자 그래. 근게,

"글믄 얼른 오소. 나 앞에 가네."

그래. 아이 소금장수가 들어갈 때 그냥 무슨 무서운 기가 있어갖구-초분
밑에 가 있응게 무선 기가 왈칵 들거든. 그래믄서 그냥 얼른 이러고 그냥
깜짝 놀래서 인정기[인기척]를 헌게 싹 읎어져부러, 싹. 구신이 싹 없어져부
러. (조사자 : 어머, 귀신이에요?) 응, 귀신. 귀신이 그런게 시방 요러고 으른
들 제사 지내고 보믄, 허틀 밥을 밑에다 많이 담아놓잖아? 인자 친구들 데리
꾸 와서 많이 먹고 그러라고. 그러고 전에 옛날에 그런 이야기가 다 있어.

[묘량면 설화 20] mp.23

삼효리 효동 마을, 2007. 4. 12., 1조 조사.
이애희, 여 · 77.

도깨비는 빗자루

전에 어떤 사람이 술을 양없이[양껏] 먹고 인자 비틀거리구치믄서 인자 집이를 와. 시비를 거는디 기냥-도깨비란 놈이 기냥 딱 기냥 술 먹은 사람을 때기를 치거든[메어치거든]?

"요노무 새끼야, 늬가 나를 몰라보고 늬가 때기질 치냐구 그러느냐?"

(조사자 : 어, 도깨비가?) 응, 인자 거시기 인자 술 췬[취한] 사람이. 기냥 도깨비를 기냥 이 앞손이루 딱 후둘어서 기냥 딱 지거놓고 아직[아침]에 가서 본게 빗땅[빗자루]허고 대빗자락하고 거시기허고만 있드라네. (조사자 : 대비질하고?) 몽댕이 빗자락허구 빗땅허구. 그런게 술 췬 사람은 그런 것을 잘 만나거든.

[묘량면 설화 21] mp.24

삼효리 효동 마을, 2007. 4. 12., 1조 조사.
이애희, 여 · 77.

손자 버릇 고친 할머니

거시기 쬐깐한 꼬마가 할무니를 시켜 먹을라고 할무니를 어디루 보냈어. 인자 그 지가 기냥 모르게 기냥 모[뭐] 훔쳐 먹을라고. 할무니가 감차 놓은 걸 훔쳐 먹을라고. 그랬는디 할무니가 자 가시라 그랗게 안가. 인자 그 놈 훔쳐 먹어야 쓰것는디. 훔쳐 먹어야 쓰것는디 안 가. 그래갖고는 새초니 할머닐 꼬셔갖고 모시레[마을[17]]를 보냈어. 그래갖고 기냥 쑥개떡인가 무엇을 해서 놔두고-딱 덮어놓고 안 주거든. 인자 명절-인자 끄녁[끼니] 때만 쪼깐 쓱 시[세]어서 주제. 없는 세대라 그때는. 근게, '에이- 할무니한테 아주 얻

---

17) 이웃이나 집 가까운 곳에 놀러 가는 일.

어터질 복 잡고, 내가 쑥개떡 이놈 모르게 먹어야 쓰것다.' 그랬어. 그래갖
구는 그냥 먹고는 그냥 할무니가 와서 쑥개떡 먹었다고 난리를 쳐.

"할무니, 할무니, 잘못했습니다. 내가 할무니 냉겨 놓은 거 안 먹어야 하
는디 엄청 배고파서 먹었습니다. 할머니 다시는 인자 다음에는 그래 안 헐
랍니다."

그랬어. 그렇게 헝게 엄청 할매가 대체나 그러고 비는 거시기에 영 못 보
겠그던. 먹어버렸는디-한 번 먹어버렸는디 어쩔 것이여? 그래서 먹고는 할
매가,

"다음에는 끄녁를 남겨 논 게 절대 먹지 마라."

"예."

또 할매가 또 뭔 밥인가 뭔 보리밥인가 뭔 밥인가 쪼깐 해놓고 갔는디
고놈을 또 모르게 먹어부렀어. (조사자 : 안 먹겠다 했는데-.) 응, 안 먹겠다
했는데 또 먹어버렸어. 그래갖고는,

"늬가 안 먹을란다 그러드니 또 먹었어. 인자는 용서 못 해줘. 너 인자
끄녁을 굶길 거여. 봐봐."

"어휴- 할무니, 굶으믄 못 살아요. 저는 굶으믄 못 살아요. 먹어도 배고파
죽겠는디 굶으면 못 살아요."

다시 안 그러겠다 하거든. 그래 다신 안 그런가 보자 하고는, (바람 부는
소리가 심하여 청취 불능) 그래놓고는 모시레 가는 척하고 뒷전에서 봤어.
아 이늠에 것이 또 먹거든. 배고프면 울안[18] 안 넘을 놈 하나도 없은게.[19]
아이, 그때 시상에는 배고픈 게 금방 거석[거시기] 허제. 또 먹은게,

"요 놈 안 먹겠다 허고 또 먹어?"

"배가 고픈데 어쩔 것이여, 손자 죽일라요? 나 배고픈게 할 수 없이 먹었
다오."

삼 시[세] 판을 그러그던. 근게 할무니가 기냥 할무니 먹을 늠을 안 먹구

---

18) 울타리를 둘러친 안.
19) 도둑질을 의미함.

주구 주구 하다가 할무니가 죽어부렀어-할무니가. 모지게 없는 세상에 기냥 애통이 터져서-손자가 그냥 말썽만 부리고 그런디.

"할무니, 나 안 먹을란게 일어나세요."

울고 또 달래보고,

"할머니, 나 안 먹을란게 일어나세요. 일어나세요."

그렇게 지지개 푹 쓰면서,

"아이고, 잘 잤다."

(청중 : 웃음) 저 죽은 할매가 손자가 그런게 일어났어. 그러니까 얘기제-옛날 얘기제, 그것이. (조사자 : 그러면 손자는 버릇이 고쳐졌겠네?) 그래갖고 버릇이 고차졌어. 고차져서 어 손자하고 잘 살다가 죽었제. 어, 잘 살다가 죽었제.

[묘량면 설화 22] mp.25

삼효리 효동 마을, 2007. 4. 12., 1조 조사.
이애희, 여 · 77.

콩쥐 팥쥐

아이고 그것도 들었네. (조사자 : 들으셨어요?) 의붓에미년이 그 본실(本室)에서 낳은 아들을 영감이 얻어. 얻어갖고 의붓에미년이 인자 거시기 폴순이-팥순인가-그 팥순이냐, 그 이름이 머시냐? (조사자 : 팥순이?) 그 폴순인가, 팥순이? (조사자 : 콩순이?) 콩[팥순인가, 그것이 더 안 이뻐. 본가(本家)에서도 낳았는디 딸이 징하게 이뻐. (조사자 : 아! 본가에서 낳은 딸이 예쁘구?) 응, 이쁘구 지가 그 계모가 낳은 딸은 안 이뻐. 안 이쁜게, 맨 그 놈만-선 보러 오면 그 늠에만 눈이 가제, 그 이쁜 놈 한테로만. 그런게 그 놈을 기냥 어떻게 죽어버려야겠그던. (조사자 : 계모가?) 응, 계모가. 그 늠을 죽여야 버려야겄는디 못 죽여. 죽일 재주가 없어. 애기가 어트게 영리해 갖고-. 하루 내 밑 없는-밑 빠진 항아리다 물을 하나 채워 노라두 뚜께비가 엎쳐갓구 물 하나 채놓구, 빨래도 기냥 우물가에 가서 몇 통씩 해오라 그러믄 다 해 놓고. 거 그렁게 뚜께비를 안 죽이는 것이여. 뚜께비가 도와줬어. 뚜께비 요러구 생긴 뚜께비. 그것이 이러고 도와줘갖고 그 콩떼긴가 폴떼긴가를-큰마누라서 낳은 딸을 그로코 살려. (조사자 : 누가요? 저기 두꺼비가?) 두꺼비가. 다 기냥 밑 빠진 독에다 물 부스라는디 물을 어트케 헐 것이여? (조사자 : 그러게요.) 그런데 그 뚜께비가 다 항아리 빠진 놈에다 다 거시기 해서 다 채주고 그러고 살아.

그러는디 하루는 인자 선을 보러 오게 되았어. (조사자 : 남자가?) 남자가-인자 큰 애기 그 이쁜놈한테로. 그렁께, '이노무 것을-저것을 어쩌구든지 우리 딸 내 사우로 삼아야 쓰것고 본실에서 난 딸을 저것을 기엉필[기어코] 시집을 못 가게 해야 쓰긋다.' 그러고 생각을 해. 그렇게 그 즈 어메가 인자 그 놈 본실에서 난 딸은 그냥 감차놓고는 즈그 딸을 비쳤어[보였어]. 즈그 딸을. 그리자 아니라고 안 해, 그 사람이 아니라고 안 해. 거기서 남자가 아니라고. (조사자 : 아, 그 선보러 온 사람이 아니라고 안 봐요?) 응, 안 봐-안 봐.

그렇게 하루 저녁에는 그 큰마누래서 난 딸을 뭔 숭을 잡어서 시집 못 가게 해야 쓰것그든. 그렇게 인자 그 딸 큰마누래 딸 자는 데다가 쥐새끼 껍다구를 벳겨서 그 놈 그 이불 속에다 너 놨어. 그래갖고, '다른 놈 봐갖고 애기 지었다.' 그럴라고. 그러고 해서-했어. 그 못헐 일을 그럴콤 시켰어. 그래서 참 억울하거든. 이것이 생각할 때 애기 지었다고 그 쥐새끼 껍다굴 벳겨서 이불에다 너놨으니 그 영락없이 애기 진 거 같지. 그러고 해갖고 그 놈을 거시기 했잖아. 인자 그 애기가-큰 애기가 어트게 영리해. 그렇게 그 것이 영리해. 그것이 기양- '세상에 어트게 그럴 리가 없다.'구, '그럴 리가 없다.'구, 그 쥐새끼 껍다구 벳긴 걸 갖구 가서 인자 비쳤던가보제, 동네 사람들한테. (조사자 : 아, 사람들한테?) 응, 인자 할매들한테 비쳤든가보제. 하도 억울업제-진짜 억울업제. 그렇게 비친게 쥐새기 껍다구 뱃긴 거-. 그래 계모를 쫓아내버렸어. (조사자 : 어, 동네 사람들이?) 응. 시상에 그러구 몰아내버렸어. 그 그럴 일이 어디가 있었어, 시상에? 그래갖고는-그래갖구 그것이 시집을 좋은 데루 갔어. 마음이 고아야-그 마음씨를 좋게 먹어야 즈 그 새끼도 잘되구 그래. 지 새끼는 시집도 못가고 그 고생해부렀어. 본마누 래 딸은 시집가서 잘 살구 그래부렀어. 그런 일도 있어, 전에는.

[묘량면 설화 23] mp.26

삼효리 효동 마을, 2007. 4. 12., 1조 조사.
이애희, 여 · 77.

한 말만 하지 (달래강 유래담)

또 한 사람은 남매간에 길을 걸어. 비가-남매간에 길을 걷는데 몹시 비가 막 와. 비가 악쉬억쉬로 쏟아진게-여자는 비를 맞으면 전에는 치매 입는 세상이라 살에가 딱 딱 들어붙이잖아? 그리고 인자 남자는-동상은-남동상 은-오빠라 그러든가 동상이라 그러든가 그것은 잘 모르것고-그런디 동상이 저 뒤에 따라 오다가-누나가 처다본게 안 따라오거든, 동상이. 안 따라온게 죽어버렸드라게, 뒤에서. 어째 그랬냐? 그 (청취 불능) 하루도 못 먹는다고, 인자 동상 인자-'누나한테 나쁜 마음을 먹응게 내가 살아서 무엇을 해야?' 하고 뒤에서 그리고 죽어버렸어. 그래갖고 그 누나가 응고가 돼서, 아까 뭐 새가 돼갖고 한다고 하네. 그리고 새가 돼갖고 만날 응고졌다구 노래가 있 다구-새가 돼 노래 부른다 그드만. (조사자 : 응, 새가 돼 노래를 부른대요?) 응, 거시기 그러코 동상을 죽어버려서.

"말 한 말만 허제. 말 한 말만 허제. 말 한 말만 허제."

그런게 동생 보고 말 않고 죽었다고. 그리고 누나가 그러고 그냥 얼매나 대고 장탄을 허고-. 그러큼 그런 일두 다 있어. 남매간지간에도 길도 같이 오빠를 앞세이고-동상을 앞세이고 가야지-머시매는 언제나. 뒤에-뒷전에- 여자는 뒷전에 서야 하고. 그런게 그런 걸[것]는 것도 잇속쇽[예법?] 있었어, 전에는. 그래 그런 것도 들어둘 말이여. 음 진짜 들어둘 말이여.

[묘량면 설화 24] mp.27

삼효리 효동 마을, 2007. 4. 12., 1조 조사.
이애희, 여 · 77.

여우 각시

옛날에 늙은 총각이 장개도 못 갔어. 나이 겁나게 먹도록 장개를 못 갔는 디, 인자 어느 집을 강게 불을-불이 써졌어. 그런디 이쁘지. 얼매나 이쁜지 꼭 선녀 같드락 해. 그리고 이쁜 큰 애기가 머리도 좋았어. 그렇게, '오매. 저렇고 이쁜 각시가 시상[세상]에 나허고 가당이나 할라느냐?' 허고는 저는 일허고-온 밭을 따개서 산복을 파묵먹고-인저 총각이 혼자 사능게 그라이 께네 묵고 살 거 아니여? 그래 일을 하러 댕기는디 노가다 일을 댕예[다녀]. 응, 노가다 일. 일을 댕겨 갔다 오믄 밥이 딱 해서 펼쳐놓고 사람은 없고 없고 하그던.

그래서 한번은 숨어갔구 살펴보니 깊은 백여우굴 속에서 이쁜 구렁이[20] 가 나와갖구 밥 딱해서 상보 덮어놓구 쏙 들어가거든. (조사자 : 어디로?) 그 거 그 여울굴 속으루- (조사자 : 여우굴 속으로요?) 응, 그 백여우-인자 큰 여우굴 속이루 들어가버려. 쏙 들어가버링게, '이거 이상한 일이다!' 그래도 -그래도 멀리 지켜갖구 밥 해준 것이 고마워서-반찬 장만해서 밥해 놓고 덮어놓고 가고 가고 헌게 인자, '저 놈을 어처고 내 각시를 삼아야 쓰겄다!' 그리고 기냥 밥해 주고 헝게-고와서 '내 각시로 삼아야 쓰겄다!' 허고 참 연

---

20) '여우'를 잘못 말한 듯하다.

구를 해, 그 총각이. '어쩌구 그냥 저놈을 각시로 삼아야 쓰겠다!' 하고 아-연구를 허는디, 아- 이놈으 총각이 참다보니까 못 참겠거든.

(제보자가 물을 마시느라 잠시 중단) (조사자 : 그래서요? 그 각시를 삼을려구 갔어요?) 아이, 그 인자 가는 것이 아니라 즈그 집이 와서 그러고 밥을 해주구 가고 가고 헌당게. 들어가구 어디루 가버러-흔적이 없어. 가버리구 백여우만 벼[보여], 큰애기 눈에는-그 남자 눈에는-백여로만 벼. 그래서 인자 술 먹구는 그냥 한번은 그냥, '그러믄 내가 어쩌구든지 보듬고 그냥 몸사를 쳐야 쓰겠다.' 인자 총각-늙응께 오죽 허것어, 늙은 총각이. 그 총각이 기냥 딱 보듬았어. 예쁜 각시가 밥해-밥 허구 있으니까 꽉 보듬어버렸지잉? (조사자 : 뒤에서?) 응, 뒤에서. '그런데 안직[아직]은 시대가 안 닿혔다.'고 막 '놓아 주라.'구 사정을 해,

"아이구, 아저씨 아저씨. 나 안직은 시대가 안 닿혔응께 놓아주시오. 놓아주시오."

"아니. 인제 절대 못 놓는다."

구,

(조사자 : 웃음) "절대 못 논다."

구, 그래 인제 그래도 사정을 허그던, 그 큰 애기가.

"안직은 인자 며칠 안 남았응게 며칠만 참으라."

구. 그래서 이날저날 얼매쯤 지내다가 그냥 메칠이 참아져부렸제잉. 그래갖고는 그냥 딱 밥을 해놓고 해놓고는 그렇게 참어서 메칠이 되얐는디-그때는 인자,

"나허고 결혼해갖구 살자."

구. 그렇게 쪼깐 늙어-늙은 총각이 너무 서둘러부렀었음 인자 여우 되아부리제. 여우 되아-큰 애기가 여우 되아부려. 그 사람 아니여. 그러는디 지눈에 기냥 여우되아 부려. 그런디 그러고 낭중에 차갖구 헝게 결혼해갖구 기냥 좋게 아들 낳구 딸 낳구 부자루 잘 살아부렸드라네.

[묘량면 설화 25] mp.20

삼효리 효동 마을, 2007. 4. 11., 1조 조사.
정진수, 남 · 73.

문둥병 낫는 약샘

* 밭에서 돌을 고르고 계시다가 우리를 반겨주셨다.

약샘이 있는디- (조사자 : 약샘이요?) 약-약, 약새암- (조사자 : 약새암이
요.) 약수터-이를테면 약수터제. 인자 옛날-아, 저 전라도 말로 약새암이라
고 해갖고 에, 약수터. 그래가지고 시방두 물 나는디, 그런디 거그서 사람이
많이 살았어. 그거 밭을-밭을 파믄 기왓장이-껌은 기왓장이 막 나와. (조사
자 : 기왓장이 나와요?) 응, 기왓장, 기왓장. 옛날 기와-껌은 기와. (조사
자 : 그 약수터에서는 무슨 효험이 있어요?) 어. 그 약수터에서 피부병이라
고, 그러니까 이를테면 천벵[天病]이라고 그래제, 잉? 저 거기 저 그것이 문
둥-문둥이. (조사자 : 예, 문둥병.) 응. 문둥병 생긴 사람들이 그 약수터에서
모욕을 했어. 그래갖고 그 병을 낫어서 그래서 약수-저 약새암이라구 해.

[묘량면 설화 26] mp.21

신천2리 용정 마을, 2007. 4. 11., 1조 조사.
오매순, 여 · 73.

다섯 딸의 시집살이

* 밭을 갈고 계셨는데 옛날이야기나 옛날 노래 아시는 것 있으면 가르쳐 달라고 부탁드리니
  일을 멈추시고 해 주셨다.

옛날에 옛날에 한 사람이 살았는데 딸이 다섯이여. 인자 다섯을 다 여웠

는디-한-인자 다섯이 다 쫓겨와 부렀어, 못 살고. 쫓겨온게 큰딸보다가- 큰딸보다가,

"왜 너는 쫓겨왔냐?"

그렁게,

"하도 이가 물어서 속곳을 밖 우게[위에]다 쪄[껴] 입었드이, 그것도 시집살이라구 쫓아냅디다."

그런게,

"아따, 그놈의 시집살이 강하다."

그러고,

둘째딸이 또 쫓아왔어-인자 쫓겨나왔어. 그렁게,

"너는 어째 쫓겨나왔냐?"

항게,

"하도 입이 고파서 쳇불[21]에다 콩을 볶아먹었드이, 쳇불에다 콩 볶았다고 쫓아냅디다."

그렁게,

"아따, 그놈의 시집살이 강허다."

그래서 그 사람이 둘이 쫓겨나오고, 세 사람은 어째서 쫓겨나왔냐 항게- 그 사람도 쫓겨나왔어.

"하도 하도 시애비 이마빡이 깐깐해 놔서 대못이로 이마빡을 박응께 그것도 시집살이라고 쫓아냅디다."

(청중 웃음) 그래서 셋이 쫓겨나왔어. 그래서 또 한나는,

"또 어째 쫓겨나왔냐?"

항게,

"나는 시누애기가 하도 하도 울어서 새암에다 퐁 빠쳐부렀드이, 그것도 시집살이라구 쫓아냅디다."

그래서 셋이 쫓겨나와부렀-넷이 쫓겨나왔어. 다섯째는,

---

21) 쳇바퀴에 메워 액체나 가루 따위를 거르는 그물 모양의 물건.

"어째 너는 쫓겨나왔냐?"

그렇게,

"나는 석-인자 벙어리 삼년, 저- 봉사 삼년, 귀먹어 삼년, 석 삼년-"

(제보자 : 고 한 가짓게 그 뭣인고?)

"석 삼년 아홉 해를 살고나면, 니 맘대로 살아도 된다."

그랬는데 벙어린 줄 알고 쫓겨내버렸어. 그래서 다섯이 다 쫓아나버렸어.

[묘량면 설화 27] mp.22

삼효리 효동 마을, 2007. 4. 12., 1조 조사.
김영준, 남 · 90.

각시할매재

* 마을사람들이 모두 추천해주셔서 아침 일찍 댁으로 직접 찾아가 옛날얘기를 물어보니 들려주셨다.

요 넘어가면 각설매재라구 있어. (조사자 : 각설매재요?) 응, 각설매재. 그러면 그것이 각시할매재여. 응? 각시할매, 잉? 그러면 재는 말하자면 능선을 말하는 거 아니여? 넘어가는 곳. 그러면 왜 각설매재라고 하는 유래가 있냐 하면, 우리 바로 우리 삼효리 내가 번지는 잘 모르겠는데 산에 가서 거시기가 있어. 그런데 왜 그랬냐 하면 옛날에는-지금은 남녀가 평등 되고 그랬지만은 옛날에는 그 남성 상위시대 때는 남자가 결혼을 세 번해야 팔자가 좋다고 그래. 응? 그러면 왜 그래냐 하면 젊은 처녀하고 결혼해가지고 또 여자가-인자 그 부인이-본처가 죽으면은 또 다시 얻잖어? 그러니까 결국 남자는 새로운 처녀와 결혼할 수 있는 기회가 세 번은 가지니깐 좋잖어,잉? 그러면 여자들은 하나의 희생의 제물이고.

그런데 세 번차 결혼헌-말하자믄 마흔두 살 먹은 남자와-아이-아이 마흔두 살이 아니라 쉬흔세 살-쉬흔두 살 먹은 남자와 열여섯 살 먹은 처녀한 테 결혼을 해. 그래 우리 마을에 그 처녀하구 저 영광읍에 있는 쉬흔세 살 먹은 노인과 결혼을 하게 되았어. 응? 인제 그분이 말하자믄 여가 자기 친 정이니까 우리 마을에 살기 마련 아녀? 그렇게 사는데, 거기에는 인제 본처 에서 난 아들과 자기-말하자믄 세 번째 얻은 그 할무니하고 연령 차이는 한 다섯 살이나 여섯 살 차이 밖에 없을 꺼 아녀. 응, 그러니까 할머니는 할머니지만은 각시 아-각시 아녀? 응? 그러믄 각시의 개념이라구 하는 것은 말하자믄 결혼해 가지고 새로 맞아들인 신부를 의미허잖어, 응? 처라고도 되지만은-.

그러니까 인자 그 후로-그 후로 인자 그 할머니가 인자 죽게 될 꺼 아녀. 죽게 되면은 지금은 아주 반드시 그 효의 연속이라는 것은 바로 말하자면 제사를 지내고 성묘를 하는 거-지금 우리 허고 있잖어? 조상숭배 사상, 잉? 그러니까 요 너머에 와서 그 재 너머에 가서 묘를 썼어. 할머니, 잉? 그러믄 영광읍에 있는 말하자믄 손자들이 말하자믄 한식날이나 또 그 추석 때는 반 드시 성묘를 가는 거 아녀? 그러는데 그 산이 높으니까, 그 말하자믄 그 할 머니를 성묘를 가기 위해서 그 넘어가는 재-그래서 그것이 각시할매-할매 재다. 그래서 손자들이 이름을 지어준 할매- (조사자 : 아, 손자들이 지어준 거예요?) 응. 그래서-그러면 인자 그 각시할매재를 넘어 가면은 바로 한 백 메타-한 직선 거리로는 약 한 50메타 간격에 가서 할머니 재가-응. 묘가 있어. 그래서 그렇게 이름이 지어졌다고 그래.

[묘량면 설화 28] mp.28
삼효리 효동 마을, 2007. 4. 12., 1조 조사.
정휴대, 남 · 90.

삼효리 三孝里

효자가 많이 나서 효동이 아니라 우리 부락이 용이 셋이야-삼룡. 그래서 삼효리라고 그려. 용이 셋이여. 나 사는디 거기가 천룡, 그 건너에-나 사는 건너에 거기에 한 룡, 저 짝에 또랑 거기가 한 룡, 그래서 삼룡이야. 그래서 지금 아까 거북이바우 얘기했는데, 사두(蛇頭)라구 그래. 그럼 아까 얘기같이 사두라는 것은 개구리를 잡아먹고 살아. 그리고 여기 당산나무 있잖아? 여기 돌아보면 그게 천 년, 오백 년 전의 당산나무여. 큰 두 아람 되는 당산이 두 갠디 한 개는 죽어서 쓰러져버렸어. 몇 년 전에 쓰러진 놈 대신에 새로운 놈 하나를 심었어.

그리고 수살 있지? 돌로 쌓여 있는. 옛날에 그게 수살이여. 그 수살이라는 것은 뭐냐? 동네에 살이 들어오면 막아내는 것이 수살이여. 병이 들어온다든지 잡귀가 우리 부락에 침범하면, 그것이-수살이 못 들어오게 막아. 그것을 수살이라 그래. 그리고 저짝에 밭 가운데 큰 정자나무 있잖아? 그기에도 수살이 있어. 거기는 정월에-정월에 줄들을 감았어. 그 줄은 언제 감냐? 음력 정월 대보름날 줄을 감어. 그래서 하나의 부락에 산고(産苦)를-애기를 난다든지, 사람이 죽는다든지 그러면 줄 들여서 정월 보름날 줄을 안 감아. 매어 내놔. 매어났다가 유월 초 하에 감아. 아침 일찍 감아. 그래야 또 애기 낳고-.

5) 민요

[묘량면 민요 1] mp.29

삼학1리 삼산 마을, 2007. 4. 10., 1조 조사.
이금숙, 여 · 67.

진주낭군 1

* 주위에서 노래를 잘하시는 분이라고 칭찬하시기에 노래를 해 달라고 부탁드렸더니 차분한
목소리로 시작하셨다.

(처음에는 말씀으로 구연하셨다)
시어머니 허시는말씀 아가아가 며늘아가
진주낭군을 볼라거든 진주남강에 빨래가그라
진주남강에 빨래가면 물도좋고 산도좋고
오동동오동동- (제보자 : 다 잊어부렀어.)
오동동오동동 빨래가니
하늘같은 갓을쓰고 구름같은 신을신고
(제보자 : 어디루 빨래를 갔다구 했는디 다 잊어부리구 모르것어.)
(조사자 : 무슨 강으로 빨래 갔겠죠?)

(제보자 다시 노래로 시작하셨다)

시집삼년을 살고나니 시어머니 허시는말씀
아가아가 메눌아가 진주낭군을 볼라거든
진주남강에 빨래가라 진주남강에 빨래가니
물도좋고 들도좋네 아가아가 며늘아가
흰빨래는 희게씻고 검은빨래는 검게씻고
집이라고 돌아오니 시어머니 허시는말씀

아가아가 메눌아가 진주낭군을 볼라거든
사랑문을 열구봐라 사랑문을 열구보니
열두가지 수를놓고 기생첩을 옆에놓고[22]
잠든듯이 죽었노라

[묘량면 민요 2] mp.30

신천2리 구동 마을, 2007. 4. 10., 1조 조사.
한순애, 여 · 63.

강강수월래

* 일하시다 말고 흔쾌히 바닥에 주저앉아 노래를 불러주셨다.

임진사월 동터오네 강강수월래

섬오랑캐 밀려왔네 강강수월래

한여름이 더덥다네 강강수월래

한놈한놈 남김없이 강강수월래

돌을갖고 남김없이 강강수월래

한놈한놈 남김없이 강강수월래

물귀신을 만들었네 강강수월래

장하도다 장하도다 강강수월래

부모형님 장하도다 강강수월래

[묘량면 민요 3] mp.31

신천2리 구동 마을, 2007. 4. 10., 1조 조사.
한순애, 여 · 63.

---

22) 이왕에 채록되었던 자료들에 비해 보면 이하에 몇 행이 빠진 듯하다. 아래 자료 (4) 참조.

불개미노래

머리에는 버짐[23]나고

눈에는 안질나고

코꾸녁은 당첨허고

주둥어리 이에리고[24]

모가지는 나른하고

배안에는 내종(內腫)[25]들고

똥꾸녁은 치질나고

발뒤꿈치에 독종(毒腫)[26]나고

조그만은 불개미가

왼갓병이 다걸렸네

둥당이더 둥당이더 당이둥당이 둥당이더

둥당에타령을 누가냈냐

건방진큰애기 내가냈다

내고싶어 내었던가

자네가 있어서 내었제

[묘량면 민요 4] mp.32

신천2리 구동 마을, 2007. 4. 11., 1조 조사.
한순애, 여 · 63.

---

23) 백선균에 의하여 일어나는 피부병.
24) 이가 애리고.
25) 내장에 난 종기.
26) 독성이 있어 고통도 심하고 잘 치유되지도 않는 독한 종기.

진주낭군 2

아가아가 며늘아가 진주낭군 볼라거든
진주강으로 빨래가라 진주강으로 빨래간게
하늘같은 갓을쓰고 구름같은 말을타고
덜컥덜컥 하노라니 희건[흰]빨래 희게빨고
검은빨래 검게빨아 집으로 돌아오니
시어머니 허신말씀 아가아가 며늘아가
진주낭군을 볼라거든 아랫방으로 건너가라
아랫방에 건너가니 기생에첩을 옆에놓고
오색가지 안주놓고 권주가를 허는구나
내방으로 건너와서 멩주베수건 석자석치로
목매달아 죽었다네 이말들은 진주낭군
버신[버선]발로 뛰어와서 본처라면 백년이요
기생에첩은 석달인데 죽는단말이 웬말이요
에라천하에 몹쓸사람

[묘량면 민요 5] mp.33

신천2리 구동 마을, 2007. 4. 11., 1조 조사.
차금례, 여 · 76.

바느질 노래

참판방 참판방
네모반듯한 참판방
바느질쌈지 옆에놓고

바느질 못허는 내팔자야
이비내[비녀] 꼭대기 저비내 꼭대기
승수네 맞췄다
당기둥당이 둥당이덩

[묘량면 민요 6] mp.34

운당리 영당 마을, 2007. 4. 11., 1조 조사.
문영식, 남 · 70.

모심는 소리 1

* 길을 가고 있던 중 할아버지께서 우리를 불러 어디에서 왔냐고 관심을 보이시며 불러주셨다.

에헤에루 상사디여
잘도허네 잘도나허네
에헤에루 상사디여
일락서산에 해떨어지고
에헤에루 상사디여
월출동녘에 달솟아오른다
에헤에루 상사디여
얼른잠깐 심어놓고
에헤에루 상사디여
어서허세 어서나허세
에헤에루 상사디여
잠깐 허리아프니 쉬었다가 허세
에헤에루 상사디여
저넘어 계집애 자빠져났으믄

에헤에루 상사디여

이라친대일으킨대 핑계대고 보듬어나보세

에헤에루 상사디여

[묘량면 민요 7] mp.35

운당리 영당 마을, 2007. 4. 11., 1조 조사.
이길신, 남 · 87.

모심는 소리 2

에헤에루 상사디여

간다간다 나는간다

에헤에루 상사디여

모를심으러 나는가네

에헤에루 상사디여

떴다보아라 종기새[종달새]야

에헤에루 상사디여

천리만리 구만리떴네

에헤에루 상사디여

일락서산에 해는떨어지고

에헤에루 상사디여

월출동쪽에서 달이뜬다

에헤에루 상사디여

너는나를보면 본치만치해도

에헤에루 상사디여

너를보면은 똑좋드라

에헤에루 상사디여

[묘량면 민요 8] mp.36

운당리 영당 마을, 2007. 4. 11., 1조 조사.
이완섭, 남 · 82.

모심는 소리 3

에헤에루 상사디여
간다간다 나는간다
에헤에루 상사디여
이배미 숭구괴[심고] 저배미로 가세
에헤에루 상사디여
서마지기 논배미가 반달만치만 남었구나
에헤에루 상사디여
앞산봐라 가차지고 뒷산은 멀어진다
에헤에루 상사디여
저건네 갈미봉 비가온다
에헤에루 상사디여
떴네떴네 보폭이떴네
에헤에루 상사디여
다되아가네 다되아가네
에헤에루 상사디여
서마지기 논배미가 다되아가네
에헤에루 상사디여
앞산은 멀어지고 뒷산은 가까와지네
에헤에루 상사디여
저놈으 가시네 옷매를 보소
에헤에루 상사디여

총각간장 다녹이겠네

에헤에루 상사디여

얼른잠깐 심고 쉬었다 가세

에헤에루 상사디여

다되아가네 다되아 가네

에헤에루 상사디여

너마지기 논배미가 다되아가네

에헤에루 상사디여

[묘량면 민요 9] mp.37

신천1리 신흥 마을, 2007. 4. 11., 1조 조사.
박영자, 여 · 66.

진주낭군 3

* 시집살이 노래를 이야기로 풀어서 해 주신 다음에 노래로 불러주셨다.

물도담도 없는집에 시집살이 살고나니

시어머니 허신말씀 아가아가 메눌아가

진주낭군 볼라거든 진주남강에 빨래가라

진주남강 빨래가니 돌도나좋고 물도나 좋은디

추적추적 빨랠한게 난데가없는 마꿉[말굽]소리

얼크덕 절크덕 나는구나

옆눈으로 살펴보니 하늘같은 갓을쓰고

구름같은 말을타고 못본듯이도 가는구나

흰빨래는 희게빨고 검은빨래 검게빨고

집이라고 돌아오니 시어머니 하신말씀

아가아가 며눌아가

진주낭군을 볼라거든 건너방에 건너가라

건너방에 건너가니 오색가지 술을놓고

기상[기생]첩을 옆에놓고 권주가를 허는구나

아랫방에 건너가서 아홉가지 약을놓고

멩지[명주]석자 목에걸고 황천대악을 가겠구나

진주낭군 그말듣고 보신발로 뛰어나와

여보여보 마누라씨 기상첩은 석달이요

본체[본처]랑은 백년인데 억울허게도 되었구나

둥당이더 둥당이더 당게 둥다이 둥다이더

[묘량면 민요 10] mp.38

삼효리 효동 마을, 2007. 4. 11., 1조 조사.
이애희, 여 · 77.

베 짜는 노래

월광단 일광단 다짜버리고

웃집이 서방님옷은 잘도나 짜네

낮에짜면은 월광단이라

밤에짜면은 일광단이요

월광단 일광단 다짜버리고

우리집이 서방님옷이나 짓세

[묘량면 민요 11] mp.42

삼효리 효동 마을, 2007. 4. 12., 1조 조사.
이애희, 여 · 77.

청춘가

시들시들 봄배추는
밤이실 오기만 기다린다
옥에갇힌 춘향이는
이도령 오기만 기다린다
얼씨구나 좋네 정말로 좋아
이렇게 좋다면 또딸나요
산천에 풀잎은 푸러야만 좋고
우리네 자수는 잘만되아야 좋더라

[묘량면 민요 12] mp.43

삼효리 효동 마을, 2007. 4. 12., 1조 조사.
이애희, 여 · 77.

둥당이 타령

당기 둥당이 둥당이당
당기 둥당이 둥당이당
꽃버선 신었다 발자랑
금버선 신었다 발자랑
요리 보아도 내모양
저리 보아도 내모양

버신[버선]자랑 버신자랑
꽃버신 신었다 버신자랑

[묘량면 민요 13] mp.39

삼효리 효동 마을, 2007. 4. 12., 1조 조사.
정영재, 남 · 76.

회심곡

* 마을 분들의 추천으로 상여소리를 잘 하신다는 정영재 할아버지 댁을 찾아갔다.

억조창생 시주님네 이내말쌈 들어보소
이세상에 나온사람 뉘덕으로 나왔는가
석가여래 공덕으로
어머님전 살을빌어 아버님전 뼈를빌어
칠성님전 명을빌고 제석님전 복을빌어
석달만에 피를보고 여섯달만에 육정(六情)27)이생겨
열달만에 탄생하니
그부모가 우리 길러낼제 어뜬공력을 들였을까
진자리는 불쌍하신 어머님이 누우시고
마른자리는 아기를 눕혀
오뉴월이라 한밤에 모구[모기]빈대 뜨슬[뜯을]세라
곤곤하신 잠을 다못다 주무시고
다떨어진 살부채를 손에다 들고 온갖시름을 다던지니
어리둥실이나 (청취 불능)쉬시며

───────────────
27) 사람의 여섯 가지 감정, 즉 희(喜), 노(怒), 애(哀), 낙(樂), 애(愛), 오(惡)를 이름.

동지섣달 설한풍에 백설이 날릴때 그속에 자손을 둘세라

덮은데 덮어주고 팔위에 왼젖을 입에다 물려놓고

양입양친으 자손으 영태허리 툭탁치며

사랑에 겨워서 하시는 말씀이

금자동아 은자동아 금이로구나

만첩청산의 보배동아 순지건곤으 이완동아

나라에는 충신동아 부모에겐 효자동아

동기간으 우애동아 일가친척으 화목동아 동네방네 귀염동아

오색비단에 채색동아 채색비단에 오색동아

금을주니 너를사랴 은을주니 너를사랴

애지중지 기른정을 사람마다 알겠습니다

나무아미타불 나무아미타불

여보시오 시주님네 이내말쌈 들어보소

이공드려두 노소위해서

늙으실때나 젊으실때나

늙으실때는 늙어가고 젊은청춘 나중가고

공명[광명]천지라도 하나님아래 흘러가는 물이라도

선후나중 있겠구려

수민[맨]산천 만강봉[만장봉]에 청산녹수가 나릴듯이

차례로만 흘러서 기왕극락으로 만나갑소서

한두살에 철을몰라 부모은공 못다갚고

우리부모 날기르실때

백일정성 산정기돌아 명산대천 찾으시며

온갖정성 다들여서 자식되라고 기도하고 고이되라 주의하며

천금주어 곱게곱게 길렀건만

무정세월은 유수와같이 가는봄도 오고가고 노출할건마는
우리인생 한번 늙어지면 어이하여 졸지에 못오는가
홍도라니 백발이요 못면할사 죽음이라
검은머리 백발되고 곱든면에 주름졌다
아니먹던 귀가 절벽되고 박씨같은 이가 빠졌으니
이아니도 원통한데
자손들은 나를보고 망령이라 하는소리
애닯고 절통하다
여보시오 청춘들아 너희가 본래 청춘이냐
낸들본래 백발이냐 백발보고 웃지마라
나도 엊그제 청춘소년 행락이었건만 오늘 백발 원수로다
나무아미타불 나무아미타불

한두살에 철을몰라 부모은공 못다갚고
어제오날 성튼몸이 저녁날에 병이들어
실낱같은 약한몸에 태산같은 병이들어
부르나니 어머니요 찾으나니 냉수로다
인삼녹용 약을쓴들 약덕이나 입을손가
무당불러 경을읽은들 경덕이나 입을손가
굿을한들 굿덕이나 입을손가
명산대천 찾아가서 소지(燒紙)[28]삼장 올려놓고
비난이다 비난이다 하나님전 비난이다
칠성님전 발원하고 신장님전 공양한들
어느성현이 감응오갈까
나무아미타불 나무아미타불

28) 부정(不淨)을 없애고 신에게 소원을 빌기 위하여 흰 종이를 태워 공중으로 올리는 일.
또는 그런 종이.

모진목숨 끊어질때

제일전에 진광대왕 제이전에 초강대왕

제삼전에 송제대왕 제사전에 송제대왕[29]

제오전에 염라대왕 제육전에 변성대왕

제칠전에 태산대왕 제팔전에 평등대왕

제구전에 도시대왕 제십전에 전륜대왕

열시왕의 평[명]을받아 한손에다 췌[창]을들고

두손에다 철봉들고 쇠사슬로 비껴차고

활등[30]같이 굽은길로 살대[31]같이 달려들어

닫은문을 박차면서 어서가자 바삐가자

뉘분부라 지연하며 뉘명이라 지체할까

실낱같은 약한몸에 팔뚝같은 쇠사슬로

결박하여 흘러[끌어]내니 혼비백산 나죽겠네

여보시오 사자님네 이내말쌈 들어보소

시장하니 점심이나 먹고

신발이나 고쳐신고 쉬어가세

이런놈들 들은체도 아니하고

쇠뭉치로 등을치며 어서가자 바삐가자

저싱길이 멀다드니 대문밖이 저싱이라

구사당에 하직하고 신사당에 허배(虛拜)[32]하고

대문밖을 썩나서니 없든고생 낭자하다

일직사자 손을끌고 월식[직]사자 등을밀어

풍우같이 재촉하며 천방지방 몰아갈제

높은데는 얕차지고 얕은데는 높아지고

---

29) '오관대왕'이라 해야 할 것을 잘못 말한 것임.

30) 활짱의 등.

31) 화살대. 화살의 몸을 이루는 대.

32) 신위에 절을 함. 또는 그 절.

동기간이 많다한들 어느누가 대신갈까

친구벗이 많다한들 어느누가 동행헐까

[묘량면 민요 14] mp.40

삼효리 효동 마을, 2007. 4. 12., 1조 조사.
정영재, 남 · 76.

상사소리

에헤에루 상사디여

어울러진다 어울러진다

에헤에루 상사디여

먼뎃사람 듣기나좋게

에헤에루 상사디여

옆엣양반들 보기도좋게

에헤에루 상사디여

그덤불에 저덤불에

에헤에루 상사디여

상사소리가 보기나 좋게

에헤에루 상사디여

높은산에 눈날리듯

에헤에루 상사디여

앞장산에 빗날리듯

에헤에루 상사디여

[묘량면 민요 15] mp.44

운당리 영당 마을, 2007. 4. 11., 1조 조사.
이평신, 남·68.

사철가 [단가]

이산저산 꽃이피니 분명코 봄이로구나

봄은 찾아왔건마는 세상사 쓸쓸허드라

나도 어제 청춘일러니 오늘 백발 한심허구나

내청춘도 날버리고 속절없이 가버렸으니

왔다갈줄 아는봄을 반겨헌들 쓸데있나

봄아 왔다가 갈려거든 가거라

네가가도 여름이되면 녹음방초승화시(綠陰芳草勝花時)³³)라

옛부터 일러있고

여름이 가고 가을이 돌아오면

한로상풍(寒露霜楓)³⁴) 요란해도

제절개를 굽히지 않은 황국단풍도 어떠한고

가을이 가고 겨울이 돌아오면은

낙목한천(落木寒天)³⁵) 찬바람에 백설만 펄펄 휘날려

은세계가 되고 보면은

월백설백(月白雪白) 천지백(天地白)허니 모두가 백발으 벗이로구나

무정세월은 덧없이 흘러가고

이내청춘도 아차한번 늙어지면 다시청춘은 어려워라

어와세상 벗님네들 이내한말 들어보소

인생이 모두가 백년을 산다고 해도

---

33) 푸른 나뭇잎이 우거진 그늘과 꽃처럼 향기로운 풀이 꽃보다도 더 좋은 때.
34) 찬 이슬과 서리 맞은 단풍.
35) 나뭇잎이 다 떨어진 추운 겨울.

병든날과 잠든날 근심걱정 다제하면 단사십도 못사는인생

아차한번 죽어지면 북망산천으 흙이로구나

사후에 만반진수(滿盤珍羞)[36]는

불여생전(不如生前)에 일배주(一杯酒)[37]만도 못하느니라

세월아 세월아 세월아 세월아 가지말어라

아까운 청춘들이 다늙는다

세월아 가지말어라 가는세월 어쩔꺼나

늘어진 계수나무 끄터리다가끝에다가 매달아놓고

국곡투식(國穀偷食)[38] 허는놈과 부모불효 허는놈과 형제화목 못하는놈

차례로 잡어다가 저세상으로 먼저 보내버리고

나머지 벗님네들 죄모두 모여앉어

한잔 더먹소 그만먹게 허면서

거드렁거리고 놀아보세

[묘량면 민요 16] mp.45

운당리 영당 마을, 2007. 4. 11., 1조 조사.
이평신, 남 · 68.

쑥대머리(춘향가 중) [단가]

춘향형상 가련허다 쑥대머리 귀신형용

적막옥방으 찬자리에 생각난것은 임뿐이라

보고지고 보고지고 한양낭군 보고지고

오리정 정별후로 일장서(一張書)를 내가못봤으니

---

36) 상 위에 가득히 차린 귀하고 맛있는 음식.
37) 살아 있을 때의 한 잔 술만 못함.
38) 나라의 곡식을 도둑질해 먹음.

부모봉양 글공부에 겨를이없어서 이러는가
연이신혼(宴爾新婚)[39] 금슬우지(琴瑟友之)[40] 나를잊고 이러는가
계궁항아(桂宮姮娥)[41] 추월같이 언뜻이 솟아서 비추고져
막왕막래(莫往莫來)[42] 막혔으니 앵무서(鸚鵡書)를 내가어이 볼수있나
전전반측 잠못이루니 호접몽(胡蝶夢)[43]을 꿀수가있나
손가락으 피를내여 사정을 편지할까
간장으 썩은물로 님으화상을 그려볼까
이화일지 춘대우(梨花一枝春帶雨)[44]에 내눈물을 뿌렸으니
야우문령 단장성(夜雨聞鈴斷腸聲)[45]으 눈물이나 님으생각
추오동 엽락시(秋梧桐葉落時)[46]에 잎만떨어져도 님으생각
녹수부용(綠水芙蓉) 연캐는처니[처녀]와
재롱망채엽(提籠網採葉)[47] 뽕따는 여인네들도
낭군생각은 일반이라
옥문밖을 못나가니 뽕을따고 연을 캐려니와[캐겠으며]
내가만일 님을못보고 옥중혼(獄中魂)이 되고보이면은
무덤앞에 섰는돌은 망부석(望夫石)[48]이 될것이요
무덤근처 있는나무는 상사목(相思木)[49]이 될것이니

---

39) 새로 장가를 들음.
40) '거문고와 비파로 벗을 삼음.' 군자와 숙녀가 만나 화합하고 친애을 뜻함.
41) 달나라에 산다고 하는 전설 속의 선녀. 원래는 예(羿)의 아내로서, 예가 서왕모에게 청하여 얻은 불사약을 훔쳐 먹고 선인이 되어 달로 도망쳐 달의 정(精)이 되었다고 함.
42) 갈 수도 올 수도 없음.
43) 장자가 꿈에 호랑나비가 되어 훨훨 날아다니다가 깨서는, 자기가 꿈에 호랑나비가 되었던 것인지 호랑나비가 꿈에 장자가 되었는지 모르겠다고 한 이야기에서 나온 말.
44) 배꽃 한 가지에 봄비가 젖음.
45) 밤비 내리는데 들리는 말방울소리가 나의 애를 끊음.
46) 가을에 오동나뭇잎이 떨어질 때.
47) 바구니와 그물채를 들고 나뭇잎을 땀.
48) 정조를 굳게 지키던 아내가 멀리 떠난 남편을 기다리다 그대로 죽어 화석이 되었다는 전설적인 돌. 또는 아내가 그 위에 서서 남편을 기다렸다는 돌.
49) 님을 그리다 죽은 사람의 혼이 변하여 솟아난 나무.

생전사후 이원정(冤情)[50]을 알아줄이가 뉘있단 말이냐
그저 퍼버리고 앉아 울음을 운다

[묘량면 민요 17] mp.46

운당리 영당 마을, 2007. 4. 11., 1조 조사.
이평신, 남 · 68.

액막이

대구여~
이집에 액을 어찌게 막았냐믄
정월달에는 처가지붕으로 정월대보름 처가지붕으로 막아내고
이월달의 액은 이월하루날 콩 볶아 먹는 날 막아내고
삼월 달 액은 삼월삼짓날 연자재끼 날아드는 날로 막아내고
사월 달은 사월초파일날 관동포틀 나는 날 막아내고
오월 달은 오월단옷날로 막아내고
유월 달은 유월유둣날 밋개떡집의 날 막아내고
칠월 달은 칠월칠석으로 막아내는디 저 깡매쪄먹는 날 막아내고
팔월대보름 송편 쪄먹는 날 막아내고
구월중에는 찰떡 쪄먹는 날 막아내고
시월보름은 그럭저럭 넘어가고
동짓달은 동지죽 써먹는 날 막아내고
십이월 달은 쑥떡 해먹는 날 막아내고
이 모든 액을 똘똘 몰아다가
저 강남 깊은 물에다가 퐁당 빠뜨려버리고

---

50) 억울한 죄로 겪은 고통스러운 생각.

모든 액을 똘똘 몰아다가 퐁당 빠뜨려버리고
내일부터는 돈 보따리만 두르라고
그럼 약에 살라믄 어찌하는가므는 약에 살라믄
대구여
이집의 액은 어찌게 막느냐며는
정칠월, 이팔월, 삼구월, 사시월, 오동기, 육섯달
모든 액을 똘똘 몰아다 한강수 깊은 물에다 퐁당 빠쳐버리고
예부터 돈 보따리만 펑펑 부르라고

2

영광군 군서면

1) 조사 마을 개관

[군서면 마을 1] 전라남도 영광군 군서면 마읍1리 마읍(馬邑) 마을

임진왜란 당시 1600년경에 경상남도 김해(金海)에서 김해김씨(金海金氏) 38대손 김석동(金碩東)이 영광군 백수면 지산리에 낙향하여 살다가, 지산리가 풍수해가 심하여 군서면 마읍리로 이주하여 살면서 마을이 형성되었다. 마을 뒷산 북종산(北鍾山)의 형태가 말의 형국 중 말의 음군(淫郡)에 해당된다 하여 마읍(馬邑)이라 했으며, 본래 영광군 남죽면의 지역으로 마식골 또는 마읍(馬邑)으로 부르다가, 1914년 행정구역 개편때 남죽면 마읍리에서 군서면 마읍리 1구로 편입되었다.

마을에 면사무소가 위치하고 있다. 마을을 방문했을 때 보건소 지부를 짓는 공사가 한창이었다. 활기가 넘치는 마을이었다.

[군서면 마을 2] 전라남도 영광군 군서면 마읍2리 사동(沙洞) 마을

조선 철종조(哲宗祖) 1850년경 진주강씨(晋州姜氏) 강대수의 조부가 마을에 정착하면서 마을이 형성되었다. 그 형국이 말의 꼬리에 해당된 부분이라 하여 '말꼴' 또는 '말끝'이라고 부르다가, 이 말이 변해서 모래꼴로 불리워졌다. 그 후 한자표기도 사동(砂洞)으로 되었다.

처음 마을을 방문했을 때는 사동(砂洞)이라는 이름 때문에 혹 모래로 된 골짜기가 있을까 했으나 채록을 시작하며 마을의 내력을 들었을 때, 오해가 풀렸다. 마을 앞산 절골에 기와장이 출토되는 것으로 보아 절이 있었을 것으로 추정되는 사지(寺址)가 있다.

[군서면 마을 3] 전라남도 영광군 군서면 매산1리 가산(佳山) 마을

1680년경에 해주정씨(海州鄭氏) 정달선(鄭達善)이 장성 삼서면에서 이곳으로 와서 정착하여 마을을 형성하였다. 살기 좋고 아름다운 마을이라 하여 아름다울 가(佳)자와 관산면에 속해있는 뜻으로 뫼 산(山)자를 써서 가산(佳山)이라 부르게 되었다. 1914년 행정구역 개편때 영광군 관산면에서 군서면으로 개편되어져, 오늘날에는 가산과 산꼬지로 나뉘어져 있다.

매산리에 도착하면 가장 먼저 만나게 되는 마을로, 몇몇 집들이 현대식으로 예쁘게 꾸며진 것이 인상적이었다. 이곳에 몇 년 전부터 작은 매가 약 20마리 무리를 지어 살고 있다.

[군서면 마을 4] 전라남도 영광군 군서면 매산1리 구산(九山) 마을

1894년경 청주한씨(淸州韓氏)가 정착하여 오늘에 이르며 군서면 송학 학산(鶴山) 청주한씨(淸州韓氏) 29대손 한규오(韓圭五)가 1890년경 당시 살던 집에서 불이 나자 좋은 곳을 찾던 중 이곳에 정착하여 마을을 형성하였다. 마을 좌측에 산과 우측에 4개의 산, 마을 중심부의 산 1개를 합하여 9개의 산이 있다하여, 구산(九山)으로 부르게 되었다.

1914년 행정구역 개편 때 관산면 신양(新陽), 봉동(奉洞), 구산(九山)이 합해져 군서면 매산1구 구산으로 편입되었다. 마을에 한영석(韓永錫)의 매은정사(梅隱精舍)가 있다. 마을 이름인 '매산리'는 이 분의 호를 따서 지어졌다고 한다.

[군서면 마을 5] 전라남도 영광군 군서면 매산(梅山)1리 내방(內方) 마을

조선 광해군 때 1780년경 김해김씨(金海金氏) 김영보(金英甫)가 경기도 장단(長湍)에서 진사를 하다가, 하인 4명을 데리고 산천이 좋은 곳을 찾아 다니다 이곳이 터가 좋다 하여 정착하면서 마을이 형성되었다. 마을에 방죽이 있어 방죽 안쪽 부분에 마을이 위치하여 내방(內方)이라 부르고, 바깥쪽은 외방(外方)이라 불리며, 윷판, 말굽이 7개 있는 방마출역(驛)이 있다. 조사자들이 머물렀던 외방 마을에서 길 하나 건너면 되는 매우 가까운 곳에 위치해 있다.

[군서면 마을 6] 전라남도 영광군 군서면 매산(梅山)2리 외방(外方) 마을

1700년경 김해김씨(金海金氏) 김상주(金相柱)가 전라북도 고창(高敞)에서 이곳으로 정착한 후 마을이 형성되었다. 마을에 큰 방죽이 있다 하여 방죽 안으로 부르다, 방죽 바깥쪽에 있다 하여 외방(外方)으로 불리었다. 1914년 행정구역 개편 때 영광군 간산면에서 군서면 매산2리로 편입되었다.

마을 앞에 약 200년 된 팽나무 2그루와 귀목나무 1그루인 노거수가 있다. 마을 분들 모두 조사자들을 반갑게 맞아주셨으며, 늦은 시간까지도 함께 해 주시며 이야기를 해 주셨다.

[군서면 마을 7] 전라남도 영광군 군서면 매산(梅山)2리 백동(栢洞) 마을

1780년경 진주정씨(晋州鄭氏) 정의명(鄭義明)의 9대손 정한두(鄭漢斗), 정우춘(鄭又春), 정문춘(鄭文春) 3형제가 군서면 덕산리에서 이곳에 와 터를 잡고 마을을 형성하였다. 마을 주변에 참나무가 많아 '건목동'으로 부르다가 해방 이후에 백동(栢洞)으로 불렸고, 1914년 행정구역 개편 때 영광군 관산면(官山面)에서 군서면 매산2리로 편입되었다. 마을에는 상대적으로 젊은 분들이 많이 계셨다.

2) 조사 기간 및 일정

2007년 4월 10일 ~ 4월 12일

4월 10일 3시 30분, 서울에서 버스를 타고 온 조원들이 터미널에 모두 도착했다. 버스를 타고 첫 번째 마을인 마읍리에 약 4시 30분쯤 도착해 마을회관에 짐을 풀었다. 마을 회관에서 이장님을 만나 짐을 풀고 두 개조로 나누어 A조(중영, 소영, 소라)는 마읍2리로 찾아갔다. B조(상민, 경주, 성민, 보라)는 마읍 1리에 남아 마을을 돌아다니며 제보자를 찾아다녔다. 2리로 찾아간 조는 2리 이장님과 마을 사람들이 한창 농번기로 바쁜 관계로 제보자를 소개받고 돌아왔으며, 1리에 남은 조는 약간의 설화를 들은 뒤 마을 회관으로 돌아왔다. 저녁식사를 마치고 마을 어르신들이 일찍 주무시는 관계로 일찍 잠을 청했다.

4월 11일 아침 7시에 기상하여 아침식사를 마친 뒤 본격적인 조사에 들어갔다. 어제와 같이 두 조로 나누어 2리 사동 마을과 1리 마읍 마을의 조사에 들어갔다. A조(중영, 경주, 성민)는 사동 마을을 찾아가 소개받은 제보자를 만나 이야기를 들었으며, 다른 분들에게도 이야기를 듣고 싶었으나 농사일이 바쁘신 듯 일을 하시고 계셔 다시 마을 회관으로 돌아왔다. 마읍 마을에 남은 B조(소라, 보라, 소영, 상민)는 마을을 돌아다니며 여러 이야기를 들었다. 점심 즈음 사동 마을에서 돌아온 조와 합류해 제보자 어르신이 주신 점심을 먹고 여러 민요와 설화를 들었다.

전날 이장님의 방송으로 마을 회관으로 오신 어르신들에게 이야기를 들은 뒤, 약 4시 30분 쯤 마을을 출발해 매산2리 외방 마을에 도착했다. 우리가 도착하였을 때, 사전답사 때 뵈었던 2리 이장님이 병원에 입원하시는 바람에 이장님을 뵐 수는 없었지만, 약속을 잊지 않으신 이장님께서 마을 어르신들과 경로회장님께 말씀을 해 주셔서 어르신들의 환영을 받으며 마을에 들어섰다. 마을 어르신들로부터 마을의 유래와 방마산의 이름 유래 등을 들었으며, 저녁 8시에 농사일로 바쁘시던 매산1리 이장님을 뵈러 조장이 이동해 제보자를 소개받았다. 조장이 돌아온 뒤 어르신들로 이야기를 조금 더 들은 후 약 12시 쯤 취침하였다.

4월 12일 아침 8시에 기상한 후 아침 식사를 마치자마자 조원을 세 팀으로 나누어 어제 가보지 못했던 다른 마을들을 찾아갔다. 조장(중영)은 전날 1리 이장님께서 소개해주신 제보자를 찾아갔으며, A조(상민, 경주, 성민)는 백동 마을에, B조(소라, 보라, 소영)는 내방 마을로 찾아가 어르신들께 이야기를 들었다. 점심 식사를 준비할 무렵, 마을의 할머니들께서 점심 준비를 도와주셔서 점심을 맛있게 먹을 수 있었다. 약 4시까지 어르신들과 이야기를 나눈 뒤, 작별인사를 드리고 마을을 빠져나와 5시 숙소로 복귀하였다.

3) 제보자

제보자 1 마읍1리 마읍 마을, 김길선, 남·60.
제공한 자료 : 설화 1, 2.

 마읍리의 전 이장님이시며 조사 첫날 제보자를 찾아갔을 때, 군(郡)에서 나온 안내 책자를 참고하시면서 마을의 유래나 역사에 대해 자세히 설명해 주셨다. 외양에서 느껴지는 지적인 모습처럼 많은 이야기를 해 주셨다.

제보자 2 마읍1리 마읍 마을, ○○○, 남·○○.
제공한 자료 : 설화 3~5.

　　조사자의 실수로 제보자의 인적 사항을 조사하지 못하여 자세하게
수록하지 못하였습니다. 제보자께 양해와 용서를 구합니다.

제보자 3 마읍1리 마읍 마을, 김전섭, 남·58.
제공한 자료 : 설화 6.

　　조사자들이 조사를 하러 마을들 돌아다닐 때, 조사자들에게 점심을
대접해주시기도 하며 많은 도움을 주셨다. 조사를 하는 내내 활기찬
모습을 보이셨고, 웃음도 많으신 분이었다.

제보자 4 매산2리 외방 마을, 한영순, 여·76.
제공한 자료 : 설화 7. 민요 4.

　　마을에 도착해 회관에서 이야기를 듣는 동안 내내 다른 분들의 이
야기를 이끌어내시려 노력하셨다. 할머님은 생각나는 이야기나 노래
가 없다고 하셨지만, 주위의 도움으로 아리랑 노래를 기억하셔서 불러
주셨다. 웃음이 많으셨던 분이었다.

제보자 5 매산1리 내방 마을, 서봉순, 여·62.
제공한 자료 : 설화 8.

　　조사자들이 일을 하러 가시는 제보자를 붙잡아 이야기를 듣게 되었
다. 일을 하러 가셔야 하는 바쁘신 와중에도 방마산 이야기 등을 해주
셨다. 이야기를 해주시는 동안 내내 웃으시던 해맑은 인상이셨다.

제보자 6 매산2리 외방 마을, ○○○, 남·○○.
제공한 자료 : 설화 9. 민요 5.

　　마지막 날 마을회관에서 뵌 제보자는 조사의 취지를 잘 이해하셨
다. 그래서 마을의 유래와 도깨비와 씨름한 이야기, 그리고 민요를 하
나 불러주셨다. 노래나 민요를 재미있게 구연해 주셨으나 구연 후에
매우 부끄러워하셨다.

제보자 7 매산2리 외방 마을, 최창길, 남 · 70.
제공한 자료 : 설화 10.

　　마을에서 바람을 쐬고 계시는 제보자를 발견하여 다가가 이야기를
부탁드리자, 망설이지 않고 흔쾌히 해 주셨다. 도깨비가 난 이유를 간
단하고 재미있게 설명해 주셨다. 다른 이야기도 더 해 주셨으나 녹음
상태가 고르지 못해 채록하지 못하였다.

제보자 8 매산2리 외방 마을, 제보자 상황누락.
제공한 자료 : 설화 11.

　　조사자의 실수로 제보자의 인적 사항을 조사하지 못하여 자세하게
수록하지 못하였습니다. 제보자께 양해와 용서를 구합니다.

제보자 9 매산1리 구산 마을, 한안수, 남 · 88.
제공한 자료 : 설화 12.

　　영광 주변에 학자 중 한 분으로, 백여 개의 비문을 영광과 다른 지
역에 쓰셨다고 한다. 마을의 유래나 영광의 역사에 대해 많이 알고 계
셨으나 이제는 나이가 많아 기억이 잘 나지 않으신다고 하셨다. 그러
나 기억나는 이야기를 열심히 해 주셨다.

제보자 10 군남면 포천, 이관, 남 · 74.
제공한 자료 : 설화 13.

　　운동을 하시러 매산리에서 약 1킬로미터 떨어진 군남면 포천에서
오신 제보자를 가시는 길에 붙잡고 이야기를 청했다. 당황하실 법도
한데 여유 있게 웃으시며 아시는 이야기를 재미있게 구연해 주셨다.
녹음상태가 고르지 못해 해주신 이야기 전부를 채록하지는 못했다.

제보자 11 마읍1리 마읍 마을, 박강선, 여 · 83.
제공한 자료 : 민요 1, 2.

　　현재 마읍1리 이장님의 어머니시다. 주위에서 예전에 부르던 노래
를 알고 계시다며 추천을 하자, 쑥스러우신 듯 사양하시다 재차 부탁

드리니 담방구 타령 등의 노래를 불러주셨다. 연세에 비해서 매우 정정하셨다.

제보자 12 마읍1리 마읍 마을, 김학선, 남 · 79.
제공한 자료 : 민요 3.

　조사자들이 점심을 먹은 직후 마을의 면사무소 옆 보건지소를 고혈압 때문에 방문하시던 제보자를 붙잡아 진료가 끝나신 후 상여소리를 들을 수 있었다. 하지만 고혈압 때문에 완창은 들을 수가 없었다.

4) 설화

[군서면 설화 1] mp.01

마읍1리 마읍 마을, 2007. 4. 10., 2조 조사.
김길선, 남 · 60.

마읍리와 당산 1

지형은 그 말이 저 누워 있는 형국이다. (조사자 : 말이 누워가지구 있어서 마읍.) 그래서 마읍으로 마을 명을 했다구만. 지리학적으로- (조사자 : 지리학적으로.) 그 풍수학적으로 그 얘길해. 그래서 유래가 됐고.

옛날에는 60년, 70년 전만 해도 이 당산이라는 것이 있어. (조사자 : 당산?) 응. 저기 애기 당산 있지, 어른 당산 있지, 그 할아버지 당산 있지. 이 당산이 우리 마을 같은 경우에는 이 도로가 쭉 있는데, 거리가 저그 세 간데[군데]가 섰는데-그런게 옛날 신앙이지. 지금 같으면-옛날 신앙이여. 거기다가 절허고 또 거그따가 물 떠 놓고 아침저녁으로 절허고, 또 초사흘이믄 즉 말하자믄 저 거기다가 시리[시루] 해다가 놓고 절허고- (조사자 : 정화수 떠 놓고 빌고-) 응, 빌고. 비는 것이 즉 말하자믄 자손을 위해서 비는디-어쨌든지 잘 되라고 잉? 건강해 달라고.

옛날에는 인자 즉 말하자믄 그 토속신앙이 어째서 더 절실했냐믄, 옛날에는 의학이 발달 안 해놔서 그 옛날 열병-홍역, 홍역 있지, 잉? 그 장금-인자 대장금에 보면도 홍역 있더라고. 그거-그거 한번 오면은-그 열병이 와버리면 한 마을을 쓸어버려, 애기들을. (조사자 : 애기들이 면역이 약하니까.) 응. 의학이 안 발달해갖구- 그래가지고 애기들-인자 애기들도 많이 낳지만은 많이 죽었어. 그런게 이렇게 죽다 보니까-여따가 그 의술도 발달 안 되고 기댈 데가 없지. 마음 적으로, 잉? 그러니까 인자 거기다 대고 자꾸 어째든지 당산에다가- (조사자 : 미륵당이라는 데도 그런?) 그-그 역할이지. 그 역할인디 그 거리가 어찌면 그렇게 딱 맞는가 몰라. (조사자 : 일정하게-세 개, 세 개가 있는 거죠?) 응 세 개가 이렇게 딱 섰는데, 이게 사이가 그렇게-옛날 그 그것을 어떤 의미에서 그렇게 했나 몰라도 딱 맞어, 거리가. 시 개 지금도 서 있거든? 그런데 옛날에는 얘기가 거 뭣이냐? 옛날에 말을 타고-말을 타고 지나가믄 말 다리가 뿌러진다구 했어. 당산이 어트게 쎄던지. (조사자 : 아, 그 기세가 쎄서?) 응, 기가 쎄가지고 그 함부로 말을 못 타고 댕긴 대. 여기-여기 지나 갈 때는-당산 앞에 지나 갈 때는 말에서 내려서- (조사자 : 끌구?) 응. 이렇게 가도록-그래야 우환이 없지. 그래가지고 옛날에는 이렇게 기가 쎄가지고, 그 당산 역할이 그렇게 이를테믄 토속 신앙이지.

[군서면 설화 2] mp.02

마읍1리 마읍 마을, 2007. 4. 10., 2조 조사.
김길선, 남 · 60.

도깨비와 씨름 1

옛날 지금 칠촌 당숙 아부지는 도깨비허구 씨름도 했다우. (조사자 : 우와 정말요? 누가 이겼어요?) 도깨비는 씨름을 허믄 왼발인가를 띠지 마라 그런 다누만. (조사자 : 아, 왼발 띠지 말고 하라고?) 응. 왼발을 잡지 말구. 저기 인자 도깨비하고 씨름허고 뭣으로 딱 쫌매 노믄 가서 보면 부지깽이라구-부지깽이. (조사자 : 아, 도깨비를 잡아서 보면 부지깽이라고요?) 응, 딱 쫌매 노믄. 또 그-그-그래서 그 도깨비한테 시달리구- (조사자 : 도깨비한테 홀렸다고 하는?) 응, 옛날에 있었어. 그러구 도깨비한테 지믄 죽는다거든. (조사자 : 아, 그 씨름에서 지면 죽는다고요?) 응. 그런게 기냥 하여튼 있는 힘을 다 해서 싸우지. (조사자 : 왼발을 안 잡고?) 응. (조사자 : 그게 도깨비 인지 어떻게 알아요?) 그런게 대개 보믄-옛날에 그 말 들어보면 그 빗지락-

빗지락? 빗지락 같은 거 마당 쓸다가 인저 다 버리먼 거가 피가 묻으믄 그 도깨비루 변한다 그랬어.

[군서면 설화 3] mp.03

마읍1리 마읍 마을, 2007. 4. 10., 2조 조사.
○○○, 남·○○.

서울이 되지 못한 삼각산

(조사자 : 저 앞산 이름은 뭐에요?) 삼각산. (조사자 : 삼각산-아, 저기가 삼각산이에요?) 아니- 요기-요기, 요기 시방 가렸지. 그 삼각산. (조사자 : 삼각산은 삼각형이라 삼각산인가, 왜 이름이?) 아주 거 높어, 그것이- 산이. 그런디 저것이 옛날로 거 이야기허다 보면 지금 이 고을이 인자 봉이 아흔 아홉 봉이야. 근디 백 봉 옛날 사람 얘기 들어보믄 백 봉이 되얐으면 여가 서울이 되얐다, 잉? 서울인데 그 아흔아홉 봉이 해갖고 서울이 안 되얐다- 인자 옛날 그 유래가 있어.

[군서면 설화 4] mp.04

마읍1리 마읍 마을, 2007. 4. 10., 2조 조사.
○○○, 남·○○.

당산나무와 하마下馬

(조사자 : 여기 막 나무 같은 것 중에서요, 유래가 있는 나무가-당산에 가면 회화나무라고 있던데?) 여그-여기 뒤에 가 회화나무가 있어-큰 거. 근데 옛날 여그가 지금 저 여기 이 당산이 저 저짝 당산하고 여짝 당산하고 저

둘로 된 당산이여. 그러믄 저짝에는 애기당산, 여기는 할매당산-그래갖고 그 인자 액을 이렇게 저기 한다구 해서-쫓아낸다구 해서 정원 대보름이믄 제 지내구 다 그랬어. (조사자 : 요즘은 안 하죠?) 지금은 안하지, 허허. (조사자 : 이장님이시니까 허세요.) 나 이장 아니여.

그리고 회화나무 요 뒤에 있어. (조사자 : 회화나무도 원래 두 개라든데요?) 회화나무가 아니고 여기가-여기가 당산 뒤에가 저기 저 나무가-유래 있는 나무가 있었어. 두 개-요기 죽 있지. 근데 그 나무-옛날에는 그 나무를 뭐 꺾거나 저기 허믄 사람이 안 좋았어. 그래 인제 그 나무가 없어져부렀는디 여그 저 회화나무도 마찬가지고 거기도 당산이여. (조사자 : 근데 왜 나무는 없어졌어요? 죽은 거예요?) 어, 인자 저기는 죽은 게 아니고 이렇게 저기 허니라구 다 없애버렸지. 그러구 여기가 당산이 세 개여. 여짝 그 면사무소 앞에 저짝이 인자 제일 큰 당산이거든-할아부지당산이라고. 그러믄 옛날에는 그 말 타고 댕기는 시절이 있었제잉? 그러믄은 고리 말 타고 그냥 타고 가믄 말이 못 가고 무르팍을 꿇어버려. 그래서 언제나 거기 가믄 말에 내려서 지나가서 말을 타구 가야 해. (조사자 : 말이 그 나무 앞에 가면 말이 못 가요?) 타구 가믄 그래. 그런다고 인저 유래가 있어.

[군서면 설화 5] mp.05

마읍1리 마읍 마을, 2007. 4. 10., 2조 조사.
○○○, 남·○○.

마읍리와 당산 2

마읍리가 이 말 마(馬)짜라고-이 말 형태여. 저기 산이 있지? 저가 북정산이여. (조사자 : 저기요?) 응, 저기 산 있지. 근데 거가 북정산인데 말 형태로 되았으. 그래갖고 여기 마읍리는 말 음부-음부의 부분이고 해서 '마음

(馬陰)'인데-옛날에는 '마음'인데, 지금은 '읍'으로 했지. 마음이여-거 말 음부 그 저기라고 해갖고-근데 저쪽으로는 인자 그 끝으 저짝 뒤에 보든은 모래꿀[모래고을]이라고 있어-모래꿀. 거가 인자 말 인자 저 꼬리 부분. 그래서 모래-모래꼴-꼴[꼬리]이라구 했는데-인자 모래꿀이라고 하잖아, 허허.

그쪽에 회화나무- (조사자 : 아 조거요. 요거요, 요거?) 응. 거가 당산나무가 제일 크지. 그러고 인자 여그가-요거 방죽이고. (조사자 : 여기가 방죽이요? 그럼 무슨 방죽이예요?) 마읍리-. 근데 여기가 그 말 저-저기 사람 같으면은 그 이 여가 음부 저긴데-여가 인자 자궁이고 잉? 여 방죽이 옛날 그 저기루 말하자믄 자궁이고. 그러고 그 저 회화나무 있지 잉? 거가 아주 유명헌 그 샘물이 있어. 그 물로 이 동네가 다 먹었는데, 거가 사람 같으면은 인자 배꼽- 그렇고 인자 그 저기가 했다는 것이여.

[군서면 설화 6] mp.06

마읍1리 마읍 마을, 2007. 4. 11., 2조 조사.
김전섭, 남 · 58.

간장귀신

* 조사자들이 귀신 이야기를 청해서 듣게 되었다.

여기 강변 기와집 뒤에 있죠 잉? (조사자 : 네, 저기 저거요?) 응. 거기는 또 간장귀신. (조사자 : 간장귀신이요?) 간장, 된장- 그거를 인제 이렇게 아주머니들이 가면은 늘 이렇게 잡아당기니까, 치마가 들리는 거예요. 그래가지고 인자 사람이 지나가면은,

"간장 사시오. 된장 사시오. 간장 사시오. 된장 사시오."

막 따라오구 그랬어요. (조사자 : 귀신이? 아, 그거는 이름이 없어요?) 그거는 인제 우리 마을에 있는 앞동네-동네 안에서도 검정 기와집 뒤에가 옛

날엔 밭이었거든. 그래니까 거게서 그렇게 꼭 비올 때면은 꼭- (청중 : 해 넘어거면 그래.) 해 넘어가면 그래.

"간장 사시오. 된장 사시오."

허면서 문을 이렇게 잡아 땡기니까- 그렇게 그런 일두 있구 그랬어요.

[군서면 설화 7] mp.07

매산2리 외방 마을, 2007. 4. 11., 2조 조사.
한영순, 여 · 76.

호랑이가 목에 걸린 비녀

옛날에 이 엄마들이 농사를 헝게 장시[장새]를 나섰어. 장시-장시가 뭣인지 알아? 문고리 장시. 이거 문 팔러 댕겨. 문고리 장시를 엄메들이 나섰어. 그래갖고 기양[그냥] 밤이 되야버렸어. 밤이 기양-팔러 댕기다가 이 산 저 산 넘어댕기구 팔러 댕기다가 늦어버렸어. 그래갖고 밤에 차가 설풋한디 인저 큰-시방 인제 벌춰[벌초]했지. 시방 산이 깊었지, 그때게는. 그래가지고는 인자 길이 산 속에로 요만치썩-요만이나 났-났어. 요만이나 났는디 그 문고리 장수가-어메가 장시 댕김서 그 재를 넘어야컷는디, 가다가 기양 밤이 되아버렸어. 그런데 기양 캄캄한디 강게 기양 불이 기양 뻔이 써[켜]졌드란다-그 산골착 거시기 질이 요만이나 헌 디가. 그래서 사람인줄 알고 무섭기는 해도 내 집이로 갈랑게 어째? 그래서는 가서 이러고 먼 비탈로 붕게 큰 호랭이가 딱 집 같이 와 딱 앉았어. 그래 질은 요만이나 한디-기양 집도 없고 허는디, 질이 요만이나 허는디, 강게 한가운데 가-길 한가운데 가 그러고 앉것어. 그렁게 이 요 어메가 허는 소리가-장시 어메가 허는 소리가,

"나를 죽일라믄 잡아 잡수고 나를 살릴라믄 치[치에]나 주시오."

그 사람도 영리항게 그러코 했제. 그렇게 안 치나 준다고 고개를 요러코

허드란다. 아무리- 그러믄 어찌케나-어쯔꺼나 하고,

"나는 아그들 땜세 집이를 가야 쓰겄는디 안 치놔 주면 어쩌겄냐?"

구 그릉게 고개를 요러코 돌리믄서 못헌다고 그러드란다. 그래서 말은 못허고-그래 기양 호랭이 눈깔이 기양 푸르게 두 개가 기양 큰 산속에가 있는디, 그래갖고는,

"치놔 도라."

구 항게 고개를 또 두 번째 항게 고개를 요러고 요러고 내둘러. 그래서,

"그러믄 나를 잡어 잡수든지 나 우리 새끼들 땜세 집이를 가야 쓰겄응게 어쩔꺼나?"

허구 그렇게 발로 요로코 요로코 허드란다-발로. 이자 그 저 시방 시집가믄 그 금봉채[금봉채1)] 안 있냐? 여 비네. 여기 여 예식장에 가면 피복[폐백] 드리는 데 가믄-이만한 비네가 호랭이 목구녁에가 요러고 가루질르고 있어. 그렇게 그 호랭이 발로 그러드라요. 요렇고 요렇고 헝게-인자 그래도 이 사람도 장시를 해서 영리한 것이제. '그러면 어쩌꺼나?' 하고 그렇게, 발을 요러코 요러코-호랭이 목구녁에다가 요러코 요러코 헝게, 손을 이러고 걷어서-걷고는,

"손을 요놈을 너믄 내 손을 짤라 먹을라오, 안 짤라 먹을라오?"

그렇게 고개를 요러콤 허드란다. 그래서 기냥 옷소매를 걷고는 기냥 손을 쑥 넣읍게, 금봉채가 딱 이러고 가루질렀어. 사람 잡아 먹어서 금봉채가 기냥 여가 딱 가루질렀어. 그렇게 말을 못해. 그래갖고는 그놈을 이러코 이러코 뺑게 빼지드란다. 요렇고 요러코 차츰 차츰 요러코 뺑게-그래 빼서 봉게 금봉채거든-큰 거. 저 예식장에서 거 거시기 피복 들이면 요것 안 찔리디야? 그 비녀가 딱 나와. 그래 이거 어찌꺼나 하고 그렇게-그러면 그놈을-이 비녀를 어메가 들고, '이 비녀를 어특하나?' 그놈을 차츰 차츰 뺑게 아, 살았다고 그냥 막 요러드란다. 발을 요러험서 나는 살았다고-. 그래서 '그러믄 이 비네는 어뜩하나?' 하고 그렇게 땅을 파고 묻드란다-그 산을 파고. 묻어

---

1) 금봉채(金鳳釵). 머리 부분에 봉황의 모양을 새겨서 만든 금비녀.

주고는 그가 가만 있으라고 그러드라게, 어매를.

"그러믄 나를 잡아 잡술라고 여가 있으라고 허요? 데려다 줄라고 이러고 있으라고 허요?"

그렁게, 말은 인자 그때게는 다 알아 듣고 고개도 까딱거리고 기양 막 요러코 허드라게. 그래서-그러믄 갖다 묻고는 오드니 지 등거리를 딱 타라구 그러드란다-호랭이 등거리를-거 어메를. 딱 타라구 그러드란다. 집도 안 갈쳐 줘도 즈그 집이다가 딱 데려다 줬어. 강게 인자 아그들이 문을 열고,

"엄마, 엄마, 어쩌고 이러고 오냐?"

그렁게, 좋게 해서 들어가라고 이러콤 지 발루 이러콤 허면서 들어가라고.

"그러믄 가시다가 거시기 남은 동네 가서-가시다가 사람을-짐승을 하나 잡아 잡수던지 기양 가시던지 허라."

구 그렇게-음 그때게는 인자 말해. 이놈을 빼논게-음 음 허드니 자고 난게 는 남은 동네서 거식허드락 않냐? 저 돼야지 한 마리 물어갔다고 허드라고. 돼야지 하나 물어가고, 이 사람은 기양 거시기를 잘 살아버렸어. 새끼들 데 리고-장시도 안 허고.

(조사자 : 호랑이가 도와줘서요?) 응. 호랭이가 인제 도와줬어. 남은 동네 가서 인자 자고 인자 며칠 들은게, 돼야지를 한 마리 잡아갔다고 허드라구. 그래서 인자 낭참(나중)에는 한 달도 더 되고 인자 멧 달 되았는디 찾아 왔 드락 않냐? (조사자 : 호랑이가요?) 응. 와서 문 앞에서 어흥 요러고 큰 문발 로 허면서 어흥흥 헝게, 기양 문을 열구 있었어. 인자 그 호랭이가 올리라고 맘을 안 먹었지.

"아이, 이러고 오시냐?"

구 헝게-반갑기 헝게는 어흥 허믄서 '다 잘 사냐?'고 발을 요러코 내두르더 라게. 발을 요러코 '다 잘 사냐?'고. 그래 '다 잘있다.'구 헝게, '그리야?' 그러 믄서-그런 얘기를 전에 했어.

매산1리 내방 마을, 2007. 4. 12., 2조 조사.
서봉순, 여 · 62.

가당찮은 존댓말

"송치[송아지]씨가 어치[걸언치²⁾]씨를 입으시구 멍멍씨가 짖으시니-"

그래 내다본께 홀짝홀짝-소가 요로고 매어놓으면 어떤 때 발에 때 고 찌
든 요로고 막 털어. 막 털고 뒹께 인제 개가 막 짖어. 주인양반이 요로고
창틈으로 내다봄서, '송치씨가 어치를 입으시고 폴짝폴짝 뛰시니, 강삼[강아
지]씨가 보시시고 멍멍멍멍 짖으신다.' (청중 웃음) 그것이 옛날이야기- 지
금은 다 유리가 달렸지만 옛날에는 요로고 창구녕에다가 유리를 붙였지. 요
로고 내다봤지, 다. 마당에다가 소 같은 거 매어놓고.

매산2리 외방 마을, 2007. 4. 12., 2조 조사.
○○○, 남 · ○○

이야기를 사서 쫓은 도둑

인자 깊은 산 속에서 영감, 할매-할아부지, 할머니허고 살아갔어. 밥만
먹으믄 둘이 쳐다보구 앉었어. 긍게 너머나 심심하고 그렇게 인자 할머니가
그랬어,

"여보, 내가 떡을 한 솥짝 해 줄 것이, 이놈을 짊어지고 가서 얘기를 한
자리 듣구 오시오."

---

2) 소 등에 얹는 안장의 양쪽에 붙인 짚방석.

그랬어. 긍게,

"그러믄 그럴란다."

구. 긍게 떡을 해 드렸어. 그놈을 지고 인자 기웃기웃 허구 짊어지고 인제 산 속으로 인제 들어강게, 어느 할아부지가 두루매기-후루매기 있잖아. 후루매기를 입고 퍼떡퍼떡 오셔. 그렁게,

"여보, 어디 가시냐?"

고,

"좀 자네허고 앉아서 이야기나 좀 하자."

고 그렇게 인자 둘이 앉았어-이렇게 높은 산에가. 인제 그러면,

"내가 이렇고 산중에 사는디, 놀러갈 데도 없고, 하도 심심해서 우리 할머니-할머니가 떡을 해 주믄서, '이늠 갖구 와서 이야기를 조까 사갖구 오시오.' 그래서 지고 나왔다."

구 그렇게,

"그러냐?"

고,

"그러믄 자네가 이놈을 먹고 이야기를 해 주소."

그랬어, 그렇게 인자 그 한아부지가 인자 길을 걷다 보니까 시장허싱게, 떡을 맛있게 먹고 이야기가 없어, 기냥 이 들판을 자꾸 인자 봉게, 한새[황새]가 들판에서-논에서 이렇게 엉금엉금 걸었거든. 걸어가지고 이렇게 구뎅이를 인저 우렁을 잡을라구 쑥쑥 허구 내다봐. 그렇게 인자-그래갖고 탁 찍어먹고 탁 찍어먹고 그래. 인자 그놈을 어떻게 해서 이야기를 해줘야겠단 그 생각을 허고, 인자 한새가 이렇게 이렇게 걸응게,

"엉금엉금 걸어간다."

인자 그래. 인자 한아부지가 따라서 해. 그럼 배워갖고 가야 할머니한테 해야-해 주것응게. 또 또 이러코 또 걸응게 또,

"엉금엉금 걸어간다."

그래니께 인자 또 이러쿠 우렁을 찍어먹을라구 쭈쭈 내다보덩게,

"쭈쭈 내다본다."

또 그래. 그렇게 인자 그 소리를 두 번쓱 시 번쓱 했나봐. 집 뜰안에 헐라고. 그래갖고는 인자 그 떡을 인자 먹었응게 그 놈을 해 줬어. 이야기가 너무 짧어. 그러고는 인자 앉어서 이야기하다가 인자 끝나고 인자 저녁에 인자 당신네 집으로 돌아왔어. 돌아왔는디-돌아왔는디 인자-돌아와서 저녁밥을 먹고 헐머니 허는 말씀이,

"아이, 오늘 이야기를 듣구 왔으면 한 자리 해보시오."

그렇게,

"어이, 한 자리 듣고 왔다."

구 그러닝게,

"아, 해 보라."

구. 인자 그 집 속에가-집 한가 우에다가 영감님이 산게[사니깨 도독놈이 봐뒀던나봐. 인자 그래갖고 인제 도독질을 헐라고 들어와. 이러고 인자 한 발씩 두 발씩 서먹서먹 걸어옴서 보구 있는데, 한아부지가 그러거든,

"엉금엉금 걸어온다."

(청중 웃음) 그렇게, '나보다 하는가!' 하고 또도 지쳐 있어. 그러고 한참 있다 또 인자 발을 한 발 띵게 또,

"엉금엉금 걸어온다."

그러거덩. '아, 나보다 그러는가?' 하고 인자 담 밖이라서 창구녁으루 그 내다봉게,

"쭈쭈 내다본다."

(청중 웃음) 또 그러니 꼭 맞춰서 허잖아? 그렇게, '아, 나보다 이렁가?' 하고 또 한 번 내다보니 또,

"쭈쭈 내다본다."

또 허그든. '아차, 나보다 그러구나!' 허고 그냥 도망을 쳐부렀어. 그렇게 인자,

"이야기 그뿐이요?"

"어이, 이쁜."

이라구 인저 그러드라게. 그래 이야기 너무 짧지.

[군서면 설화 10] 파일 누락

매산2리 외방 마을, 2007. 4. 12., 2조 조사.
최창길, 남 · 70.

방마산과 돈섬

여그 지금 여 방마산이라는 이 산이 밖에 나가서 잘 보면 말 형태여-말 형태. 저기 산 앞에서 말이 뛰어가다가 탁 해갖고 여기 얽힌게 가운데가 아주 짤록하니 있어, 말때가. 그라고 여가 딱 멈춰 버릴게 돈섬이라고-여기 바로 도로 가여. 저 건너가서 저 쩍에 앉는디 고놈을 물라고 인자 거시기 하다가 결국은 여기서 멈춰버렸어.

[군서면 설화 11] mp.13

매산2리 외방 마을, 2007. 4. 12., 2조 조사.
제보자 정보 누락

도깨비와 씨름 2

뱃길을 갔다오다가 큰 도로에서-큰 도로를 만났는데, 느닷없이 사람이 팍 올라서드라요. 그래드니,

"씨름 한번 허자!"

그러는디, 여그도 마냥 장사여-지금 늙었어도. 근데 술이 과얌[과음]해. 엄청 뭐 막 동우[동이]로 먹는 술이여. 거 술 바람에,

"이 새끼야, 그러믄 덤벼봐라!"

허고 인자 틀어잡고 종일 싸웠던 모냥이여. 그래갖고 사방 다 실키고[긁히고] 자빠지고 인자 집에를 어쩌구 어쩌구 궁글러 왔는디, 여 가까우니까-이 너메 마을이라. 딱 와서 보니까-아침에 거기 가서 봉게 빗자락 몽뎅이만 있드라게. 그래서 '세상에 빗지락 몽뎅이허고 내가 이렇게 근력 씬 놈이 싸움했시야?' 허고 요렇게 헌 적 있어.

[군서면 설화 12] mp.15

매산1리 구산 마을, 2007. 4. 12., 2조 조사.
한안수 남 · 88.

돈섬錢島

* 돈 전(錢)자의 전도(錢島)라고 이야기를 해 주셨다.

(조사자 : 그런데 어째서 돈섬이 된 거예요? 정말 거기 돈이 많았나요?) 돈이 많은 것이 아니라, 그전에 거가 냇가 있는 디, 서로 요리 전송(餞送)[3] 한다고 요리 건너와서는 전송 여기서 헌다 치믄, 또 원 이 사람은 또 인자 이 친구가 또 요리 건너가는데, 요리두 전송하구서 왔다갔다 그르케 그러다가 날이-날이 새부렀어, 기냥. 그러다가-서로-서로 전송허다가. 그래도 그 섬을 돈섬이라 그러는디-전도라고. (조사자 : 서로 전송해서, 계속 돈다고?) 암은. 그러다가 날 새부렀어.

[군서면 설화 13] mp.16

매산1리 가산 마을, 2007. 4. 12., 2조 조사.
이관, 남 · 74.

---

3) 서운하여 잔치를 베풀고 보낸다는 뜻으로, 예를 갖추어 떠나보냄을 이르는 말.

삼배촌 三拜村

* 채록시 바람이 매우 불어 잡음이 심해 들리는 부분만을 채록하여 내용이 정확지 못하다.
이야기에 등장하는 나그네가 어사 박문수라는 이야기도 해 주셨다.

절을 헌다. 절허는 마을. 그 빈부 차가 심했어. 아부지는 돌아가시고 어무니를 모시구 있는디, 그 아들을 늦게 났어, 또. 자기도 한 30살 이상 먹어서-그래가지고 아들을 났어. 아들을 나니까, 한 백일 쪼끔 넘어. 그래 가을이라 추수를 해야 안 쓰것다 말이지. 여그서 같으면은 한 사 키로 이상 거의 오 키로 이상 떨어진 데가 꽤 많아. 거그 밭이 있어. 부자가 아니니까 쪼그마나케 밭을 벌어. 아침밥을 먹으면서 자기 부인보고-자기 어무니는 많이 늙었으니까. 부인보고.

"애기 어리니까-참꺼리[새참⁴]] 두구 갈 꺼 없으니 당신은 애기 젖 주고 참꺼릴 가져 오소."

그랬다구. 새참 가져 오는 것이여. 참 여기서는 전라도서는 참꺼리라고 새참보다가 그런다고. 인제 그래서 인자 같이 인자 그 지게를 지고-인자 자기 부인은 기냥 연장을 들고 잉? 인자 밭엘 갔어. 가서 인자 일을 한참하고 참 되었으니까 애기 젖도 주고 그랠라고 집이 왔잖아? 집이 와서 정지[부엌] 문을-막 부인이 부엌문을 여니까 자기 어무니가-어무니가 불을 때고 있어. 그래서,

"어무니, 무슨 불을 때시오?"

그러니까,

"나 닭괴기 먹구 싶어 닭 한 마리 쌈[삶]는다."

닭 한 마리 쌈는다구.

"아, 그래요? 어무니, 들어가세요. 제가 쌂아서 갖다 드리겠습니다."

그래서 어머니를 보내고 이제 솥을 열어보니게 자기 아들이 있는거. 그래

---

4) 주로 농가에서 일을 하다가 점심이나 저녁 등 정시에 먹는 식사외로 중간에 시장기를 느낄 시간에 먹는 식사를 일컫음.

서 아들을 싸서 땅을 파서-고 옆에 밭에 잉? 거기다가 묻고, 요만한 인자 나무 하나 갖고-예전에는 닭을 다 방사(放飼)해서 그냥 다섯 마리 놀고 있어. 내 닭이 되았건 넘의 닭이 되았건 닭을 잡을라 그러는디, 여자가 닭을 잡을 수가 있나? 저리 가 버리구 이리 가버리구. 그래 이자 이놈으 닭이 이리가고 저리가고 마음이 급하니께 여자가-그러니까 개구멍 있으니까 닭이 고리 지나가면 자기도 개구멍 뛰어서 들어가고, 또 배밭으로 가면 배밭으로 뛰어가고, 그래 부인이 못 잡았어.

그런데 자기 남편은 이제나 오까, 이제나 오까- (조사자 : 네, 계속 기다리죠.) 기다릴질 꺼 아냐? 응, 기다리지는데-그런데 인제 화가 나는 거야. 배고프고 이제. 해가 인자 곧 내려갈 정도 되었어. 그래서 그 지게 짚는 짝대기 있지. 짝대기 고놈을 들고 이제 집에 가는 거야. 근데 어느 여자가-부인이지 그-자기 집이서 이리 뛰댕기고 저기 뛰댕기고-이제 보니까 자기 마누라야. 그래갖고 그 작대기로 기냥 볼기짝을 기냥 때려부렸어. 그래가지고 남편이,

"어떻게 하길래-왜 이렇게 했냐?"
구 기냥 그 소리 있는 대루 치구 기냥 그러니까 아무 말도 않구 자기 남편을 보구 기냥,

"집으루 가자."

그러드래. '집으루 가자.' 가가지고 그 부인이 사정을 이야기 하는디, 인자 사정을 들어보니께 이렇게 아름다운 부인이 없는 거야. 자기를 낳아준 것도 아니고- 이 참 그런 문제 갖고 그런 부인을 내가 얼마나 잘못했다고, 지금. 때린 것도 잘못, 전부 다 잘못-그러니께 절을 하는겨.

"내가 죽을 죄를 지었습니다."

그래 얼마나 이 여자가 착항게-미안한께 또 절하고.

"아이, 당연히 할 일을 한 것입니다."

"아니, 내가 큰 죽을 죄를 지었습니다."

그때 마침 이슬비가 내리는 거야. 그런데 그리 지나가는 행인이 있었어,

(청취 불능) 근디 무슨 소리는 나는디 알 수가 없어. 그러니께 부엌문 이렇게 옆에 있는 데 그 명주박이라고 요렇게 많이 엎어었었거던. 꺼내놓구 내다봉게[들여다보니깨 남녀간에 둘이 절만 하구 있어. 여기서 절허구 여기서 절하구, 여기서 절허구 여기서 절허구-'아니 무슨 사연이 있길래?' 그래서 그 바가지 문짝을 열고 들어가서 물어봤어. 물어봐도 필요없어. 여기서 절허구 여기서 절하구-얼마가 지나간 다음에 그 남자가 말을 했어,

"이렇게 효심이 지극한 우리 부인을 몰르고[몰라서] 나는 이렇게 큰절을 했습니다."

그러고 인사를 해. 그 말을 듣고 본 그 나슨 이도 이렇게 보니까 (청취 불능) 참 그렇게 미안하니 절하고, 그러니께 인제 미안하니까 남자도 여자한테 인사를 해. 또 저쪽에서 부인이 또-또 인사를 해. 그러자 또 저쪽에서 인사를 해. 인자 그러다가 날이 새부렀어. 그래 인자 타협을 시켰어.

"그렇게 인사만 할 것이 아니라, 그렇게 고마운 마음을 갖고 일평생을 살아가야지 않겠느냐?"

그래서 인자 이 동네 이름을 지어주지-삼배촌이라.

5) 민요

[군서면 민요 1] mp.17

마읍1리 마읍 마을, 2007. 4. 10., 2조 조사.
박강선, 여·83.

봄노래

봄들었네 봄들었네
금강산 삼천리 봄들었네
푸른것은 버들이요
누른것은 황금일세
황금같은 꾀꼬리는
구름에 숭불로 날아나들고
백설같은 흰나비는
부모에전상(全喪)5)을 입었든가
소복단장 곱게나허고
장다리6)밭으로 날아나드네
얼씨구나좋네 얼씨구나좋구나
얼씨구나좋네

[군서면 민요 2] mp.18

마읍1리 마읍 마을, 2007. 4. 10., 2조 조사.
박강선, 여·83.

---

5) 모두 잃음.
6) 무, 배추 따위의 꽃줄기.

담방구타령

구야구야 담방구[담배]야
도동네 얼싸네 담방구
담방구씨를 얻어다가
소평에 대평에 단[당]장에 삐렀더니[뿌렸더니]
낮에로는 양기를맞어
밤으로는 음기를쐬야
겉잎나고 속잎을나여
겉잎뜯고 속잎뜯어
어쓰게버쓰게 드는칼로
총각의쌈지도 한쌈지담고
처녀의쌈지도 한쌈지담아
처녀총각 두리둥실놀고
대놈한대를 피고보니
흑로황로가 놀아나네
또한대를 피고보니
품속에발톱이 육갑허네

[군서면 민요 3] mp.19

마읍1리 마읍 마을, 2007. 4. 11., 2조 조사.
김학선, 남 · 79.

상여소리

어허이여어 이번가면 언제다시 돌아오느냐
북망산으로 다시간다 그려 관암 보오살

(후창) 관암 보오살

어허이여어 동네 어르신들이여 잘들 들어보시오

이팔 청춘 초년들아 다들어보소

이내육신은 죽어서 황천길로 돌아가네 그려 관암 보오살

(후창) 관암 보오살

어허이여어 북망산천이 어디란가 앞에가는디가 북망인가그라

어디루갈랑가 물어나보세

왜나는 죽어서는 고대로 따라갈까 관암 보오살

(후창) 관암 보오살

어노 어노 어화 넘자 어허노

(후창) 어노 어노 어화 넘자 어허노

가네가네 영가네 북망산으로 영가네

(후창) 어노 어노 어화 넘자 어허노

잘살아라 잘살아라 울아그들 잘살아라

(후창) 어노 어노 어화 넘자 어허노

이번가면 언제나올끄나 내년요때나 다시올까

(후창) 어노 어노 어화 넘자 어허노

명정공포야 아무데나푸자 나의갈길이 어디라냐

(후창) 어노 어노 어화 넘자 어허노

명사십리 해당화야 너는좋아서 벙실벙실

(후창) 어노 어노 어화 넘자 어허노

[군서면 민요 4] mp.21

매산2리 외방마을, 2007. 4. 12., 2조 조사.
한영순, 여·76.

아리랑

삼각산 봉아리 새장구 소리

고무공장 큰애기 반봇짐만 싼다

아리아리롱 쓰리쓰리롱 아라리가 났네

아리롱 음음음 아라리가 났네

청천에 과부가 유복자를 잃고

금강산 모퉁이로 울고 돌아간다

아리아리롱 쓰리쓰리롱 아라리가 났네

아리롱 음음음 아라리가 났네

산천에 초목은 때나찾아서 나는디

우리부모 생각은 때도없이 난다

어야뒤야 에헤에헤에이야

어야라뒤여라 사나이로구나

산넘어 감서는 오빠동생을 찾더니

산넘어 가서는 연애를 허자네

아리아리롱 쓰리쓰리롱 아라리가 났네

아리롱 음음음 아라리가 났네

[군서면 민요 5] mp.22

매산2리 외방 마을, 2007. 4. 12., 2조 조사.
○○○, 남·○○.

춘유가 春遊歌

앞산에는 봄춘(春)짜요 뒷동산에는 푸를청(靑)짜라

가지가지는 굽은자요 고비고비가 내천(川)짜라

(제보자 : 말하자믄 요 내 천짜로 흘렀다 말야.)

동자야 술부어라 마실 휘[飮]짜를 안주로당
얼씨고 좋네 저절씨고 지화자자 저절씨구

3

영광군 홍농읍

1) 조사 마을 개관

[홍농읍 마을 1] 전라남도 영광군 홍농읍 성산리 신촌 마을

성산리 신촌 마을은 옥녀봉, 촛바위, 병풍바위 등이 둘러싸고 있는 마을이다. 약 500여 년 전에 김해김씨 김임병이 고창군 해리면에서 들어와 새로 생겼다 하여 신촌(新村)이라 이름 붙였다고 한다. 근방에는 양지 마을, 진덕 마을이 있다. 지세가 좋고 농사를 많이 짓는 유서 깊은 마을이지만 원자력 발전소가 들어서면서 외지 사람들이 많이 들어와 살게 되었다. 그런 이유에서인지 마을에 젊은 사람들이 많았고 학생들도 상당수 있었다. 그리고 성산리 주변의 금정산에는 금정암이라는 오래된 암자가 있었는데, 원자력 발전소에서 그 암자의 땅을 사면서 암자가 폐쇄되어 사람들의 발길이 끊기게 되었다. 이 마을에서는 주변 회사에 다니시며 농사일을 겸업하시는 분들이 많았다. 이장님께서는 바쁘신 와중에도 틈틈이 마을회관으로 오셔서 조사자들의 상황을 살펴주셨다.

[홍농읍 마을 2] 전라남도 영광군 홍농읍 성산리 양지 마을

이조 원종 김해김씨 63대손 김량신이 고창 해리면에서 이주, 마을 형태가 마치 염소 모양을 하고 있어 신지라 하였는데 그 후 양지로 변하였다. 양지 마을 옆으로 조금만 가면 '신양지 마을'이 있는데 신양지 마을은 계동, 안마, 용정에서 이주해 온 김해김씨 김영수가 1979년에 입주 정착하였고 원자력 착공 후 계동, 안마, 용정 마을이 철거 관계로 기존의 양지 마을 밑에 부지를 확보 취락구조 마을을 건설하여 입주하여서 기존 양지 마을을 구양지라 하고 취락구조 마을을 신량지라 칭한 것이다.

[홍농읍 마을 3] 전라남도 영광군 홍농읍 성산리 죽동 마을

1736년 전북 고창군 무장면에서 신안주씨 주화익이 정착할 곳을 찾아서 헤매던 중 신령으로부터 '대나무 위에 매가 앉아 있는 마을을 찾아가라'는 말을 듣고 찾아다니던 중 본 마을을 발견하였다. 마을 뒤에 금계포란(金鷄抱卵) 명당이 있고, 봉은 대나무 열매를 먹고 산다 하여 '죽촌리'라 하였는데, 1914년 죽촌리를 분리하여 산 안팎에 있는 두 마을을 '외죽', '내죽'이라 했다. 지금은 마을 제일 꼭대기에 초등학교가 위치하고 있으며, 이름은 죽동 마을이었지만 대나무는 보이지 않았다.

[홍농읍 마을 4] 전라남도 영광군 홍농읍 진덕리 상삼 마을

1880년 전북 남원에서 남양방씨 27대손 방극원이란 사람이 삼밭을 '웃삼밭'이라 부르다가 1914년 삼밭 위에 위치한다고 하여 '상삼'이라 칭하고 아랫마을을 '하삼'이라 하였다. 도로를 기점으로 위쪽에 있는 마을로, 언덕 쪽에 계단식 밭이 주로 있었는데, 찾아간 시간이 낮이어서 모두 밭에서 일을 하고 계셨고 마을 안은 한산했다. 한창 씨를 뿌릴 시기라 밭에 비닐 씌우는 작업을 하고 계셔서 활기찬 모습이었다.

[홍농읍 마을 5] 전라남도 영광군 홍농읍 진덕리 서당 마을

1870년경 밀양박씨 박창일이 산세가 좋고 수려한 곳을 찾아다니던 중 이

곳에 정착하여 문맹인을 가르쳐 왔는데, 교육하는 곳이라 하여 '서당'이라 칭하였으며, 옛 서당은 현재 박씨의 재실로 변하였다. 도로 아래쪽으로 마을이 위치해 있어서 마을의 전경이 한눈에 보이고 넓게 펼쳐진 모습이 시원해 보였다. 낮이어서 모두 일을 나가서 그런지 마을은 매우 한산했고, 마을의 길 옆은 모두 논과 밭이었다.

[홍농읍 마을 6] 전라남도 영광군 홍농읍 신석리 상석 마을

낭주최씨 최대복이 강릉에서 450여 년 전에 정착하였다고 전한다. 마을이 형성되기 전에 부락 앞 농경지까지 바다물이 들어와 고기잡이 어선이 출입항을 하였는데, 배가 닿는 곳에 주민이 입주하면서부터 부락이 형성되었고, 돌이 많아 '상석'이라 하였다. 그 밑에는 하석 마을이 있는데, 상석 마을을 하석 마을로 잘못 알고 상하리 경로당에서 무작정 걸어갔다가 상석 마을이 상당히 멀리 떨어져 있어서 상당한 고생을 감수해야 했다. 하석 마을과 상석 마을 두 마을이 다 돌이 많다고 했지만 지금은 별로 보이지 않는다.

[홍농읍 마을 7] 전라남도 영광군 홍농읍 칠곡리 대항월 마을

1955년 등대가 설치되면서 부락이 형성되어 당시(當時) 이장(里長)이었던 양기표씨가 월(越)을 월(月)로 정정하고 '대항월(大項月)'이라 칭하였다. 우리 조가 처음으로 가 본 바닷가 마을이었는데, 지금까지의 마을과는 다르게 바닷바람이 느껴지는 마을이었다. 4월 1일에 갑작스런 해일로 피해를 입은 마을이었지만 마을 어르신들 모두 낯선 우리 조원들을 따뜻하게 맞이해 주셨다.

[홍농읍 마을 8] 전라남도 영광군 홍농읍 칠곡리 월곡 마을

1700여년 경 전북 고창군 위도에서 장흥고씨가 들어와서 터를 닦았다. 옛날에 옹기그릇을 구웠다 하여 '옹점마을'이라 하다가, 늙은이가 머문 곳이라 하여 다시 옹정으로 바꾸어 불렀다. 그러나 마을 이름이 좋지 않다 하여 일제 말 부락 개명시 석양에 달이 고을에 비친다고 하여 '월곡'이라 칭하게 되었다. 어촌 마을 근처에서 농사를 주로 하는 마을로 도로 변에 위치하고 있었는데, 찾아갔던 시각이 한참 어르신들이 일 나가실 때여서 마을에는 사람이 거의 없었다.

[홍농읍 마을 9] 전라남도 영광군 홍농읍 칠곡리 칠암 마을

240여 년 전 전주에서 최연변이 피난하기 위해 입주하면서 마을이 시작되었고, 지석묘 7기가 있어 칠성바위 신앙 같은 민간신앙에서 7개의 바위를 따 '칠암'이라 칭하였다. 유적으로 칠암 저수지의 위에 7기가 있으나 만수가 되면 3기가 잠긴다.

[홍농읍 마을 10] 전라남도 영광군 홍농읍 칠곡리 목맥 마을

바다 건너 법성포가 우형인데, 법성면 진내리 3구가 우두형으로 소머리가 향하여 있는 곳이다. 이곳은 소가 여물을 먹는 여물통과 같은 형상이라 하여 '여물고지(매몰고지)'라 부르다가 '목맥'으로 칭했다 한다. 이곳도 찾아간 시각이 마을의 주민들이 모두 일을 나갈 때여서 마을이 매우 한산했다.

[홍농읍 마을 11] 전라남도 영광군 홍농읍 칠곡리 작은 목넘이 마을

자세한 유래는 알 수 없으나 칠산 바다에서 조기를 잡기 위해 입출항이 용이한 곳에 사람들이 몰려와 1924년부터 마을을 형성하였다고 한다. '목냉기'는 정월이란 뜻이며, 거센 바닷바람이 불어 이곳만 넘기면 무사하다 하여 일명 목냉기라 한다. 이 마을은 어촌 마을로 바다 옆에 위치해 있다. 바다가 마을 옆에 펼쳐져 시원해 보이는 마을이었고, 마을의 한쪽에는 유채꽃밭이 있었다. 낮에 찾아가보니 마을 분들은 모두 일을 하고 계셔서 마을이 한산했다.

2) 조사 기간 및 일정

2007년 4월 10일 ~ 4월 13일

4월 10일 오전 10시, 학교에서 버스를 타고 영광으로 향했다. 길고 긴 버스 여행 끝에 오후 4시 쯤 되어 영광 고속터미널에 도착 할 수 있었고, 그 곳에서 먼저 사전 답사를 와 있던 조장과 합류한 뒤 본격적인 답사 일정을 시작했다. 제일 먼저 가야 할 곳은 성산리였다. 성산리행 버스를 타고 6시 쯤 성산리에 도착하여 먼저 하루를 머물 성산리 마을 회관에 짐을 풀었다. 짐을 풀고 난 뒤 저녁 준비를 하면서 이후에 이동할 동선을 회의하였고, 이장님께 찾아가 인사를 드린 후 답사의 취지를 설명드리고 협조를 부탁드렸다. 그 후 김치찌개와 각자 가져온 밑반찬들로 저녁을 먹은 후 어르신들이 마을회관에 오시기를 기다렸다. 한 시간 정도 기다리자 할머니 한 분이 오셨는데 아무도 오지 않은 것을 보시고는 다른 어르신들과 함께 오시겠다며 나가셔서 돌아오지 않으셨다. 그리고 조금 더 기다리자 읍내로 일을 나가셨던 성산리 주귀종 이장님이 돌아오셔서 설화 4개를 들려주셨다. 이장님이 가시고 난 뒤 가지고 간 노트북으로 들은 설화를 정리하고, 다음날의 동선에 대해 회의한 뒤 잠자리에 들었다.

4월 11일 오전 5시 30분, 평소의 기상 시간보다 훨씬 이른 시간에 일어났다. 시골의 아침은 도시의 아침보다 이르다. 농사일에 모든 시간을 맞춰나가기 때문이다. 우리도 답사를 온 이상 그 시간에 따라야 했다. 일찍 일어나서 씻고 아침 준비를 하기 시작했다. 아침은 미리 사왔던 카레였다. 아침식사가 끝난 후 다시 한번 동선을 정리했다. 아침에 제보자 한분이 오시기로 하셨지만 일이 있으셔서 광주로 가셨다며 오시지 않았다. 그래서 오전에는 조를 나누고 직접 집집마다 방문하여 제보자를 찾기로 했다. 조는 세 개로 나누었는데 태형이와 조재현 선배님이 한 조, 새라와 지혜가 한 조, 종찬과 애란, 예슬이 한 조를 이루어서 돌아다니기로 하였다. 그중 태형이와 선배님은 진덕리 상삼 마을과 서당 마을을 돌아다니며 설화 7개와 민요 5개를 채록했고, 새라와 지혜는 죽동 마을을 돌아다니며 가까스로 설화 3개와 민요 1개를 채집할 수 있었다. 그 후 새라, 지혜는 태형이와 선배님과 합류해 함께 구비자료를 채록했다. 종찬과 애란, 예슬은 우리가 하룻밤을 보냈던 성산리 신촌 마을을 돌아다니며 채록하고, 양지 마을과 죽동 마을로 이동해 채록하여 총 설화 20개와 민요 2개를 수확했다. 1시 쯤 모두 마을 회관으로 집결해 오전 동안 채록했던 자료를 정리하고 점심을 준비하였다. 점심은 아침에 먹었던 카레와 집에서 가져왔던 밑반찬들이었다. 점심을 먹은 후 짐을 정리하고 월곡 터미널 주변 상하리 경로당으로 이동하였다. 상하리 경로당에 도착한 후 또 다시 조를 나누게 되었다. 태형이와 조재현 선배님은 경로당 2층 서예학원의 선생님을 만나 뵙고 이야기를 채록하고, 나머지 사람들은 1층 상하리 경로당에서 이야기와 민요를 채록하기로 한 것이다. 상하리 경로당에는 조장인 태형이가 사전 답사 때 알아놓은 제보자 분이 계셨다. 바로 유재회 어르신이신데 그 분이 경로당에서 들은 대부분의 설화와 민요를 구연해 주셨다. 경로당에서 설화와 민요를 채록하는 도중 새라와 예슬은 다른 제보자를 찾기 위해 옹고집 보리밥 집으로 갔지만 제보자를 만나는데 실패했다. 오후 5시 쯤 경로당에서 나와서 종찬, 애란, 지혜는 경로당에서 설화와 민요를 들려주셨던 유재회 어르신의 자택을 찾아가서 미처 듣지 못한 민요를 채록하기로 하였고, 태형, 예슬, 새라, 조재현 선배님은 하루 지내기로 한 칠곡리 대항월 김희식 이장님댁으로 찾아가게 되었다. 이렇게 조를 나눠서 종찬, 애란, 지혜는 신석리 상석 마을에 있는 유재회 어르신댁으로 찾아가 민요 9개를 채록했고, 태형, 예슬, 새라, 조재현 선배님은 칠곡리 이장님 친구분댁에서 숭어회를 먹으면서 설화를 채록하였다. 그 후 7시 30분 쯤 종찬, 애란, 지혜 조도 칠곡리 이장님 댁으로 합류하고 저녁을 먹게 되었다. 저녁을 먹은 뒤 그날 채록했던 설화와 민요를 모두 정리 분류하고 잠자리에 들었다.

4월 12일 이번에도 어제 아침과 다를 바 없이 5시 반에 기상하였다. 기상한 뒤 화장실 문이 잠겨 30분 동안 문을 열기 위해 애썼지만 결국 열리지 않아 이장님 부인께서 일어나셔서 칼로 문을 따주셨다. 그 후 빠르게 씻고 아침을 먹은 뒤 다음 채록 장소로 갈 준비를 하였다. 이번에도 세 개의 조로 나누어 채록을 하기로 했는데, 저번과 같이 태형이와 선배님이 한 조, 새라와 지혜가 한 조, 종찬과 애란, 예슬이 한 조가 되어 이동하였다. 태형이와 선배님은 칠곡리 작은 목넘이 마을로 갔고, 새라와 지혜는 목맥 마을로, 종찬, 애란, 예슬은 월곡, 칠암 마을로 가게 되었다. 하지만 세 조 모두 찾아간 마을에 어르신들이 일은 나가셔서 마을이 비어 있는 상태였기에 그리 많은 양의 이야기를 채록하지는 못했다. 채록을 마친 후 11시 무렵 이장님 댁에 모두 다시 모여서 짐을 정리하고 오늘 채록한 이야기들을 정리했다. 우리에게는 이제 최종 집결지인 영광 고속터미널로 가는 일만 남아 있었다. 홍농 터미널까지는 이장님과 이장님 부인께서 차로 태워다 주셨다. 그 후 홍농 터미널에서 조금 기다려 영광고속터미널로 가는 버스를 타고, 영광고속터미널에 도착했다. 도착한 뒤 영광고속터미널 근처 식당에서 선배님이 점심으로 굴비 정식을 사주셨다. 영광에 도착해서 처음 먹어보는 굴비였다. 점심을 다 먹고 숙소에 도착했다. 숙소에서 씻고 휴식을 취하다가 저녁 때 답사에 참여한 모든 사람들이 모여서 저녁을 먹고, 답사 최종 보고를 했다. 구비답사와 방언답사에 참여한 모든 조의 최종 보고가 끝나고, 숙소로 돌아와 무사히 답사를 끝낸 것을 축하하며 12일 밤을 보냈다.

4월 13일 전날 답사 자축 파티를 조촐하게 열고, 지금까지의 답사 아침과는 달리 조금 늦게 일어나서 숙소 정리를 하고 짐을 챙겨 서울로 올라갈 준비를 하였다. 어제 파티 후 이야기들이 많아 잠은 그다지 자지는 못했지만 돌아간다는 생각에 모두 들떠 있었다. 우리는 아침을 먹고 버스에 올라 서울로 향했다. 서울에 도착해 모든 답사 일정을 마치고 해산했다.

3) 제보자

제보자 1 성산리 신촌 마을, 주귀종, 남 · 52.
제공한 자료 : 설화 1~3.

성산리 이장님이시며 늦은 시간임에도 불구하고 숙소로 쓰고 있던 마을회관으로 직접 찾아오셔서 이야기를 해 주셨다. 미리 자료를 준비해 오셔서 참고할 수 있게 해 주셨다. 배우지 못해 아는 것이 없다면서 주로 자료를 보라고 하셨으나, 나중에는 이야기를 잘해 주셨다.

제보자 2 성산리 신촌 마을, 박정순, 여 · 61.
제공한 자료 : 설화 4~6.

주규석 할아버지의 부인되시는 분으로 호피무늬 윗도리와 검은 츄리닝을 입고 계셨다. 연세에 비해 굉장히 젊어 보이셨다. 이야기하시는 중 호박엿을 주시고 차를 타 주시기도 하시고 전기장판 위에 앉으라고 권하시는 등 아주 친절하게 대해 주셨다.

 성산리 신촌 마을, 주규석, 남 · 61.
제공한 자료 : 설화 7~11.

처음에는 모르시겠다고 하셨지만 차차 많은 이야기를 해 주셨다. 특히 옛날 위인들 이야기를 많이 아시는 것 같았으며 한문 공부를 하셨다고 한다. 복장은 흰색 체크무늬 티셔츠와 검은 색 츄리닝을 입고 계셨으며 목소리가 크시고 사투리가 심하지 않으셔서 이야기를 알아듣는데 수월했다. 직접 종이에 한자를 쓰시며 상세하게 이야기를 해 주셨다.

제보자 4 홍농읍 성산리 양지 마을, 양금희, 여 · 83.
제공한 자료 : 설화 12~17.

양지 마을에서 최고령자이시다. 분홍색 옷에 자줏빛 조끼를 말끔히 차려 입으셨다. 머리를 곱게 빗어 올리셨고, 안경을 쓰셨다. 사투리를 쓰시며, 이야기할 때 말하는 속도가 점점 빨라지며 말을 잘 더듬으셨다.

제보자 5 죽동 마을 77번지, 김재조, 남 · 80.
제공한 자료. 설화 : 18~20.

체크무늬 남방에 점퍼를 걸치신 할아버님께서는 건강이 좋지 않으신 관계로 숨이 차다고 하시면서도 우리들을 위해 이야기를 많이 해 주려고 했다. 교육에 관한 관심이 남다르셨으며, 스스로도 더 많이 배우지 못한 것을 가장 안타까워했다. 책으로만 공부하는 것뿐만 아니라 이렇게 스스로 배움을 찾아나서는 것 또한 배움의 길이라고 말씀하셨다. 귀신을 믿지 않으셔서 귀신 이야기를 좋아하지 않으신다고 했다.

제보자 6 상석 마을, 유재회, 남 · 83.
제공한 자료 : 설화 21~28. 민요 4.

홍농읍 상하리 경로당에서 만난 어르신이다. 조사자들에게 다양한 설화와 민요를 들려 주셨다. 민요를 들려주실 때에, '옛날에는 잘 했었는데 지금은 목소리가 좋지 않아서 못한다.' 고 계속 말씀하셨다. 하지만 경로당에서 못하신 민요를 자택에서 해 주셨다. 복장은 한복을 입고 계셨으며 이야기하실 때 발음이 뭉개지시는 경향이 있었다. 목소리는 상당히 낮았지만, 크고 걸걸하셨다. 담배는 피우지 않더라도 항상 물고 계셨으며, 이야기 도중에 자주 담배를 피우셨다. 그리고 큰 동작을 취하며 재미있게 설명을 해 주셨다.

홍농읍 경로당, 노인 회장님, 남 · ○○.
제공한 자료 : 설화 29, 30.

    홍농읍 경로당 노인 회장님이시다. 처음에는 옆방에서 다른 어르신들과 같이 화투를 치시다가 유재회 어르신의 이야기가 거의 끝나갈 무렵 나오셔서 이야기를 이어 나가셨다. 목소리는 약간 가늘고 작아서 알아듣기 힘들었다. 그냥 평범한 하늘색 점퍼와 검은색 바지를 입고 계셨으며, 경로당 소파에 느긋하게 앉아서 이야기를 들려주셨다.

진덕리 상삼 마을, 김복님, 여 · 80.
제공한 자료 : 설화 31.

    슬하에 6남매를 두셨다. 허리와 무릎이 매우 불편하셔서 거동하시기 어려우셨으나, 제보자들을 친절하게 맞아주셨다. 말씀하실 때 목소리가 다소 떨리신 듯하였으나, 재미난 도깨비 이야기를 매우 상세히 이야기해 주셨다. 말씀과 더불어 손동작으로 상황 설명을 해 주시기도 하였다.

진덕리 674, 방기동, 남 · 79.
제공한 자료 : 설화 32~37.

    백발에 복스러운 큰 귀의 할아버지이시다. 말씀이 매우 정확하시고, 발음도 정확하셔서 조사자들이 듣기에 매우 편했다. 젊으셨을 때부터 한문을 공부하셨으며, 사람들에게 한문을 가르치기도 하셨다 한다. 한문 파자(破字)이야기를 재미나게 구연해 주셨으며, 조사자들에게 매우 협조적이셨을 뿐 아니라 친손주처럼 따뜻하게 대해 주신 고마운 어르신이시다.

홍농읍 경로당 2층 한문서예교실, 이경희, 남 · 52.
제공한 자료 : 설화 38~45.

    홍농읍 월암리에 거주하시며, 4대째 한학을 공부하시며 한문과 서예를 가르치시는 분이시다. 유명한 효자에 관한 일화를 들려주셨을 뿐 아니라, 여러 제보자를 추천해 주시기도 하셨다. 차분하고도 정확한 발음을 구사하셨으며, 후세에게 물려줄 유익한 이야기들이 사라져가는 현실을 안타깝게 여기시기도 하셨다.

제보자 11　칠곡리 603번지, 장주언, 남 · 52.
제공한 자료 : 설화 46.

　　이장님 댁에서 처음 뵌 분으로 우리가 조사하러 온 것에 대해서 많은 관심을 보여주셨으며, 여러 도움을 주려고 했다. 아는 이야기가 별로 없다고 미안해 하시며 '열심히 하라'고 조사들을 많이 격려해 주셨다.

제보자 12　칠곡리 755번지, 김희식, 남 · 52.
제공한 자료 : 설화 47.

　　칠곡리 이장님으로 슬하에 4형제를 두셨으며, 어업을 하고 계신다고 했다. 이장님 댁에서 잠을 재워 주셨을 뿐 아니라, 식사까지 챙겨주시는 등 매우 친절하고 자상했다. 마을 지명에 얽힌 간단한 이야기를 손수 하여 주시고, 마을 분들을 추천하여 주시기도 했다. 목소리가 크고 발음이 정확하셔서 이야기를 듣는데 편했다.

제보자 13　칠곡리 604번지, 김영구, 남 · 57.
제공한 자료 : 설화 48~51.

　　칠곡리 이장님의 추천으로 찾아갔는데, 대학생 자녀를 두고 있다며 조사자들을 친절히 대해 주셨다. 처음에는 '어른들에게 들은 이야기들이 많았으나, 현재는 기억이 잘 나지 않는다'며 당황해 하셨다. 그러나 소파에 앉아 차분히 근처 지명 유래에 관하여 설명해 주셨다.

제보자 14　칠곡리 대항월 마을, 이종열, 남 · 52.
제공한 자료 : 설화 52, 53.

　　이종구 어르신의 아우 되시는 분으로, 회색점퍼를 입고 계셨으며, 많은 말을 하시지는 않으셨으나 차분하고 재미있게 곁에서 이야기를 거들어주셨다.

칠곡리 목매 부락, 정한성, 남 · 80.
제공한 자료 : 설화 54~56.

　체크무늬 점퍼를 입으시고고, 눈내린 듯 새하얀 백발의 할아버지는 다리가 불편하신지 거동이 힘들어 보였다. 마을에서 무료로 해 주는 눈 검사를 하기 위해 나오셨다가, 우리가 서울에서 왔다는 말을 들으시고 방에 들어가 이야기를 해 주셨다. 귀가 잘 안 들리시는지 한 손을 귀에 대고 경청하시며, 같은 말을 많이 반복했다.

칠곡리 목매 부락, 정한성씨 부인, 여 · ○○.
제공한 자료 : 설화 57.

　정한성 할아버지의 부인되시는 분으로, 수줍음을 많이 타시고 이야기를 잘 안 하려고 하셨다. 하지만 중간 중간 할아버지의 이야기를 많이 거들어주셨으며, 나중엔 짧은 이야기를 조심스레 꺼내셨다. 시집살이를 심하게 하셔서 손이 불편하셨으며, 무릎 또한 편치 않으셔서 건강이 좋지 않다고 하셨다.

진덕1리 606, 박양순, 여 · 72.
제공한 자료 : 민요 1~3.

　보라색 스웨터에 자주색 티를 입으시고, 밭에서 일을 하시다 막 댁으로 돌아오신 참이라 볼이 발그레하셨다. 무릎과 허리가 불편하셔서 움직이기 힘드셨음에도 조사자들에게 점심을 해 주시지 못해 연거푸 미안해 하셨다. 슬하에 8남매를 두셨으며, 목청이 좋으신 편이셨으나 갑작스러운 질문에 생각이 나지 않으신다며 수줍어하셨다. 고운 목청으로 여러 편의 민요를 불러주셨다.

4) 설화

[홍농읍 설화 1] mp.01

성산리 신촌 마을, 2007. 4. 10., 3조 조사.
주귀종, 남 · 52.

쌀 나오는 바위 1

* 미리 준비해 오신 자료를 보면서 이야기 해 주셨다.

어려서 이렇게 인자 들은 얘기지만은, 금정암-여기 금정암 절이 있다구요. 금정암 아랫절-위에는 인자 암자라구 쪼그만한 그 상도실이라구 해가지구 여기-그래갖고 그 약수터 금정암 법당 상도실 해가지고 법당에서 위로 400메타 올라가면은-여기에서 400메타, 잉? 올라가면은 절벽이 있어. 그래갖구 상도실이 있는데 이곳에 천연적으로 생긴 바위 동굴이 있다. 이 동굴에는 마시면-동굴에서 마시면 몸이 좋아진다는 약수물이 참 있고- (조사자 : 아, 거기 약수물이 있어요?) 에, 있어. (조사자 : 실제로 효험이 있어요?) 아, 있어. 아니 이 저 전설 속인데 그렇게 인자 '물은 산보다 높다.' 옛 말에 그러듯이 물이 산보다 높으니까, 400메타 이상에 가서 물이 있으니까- (조사자 : 아니 근데 그렇게 높은데 물이 있어요?) 네, 계속 그 한 3메타 그 굴에 가서 있어. 있는데 물은 항시 어떠한 그-그렇게 쉽게 말해서 가뭄이 들어도 거기에는 물이 항시 흘러내리구 있어. (조사자 : 지금도요?) 지금도. 인자 그래-그래 인자 이렇게 저 지금도 있는데, 지금은 왜 지금 그 상암-저 그 모습은 그 암자에 그대로 있지만은, 지금은 그렇게 갖추지를 못허고, 이렇게 사람도 가꿔야 되는데, 이렇게 폐가식으로 방치한 상황이기 때문에, 아마 그런 암자도 지금-아마 어려서 가고 안 가봤지만 지금도 그대로 모습은 그대루 있어-그 위에 그 아까 그 상도실이라는 디는. 그렇게 보여, 지금 밑에서도.

그리고 내가 에려서 들어보면은 거기에다 그 조그만한 그 저 구멍이 있었는데-바위 위에-위에 절벽 말하자면 암자 위에 바로 옆에 구멍이 있었는데-내가 들은 말로 이렇게 쌀이 이렇게 계속 조금씩 조금씩 이렇게 나오는데- (조사자 : 쌀이요?) 쌀이-인자 쌀이-그러니께 전설이제, 하나에. 이런게-요런 구먹 있어, 사실은. 있는데-인자 그 스님이 평상시-우리가 인자 평상시 우리가 두 식구가 있을 때 있구, 또 손님이 올 때가 있을 때, 잉? 그러믄 하나 같음 몰러두 둘 셋 늘려버리니까 쌀이 빨리빨리 나와서 더 많이 해야 되는데, 잉? 아, 그걸 인자 쌀을 부족허지, 그러니께 빨리 나오라구 기냥-지금-지금으로 말-옛날 말하자면 부지땅[부지깽이], 말하자믄-그때는 부시때기-그걸루 해야 쑤셔버렸든가 인자 피가 나오면서- (조사자 : 쑤시니까 피가 나와요?) 응. 피가 나오면서 쌀이 금지되고 해서 거가-바위에가 빨간 그 흔적이 남았다고 그러거든. 그래서 쌀은 안 나오고 그런 그 시늉만- (조사자 : 욕심 때문에-.) 응. 사람에 욕심 때문에- 그런 그 어려서 들은 그 기억, 속설이야.

[홍농읍 설화 2] mp.02
성산리 신촌 마을, 2007. 4. 10., 3조 조사.
주귀종, 남 · 52.

화장동化粧洞

이 화장동이란 마을은 그 앞산과 뒷산을 가지고 형상을 이뤄가지고 화장동이라구 했는데, 앞산은 병풍바위, 그리고 뒷산은 옥녀봉, 그래갖고 옛말에 옥녀가 참 촛불을 켜놓고-이 마을 그 형성[형상]이-산 형성이-촛불을 켜놓고 화장한다는 그런-그래서 병풍바위.

[홍농읍 설화 3] mp.04

성산리 신촌 마을, 2007. 4. 10., 3조 조사.
주귀종, 남 · 52.

도깨비와 씨름 1

  이런 얘기도 들었어. 이렇게 그 깊은 산 속에서 혼자 오는디, 막 씨름을 허고 그냥 시달리다가-허는데 그냥 혁대로 그냥 막-옛날 혁띠는 말하자면 그 이런 혁띠가 아니고-말하자면 저 천 안에다 천을- (조사자 : 네, 천이요. 네.) 그걸로 인자 묶어 놓고-나무에다가 그냥 입빠이[1]로 이렇게 묶어놓고 그 이튿날 인자 가봤다고. 인자 그 사람들이-인자 그 노인분들이 가보니까 인자 부이땡[부지깽이]-부이땅이- (조사자 : 부이땅이 뭐에요?) 부이땅이라는 것은 불 때는 거. 불쏘시개 그 저 말하자면 요러구 요러구 불 때는 막대, 잉? 인자 그런 것이 있고, 또 빗자락 몽댕이란 것은 인자 말하자면-고런 것이 있고-그러믄 왜냐 하머는 저 사람에 저 인피(人皮)를 갖다가 접촉이 된-오래오래 접촉이 되는 것 때문에, 그래서-변화가 돼서 인자 그랬는가는 모르는디, 이 묶고서 보니까 아침에-인자 그 이튿날 얼마나-인자 시름 쓰게 인자 묶었지. 그러니까 가서 인자 보니까-인자 이거-인자 가서 거 빗자락 몽둥이허고 부이땅이-그래서 그것은 사람에 손에 계속 닿아진 그런 그-그런 자루였어. 그래서 인간에 대한 그런 그 모습을 다시 태어났는가 어쩐가 모르는디-그런 인자 속설은 들은 적이 있었어.

[홍농읍 설화 4] mp.05

성산리 신촌 마을, 2007. 4. 11., 3조 조사.
박정순, 여 · 61.

---

1) 一杯(いっぱい). '잔뜩', '가득히'라는 뜻을 지닌 일본어.

도깨비불 1

　이 앞에 저 바닷가 옆에 산에서 도깨비들이 또 많이 났어. (조사자 : 아, 도깨비가요?) 응. 여 밑에 저 바닷가에서-여 밑에가 쩌기 저 보면 발전소 뭐다 하는 디 바닷가였었는디 지금은 여그 다 미어서[메워서] 이렇게 앞에가 다 발전소 허믄서 이렇게 다 해서 안 보인게 그러지, 그전에는 바닷가 보이믄서 배 들어댕기는 것도 다 보이고 여기도 보면 그랬어. 그래갖고 그 산 옆에가 저 도깨비가 나. 여기서 쳐다보면 도깨비가 나갖고, 불 요러코 막 붙여갖구 그냥 막 퍼지구 그냥 이러코 그냥- (조사자 : 아, 불이요?) 응. 이리 가고 저리 가고 막 헷갈리고 막 그랬어-도깨비불이라고, 여기서. 그래 그것이 도깨비불이라구 해. 날-인자 비 올라며는-. 그래갖고 이리 갔다 저리 갔다-우리는 무서워갖고 숨고-도깨비 불 났다고-우리 어렸을 때 그랬어. 그래갖고 질게 퍼지구-그냥 불이 그냥 여가 두 개 있으면 쩌가 있고 쩌가 있고, 한 몇 개가 연달아 있구-이 산 너머로 갔다가 왔다 막 그럼서 불이 그러고 왔다갔다 허고 그랬어. (조사자 : 그게 많았어요?) 응. 불이 도깨비불이라고 우리 어려서는 그랬어. 그것이 참말 도깨비불인가 아닌가 모르는디, 우리 어렸을 때는 그거이 '도깨비불 났다!' 하믄 그냥 무서워 우리가 막 숨고 피해댕기고 그랬어. (조사자 : 날라다녀요?) 날라대니고 여가 붙었다 저가 붙었다 이러고 그냥 한 데가 있다가 막 퍼지고 이러고 퍼지고 그랬다고. 그래 그때는 우리는 무섭다고 막 숨어 댕기고 그랬는디.

　옛날에는 구신 불이 잘 났어. 지금인게 그렇지. (조사자 : 도깨비 보고-그런 얘기 같은 건 없으세요?) 도깨비불이라고 막 그냥 사람들이 도깨비 만나면 이러고 그냥 이 옷 입으믄 옷을 틀어잡고 이렇게 가버리거든. 땡김서 이렇게 막-땡기믄 무서워갖고-그러고 저녁내 쫓겨-도깨비불한테 쫓겨댕기고, 사람이 술이라도 취해갖구 그냥 오다가 앵게갖고 허면 후루메기[두루마기] 입었어-후루메기 거, 옛날에는. (조사자 : 두루마기요?) 응, 두루마기 입고 이러구 막 이것이 돌아 댕기믄 인자 후루-저 너 나 못 잡게 허고 여따가 말뚝 박아서 딱-도깨비 잡아서 이러고 말뚝 딱 놔-말뚝 박아 놓으면, 나 못 잡으러 오게-말뚝 딱 박아놨어, 인자-이러코 도깨비를 잡아갖구. 그러믄 인 자 집에 아침에 와-집에 왔다가 아침에 가서 그 자리에 가 보면 아무-거 뭔 빗지락 몽댕이 같은 것이나, 뭔 그 이런 집에서 나간 쓰레기 그런 -그런 것이었다. 그런 것이었다게, 그때는. 인자 그 따른 뭐 도깨비 그 특이한 게 있는 것이 아니고. 도깨비불 잡아서 요러고 땅에 못 박아서 요러코 놔두고, '너는 나 못 따라 오게-나 못 잡으로 오게 박어놓고 가야컷다' 하고 집에 와 -와서 자고 인자 그 이튿날 그 자리에가 '뭣이 도깨비가 어쩌고 생겼는가 봐야 쓰것다.' 하고 인자 가서 인자 그거 뭐-말뚝 박은 자리를- 도깨비 뭐 박아 놓은 데에 가서 보면 뭔 빗지락, 이런 방에서 쓰든 빗지락 같은 것이 나가갖고 그렇게 불이 나-도깨비 되었다고 그랬어. (조사자 : 변신을 한 거 예요, 그게?) 응.

[홍농읍 설화 5] mp.06

성산리 신촌 마을, 2007. 4. 11., 3조 조사.
박정순, 여 · 61.

호랑이를 동반한 무녀

쩌기 저 그전에 원자력 발전소 있는디 아까 얘기했던 거 금정암이라고 거 밑에가 동네가 거가 많이 있었어. 철거해 버려갖고 인자 지금은 발전소 들 어섰는디, 거-그 동네서 그 장덕이 거시기라구 해서-고모라고 해서 순자- 순잔가 순덕인가 할매가 점했어. 그 냥반이 점을 했는디, 그때 한-한 칠십 이나 먹었는가 그 냥반이 했었어. (조사자 : 예전 원자력 발전소 들어서기 전에요?) 응, 들어서기 전에. 지금은 철거해갖고 동네가 없는데, 옛날에 동 네 많았어-이 안에가. 그런데 그 냥반이 점을 했는디, 그 냥반은 이 신이 들려서 이런 산신령 같은 것허고 같이-산신령 그런 사람들허고 같이 말도 허고 이렇게 잉? 어디 밤에-우리는 이렇게 밤에 캄캄하면 어디 못 가제-산 길도 못 가제, 무서워서. 그런데 그 냥반은 밤에도 무서운 것이 없이 낮에 돌아 댕기듯이 산길도 고개 넘어서 어디도 가고, 산길도 찾아가고 그러코 댕겨도 무서운 것이 없어-이 신을 모시고 사는 냥반이라. 근게 인자 산 같은 데도 가면서 이렇게 아이고 추우면-날이 추우면,

"산신령님네, 아이고! 얼매나 춥구라우, 고생허요."

이러케 험서 가고 잉? 혼자서도 말함서-. 또,

"아이고! 산신령님네, 오늘은 이러고 따스와서 좋것네요."

이렇허고-허고 댕기고 그랬다게. 그런디 인자 한번은 산 고개를 넘어 간 게, 호랑이가 나타났다고 해. 그 우리 같으믄 잡아먹힐까 무서워서 벌벌벌 벌 떨제. 그런디 그 냥반은 무섭다고 않고,

"산신령님네 나오셨냐?"

고 이렇게 말허고-그러코 그 호랑이허고 말허고, '산신령님네 나오셨냐?'고 하고,

"내가 오늘 아무 데서 이러구 오라구 해서 죽게 생긴 사람을 살려줄라구 내가 이 밤에 이 고개를 넘어서 어디를 간다."

고,

"이러고 헝게 나를 이러코 좀 이 인도를 좀 해 주라."

구,

"도와주라."

구 막 함서루 이러구 온다구. 헝게 그 산신령이-호랑이가 여그 자기 여그 등을-등에다가 이러고 발-앞발을 이렇게 하면서 이러구 타라 했는가 하여 간 어쨌는가-자기 등을 타라고 했는가 했다게, 인자. 그런데 이 냥반은 모 리는-못 알아들은게 이 '앞에서-앞에서 가자.' 허고-'산신령님네 먼저 앞에 서 가시라.' 허고, '나는 이 뒤에서 따라갈란게 가라.'구 해갖구는 어디만큼 가고 그 집이다가-깜막굴에다 인도를 해주고 산신령님네가 가는디, '어서

가시라.' 허고, '나는 여기 들어간다.'고 허고 말도 허고 그랬다는구먼. 그
냥반이 그 신 모시구 살 때.

[홍농읍 설화 6] mp.07

성산리 신촌 마을, 2007. 4. 11., 3조 조사.
박정순, 여 · 61.

자식 묻으려다 금덩이 얻은 부부

* 어렸을 때 동네 오빠가 해 주었던 얘기라고 하시며 이야기를 시작하셨다.

아부지를-인제 넘의[남의] 아부지를 모시고 삼서-자기 부모는 돌아가시
고 인자 넘으 부모를 모셔다가 자기 부모처럼 모시고 사는디, 아주 아주 두
내위[내외]간에 그렇게 아주 효자여. 그 인자 말하자믄 남의 부몬디 자기 부
모처럼 효자여. 아주 효자 노릇하고 효부 노릇하고 인자 이러구 사는디, 그
메누리가 인자 아들을 하나 낳어, 인자. 삼대독자 아들을 낳다구. 났는디-
(조사자 : 귀한 아들-) 응, 났는디, 거시기 인자 그 애기가 갑자기 저녁에 어
디에 병이 나갖구 죽어버렸어.

삼대독자 귀한 아들-귀한 애긴디, 그래갖고 인자 밤에-한밤중에 애기가
죽어버려서 어디를 묻어-갖다 묻어야 쓰것는디, 산은 멀리 있고 맨 농사짓
는 들이라 애기 어따 묻을 디가 없어. 그래갖구 인자 두 내우가 밤에 삽 들
고 괭이 들고 애기 보듬고 묻으러 그냥 나갔어, 밤에. 나갔는디 어디 어디를
논-인자 간게 산은 멀리-멀어서 가든 못허것고, '어디 논두렁에 어따 묻어
놓고 그냥 가자.'고, 논두렁에다 이러코 인자-논두렁에 공간이 쪼까 있으니
께 논두렁에 애기를 파고 인자 묻을라구 땅을 파는디, 땅을 파고-깊이 파
는 거기다 애기를 이러고 넣을라구 한게-아조 가난한 집이여. 가난한 사람
이었어. 그러구 넣을라 본게 거그서 기냥-긍게 옛날이야기라 인자 그러제,

잉?-전설이라. 기냥 뭣이 기냥-기냥 번쩍 번개처럼-땅에서 번개처럼 팍 불덩어리가 이러구 올라오믄서- (조사자 : 아, 불덩어리가요?) 응, 올라오믄서 즈그 엄마 아빠는 놀래서 나자빠져버리고, 그 애기는 벌떡 놀래갖구 살아나구- (조사자 : 번개에 놀래서요?) (조사자 : 어머- 진짜요?) 응 놀래갖구 기냥 그 딸려서 인자 번떡 이렇게 기냥 불덩어리가 나오믄서-. 그렇게 인자 놀래서 그 엄마 아빠는 쓰러져버리고, 그 애기는 그 거시기 벌떡 살아났어, 애기가.

살아나고-그거 인자-인자 그것이 말하자믄 금이었어. 이만한 금. 금이 팍 솟은게 번떡 일어나구그랬든가벼. 그렇게 그 금은 금대로 그러고 얻고-재산은 얻고, 애기 살리고 그래갖구 밤에 인자 온게- 내가 이게 이야기를 지어 했네. 그거이 그 술을 잡수고 그 영감이 애기를 문대서[뭉개서] 죽어부렸는-죽었다 허든데-했는디. 그래갖고 넘으 부모를 갖다 하도 효-효부 노릇을 잘허고 인자 헌게, 이 그 인자 (조사자 : 하늘에서 돌봐준 거?) 응, 하늘에서 인자 돌봐갖고 이렇게- '땅에서 느그는 가난허고 한게 아조 효성이 그렇게 좋은 사람이고 헝게 느그 살아라.'구 애기 살려주고 아조 그 애기 묻을 자리에서 그 금이 솟아나와서 그렇게 그 사람은 잘살았다고 허드라고. 그래갖고 남으 부모를 내 부모처럼 그렇게 잘 모셨다는 그거이로 복을 준 거여, 말하자믄 하늘에서-그렇게 잘했다고.

[홍농읍 설화 7] mp.09

성산리 신촌 마을, 2007. 4. 11., 3조 조사.
주규석, 남 · 61.

쌀 나오는 바위 2

근게 금정암(金井庵) 암자가 지금은 저 한수원(韓水原)[2] 때문에 없어져 버렸어. 여기 저 이게 절이 아니라 암자야-암자. 금정암, 암자. 그런데 거그 인자 제일 위에 암자 지을 때 그거는 담력이 적은 사람은 못 올라가. 밑에서 쳐다보믄. 하도 절벽이라. 그래가지구 이렇게 인자 그 상량(上樑) 말하자믄 지붕을 얹을 때 안개가 꼈어-안개가. 밑에가 안 보이게. 그래갖고 상량식을 해가지고 거기서 인자 그- (청중 : 그 상양이라고 하면 안댜? 이 사람들-. 그 집을 지을 때-암자를 지을 때-) 지붕을-지붕을 그렇지. (청중 : 지붕을 이렇코 지와 두 싸구 인자 헐라믄-올릴라믄, 밑에 쳐다보면 죽을 것 같은게 못 싸제. 그렇게-) 무서운게- (청중 : 저 밑에가 이렇게 안개가 이렇게 좍 있어갖고, 밑엔 전혀 안 보이고-인자 그 집에 오구 요기 쪼끔 아찬게³⁾-아찬 거 같으니 일을 잘 허지, 인자-안 무섭고. 싸악 안개가 덮어줬당게, 이렇게. 이 봉아리-지붕 봉아리 일허는디 이 그 사연이 얼마 되다 않은게 이러고 아찾구 그러닝게-그렇게 인자 안 무섭구 일을 허제. 그렇게 했어. 그런 일은 사실로 그렇게 했어.) (조사자 : 아, 진짜루요?)

거가 말하자면 이장이 말했든 쌀-저 바위에서 쌀 나왔다는 데가 거기여. 거긴데, 손님이 하나 오믄 하나 쯤에[이] 나오고, 인자 둘-인자 둘 오믄 둘 쯤에 나와야는디 하나 쌀뱈이 안 나와-하나 양뱈이. 그렇게 인자 스님이 밥을 허다가 쌀이 적게 나와 그냥 그 밑을 말허자면- (청중 : 많이 나오라구 막 쑤셔버렸어.) 부지깽이루 인자 그걸루 그냥 구녕을 쑤셔버렸어. 그런게 쌀이 안 나오고 피가 나왔다-그런 전설이 있어.

[홍농읍 설화 8] mp.10

성산리 신촌 마을, 2007. 4. 11., 3조 조사.
주규석, 남 · 61.

---

2) 홍농읍 계마리(桂馬里)에 있는 한국수력원자력 주식회사의 영광원자력본부의 약칭임.
3) '아촌다'는 '싫어하다' 혹은 '꺼리다'의 뜻임.

한밤중에 공동묘지에 말뚝박기 내기

그 인자 이 담력이라고 허믄 그 마음 그 통이 적냐 크냐 그걸 확인하려고 친구들끼리 인자 밤에 인자 내기가 났어. 인자,

"공동묘지를 가서 말뚝을 박고 오것냐?"

그런게 친구가 하나가 그런게,

"하나가 박고 오것다."

그랬어. 그때는 두루마기를 입었어, 두루마기. 그런게 그 묘에 가서 말뚝을 박는다는 게 두루마기 이러고 거기다가 말뚝을 박어버렸어. 그런게 밤에 컴컴해 노니 탁 박어놓고는 일어설라게 콱 잡지. 아무리 기운이 장사 같아도 그 밤에 그냥 콱 잡은게 딸딸 노지. 인자 그래갖고는 인자 밤에 계속 실갱이 했어, 거서. 그래갖고 아침에 이르러서는 본게, '다시는 이런 장난 안 할게 놔줘라 놔라.' 해갖구 본게, 자기 옷에갖다 그러고 말뚝을 박어버렸어. (조사자 : 웃으며 '아침까지 계속-') 그러지. 그래가지고-그런게 사람이 그러면 그렇게 놀랠 수밖에 없다. 그렇게 거까지 가서 헌 사람이-배짱도 좋고 헌 사람이 그걸 못 일어나서 그런디, 자기 옷에 갖다 말뚝 박으니 못 일어나지. 두루마기-그 옛날에 그 두루마기라고도 하고 후루마기라고 허는 그 앞자락에 그놈에다가 박어부렸어, 말뚝을. 그래갖고 일어슬랑게 콱 잡구 안 놔준게,

"다시는 이런 장난 안 할께 놔주라, 놔주라."

하고 아침에 본게 자기 옷에다 말뚝을 박아부렸어.

[홍농읍 설화 9] mp.12

성산리 신촌 마을, 2007. 4. 11., 3조 조사.
주규석, 남·61.

장성 일목-ㅌ만 못한 장안 만목萬目

여그 가면 장성군이라고 있어, 장성군. 장성군에 가면- (조사자 : 전라북
도요?) 아, 전라남도요, 여기 장성군-영광. 그 기씨들이 양반이다 그러는데
그 기노사(奇蘆沙)[4] 그분이 말하자면 인재여-인재, 말하자면. 근데 기노사-
(조사자 : 김-귀?) 기노사. 그 할아버지가 지사(地師)여, 지사. 땅을 보는 지
사. 그래갖고 그 묘-땅에다가 묘를 쓰머는 눈 하나 있는 사람만 나와야 돼.
(청중 : 눈 한쪽 있는 사람만 둬야 된다 그런 말야. 그 땅에다 못을 쓰면-)
(조사자 : 아, 묘자리 쓰면은 한쪽 눈 하나 있는 사람만?) (청중 : 응, 눈 하나
만 있는 사람이 인자 생긴다.) 하나만 있는 사람이 생겨 나와야 되는 그 땅
이여-땅. 그런디 거그 인자 해갖고 손자를 났는디 양눈이 다 그대루 있어
'잘못 봤다.' 그랬는디-

인자 그-예전에 그 덕석이라 그러고 그- (청중 : 덕석은 뭐라구-그 윷도
놀고-뭐 덕석-덕석 있어. 지금 학생들은 덕석 몰라.) (조사자 : 멍석이라
고?) 응, 멍석이라고도 허구 그래. 그런디 그 가본게 이게 또르르 몰[말]아지
지. 그런게 거기서 인자 이쪽에서 보고 기노사는 저쪽에서 요러고 내다보고
있는데 이쪽에서 기냥 장난감 모양 화살을 쏴서 눈이 멀어버렸어. 그런게,
'아, 역시 잘 봤다.' 그랬어. (청중 : 말하자믄 이러코 이러코 몰아졌으믄 요
쪽에서 구다보고 있고 요기서 구다보고 있어. 요기서 여그 화살을 쏜게 여
그 구다보는 눈 하나 구다보니께 이거 맞아부리제, 눈이. 그래갖고 눈 한쪽
이 있는 사람이 인자-) 인자 멀어버렸지, 눈이 하나가. (조사자 : 아, 멍석
이렇게 말아논 고기다 화살이 쏴갖구서는 눈에 맞은 거에요?) (청중 : 요쪽
에서 구다보고 있고 요쪽에서 구다본단 말이야. 근데 화살을 쏴부리니 여그
눈이 맞아부리지.) 그래갖고, '역시 잘 봤다.' 그래가지고-

인자 그 기노사가 인잰디-인자 그 중국에서 우리나라가 소국이고 중국이

---

4) 조선 후기의 성리학자인 기정진(奇正鎭, 1798). 전북 순창(淳昌) 복흥면 조동에서 태어나
장성(長城)에서 자랐다. '노사(蘆沙)'는 그의 호임.

대국이었어, 잉? 그런디 중국에서 인저 사신을 보냈어. 그래갖구 인자 사신이 와가지고 허는 말이,

"조선이 저 인재가 많다구 그래길래 인자 왔다."

해가지구 인자 그 보재기로 싸갖구 왔어, 달걀을. 달걀을 싸가지구 와서,

"이 뭐이냐?"

하고,

"알체맞-알케 내라."

그런게-장안이라 그러믄 서울을 말하는 것이여, 잉? 인제 거그 가서 다해 뭐-다해도 모르구 그렇게 거그서 허는 말이-지금은-지금 같으믄 인자 국무회의나 그런 회의를 해가지고,

"장성 가믄 인재가 많단게 그리 한번 가봐라."

해가지구 인자-인자 장성까지 내려왔어, 사신이. 그래갖구 인저-그 인저 사신이,

"이게 뭣이냐?"

허고-보재기에 싸 놓은 것이 있는디 다 못 맞추지. 인제 그걸 장안에서 못 맞췄는디 장성 와서 인저 기노사한테 물어본게,

"닭은 닭인데 깨지 않은 닭이다."

그랬어. 달걀이여, 그런게. (조사자 : 닭은 닭인데 깨지 않은 닭이요?) '깨지 않은 닭이다.' (조사자 : 깨어지지 않는-) 깨어나지 않은 닭이다 그 말이여. (청중 : 병아리 안 태어났단 말- 달걀.) (조사자 : 음.) 그렇게 그 사신-사신이 눈을 탁 치면서,

"확실히 여가 인재가 있구나!"

해가지고 인자 그 사신이 허고 간 말이,

"장안 만목이 장성 일목만 못허다."

그랬어. 장성 눈 하나만 못하다 그랬어. 그래서 기노사가 장성 기씨으 양반이여.

[홍농읍 설화 10] mp.13

성산리 신촌 마을, 2007. 4. 11., 3조 조사.
주규석, 남·61.

이성계가 왕이 될 꿈

이성계씨가 말하자면 태조제? 이성계씨가 잘 되었응게 왕이 되았지 글않
으믄 역적이지. 그래 인제 이성계씨가 꿈을 꾼게, 서까래 세 개를 지고 잠을
자. 그래서 서까래만 지고댕기다가 일어났어. 그래 인자 꿈을 꾸고는 이상
하다 해갖구 그대루 다-그런 분들은 다 그 하나씩 그 뭐 무학대사랄지 (청
취 불능) 같은 사람들 인자 잉? 잘 아는 사람들을 인자 딱 끼고 그랬거든.
그래 인자 그때 무학대사가 있었어. 그래 무학대사한테 간게, 그거 또 무학
대사는 왕이 될 줄 알고 딱 이러구 굽히고 큰절을 올려. 그래 이성계씨가,

"왜 그러냐?"

그러닝게,

"내가 이만저만한 꿈 얘기를 하러 왔다. 그런데 서까래 세 개 지고 내가
꿈을 깼다."

그렇게-이게 서까래 세 개를 지믄- (세 줄을 그어 보이며) 이거 세 개지?
딱 사람이 서면 임금 왕(王)이지. (조사자 : 그렇죠.) 그래서 왕이다 해갖고
무학대사는 알고 이성계씨를-태조로 맞어들였다 그 얘기여.

[홍농읍 설화 11] mp.14

성산리 신촌 마을, 2007. 4. 11., 3조 조사.
주규석, 남·61.

시是자의 파자破字 풀이

대학생들이 이걸 알란가 모르것다. (직접 종이에 한자를 써보이시면서)이 자(字)가 무슨 잔지 알아? (조사자 : 발 족?) 뭐, 발 족? (조사자 : 아닌가? 아니다. 안 비슷하다.) 아이구, 이것은 이 시(是)짜야-이 시(是)짜. 그런게 이 시짜라. 이것이 일본에 사신을 우리나라에서 보낼 때 인자 사명당을 보냈어 -사명당을. 근데 이 분을 사신을 보낸게 일본놈들이 대문 아래다 가-대문에다가 딱 이것을 붙여놨어-이 시짜를 이렇게. 그런게 사명당이,

"이 자를-이 글씨를 띠면 들어가도 그러 안 허믄 안 들어간다."

그랬어. 왜 그랬겠냐 그 말이여. 잘 모르겠지? 이 시짠데, 잉? 그러면 똑똑 띠면 되야. 일(日), 하(下), 인(人). 일본 아랫사람이다 그 말이야. 일하인. 응? 인자 이거 이해가 가제? 이것이 한문으로는 이 시짜여. 이 시짜. 그런게 사명당이 사신으로 왔을 때 일본놈들이 이놈을 딱 붙여 논게,

"이놈을 띠면은 내가 들어간다."

그랬어. (조사자 : 와! 하는 사람도 대단하고 알아보는 사람도 대단하네요.) 그런게 사신을 보낼 만해-충분하제. 그런게,

"이놈을 띠믄 들어가도 안 띠믄 안 들어간다"

그런게 일본놈들이 띠었어. 그런게 들어갔어. 그런게 이걸 띠어서 안 들어갔다 나온게 잘 모르지. 그런게 이래 똑똑 띠어. 일, 하, 인-일본 아랫사람이다 그 말이여. 그래서 사명당이 안 들어가고 이놈을 띤게 들어갔어.

[홍농읍 설화 12] mp.15

양지 마을, 2007. 4. 11., 3조 조사.
양금희, 여 · 83.

비 내리게 하는 방법

저 높은 산봉대기[봉우리]다 인자 미[묘] 쓰믄 비 안 온다고 하잖아, 옛날에? 그 산봉대기 저 여기서 쳐다보면 저거 사뭇5) 미여. 저런 산봉대기로 여자들 남자들 없이 호무[호미] 갖구 와서 미 판다고. 높은 산에다가 미 써서 비 안 온다고-그게 다 옛날 전설이여, 잉? 높은 산에다 못을 쓰면 비를 안 온다구 하거든. (조사자 : 아, 못자리를요?) 아모. 묘-못을 갖다가 높은 디다 쓰믄. 그렇게 하두 비가 안 온게-석 달 넉 달 비가 안 온게 호무 들고 남녀간에-남자 여자 이런 늙은 사람 천량6)없어 호무 들고 그 산봉대길 가서 호무로다가 미 판 일도 있어. (청중 : 그러고 높은 산에다가 불 지르고-산으 똥구녕에다 불 질른다고.) 봉화불-봉화불 지르는 것이 뭣이냐? 봉화여, 봉화불. 봉화불을 비 안 온 게 비 오라고 하늘 똥구녕에다가 거시기 불지짐한다고-그래야 비가 온다고-끄실린다고. 그래 거가 높은 산만 댕겼어. (조사자 : 아, 그렇게 하면 비가 왔어요?) 아모. 나무 갖고 대니믄서 불 질렀어-불 질렀어, 하늘 똥구녕에다가. 끄실린다고-그래야 비가 온다고.

[홍농읍 설화 13] mp.16

양지 마을, 2007. 4. 11., 3조 조사.
양금희, 여 · 83.

송아지 울음 소리 듣고 돌아온 어머니

옛날에 혼자-인자 며나리가 혼자 찬찬한 아들 하나 딱 낳고 인자 남편이 죽었어. 그래서 인자 할 수, 할 수가 인자-혼자 산게 할 수 할 수가 없어서 애기를 요렇게 따독따독 재 놓고 산봉대기로 올라갔어. 그 할매-그 할매가-

---

5) 거리낌 없이 마구.
6) 개인 살림살이의 재산.

아줌마가-아줌마가 이렇게 젊은게. 그래서 산봉오리를 잔하고 올라 가. 나도 모르게 애기만 재 놓고 인자-인자 젊은게. 애기 섭할 때가 됐든가 그냥 마음이 변해가지고 산에를 기냥 이러쿠 올라간게-아, 산에 올라가서 가만히 쉬어갖구 있으닝게 아- 소 새끼를-소를 사다가 놓았든가 그 애미 찾느라고 소 새끼가 우는 소리가 '어메 어메' 하고 울그던, 소 새끼가-소 새끼가 울면 '엄마 엄마' 안 해 거? '어메 어메' 하는데 그 소리를 듣구 우두커니 앉았응게 안 되았드라여. '우리 애기도 재 놓고 나왔는디, 깨면 나를 이렇게 어매 어매하고 부르겄다.' 이런 생각에서 한숨 푹 쉬고 도로 와가지고 그 애기를 찾아왔드라네. 그래갖구 장성하게 컸어, 그 애기가. (조사자 : 그 아들이?) 응. 그 아들이 장성하게 키웠어.

[홍농읍 설화 14] mp.17

양지 마을, 2007. 4. 11., 3조 조사.
양금희, 여·83.

소와 사람은 동본同本

소허고 교미해서 났다는 그 소리를 '소부터 났다' 그 소리여. 근디 어째서 그 욕이 아니냐? (조사자 : 그러면요?) 소도 열 달에 낳고 사람도 열 달 딱 차야 애기를 낳잖아? 그러닝게 옛날 옛날에 태어날 적으 소가 하늘에서 내려와 가지고 사람을 맨들았어. 어째서 맨들았냐? 꼬리를 짤랐어. 그래서 여그-집이[당신]들은 몰라. 여그 새끼 똥구녁-여그 여 똥구녁 밑에 새끼 똥구녁 안 있어? 그것이 소 꼬리여. 소 꼬린디 옛날에 하늘서 내려와서-소 한 마리가 내려와서 그 이 지하에서 무신[무슨] 땅 거시기가-땅 지사(地師)가 이 꼬리를 짤랐다는 것이여. 소꼬리를 짤라 버리고 사람을 맨들었어. 그래서 여기 새끼 똥구녁 요것이 소꼬리 달린 데락 해. 그래서 사람도 '엄메', 소도 '엄메'. 그렇게 소부터[소에게서] 났다 소리는 욕이 아니여. 소가 새끼를 퍼쳤응게. (청중 : 숭[흉]도 아니구.) 응, 숭도 아니구. 소허고 사람허고는 엄마 아니야? 다 엄마 엄마 해 소도. '어메 어매' 허는데 사람도 '어매'여. 각 짐승이 '어매' 소리를 못 부르는디, 소허고 사람허고는 '어매 어매'-.

[홍농읍 설화 15] mp.18
양지 마을, 2007. 4. 11., 3조 조사.
양금희, 여 · 83.

도깨비불 2

언제 도깨비불을 많이 보냐. 정월- (조사자 : 정월요?) 정월 보름-보름 열 낫나흘날 정월 열낫날-그 떠게[때에] 여그는 그전에 여그서 요리 조 아래 다 바다갓이거든? 바다여. 그러고 또 나 큰 디도 바다고-전라북도 여그 고 창군- (청중 : 여기 안 들어섰을 때는.) 여기 안 들어섰을 때, 저그 저 우리 클 떠게-물갓이라 요러코 내다보면 이놈으 또깨비가 불이 요그서는 하나 여. 요그서는 둘 되야. 또 요그 와서 섯 되야 넛 되야 다섯 되야 여섯 되-멧 되가 되야. 그래갖구는 이러코 둘벅둘벅 물갓이서 이러코 쓰고 댕겨. 이러 고 잘 댕겨. 그럼 이러고 이러고 번쩍번쩍 번쩍번쩍 불만-불만 뵈구 사라 져. 이러코 보믄 아랫동네 밀킬레두 이런 게 불이 씩[켜]져갖구 있다구. 그 래갖구 인자 있다가 한참 돌아 댕기다가 인자 불 그 불이 꺼져.

근디 불이 써지는 것이 뭣이 불이 써지냐? 이런 사람이 불을 써갖구 댕기 지 않애? 도리깨미여. (조사자 : 도리깨요?) 도리깨. 응, 보리 치는 도리깨 알잖아? 이렇게 그 고것이 어디서 이 일을 허다가 이자 뭔 피나 인자 뭣이 그 여래가 나무데[나무에가] 묻으믄 그것이 도깨비가 되야. 피 같은 것이 묻 으믄. 그래갖고 이양[그냥] 하나 가지고 팍 써지면 요놈서서 조금 달르구,

요놈이서 조금 달르구 불이 막 써져갖고 이러쿠 막 연달아 지을라구- (청중 : 옛날에는 빗지락으루-빗지락으루 부엌도 씰고-지금 이렇게 해산하게 그-옛날에는 부엌도 씰고 헌디, 여자들이 불 땔라믄 그 빗지락을 깔고 안 〔앉거든. 깔고 앉아. 앉으믄 그 있잖아? 월경-월경-인자 저 빗지락을 만지믄 묻을 수가 있어. 묻을 수가 있응게. 인자 그런 빗자루가-) 안 꼬시괴태 우괴 내버리면 그것이 그것 된당게. (청중 : 저런 데 나가서 있으믄 고게 인자 도깨비 되야갖고 그렇게 하고 댕겨.)

[홍농읍 설화 16] mp.19

양지 마을, 2007. 4. 11., 3조 조사.
양금희, 여 · 83.

도깨비의 정체

저 전라북도 해일이라는데를 요그 우리 동네 사람이 그랬어. 해일-해일이라는 디를 갔다가 밤에 술 건죽하게 취해서 먹고 그 대목으로 오믄 기냥 구신〔귀신〕이 사방에서 도깨비 나오고 구신도 나오고, 나허고 씨름허자 허고 기냥 끄꼬〔끌고〕 어디까지 댕기다가-지녁〔저녁〕내 댕기다가 인저 그 그 사람이 술 조깐 깨인게 여그 우리 동네를 찾어왔어. 우리 동네 사람 있어. 응, 찾아온 일이 있어-또깨비한테 막 홀려갖고. (청중 : 괴롭게 한게 도깨비를 기냥 어디 기냥 큰 나무에다가 기냥 꽉꽉 묶어놓고 왔어. 아 기냥 뭔 줄로-새내끼〔새끼〕라든지 딱 묶어놓구 와서 그 다음 날에 요놈 새끼 죽었는가 허고 가서 본게 빗자루를-빗자루를 그렇게 묶어놓구 왔어. 그런게 아까 그 말이 그 말이여.) 응, 빗자루-그런 것이 도깨비가 되는 것이여.

[홍농읍 설화 17] mp.20

양지 마을, 2007. 4. 11., 3조 조사.
양금희, 여 · 83.

쌀 나오는 바위 3

참 유명했었거든. 유명이 어쩌코 했냐? 저러코 생긴 그 맨 독샌돌샌]인디
-요렇게 생겨서게-인자 굴이 이러코 떨[뚫]어져갖고 그 굴 옆에 요러코 독
요러코 요러코 생긴-요러코 요러코 떨어졌다고. 내가 손가락 너어가 요렇
고 떨어버린게 더 띠놓고 요러코 떨어버린게 거가 구녁이 떨어지는디,

옛날에는 거그 처음 생겨나서는 상좌가-인자 거시기 거기 있는 상좌라는
것이 밥 해 주는 사람이여 잉? 그런디 그 사람이 꼭 한 홉쓱 나와. 그 사람
먹으라고- (청중 : 쌀이.) 꼭 쌀이 독 틈애기[틈]서 이러코-구녁 떨어진 디서
- (조사자 : 바위에서?) 하나쓱 요로코 독 구녁이 요만이나 하드만. 꼭 요만
이나 해. 내가 가서 내 손꾸락두 느봤어. 요로고 새임[샘] 밑에서 쌀이 폴싹
하나 폴싹 하나-하루에 한 홉이 나와. 하루에 하나쓱 하나쓱 떨어져도 하리
[하루]에 나오믄 한 홉이 나와. 하나 먹을 쌀-하나 먹을 놈. 그 상좌가 꼭
혼자 먹을 목[몫]이 나와. 한 홉쓱. 한 홉 갖구 밥 해믄 먹그던?

그래서 그렇게 해서 하루에 서 홉이 나오는디, 아 이놈이 상좌가 그거 먹
고 양이 안 찼는가보대? 그런게 기냥 밥 허다가 기냥 부지땅[부지깽이] 갖고
조깐 더 나오라고, '이놈 구녁이 어쩌구 생겨갖구-' 쬐간 나오는데 더 나오
라구. 가서 불 뜰[때]는 부지땅으로 가서 요렇게 요렇게 우직거렸어[7]. 아 우
직거린게 기냥 대구 기냥[8] 피가 휠[훨씬] 나오드라여. 피가 휠-피가 휠 나오
드니 그 질[길]로 쌀 안 나와. 쌀 안 나오고-쌀 안 나온다고 해서 가본게,
요 불 땐 놈 구녁으로 우적우적 해 논게 여거 꺼머드라게. 요 꺼먼 디까지
시방 있어.

---

7) '우직거리다'는 '짚이나 나뭇가지 따위가 불에 타는 소리가 자꾸 나다.'의 뜻이나, 여기서는
   '쑤시다'의 뜻으로 쓰인 듯함.
8) 잇달아 거듭하여.

죽동 마을, 2007. 04. 11., 3조 조사.
김재조, 남 · 80.

죽동

(조사자 : 여기 마을 이름이?) 홍농읍 성산리 죽동 마을. (조사자 : 여기 왜 죽동 마을이예요?) 여기가 죽동. 어째서 죽동이냐 허믄 이 동네 인자 그 운동장을 나가서 보면 저기-여그 나가믄서 보믄 여 오른손 편짝으로 대밭이 있어. (조사자 : 아, 대밭이 있어요, 여기에?) 암. 그래서 질갯길 개에서 저 신작로를 봐도 요렇게 여글[여기를] 막 돌아보면 대밭이 있어. 그래서 옛날 어른들이 죽동이다. (조사자 : 아, 대나무 밭이 있어서.) 어, 대나무 밭이 있으닌게 죽동이다. (조사자 : 아, 옛날부터 대나무 밭이 있던 거예요?) 암, 옛날부터서. (조사자 : 지금도 있어요?) 아, 지금두 그대루 있어. 그 옛날에 좌우간 이거이 죽동이라는 디가 옛날부터서 이름이 되아 있어.

[홍농읍 설화 19] mp.22

죽동 마을, 2007. 04. 11., 3조 조사.
김재조, 남 · 80.

벌 받은 호랑이

호랑이가 뭐 애기를 업어갔네잉? (조사자 : 아, 호랑이가 애기를 업어가요?) 옛날에. (조사자 : 아, 옛날에요?) 응, 옛날에 호랑이가 애기를 업어갔네. 사람을 잡어-호랑이를 잡어먹으믄 귀가-호랭이 귀가 찢어진다 이래 - 이런 말이 있었어. (조사자 : 아, 사람을 잡아먹으면 호랑이 귀가 찢어져요?) 찢어져, 엉. (조사자 : 그런데 애기를 잡아갔어요?) 아, 그것이 살다보면 사람이 별수가 없는 것이여. (조사자 : 왜 귀가 찢어질까? 신기하네요.) 그러닝게 귀헌-우리 생각킨디[생각컨대] 귀헌 사람을 먹었다 이것이여. (조사자 : 아, 귀한 사람을 호랑이가.) 지금-지금 산천에 가면 즈그 먹을 것이 많은디-(조사자 : 아, 뭐 다른 거 먹을 것도 많은데-) 그러제. (조사자 : 귀한 사람을 먹어서-) 지금은 요기 짐승이 많은디 사람을 먹었으니 사람이 귀했제. 그런데 사람을 먹어서. (조사자 : 호랑이가 벌 받은 거네요?) 호랑이가 벌을 받아서 귀가 찢었다. 그런-그런 말이 있었어.

[홍농읍 설화 20] mp.23

죽동 마을, 2007. 04. 11., 3조 조사.
김재조, 남 · 80.

쌀 나오는 바위 4

샘에서 물이 나오는-나오면서 사람이 물을 뜨러 간다고. 인자 밥할 때가 되믄 거 뭔 쌀이 나왔다 이것이여, 샘에서. (조사자 : 아, 밥할 때가 돼서 물을 받으러 가면요?) 응, 응. 그래서 인자 바가지허고 그릇을 갖구 갈 것 아니여? 밥을 헐랑게. 그럼 거가 한낮에 쌀이 나온다 이거여-나왔다 그거여. (조사자 : 쌀 걱정은 없었겠네요.) 그런디 아이- 하루는 내가 보든 안 했지마는 들은 말인디 손님들이 많이 왔어. (조사자 : 아, 네.) 절로. 절 기력으루 많이 와 논게 밥을 해야지. 그래 기양- (조사자 : 많이 해야겠네요, 쌀을?) 자꼬 받는디 안 나와버려, 쌀이. (조사자 : 안 나와요?) 안 나와버러. 나오다가 안 나와버러. (조사자 : 아, 나오다가요? 다 잘 나왔는데?) 응, 잘 나오는디 그게 숫자가 쩍을 때는 인자 먹을만치 나왔는디, 수가 많아 논게 안 나옹게 여자가 손꾸락으로 그 구멍을 오작오작 해봤드래. 그 안 나와부러. (조사자 : 쌀이 안 나오니깐?) 안 나옹께-안 나옹게 나오라고 오작였는데 안 나와부러. 그래서 별수 없지. 날마다 그 늠아가 그거 나오는 거만 갖고 먹고 사는디. 안 나오닌게 어쩔 수가 없어. 그거 고놈가지고 헐라니 적지 수가 많응게.

어째서- 인자 중이,

"어째서 밥을 적게 했냐?"

항게,

"쌀이 안 나와요."

"그리야? 그거는 인자 다 나왔다."

(조사자 : 아, 다 나와서 안 나온다고?) 응, 인제는 안 나온다. 아, 대체나 낮이 밥을 했으머는 지녁을 먹을라구 밥을 헐라믄 쌀 나올 줄 알았지만 다신 안 나와부러, 역시. 역시 안 나와부러. (조사자 : 계속 안 나와요?) 응. 그러닝게, '손구락으로 막은-오지게 해부러서 쌀구멍이 맥혀부렀다.' 그런 말이 있었어. (조사자 : 아, 손으로 계속 이렇게 해서 그게 막혀버린 거예요?) 누구든지-누구든지 다 그런 짓을 하지. 이렇게 안 나오믄 오지기도 쑤실 수 있지. 그렇게 맥혔는가 하고- (조사자 : 아, 사람 욕심이란 게-) 응, 응. 그런- 그런 말이 있었제.

[홍농읍 설화 21] mp.24

상석 마을, 2007. 4. 11., 3조 조사.
유재회, 남 · 83.

효불효교 孝不孝橋

경상도 가서 불효-불효 불불효교라는 다리가 있어. (조사자 : 예?) 불효 불불효교. (조사자 : 불불효교요?) 응? 응. 불불효교. 한편에서는 효도를 허고 한편에서는 불효를 했어. 그래 불불효교. 거 그냥 녹음만 하면 안 되지.

잡음이 들어가서. 인자 적어가지고 그 놈을 녹음을 해야지. (조사자 : 예, 적고 있어요, 지금) 상중이든가봐. 상중인디, 어떤 늙은이 하나가 혼자 살아. 혼자 사는디, 아들이 섯이여. 아들이 셋인디, 아들 중에서도 그래도 지금 같으면 도지사도 있고, 국회의원도 있고, 이를테면 또 그 국회의원 밑에도 있고 그랴-아들 셋이. (청중 : 강연하시면서 많이 드셔요.) 잡수셔, 잡수셔. (청중 : 나 안 먹어요.) 나도 안 먹을라니까 저 회장 갖다 주시오. (청중 : 회장님 잡숴.) 그 그런 사람이-그런 여자가 사는디 홀로 되았어. 그래 아들을 그렇고 삼형제를 잘 뒀어도 혼자 살아. 근디 여자가 혼자 못 산게 영감을 생각이 있었단 말이여.

근디 산골 안이라 두메 산골 안에서 숯을 구워먹는 영감 하나가 있어. 인제 숯굴[숯가마]에서 숯을 구워먹는 영감 하나가 있는디, 어찌 이 늙은이가 그런 참 잘난 아들 셋을 두고 그 영-숯 구- 숯 구워 먹는 영감을 좋아했든가벼. 헌디 자기 사는 동네서 그 숯 굽는 산을 들어갈라믄 냇을 건네가. 냇을 건너가는데 물이 있이믄 다리를 걷치고 가고 물이 없이면은 신을 신고 가고 냇을 건네간단 말이여. 냇을 건네-아 이 지그 아들들이 동정을 본게 즈그 어매가 밤중인다 치믄 나가고 나가고 허거든. 그래, '아, 우리 어매가 이상한 일-이상하구나!' 하루는 아들들이-아들이 뒷을 밟았어. '우리 어매가 어디를 가는고?' 허구 가는디-밟은게, 저녁에 일어나더니 머리를-그 전에는 머릿기름이라는 것이 제일 좋은 머릿기름이 피마지[피마주] 기름이여. 피마지-피마지라구-아주까리라구-그 지금 얘기하면 지꺼시[찌꺼기] 기름이래믄 뭔[무슨] 기름이래야 허지, 그 전에는 피마지 기름이 제일로 좋은 기름이여-머릿기름으로는. 그 놈을 뵈[바르고 오드니 가서는 냇을 건네가. 냇을 건네가는디-아들이 뒤에를 따라가 본게 그때 물이 있었든가벼. 물이 짜박짜박 있는게 아이 얼음은 얼었는디 신을 벗고 보신[버선]을 벗고 물을 건너간단 말이여. 그 산에 인자 숯-숯 굽는 숯꿀 밑으로 간게-이 할망구가 간게 새커머이 숯 궈먹는 영감이 나오드니,

"아이구, 추운디 이 사람아. 뭣허러 왔는가?"

아, 인제 그런 갖은 늙은이라도 인제 숯 구워먹는 영감한테를 간게 영감이 한다는 소리가,

"아니 추운데 뭣하러 왔는가? 이 사람아."

그래,

"당신 보구잡은게 왔소."

그래고 인자 숯꿀루 들어가갖고 인자 볼일을 봤어, 영감허고. 볼일을 보고 돌아 올 것 아니라고? 도로 즈이 집 와서 인자 자는 척허고 있는디, 아들은 봤지. 인자 봐-뒷을 밟았어. 눈치를 챘어. 눈치를 채가지고 아들이 즈그 동상들-큰아들이 인제 늙은이를 데리구 있인게 동상들 둘을 오라구 했어. 인제 얼른 오라 해갖고,

"사실이 이만저만하다. 어머니가 요새뿐만 아니라 그전부터 동정이 달바 [달래졌는디, 내가 하도 달브길래 뒷을 밟아 본게, 그 아무 디 사는 숯 군 영감허고 맘이 맞아갔고 지내드라. 그러니 동지 섣달에 발을 벗고 그 냇을 건네가니 우리가 소문낼 때게-"

그래 그 사람들이 벼슬을 고속도로 달[놓]으란다는 뭔 권리가 있는 사람들이여. 그만한-아들들이 셋이 그런 힘이 있어. 그래도,

"우리가 넘[남]도 아까 무섭고 그런게 노돌9)을 하나 놔 주자."

노도라는 것이 이러구 건네대니는 도구여. 이거 도구-. 인저 물을 요리 내려가믄 도구 딛고 댕기면 발을 안 벗고 갈 것 아니냐고.

"노돌을 하나 놔 디리자. 어무이가 이왕으 발-거기를 댕기닝게 발이나 안 벗게끄럼-신을 신고 댕기게끄럼-"

그런게 그 다리를-노돌을 놔 줬어. 그런게-그래가지고 그 다리 이름을 불불효교라구 졌어. 즈그-즈그 아부지에게는 불효한 아들이고 즈그 어매 시집을 보낼라고 다리를 놓아 줬으니게 즈 아부지에게는 불효이고 즈그 어매게로는 효자란 말이여. 그래서 불불효교라는 다리를 놨다 그 말이여. 인

---

9) '노는 돌' 즉 '흔들흔들 하는 돌'의 뜻으로 징검다리 같은 것을 말함. 혹은 '짚고 오르는데 사용하는 돌'을 뜻하는 '노둣돌'로 보아도 괜찮겠음.

자 이애기-이애기 다했어.

[홍농읍 설화 22] mp.25

상석 마을, 2007. 4. 11., 3조 조사.
유재회, 남 · 83.

영광 팔괴靈光八怪

(조사자 : 저희가 얼핏 소문을 듣기로 금정산에 무슨 금쟁반이 금이 비치
는 물이라는 소문이 있어서요. 얼핏 들었거든요. 무슨 소린지 확실히 모르
고, 혹시 거기 대해서 아시는 거 있으세요?) 응, 홍농 영광읍 팔괴(八怪)라는
것이 홍농에 가서 이제 원자력 발전소 들어간 데 가서 금정암이라는 절이
있었어. 절이 있었는디-인제 여기가 다 파해졌어. 금정암이라는 절이 있는
디, 그 절에 가서 식수-먹는 샘이란 말이여. 샘이 요리고 떨어진 굴이 있어.
산이라 독 틈새기로-근디 그 샘을 물을 뜰라고 샘을 인자 이러고 구부다
보믄-저 냥반이 거기 살아. 아주 잘 알아. 거기를-. 거기서 아예 살아야겠
어-그 금정사에서. (조사자 : 어떤 분이요?) 여그 저 가시[가장자리에] 양반.
그래도 이애기는 나만 못해. 허허허- 지가 거기서만 살았제, 다른 것은 몰
라. 그 물을 뜰라고 보믄은 인자 그 샘을 이러고 구부잡혀야 떠진단 말이야.
그런다 치믄은 이끼가 쩌[껴]서 그러는가 금수가 나와서 그러는가 물이 누러
게 뵈여. 응, 그 물을 떠서 먹는 물인게-그래서 금정암 금수라고도 허고 부
금이라고 허고 그래. 어째 부금이라구-뜰 부(浮). 한문으로 얘기할께, 잉?
뜰 부짜 쇠 금짜- '뜬금'이라고도 허고 '금수(金水)'라고도 허고-물이 누렇게
빈[뵌]게. 그래서 내가 요번 날엔 금수라고 적어줬는디-인저 금수가 있고-
또 여기 영광군 백수면(白岫面)-인저 거가 지금은 있는가 없는가? 옛날
이를테면 이게 전설이여 잉? 전설 얘기여. 또 구수(九岫)[10]라는 디 가서 철

마라는 것이 있어, 철마. (조사자 : 철마요?) 응, 철마. (조사자 : 철마가 뭐예요?) 말[馬]. 도구로 맨들어졌는가, 철로 만들어졌는가 말-말처럼 있는디, 그러닝게 지금은 없을 것이여 잉? 인저 옛날 옛날-나 -내가 여예든시 살을 먹었는디 우리 애렸을 때 들은 소린데 그이들도 모르는 일이고 그렇게 참말로 있었는가 없었는가는 몰라도 우리 영광 팔교가 전설이 그래가 나와. 철마라는 것이 있었는디-철마 그 것이 욕심이나 누가 볼 때-자네들도 보면 욕심이 난단 말이여. 가지고 가. 그 줏어갖고 간다 치면은 지녁을 자고 나서 본다 치면은 그 자리에 도로 있어. (조사자 : 아 돌아와요?) 응, 돌아와서 있어. 그러닝게 괴괴(怪怪)허다는 것이여. 그 팔괴에 들어갔어. 응, 구수 가서 -금정암 가서 우리 홍농까지 금-부금이라고도 허고 금수라고 하고 있고 잉? 구수 가서 철마가 있고잉.

또 거그도 백수여-백수 땅인디, 이 백련 법정포라고도 하는 디 건네 고을 안인디, 덕련동이라는 촌명이 있어. 덕련동이라는- (조사자 : 네?) 덕련동이라는 촌명이라는 디 산골 아래에 가서 동네가 집 멧 가구 있는디, 덕련동이라구 그래-(조사자 : 덕련동.) 응, 그 동네 이름이 덕련동이여. 거그 가서 때깍바우라는 곳이 있어. 때깍바우. (조사자 : 왜 때깍바우에요?) 그런게 내가 얘기를 해 주께. 때깍바우라구 바우가 있는디 그것이 노도질로 노도가 놔진 질-바우란 말이여. 납작한 바우. 자네들도-자네들이라도 한 번 올라서-올라가믄 때깍 소리가 나. (조사자 : 아 거기 때깍 소리가 나요?) 아. 그래갖구 두 번 올라가믄 그 소리가 안 나. (조사자 : 어유, 정말요?) 응. 아니 옛날엔 그랬다고 그런 것이지. 인제 위에루 사람이 이렇게 올라-올라설라치면 '때깍' 그래. 그래서 또 내려와갖구 두 번 올라가믄 그 소리가 안 나. 세 번 올라가도 안 나오고. 인자 한번 올라가면 때깍 그래. 인제 세 가지제 잉?

또 대절산이라는 산이 있어-우리 영광 군내에, (조사자 : 대절산이요?) 응, 대절산이라는. 대절사라는 절이 있었어. 절이 있었는디, 절 뒤에 가서 그 독[石]-독에 가서 구녁이 요만한 게 떨[뚫]어졌어. (조사자 : 독에요?) 독

---

10) 백수면 구수리.

에 가서 구녁이 요만한 것이 떨어져-떨어져갖고, 인자 자네들 방에서 손님이 열에 있다치면 밥을 먹일라면 열을 먹여야 할 것이 아닌가? 그럴라치믄 밥 해 먹는 사람이 쪽박을 가지고서 쌀을 받을라구 그러믄 꼭 인제 자기 다섯이 왔다 그러믄 저허구 여섯이 먹고-먹어야 쓰것는 거야. 여섯 쌀이 나와. 여섯이 먹을 쌀이 나와. 절로 나와. 또 혼자 먹겠으먼은 혼자 먹을 쌀만 조르르 나오고. 그런디 먹-밥 해 먹는 사람이 그러게 나오는 것이 양이 안 차. 인자 손님 밥을 채려주구 나믄 양이 안 찬게, '이 늠으 것을 구녁을 이렇게 키우먼 쌀 조게 더 나올 것이다. 구녁이 적어서 들 나오는가보다.' 허고 부지땅에다-부지땅에다 불을 붙여갖고-불을 붙여갖고 그 구녁을 키운다고 쑤셔버렸어, 구녁을. 키운게 그 나중에 볼라치면 쌀이 타져가지고 조르르 조르르 나와. (조사자 : 쌀이 타서요?) 응. 그래서 대절산 화미(火米)여. 쌀이 나오다가 구녁을 키운다고 구녁을 뚫어 논게 쌀이 타져가지고 화암미-불 화(火)짜 쌀미(米)짜 화미(火米). 쌀이 타져 나온다 그 말이여. 응. 그랬고-

시초라고-시초라고 하는 동네가 있어. 영탄 가서. (조사자 : 시초요?) 응, 시초. 시초 가서 꾸벅이라는-꾸벅이라는 건 꿀깜[굴] 껍단[껍데기]-꿀깜 껍단, 해변에- (청중 : 말하자면은 석화.) 응. 석화(石花)[굴] 껍다기. 엄청나게 많애-그것이. 누가 가져가도 도로 있고, 가져가도 도로 있고 그래. 그래서 시초 꾸벅. (조사자 : 시초 꾸벅이요?) 응, 석화 껍단. 또 거그가서 영탄 가서 장씨허고 강씨허고 사는 동네가 있어. (조사자 : 강씨하고 장씨요.) 응, 강씨하고 장씨하고 사는 동네가 있어갖구 그 동네 이름이 장강리여. 장씨하고 강씨하고 산게. 장강리. 장강리라는 동네 가서는 풍모래 밴전샀이라. (조사자 : 네?) 밴전 샀이라. 풍모래가 밀려. 그 아무리 풍모래가 많이 밀렸다고 해도 인제 이를테면 부표가 밀렸다가도 마을 퍼가 씰라고 다른 사람이 퍼간다 치믄 하루 지녁 자고나면 도로 그 자리에다 미어버려. 풍모래가 어디서 와서 미어버리는가. 그게 장강리 풍모래. (조사자 : 풍모래?) 응.

또 인자 여섯 가지쯤 얘기했지. 응. 태청산에 가서 부석(浮石)이 있어.

(조사자 : 부석이요? 태청산이요?) 응. 대마면(大馬面) 태청산이여. 우리 영
광군 대마면 태청산. 태청산에-나는 보던 안 했이니께 독이 얼마나 큰가는
몰라도 딱 이렇게 놓아져갖고 있단 말이여. 놓아져갖고 있는 독이-자네허
고 나허고 말이여. 자네가 실 끄트리를 잡구, 내가 실 끄트리를 잡고 요러고
기냥 저 짝으로-독 저 짝으루 가서 여기다 나게 있어. 그리구 뺀다 치믄면
실이 요짝으로 나와-나왔다는 것이여. 그래서 뜰 부(浮)짜 독 석(石)짜 부석
(浮石)이여. 그래-그래서 괴괴한 것이 들어갔고-일곱 가지꺼정 해 줬지,
잉?

칠산(七山) 부도(浮島)가 있어. 칠산에 부도. 칠산이라 하는 데가 이 앞에
갱변 바다여. 바단디 섬이 일곱 개가 있다 해서 칠산이여. 일곱 칠(七)짜 뫼
산(山)짜-그래 칠산인디, 칠산에 가서 부도라는 것이 있어. 뜰 부(浮)짜 섬
도(島)짜-섬이 물이 들어오믄 떴-뜬다는 것이여. 긍게 참말로 뜨는가 거짓
말로 뜨는가는 몰라도 그래서 칠산 부도. 그래서 야덟 가지가 우리 영광군
팔교에 들어가는 것이여. 그래 영광 팔괴여.

[홍농읍 설화 23] mp.27

상석 마을, 2007. 4. 11., 3조 조사.
유재희, 남 · 83.

오성도 한음도 나랏님도 상사람

내가 또 오성(鰲城)대감 얘기를 한 자리 해 주까? (조사자 : 네.) 허허허-
나 이거 외상으로 참말로. 오성대감이 소싯적에-에려서 클 때 개꿎게[심술
궂게] 컸어. (조사자 : 예?) 개꿎게 컸다고. 올강허게[11] 대꿎게 컸어. 오성대

---

11) '올강올강하다'는 '단단하고 오돌오돌한 물건이 잘 씹히지 아니하고 입 안에서 요리조리
로 자꾸 미끄러지다. 또는 그렇게 되게 하다.'의 뜻임.

감 얘기가 많은디-대꽃게 컸는디. 오성은 예를 들어서 열 살이나 먹었는디. 오성이 이름이 덕형(德馨)[12]이여. 오성 이름은 덕형이고, 오성보담 더-오성 친구 한옴(漢陰)이라구 있어. (조사자 : 하놈이?) 한옴. (조사자 : 한옴?) 한옴. (조사자 : 한음?) 음. 오성이 한음이라고 부르는 소리여. 그 사람이 이름은 덕형이고, 일단 한음 이름을 얼른 잊어버렸네, 곰방. 한음 이름을 얼른 잊어버렸네, 이거. 다시 쪼까 있다 생각나면 해주께, 이름은-. 응, 항복이. 덕형이 항복이가 친구 간이여-친구 간. 나이는 덕형이가 항복이보다 들 먹었어도 장난하믄서 노는 친구 간이여. 그런게 서로가 덕형이는 항복이보고 연영[연령] 많이 먹은 사람보고,

"늬 아들놈 내 아들놈, 상놈 양반."

그러믄 또 항복이는 덕형이에게다가,

"상놈 니 아들놈 네 아들놈."

서로 그럭허고 인자 죽는다 그러고 놀아, 친구로. 노는디-그런디 덕형이도 성은 이가고 항복이도 성이 이가여. (조사자 : 아, 이씨.) 응, 나랏님도 성이 이가고-인자 성이 다 인자 덕형이도 이가, 항복이도 이가, 나랏님도 이가 그렇단 말이여. 그런디 아니 같은 종족끼리 '니 아들놈, 내 아들놈' 그런게 인자 나랏님이 생각할 때, '저것들 너무 장난이 지나치다. 너무 장난이 지나친게 속수 주기를 개려[가려]줘야 쓰것다.' 그래-그런게 오성을 불렀어. 오성을-오성을 불러갖고,

"어째서 같은 이가의 종족끼리 상놈이 양반을 찾냐?"

그러니께 오성 말이-쬐께 허는 소리가,

"지 말씀 들어보실래요?"

인자 말변명 형태로 하는 고런 소릴 했다고,

"오성은 다 이 목탁 깎는 나무 목(木)짜 밑에다가 아들 자(子)짜를 했으닝게 상놈 아닌 게라우?"

옛날에는 목탁은 절이-이조 때는 절이 상것들처럼-대사라는 것은 허송

---

12) 제보자의 착오임. '오성'은 이항복(李恒福)의 아호이고 '한음'은 '이덕형(李德馨)'의 아호임.

[푸대접]을 받았어. 머리 깎고 산 중에 가 살고. 응, 그래 '목탁 깎는 나무 목(木)짜에다가 아들 자(子)짜를 쓰니 상놈이 아닌 게라우?' 외얏 이(李) 짜를 인자 그리고 번역을 해 주거든.

"그러면 경은?"

인자 오성보고 나랏님이 하는 소리가-자네는 그 말이여, 경이라는 것이. 높이 칭해 주는 경어(敬語)-

"나는 평소에 천황씨(天皇氏) 목덕(木德)이라는 나무 목(木)짜에다가- 천황씨 목덕- (조사자 : 천황씨 목덕이요.) 응, 천황씨 목덕-천황씨 목덕이라는 나무 목(木)짜 밑에다가 아들 자(子)짜를 썼으니 나는 양반 아닌 게라우."

같은 나무 목(木)짜가-외얏 이(李)짜 갖고 항복이는 상놈을 끼우고 저는 양반을 끼우거든. 그런게 나랏님도 이가거든? 인자,

"그러믄 짐은?"

'나는?' 그 말이여.

"말할 거 뭐 있는 게라우. 단군이라는 향나무 단(檀)자-향나무라는 나무 목(木)짜 밑이다-"

단군이 우리나라에 제일 어른 아닌가? 우리 조선서?

"단군이라는 나무 목(木)자 밑에다가 천자라는 자(子)짜를 썼으니께 더 말할 꺼 뭐 있는 게라우."

그러거든. 그 천제-왕이다 그 말이여. 왕을 지칭해 준다 그 말이여. 그러니 무엇이라고 할 말이 있냐 그 말이여. 할 말이 없제. 그래서 덕형이는 상놈을 끼우고 오성은 자기는 양반이라고, 천자는 아주 그냥 천자로 높이 봉을 해버리구 그런게- 자네들 같으믄 뭐이라고 허것는가. 할 말이 없제.

[홍농읍 설화 24] mp.28

상석 마을, 2007. 4. 11., 3조 조사.
유재회, 남 · 83.

오성대감의 재치(장을 대신한 장단지)

  그래서 인자 각 거시기들 보고 이자 거 지금 같으믄 대신들 보고 아 인자 아침밥을 먹으믄 조회를 않는감? 조회-조회 시간에 덕형이 모르게,

  "저기 아무리[매우] 눈치가 빠르고 안다. 그런게 아무도 모르게 장을-"

  이렇게 어중간한 소리제. 그 모르게 이제 (청취 불능) 할라고,

  "장을 쪼끔씩 떠서 갖구와서 아무디 조회날 아침에 애길헐 텐께 다들 내노라."

구. 인제 자기네들끼리 다 기냥-기냥 약속을 지켰어, 잉? 그러고 나는 시방-내가 덕형이라구 그러먼은 나는 시방 모르는 일이여. 응. 모르는 일인디 인제 그 날이-약속헌 날이 닥쳤어. 닥쳐갖고 인자 조회 끝에,

  "다 내가 부탁한 것을 갖구 왔냐?"

  구,

  "그럼 내놓으라."

구 긍게,

  "자네도 장 요만큼 갖고 왔지?"

  들은 편이닝게 갖구 오라 했으니 갖고 왔지.

  "갖고 왔습니다."

  여기도,

  "갖고 왔습니다."

  여기도,

  "갖고 왔습니다."

  다 갖고 왔는데, 덕형이는 몰라서 못 갖구 왔어. 인자 큰 중벌을 당해야 되야, 못갖고 오먼-

  "저는 장단지[종아리] 채 갖고 왔습니다."

  (제보자 : 종아리를 가리키며) 여가 장딴지여. (청중 웃음) 장뿌릴[종아리를] 싹 걷드니,

"저는 장단지 채 갖구 왔습니다."

그러닝께, 그게 장단지 아니냐구? 하하하-. 그런 얘기가 있었어. 끝났네.

[홍농읍 설화 25] mp.29

상석 마을, 2007. 4. 11., 3조 조사.
유재회, 남·83.

효자 충신 열녀 정려각

열녀 얘기를 해 주까, 또? (조사자 ; 네.) 인자 이거는 우리-우리 오대 할머니 얘기여. 우리 오대 할머니 얘긴디-우리 오대 할매가 아들 둘을 낳고-아들 둘을 낳고 청천[춘]에 과수가 되었어. 우리 오대 할머니가, 잉? 과수가 되었는디 개가를 헐라고 인자 날을 받아가지고 인제 새복[새벽]에-가을쯤 되었든가보제. 가을-. 이자 거그서 델러[데리러] 와서 인자 개가를 가. 응. 동네 집이서 일어나갖고 가. 인자 거그 델러 온 사람허고 가는디, 아들이 인제 우리 사대 할아버지제, 말하자믄. 우리 사대 할아버지가 그 눈치를 알았어. 응, 당신 어머니가 개가를 가겠단 걸-가는 줄을 눈치를 알았어. 그래 갖고 초제녁에 가서-그 질묵[길목]에 가서 가을쯤 되었든가 9월쯤 되았든가 저 콩밭이[에] 콩이 요러고 돼갖구 있는디 콩밭에 가서 인자 숨었어. 숨어가지고 있으닝게 해지니 할머니가 가. 인자 개가를 가거든-가시거든. 그래 그 나왔어. 나와가지고는 자기 어머니를 딱 보듬고,

"어머니 나하고 삽시다. 나하고 삽시다."

그래가지고-인자 아들이 개가를 가는디 아들이 나와서 보듬고,

"어매, 나허고 삽시다."

허니 그 어트게 가것어? 못 가지. 도로 돌아서서 돌아왔어. 도로 돌아서서 돌아와-돌려와. (제보자 : 갓 들어온 분이 시끄럽게 떠들어 대자, "시끄러운

께 들어가서 놀란께.") 그래, 그 양반이 인제 보듬고 도로 집이로 왔어. 인자 아들 보듬고-. 그런데 그 집이서는 개-인자 여자가 온다고 불괴기에다가- 불괴기라는 괴기가 있어. (조사자 : 네?) 불고기라는 괴기가 있어. 불괴기. 괴기에다가 버섯을 따다가 느가지고 국을 낄여서 인자 여자-과수 데려 온 다고 동네 사람들이-집안 사람들이 인자 모아가지고 인자 과수 오는 것을 기다리구 그놈을 먹구 술을 먹었든가보지? 그래 사람이 많이 거기서 불고기 다 버섯 늫구 많이 죽어버렸어.

그러닝게 우리 할매 되는 양반도 아들이-그 아들이 안 보듬었이믄-거기 를 가겠으면 그 국을 먹고 자빠- 죽었을런지도 모른단 말이여. 응. 그래가 지고 열녀 표창을 해가지고 우리 동네 앞에 여기 동구로 나가는 디 큰 길 가다 보시면 거그 반대각에 선 삼 간 정각(旌閣)[13]이 있어-삼간 정각이 있 어. 그 정각 진 지가 옛날 신축년에 지었으닝게 한참-한 이백 년 거진 되것 네. 한 이백-이백 년 거진 되것는디. 그 효자 충신 열녀 삼간이 모셔갖구 있어. 그 옛날에 나라에서 지으라는 하사를 해야 그 전각을 짓지 그리 않으 면 못 짓는 것이여. (청중 : 요새로 하면 대통령 특명이 떨어져야지.) 암, 영 광 군내에서도 그 떨어-나라에서 지라는 지시에 의한 전각은 한나도 없었 어. 그래갖고 인자는-요새는 돈만 있이면 전각도 짓고 그런다메? 그러게 전 각도 지금은 소용없지만은 옛날에는 우리 영광 군내에서도 상석 가서 삼간 전각밖에 없어-없었어. 그런 열녀가 우리 오대 할매여.

[홍농읍 설화 26] mp.30

상석 마을, 2007. 4. 11., 3조 조사.
유재회, 남 · 83.

---

13) 충신, 효자, 열녀 등을 표창하기 위해 동네에 세우던 정려각(旌閭閣).

호랑이 잡은 이야기

 (조사자 : 아, 제가 얼핏 들었는데 호랑이가 사람을 잡아먹으면 귀가 찢어진다는 말이 있던데요.) 어, 그 얘기도 있어. 그 얘기 있는데 그것은 자료가 잘룹고[짧고]- 옛날에 옛날에 우리 여, 여기 이 뒤 산 보고 홍농산이라고 그래. 응, 여기가 홍농이기 때문에 홍농산이라구 그러는디, 홍농산에 가서 호랭이가 있어가지고 이 밑에 문산-문산이라구 하는 동네서 애기를 잃었어. 애기를 잃었는디 호랭이 그놈이 먹어버렸어. 그래가지고 호랑이 그눔을 잡어야 쓰것다 저거해서-그래갖고 관표수[官砲手]라고 인저 전라남도에서 표수를 불렀든가, 영광군에서 표수를 불렀든가-관표수를 수십 명을 불러가지고 우리 홍농면 사람들이 인자 몰이를 허고-몰이를 허고 호랑이를 인저 찾어. 잡을라고-잡을라고 찾는디 여 이 너메 가면 칠곡리(七谷里)라구 그래. 홍농-홍농 칠곡리라구 하는디, 칠곡리 뒤에 가서 천질[천길]바우라는 바우가 있어. (조사자 : 천일바우요?) 천질바우. (조사자 : 천질바우?) 암은- 높다 그 말이여. (조사자 : 천길의 바위?) 응, 천질바우라는 높다는 말이여. 그래서 그 거그를 표수를 데리구 가고 몰이꾼으로 간게 호랭이가 그 있지? 천질바위-높은 바우를 참 그렇게 타갖고 붙고 올라가드란 말이여, 호랑이가.
 그래서 장성 사는 길표수-성은-이름은 모르고 성은 길가가 돼. (조사자 : 길가?) 응, 장성 사는 길표수라고 하는 사람이 젤로 젊은 사람인디, 총잽이가 여럿이라도 그 걸 발견해갖고 총을 쐈어. 사격을 했어, 길표수라구 허는 사람이. 표수라는 건 총 들구 그럭하는 것이여, 잉? 길표수라구 허는 사람이 총을 쐈는디 어디루 가버리고 없어. 인자 호랭이가 불을 맞아가지고 어디로 내빼버리구 없어. 그런디 섣불리 불을-불질을 해놔서 이거이 또 사람이 해코지해야 하는디 기어이 그 놈을 찾아서 잡아야 씨것거든. 그런디 그 홀경 어디 가서 눈에 띄면은 다른 사람은 불질을 못한다고. 한번 첫 번 쏜 사람이 죽든지 살든지 굴에 들어갔다고 하믄 굴 속에라도 들어가서 그랬다구 그래, 이게. 우리는 얘기만 들은 소린디-근데 눈에 띄었어. 불을 맞고 어디가 드러눴든가보지. 그래 또-또 쏴서 인자 호랭이를 잡아논게, 귀때기 밑으로 발 한 뺌이여. (조사자 : 발이요?) 한 발-한 발하고 꼬리가 하나여. 그래 무지허게 컸다고.

그 호랭이를 잡아서-그래서 우리 동네 가서-우리 홍농면에서 거 김치샘 [샘]씨라고-돌아가셨어. 김치샘씨라구 그러는 이가 김장사 말을 들었어. 김장사 말을 들었는디 질마재 고랑이라고 시방 거시기 이 저 원자력 짓는-원자력에 들어가는 그 고랑으로 넘어 갔는디 잡었어. 잡어갖고 이 호랭이를 -동물을 웜겨야 쓰것는디-웜겨야 쓰것는디. 이 호랭이를 어떻게야 웜기느냐? 그전-지금 같으면은 아이 기계 있으니께 그깐은 놈으 거 얼매나 별것인가만은, 지게로 져내야 한다 그 말이여. 그래서 질마재-질마재라구 하는 동네에서 지게를 얻어가지고 칡순을 걷어-산에서 걷어가지고 지게에 쫌매 가지고, 이 호랭이를 짊어질 사람은 상석 사는 김-김치샘이-그 양반이 김장사라구 그러는디 이름이 치샘씨여. 김치샘밖에 없으니께 그 양반더러 상석 걸 맽겨야 쓰것다. 그래갖고 우리 동네 와-우리 동네가 우리 삼대 할아부지가-삼대 종조 할아부지, 우리 할아부지 성님-우리 할아부지 성님이 이 홍농면 부자였어. 인자 그 호랭이를 갖다가 지체할라믄 술도 먹어야 하고 밥도 먹어야 하고 수 백명 되는 사람을 접대를 헐라믄 동네가 큰 쏘가 되게 생겼어. 그런데 우리 동네 사람이 호랑이를 짊어져논게-짊어져논게 상석대가 그 호랑이를 퍼가지고 지체를 헌다 그믄 상석이 돈이 많이 들어가구 쏘가 되겠으께 그래서 나문-나문리라구 있어. 동네 앞에 앞에 동네. 나문 땅에 갖다 그 호랭이를 퍼주었어. (조사자 : 남원 땅이요?) 나문, 나문이라는 동네가 있당께. (조사자 : 남원? 춘향이?) 응? (조사자 : 춘향이?) 아니-아니란 거지. 이 우리 홍농 가서 자곡리 나문-나문리라는 동네가 있단게. 청능리. (조사자 : 아, 나문리에.) 거그다 퍼줘갖고 거그서 지체를 했는디 그 동네가 많이 경비가 들어갔다네. 그 사람 먹일라고. 그래가지고 거기서 지체해가지고 인자 나라에도 호피는 갔는-가고, 그 총질-길표수-길표수가 그 산신이 인저-인저 호랭이는 산신령이 낸다는 것이여. 산신령이 낸다는 것

인디, 그 산신령으 묘양 없지. 총질을 해갖고 그런 큰 짐성을 잡었다고 회초
리로 매 시[세]개를 맞고 상금을 타 갔다고 그러제.

[홍농읍 설화 27] mp.31

상석 마을, 2007. 4. 11., 3조 조사.
유재회, 남 · 83.

말바위 되바위

말바우라는 바우가 있고- (조사자 : 말바위요?) 응. 되바우라는 바우가 있
는디- (조사자 : 되바위요?) 응, 되바우. 그것은 이 양반 동넨게 이 양반 보
고 물어보면 잘 알아. (청중 : 옛날에는 맬ㅣ이 인제 똥그렇게-) 바우가 이
집채덩이만이나 해. 집채덩이 만이나 한데- (청중 : 인제 다 없어졌어.) 거
그 가서 눈이 빠지도록 찾아갖고 곡식이 한 말 들어간다는 말이 있다는-
(조사자 : 아, 한 말 들어가는 바위요?) 응. 큰 바위에 가서 거시기 구멍이
파져가지고 거시기 곡식이 한 되가 들어가면 되바우. 그리고 이 양반한테
물어보면 잘 알아. (청중 : 되바위라는 이름이 있는디-그게 전설인데, 그것
이.) 아, 그거 다 전설이지.

[홍농읍 설화 28] mp.32

상석 마을, 2007. 4. 11., 3조 조사.
유재회, 남 · 83.

괸바위 장기바위

그 산에 가면은 그 뒤에 산에 가면은 괸바우라는 데가 있어. (조사자 : 괸

바위요?) 응. 괸바우. 독[돌]을 이러고 다 괴와 났다구 해서- (조사자 : 아 괴
아났다고, 괸바위.) 응. 바위가 괴어 났으니까 괸바우. 그 동네-이 양반이
사는디 뒤뜰에 가면은 거가 그 산 이름이-장독 이름이 괸바우라구 불러.
응. 괸바우라고 그러는디-거그를 그 독이 많이 괴어져갖구 있그등? 돌이 많
이- 근데 이거 자네들 자료로 남기는 그런 일을-얘기를 해야지, 응?

괸바우라는 거가 있는디-옛날에 진시황이-중국 진시황이 만리성을 쌀
때 사방에서 인자 독을 몰아가. 만리성을 쌀라고. 그런디 인제 옛날 장수들
-장수들이 채질[채찍]로 기냥-회초리 갖구 독을 몰아가는디- (조사자 : 아
회초리로요?) 응, 그런 일이 있었든가 본데, 그래가지고 회초리로 독을 몰아
가고-인자 몰아가는디, 성을 다 쌌다 그러닝게 인저 독이 필요없다 헝게 이
놈들이 모다 이왕 갖구 가던 것인게 표적이나 해놓구 가자구 다 이렇쿠 괴
아났어. (조사자 : 아 그래서 괸바위에요?) 그래서 괸바우 있는 디가 괸바우
뜰이라구 그래, 여그서.

그리고 또 여기 원자력 갈라 치면은 성산리(城山里)14) 가는 질목[길목]에
가서 장기 두는 바우라는 바우가 있어. (조사자 : 장기?) 응, 장기-장기 안
뒤든가? 초나라 한나라 하는 장기 안 두든가? 그 장기바우라는 바우가 있어.
(조사자 : 아, 장기바위요?) 응. 장기바우라고 그래. 거기는 독이 많이 있어.
장기짝만 하게 놓아져갖구 있다구 해서 장기바우라고 부르고- (조사자 : 아,
장기판 모양으로 생겼다 그래서?) 응, 그랬다고 그래. 우리 동네는 아닌디
내가 전설로 듣기는 그리구 들었어.

[홍농읍 설화 29] mp.33

상석 마을, 2007. 4. 11., 3조 조사.
홍농읍 경로당 노인 회장님, 남 · ○○.

---

14) 대마면(大馬面) 관할.

금정산 금정수

금덩이같이 떠 있어. 물 우게[위에] 가서 금뽁개[금뚜껑] 같이-. (청중 : 번 떡번떡 한 것이 있다구, 샘 속에 가서.) (조사자 : 샘에 **빤짝빤짝** 한 것이 있 다구요?) 응, 그런데- (청중 : 그 걸 부금[浮金]이라고 하고 금쉬[金水]라고도 하고 그래.) 그런데 거가-거 가서 물을 뜰라 치면은-그 놈을 또 뜰라구 뜨 믄은-물만 뜰래믄 도로 거가 있어. (조사자 : 아, 물을 또 뜨면은 또 거기에 있고?) (청중 : 얼마든지 떠내도 그대로 뉘어.) 응, 그대로 있단 말이여. (청 중 : 내일은 거기 강께라? 내일 거 쌀 나오는 디 거기 가자구.) (청중 : 허허 허-) (조사자 : 아직도 있어요?) 응. 근디 그 응 안 돼, 안 돼. 우리도 가 봤 거든. 금정암이라는 암잔데- (청중 : 나는 몰라도 거기 집이 있어. 집-옛날 절.) 물이 있다고 하는 디가 한 때 소나무 절벽이여. (조사자 : 소나무 절벽 이요?) 천 길은 그냥 되는- (조사자 : 아 천 길이나 되는 절벽이라구요?) 그 러는데 거기를 올라갈라고 할라 치면은-

거기도 유래가 있어. 거기를 집을 질라고 허니까-집을 지어서-인자 집 을 지었단 말이여. 그랬는디 기와 추녀-저 석수(石手)[15]를 고르고 추녀를 칠라고 하니까-석수가 가서 거시기를 칠라구 하니까, 그냥 운애(運靄)[16]가 잔뜩 쩌[껴]버렸어. (조사자 : 네?) 운애. (청중 : 너희 돈 많이 있냐?) (조사 자 : 네?) 안개. (조사자 : 아 안개가.) 안개가 잔뜩 져버린께- (청중 : 여그 서 거 갈라믄 택시비가 오천 원-왔다 갔다 만 원.) 땅이 안 보여. (조사자 : 네, 안개 때문에.) 응. 그래서 거가 참 천연적으로 집을 지어진다. (조사 자 : 네?) 집을 지어져-집을 지어진다 그랬어. 그래가지고 그 집을 지어놓 고 집을 들어갔는데, 인자는 거시기 원자력이 들어오면서-원자력이 지으면 서 들어와가지구 인자 못 노는디, 그 금정암에가 그 서화동이라는 디 가서 우리 홍농 유림들이 다들 놀기여. (조사자 : 네?) 홍농 유림들-영감들 다 거

---

15) 돌을 다루어 물건을 만드는 사람.
16) 구름이나 안개가 끼어 흐릿한 기운.

그서 놀았단 말이여. 그러다가 인자 다 없어부렸어. 원자력으로 없어져버려 요리 왔는데-

금정수라는 거 참 이상하게 된 것이여. 그 걸 뜨면 안 떠져. 그래서 안 떠지고 도로 거 가서 또 있어. 열 번을 뜨나 스무 번을 뜨나 그대로 가 있단 말이여. 그런디 또 물은 말갱이도[맑아지지도] 않애. 떠낸 만치만 괴이구는 떠낸 만치만 괴이구는 그래서 많이 괴이지도 않애. (조사자 : 떠낼라치면 고이구, 또 고이구?) 응. 그래서 그런 게 있었어. 그렇게 저 있었어. (조사자 : 아, 거기 진짜 신기하네요. 나중에 한번 가봐야겠어요. 지금은-) 못 가. 지금은 못 가. (청중 : 원자력이 들어가서 철조망 쳐버리고 풀 짚어가지고 길이 없고-) (조사자 : 아, 그렇게 좋은 덴데-) 거기가 저 개마리-그래서 거기를 지금은 못 가요. 그라믄 가셨으믄 좋것는데-. (청중 : 여기서 인제 4킬로 -4킬로 나문 되는디-.) 거그 지금은 올라가도 못 할 게고. 사람이 안 다녀 버린께.

[홍농읍 설화 30] mp.33

상석 마을, 2007. 4. 11., 3조 조사.
홍농읍 경로당 노인 회장님, 남 · ○○.

홍문동虹門洞

(청중 : 여기서 또 어디로 갈 참이여?) (조사자 : 저희 이제 칠곡리 쪽으로 가볼 생각인데요.) (청중 : 칠곡리 가봤댔자 별 자료가 없어. 여기서 아까 전에 내가 칠곡리 얘기를 다 해줘버려서. 호랭이-호랭이 저 거시키도 칠곡리 유래고-.) 칠곡리 거시기가 있제. 말하자믄 저기 어, 홍문-홍문동이라는 디가- (조사자 : 예?) 홍문동. (조사자 : 홍릉?) 홍문동. (조사자 : 홍문동?) 응, 무지개 홍(虹)짜- (조사자 : 무지개 홍짜.) 그래갖고 내려오는디- 거기를 가

서 보면은-날 존 날 가서 보면은 거기서 물이 내릴라 치면은 비 많이 올 때는 그래도 쪼끔 쪼끔 물 내릴라 치믄은 쳐다보믄 무지개마냥 해서 그래 무지개 홍짜여. 무지개마냥 해서 무지개- 저 비오면 무지개 지잖아. (청중 : 폭포여, 폭포.) 폭폰디- (조사자 : 폭포? 폭폰데 이제 그러니까 그래서 홍문동이-) (청중 : 홍문동 폭포.) 무지개-무지개 마냥- (청중 : 아니, 일곱 가지 색으로 아- 뜨든가 그랬다 그 말이여.) 비 온다 치면은 가서 안 봤는가 모르것는디 무지개마냥 이렇게 크게 이렇게 보이거든. 그 것이 기묘한 것이여. (조사자 : 홍문동은 무슨 뜻이에요?) 그러니까 무지개 홍짜란게, 그- (조사자 : 아, 무지개 홍짜요?) 응, 무지개가 이렇게 쪼금만 질렀으믄 무지개가 아니고, 서울에서 그 비 온다 치면은 무지개가 지거든. 그 것이여. 일곱 가지로 색을 해갖구 붙여진 것이여. 그 기묘하게 된 것이지. 그런디 요새도 가 보면 그렇게 된가는 모르겠는가만은.

[홍농읍 설화 31] mp.35

진덕리 상삼 마을, 2007. 4. 11., 3조 조사.
김복님, 여 · 80.

도깨비 만난 할머니

* 35세쯤 갯벌에 조개를 캐러 나가셨다가 어르신이 직접 겪은 이야기라며 말씀을 시작하셨다.

전에 옛날에 한-한 삼십 한 오세 되었을랑가. 지금 우리 아들이 그때 난 아들이 마흔아홉이그든. 그때 애기가 지금 마흔아홉이여. 근디 그때 인자- 옛날에 4월-4월에 인자 이 밑이가 바단디 갈동귀[게]-밤에 불써[켜]갖고 갈 동귀를 잡으러 갔어. (조사자 : 갈동귀가 뭐에요, 할머니?) 밤에 갈동귀라고 뻘[개흙]에가 나온당게로. 밤에 막 기어댕겨. (조사자 : 갯벌에 막 기어다니는 거?) 바닷가에로. 근디 바다를 둑으로 막어가지고 일정 때 막어가지고 안에가 인자 갈대가 막 나고 인자 논말로 해논게 거기도 갯벌이라 갈대가 나갖고 밤에믄 인자 4월, 음력 4월달에 횃불 써갖고 잡으러 가, 부락에서. 그때 애기가 4월달에 났는게 인자 떡애기[17]여. 막 걍 그런 애기를 두고 인자 시어매이한테다-시어메이가 보구 인자 그때 4월 스무날 정꾸 음력으로 스무날 정꾼데 맨 부락에서 인자 귀[게]를 잡으러 갔어, 아줌마들이- 횃불 키고, 저 밑으로. 이렇게 댕기면서 잡다본게 싹 가버리고 없어 사람이. 캄캄해. 스무날 달이라 암껏도 안 올라오지, 달이. 캄캄하고 어디가 어딘지 천지분간을 못해. 근디 우리 생길[생질] 둘허고 이 부락 아줌마 한나허고 어 잡다본게 싹 가버리고 넛이 남았어, 인제.

"오메, 나 죽는 것은 괜찮은데 너그들 때문에 어찌를 한댜? 나 죽는 것은 괜찮은데 너그들 때문에 어찌를 한댜?"

가다본게 어디가 어딘지를 절대 못 찾아가겠어. 그리고 막 헤매고 대니구 인자 그리구 뚝 막아갖구-갯뚝을 막아갖구 인자 이러쿠 큰 또 방죽이 있어. 갯물 들왔다 나갔다 하는 바다가 있어-인제 쪼그만하게. 거그서 이-이 봉화에다가 불을 써갖고 막 이러고 불속으로 그냥 뻔적 뻔적 뻔적 대빗지락으루다-이 비지락으루다-마당 쓰는 빗지락으루 말로 생긴 담 불 달아갖고 막 기냥 이러고 뻔적 뻔적 뻔적 이렇게 오는 거여. (조사자 : 그게? 그게 그러니까? 불이?) 불이 떠갖고. 그게 도깨비불이든가벼. 인자 도깨비불이든가. 막 내가 그 아줌마 하나하고 우리 애기들 생길들은 에리귀[어리고] 기냥 내가- 나는 내나이를 많이 묵어서 인자 철을 조까 더 아는 사람이지잉? (조사자 : 그렇죠, 연장자시니까.) (청중 웃음) 막 그 불 보고,

"궤 잡는 불이믄 함께 가자."

고 내가 그리구 안켜, 인자.

"귀 잡는 불이믄 안구 가, 안구 가."

하믄서 기냥 막 왔어. 그 불은 자꾸 뻔적 뻔적 뻔적 물속에서 걸어와-물속

---

17) 태어난 지 얼마 되지않은 어린 아기를 부르는 전라도 방언.

에서. 그래 그거이 도깨비불이든가벼-이제 생각허믄. 막 그런 우리 조카 머이매[머시매]가 상옥인디,

"아, 상옥아. 저 불이 횃불이 아닌가벼. 물속에서 막 안 걸어오냐, 저? 도깨비불인가부다."

허고 인저-캄캄해 기냥 이 온 질[길]을 절대 못 찾아가겄어. 캄캄해갖고. 긍께 얼매나 헤매다가 인자 가다본게 인제 달이 올라올라구 빼 쪼까 훤해.

"어매, 인자 우리 살라는가보다!"

인자 우리 올 길이 곁이개[곁에개] 우리 여그 외사춘 시아재가 사는디-시어마이 조카가 사는디, 이름이 정구인디,

"아이, 상옥아. 저그 저 정구 아재네 집 나왔다. 저그 정구 아재네 집이여."

긍께 막 그때는 4월 외[왜]밀대가 나와갖고-밀대[밀짚]-외밀대라구 가만한 놈 있어. 그 놈을 기냥 막 갈대밭말로 기냥 막 헤치면서 기냥 그 집-집만 보고 가는 거여, 인자. 그 집만 쳐다보고. 저기 정구 아재네 집이다 그러고 막 그 집이로 막 쳐다보고 가는 거여. 근게 가는게 이제 그 집 앞에가 나왔어. '오메! 인자 우리 살란가보다.' 그러고 인자 저 아랜게 인자 이 우게루 자꾸 올라오지. 그런디 올라오는디 이러쿠 물 내려가는 하천에가 이러쿠 수문통이라고 있어, 또. 이거 해촘을 해갖구 이러쿠 독이. 거그서 기냥 이만한 기냥 횃불이 막 둥글어. 둥글 둥글 둥글. (조사자 : 거기 그 안에서?) 해산말두-이것은 집갯[집 개]이구 해산말 두덕[둔덕18)]이서 막 이러코 막 둥근당께, 불이. 기냥 맷방석19)만한 게 뚱글 뚱글 뚱글-

"오메! 상옥아, 상옥아? 저 질이[길에] 뭔 불이 저런댜? 오메! 저것이 도깨비불인갑다."

그러면서 인자 이 아래를 올라온게-이 아래 올라오고, 요 밑이-요 밑이 가서 상-저 상삼이라고 이 아랫동네가 있어라우. 그 집 앞에 막 그 부락 마

---

18) 언덕.
19) 매통이나 맷돌을 쓸 때 밑에 까는, 짚으로 만든 방석. 멍석보다 작고 둥글며 전이 있음.

지 도로루 올라온게 그때는 이 해산말이가 없고 이제 논질[논길]인디 호젓이 인자 삽으루 이러쿠 질을 냈재. (조사자 : 그렇죠. 옛날이라.) 응, 옛날이라. 지금은 인자 해산말이루다 훌렁 창가 죄다 허허허. 그때는 인자 이 논두럭 길질루 댕기다가 인자 흙으로 도로를 냈어. 인자 그 길께를 옆께로 올라온 게-아 시방도 눈에가 삼삼해-그 사람이. 이 상삼이라고 허는 길에서 저그 는 산지뜽이루 가는 길 있고 이리 올라오는 길 있고 인자 이러코 사거린디 이러쿠 올라온게 고께서 쑥떡색 양복-이 밤에 봐도 알었어, 달빛이 봐도. 달이 솔체[솔찮이20)] 올라와버렸당게, 인제. 거기서 여그로 올라옹게, 그러 코 캄캄하든 놈이 여기 달이 쪼끔 올라왔어. 올라온디 내가 앞에 오구-아니 내가 뒤에 오구고, 그 동네 아줌마 하나가 앞에 오고 우리 애기들 생길들은 내 앞에다가 시구[세우고] 인제 난 이러쿠 뒤에 따라 오는디- 그런게 허허, 옛날 애기여-이게. 이러쿠 청년 하나가 이러쿠 이상한-윗은 하이칼라허고 쑥떡색 우아래 양복 입구 이러쿠 지나가. 그래 내가 뒤에서 오믄서,

"뭔 사람이 이러코 밤중에 지내가네."

그런게,

"사람은 무슨 사람이여?"

그런 이상한 소리를 해라우. '사람은 무슨 사람이여?' 그런게 그것도 귀신 -도깨비든가벼. (조사자 : 어머머, 오싹해!) 어- '사람은 무슨 사람이여?' '오 래됐는디 뭔 사람이 지나가네.' 내가 그러면서 온게, '사람은 무슨 사람이 여?' 그래. 그러구서 기냥 허허허.

그 이 동네로-시방은 신랑이 죽고 딴 데루 시집가부렀는디,

"내가 아무래도-나 저 사람이 '사람은 무슨 사람이냐?'구 말이나 해라우."

그런게 그 여자가 이러쿠 양철통을 이고 오는디-귀 잡은 양철통을 이고 오는디, 내가 그렇고 말을 헝게 이러코 돌라보다가 그 양철통을 여그가 내려 앉아버렸어. 그 굽이. 굽이 여 콧잔등에가 내려앉아갖고 흉해졌어. 깜짝해갖 고[깜짝 놀래서?]. 이러코 돌라보다 여그 콱 내려앉아버려갖고. 내가 말항게

---

20) 꽤. 상당히.

콱 돌라보다 여그 콱 찍어갖구 피 철철 흘리면서 올라왔당게. 찍헤갖구.

그래갖구 옹게 시어마니가 그때 사월이 난 애기를 두르구 인자 초승에 달이 올라오드라고. 그렁게 젖 먹을라구 인자 막 울재. 막 시어마니는-저 안 동네서 살았는디 요 끄터리 요그까지-그때는 이러코 논두럭길이라, 이거. 논두럭 길가루다 막 다 오구 안 오구 인자 애기는 울구 그래 성이 나제. (조사자 : 올 때 됐는데 안 오구?) 응. 죽을라다 살아왔는디-말하자면 도깨비 만나서, 하하하하하하. (조사자 : 시어머니는 왜 애기한테 제때 젖 안 주냐구 막 혼내시고? 남의 속도 모르고.) 막 기냥 악쓰구 욕 쓰-욕을 해서 기냥,

"넘들은 다 왔는디 뭔 지랄허고 자빠졌냐?"

구 막 악쓰구-

"아따, 어무니는 우리는 죽을라다 살아났구만."

"무슨?"

희한하지, 잉? 애기가 막 울구 넘은 다 오는디 안 오구-. 그런 일을 한번 겪었어.

[홍농읍 설화 32] mp.35

진덕리 674, 2007. 4. 11., 3조 조사.
방기동, 남 · 79.

장기바우등

(조사자 : 장지바우라는 게 저 윗쪽에 있는 거라는 말씀이시죠?) 바로 이 우게 가면 바위가 있어. (청중 : 바위가 여러 개 있어. 거그 가믄-) (조사자 : 아, 유래가 오래 됐나보죠, 그게?) 그렇게 군에가-군 문화재 계통인가? 그래서 바우가 여그 있는디 요 최근에는 그 철조망을 쳤어. 그 땅 쥔은 따로 있고- (조사자 : 땅 이름은 그럼 뭐라구 해요?) 그-그 잔뎅이-그 논두렁 난

데 이렇게-요렇게-여기는 진덕리고 저기는 성산리가 있어 잉? 성산리 가는 그 중앙이여-경계선. 거그 가서 바우가 있는디 장기바우뚱이라 그래, 거기 보고. (조사자 : 장지바위등이라고?) 장기바우. 왜 이렇게 장기 안 뒤[두어]요? (조사자 : 예-예, 아- 장기? 아, 차포말상?) 그러제. 응. 장기 뒤는 식으로 바우가 여가 있고 여가 있고 그래. (조사자 : 그래요?) 응. 그래서 장기바우뚱이라구 그래, 거기를.

근디 옛날부터서 그렇게 그냥 막 흘러 지내 나오는디, 이 근래에 저 영광 군청에서-군청에 가서 문화계-문화과, 문화계 계통 있제? (조사자 : 네, 문화원쪽이요.) 문화원-보존위원회 허는가 뭣인가? 그 사람들이 그 땅을 산 것이 아니라 그 대루 놔 두고-땅 주인은 따로 있어, 잉? 인자 돌아가면서 저 철조망 치고, 이 안에 잡초 같은 거 해마다 비고 그래. (조사자 : 아, 보존하는구나!) 응. 그러고 바우마다 다 이렇게 패말을 다 붙여놨드만, 뭬이라고. (조사자 : 으음. 원래는 그러니까 그 바위들이 장깃말처럼 이렇게 딱 있다라고 해서 장기바우등-그렇게 된 거구나!) 지금도 거기 누가 있어. 누가 있어. 그 바우는 건들 수가 없고-큰게. 그대로 놓아 두고 군에서 이렇게 바우가 요렇게 있으믄 그 밑에다가 요렇게 패말 다 이렇게 표시를 해놨드랑게.

[홍농읍 설화 33] mp.36

진덕리 674, 2007. 4. 11., 3조 조사.
방기동, 남 · 79.

금정산 샘물

(조사자 : 그 절 부근에서 내려오는 이야기 같은 거 없어요? 욕심 많은 중 이야기라던가 뭐 바리 이야기라든가.) 저 웃절에 가면 아랫 절은 인자 그 뭐 부체[부처] 같은 거 놓고 인자 절허는 디고, 거그서 그냥 이 되게 꼬대기-

산꼬대기에 그- (청중 : 한참 올라가야 해.) 베람빡[바람벽21)] 같은 디다 그
냥 절을 맨들었어, 쪼끄만허게. 그걸 웃절이라 그래 잉? 웃절. 근디 거그 가
서 물이 나와, 잉? (조사자 : 아 물이 나와요? 그 높은 곳에?) 응. 바우 속에
서 물이 나와. 근디 그 산을 금정산이라구 해. 금정산인디 또 금정암이라구
그래. 바우 암(巖)짜. 그러믄 어째 그 금정이라는 거 그 샘 정(井)짜가 들어
갔냐? 샘이 있는디 샘 속에서 금이 놀아. (조사자 : 아, 그래요? 물 속에서?)
응. 그래서 금정암이라고 그-금정산인디- (청중 : 물 안에가 쑥 파졌어, 굴
이.) 근디 호랭이 굴마냥 요렇게-요렇게 뻗해 갖구 있어-샘이. 이 쳐다보믄
저 바닥에서 금이 놀아-금이. 그럼 샘을 요렇게 사람이 여기가 샘이니 들여
다볼 거 아니요? 거그 샘은 저가 샘인디 여글 뚫어졌어-호랭이굴맽모양으로.
(조사자 : 아, 그렇구나! 바로 앞에서 볼 수 있는 게 아니고 저쪽에서 이렇게
봐야되는구나?) 응. 요렇게 봐야 저그 샘이 있당게. 물이 뵈여-굴 속에서.
그러믄 그 바닥에서 금이 놀아. (조사자 : 그럼 그거 주워다가 부자 되면 되
지 않아요?) 아이- (조사자 : 왜- 안 돼요?) (청중 : 거기서 물도 먹고 이러
지. 안 된다고.)

[홍농읍 설화 34] mp.37

진덕리 674, 2007. 4. 11., 3조 조사.
방기동, 남 · 79.

쌀 나오는 바위

　(청중 : 거기서 쌀 나온다고 했었어.) (조사자 : 쌀이 나와요?) (청중 : 쌀
나온다 했었어. 우리는 쌀 나온 걸 못 봤는데) (조사자 : 어- 그런 얘기도
있었어요, 어르신?) 말이 어떻게 나왔느냐 허믄, 그 샘에서 쌀이 나와서 먹

---

21) 옆을 둘러막은 둘레의 벽.

고 사는디, 사람이 많이 왔어 잉? 많이 옹게 쌀을 밥을 더 해야 할 것 아니여 잉? 그런데 더 안 나오던가벼. 그런게 그 밥허는 식사 당번이지-요새루 말하믄. (청중 웃음) 그렇게 부지땅으로 후벼버렸단 말이지-쌀 나오는 구녁을. (조사자 : 안 나온다고?) 응, 더 나오라구, 그냥. 그날부터는 인젠 안 나와버린다고. (조사자 : 어엉- 화났구나!) 그 말만 들었제, 뭐.

[홍농읍 설화 35] mp.38

진덕리 674, 2007. 4. 11., 3조 조사.
방기동, 남 · 79.

고려장

(조사자 : 효자 이야기 같은 거 들어보신 적 있으세요?) 효자 얘기-또 불효했다는 이야기가 있기는 있지. 어떤 사람이 (제보자 : 이거 녹음하는가?) (조사자 : 예.) 자기 어머니허고 자기허고 아들이랑 있어, 잉? (조사자 : 아, 아들이 있어요?) 응. 아들이 있는디 자기 어머니가 말년에 돌아가시겠어. 그러니 자기 아들이 즈그 어머니를 그냥 지게에다 짊어져, 잉? 지구 산에다 그냥-높은 산에 가서 그냥 내버리고 와. 그런디 또 지게 짊어지고 간 애비 아들이 따라갔어-애기가. (조사자 : 응, 애기가? 쫄래쫄래 따라갔어요?) 응. 따라가서 봤어. (조사자 : 봤어요?) 응. 보고는 그 애기가 도로 지게를 끌쿠와. 그러니까 즈그 아버지가,

"야, 이놈아. 거기다 내버려라!"

그렁게,

"아, 이늠 갖다 두었다가 아부지 돌아가시믄 내가 져다가 내부릴란다."

잉? '아, 큰일났구나! 이거 큰일났어!' 하하하. 그래서 죽으믄 지가-지 자식놈이 져다 내버리게 생겼그던? 죽게 생기믄? 그래 기냥 그 도로-도로 즈

그 어메를 짊어지구 왔다는 얘기여. 안 죽은 놈을-죽도 안 했는디 귀찮응게 지게다 짊어지고 기냥-산놈을 갖다가 기냥 산으로 짊어지구 가는디 지그 아들놈이 따라갔당게-애기가. 그런디 늙은이-노인한테루는 손자지 잉? 그냥 지게 내부-지게까지 내버렸어. 지 에미도 내부리고 지게도 내부리구 돌아온게 지 아들놈이 지게를 끌쿠 와. '얼른 갖다 내부려라.' 한게 '이거 갖다 두었다가 아부지 이 다음에 늙으먼은 져다 내버릴란다.' 항게- 하하하하 (청중 웃음) 도로 지게를 지구-어메를 지구 왔다는 그 전설이 있어.

[홍농읍 설화 36] mp.39

진덕리 674, 2007. 4. 11., 3조 조사.
방기동, 남 · 79.

호랑이에게 잡혀간 손주를 구한 할아버지

그 전설상에 옛날에 인자 어떤 사람이 산중에서 살아. 근디 시아부지가 늙어 잉? 근데 메누리가 아들놈이 있을 거 아니요? (조사자 : 그렇겠죠.) 이 저녁에-여름에 영 바쁠 땐디 동네에 방애를 찌러 감서- (조사자 : 아 방아 찌러 갔어요?) 응. 찌러 감서 손자를 인자 한아부지-시아버지한테다 맽게.
"아부지, 애기 좀 보시오."
인제 마당에다 멍석 깔고 저녁에 인자 보고 있어. 며느리는 방애 찌러 가버리고. 이 영감이 손자보고 앉았는 순간에 그냥 호랭이란 놈이 와서 그냥 탁 채가지고는 가버렸어. (조사자 : 애기를?) 응. 잃어부렀어-호랑이한티. 그러믄 메누리가 오믄 무이라고 해야 할 것이여? 이 영감이가 정신이 없지. 그런디 산중이라 어디 가면 호랭이 굴을 알아-그 영감이. (조사자 : 어디 사는지?) 호랭이 굴이 어디 있다는 걸 알던가벼. 그러니께 그냥 죽기 아니면 살기로 거글 갔어-밤에. (조사자 : 혼자서?) 응. 영감이. 아주 그냥 간이 뒤

집어져버렸제. 손잘 잃어버렸는게. (조사자 : 세상에. 이거 어쩔까?) 그냥 메누리가 시애비를 때려죽여도 할 말이 없제. (조사자 : 아이, 그래도-) 예를 들믄, 잉? 그래 그냥 다 되아부렸어-영감이 그냥. 그래 그냥 죽기 아니믄 살기루 호랭이 굴루 갔어. 그래가지구 호랭이-호랭이 굴이 바우가 요롷게 있으믄 옆으로 이렇게 꿰졌어. 아까 금정암 바우말로. 옆으로 요롷게 뚫어졌는디 굴 속으로 들어갈 때 호랭이가-이거 녹음 되야? (조사자 : 네.) 어떻게 들어가냐 허믄 대구[대고[22]]-대구 그냥 막 들어가는 것이 아니라, 돌아서서 똥구녁만 몰아녀어. 굴 속에 들어갈 때. (조사자 : 그래요? 그렇게 가요?) 응. 그래 된다게. 대가리는 여 가 있고 똥구녁만 이렇게 꺼꾸로-꺼꾸로 들어가. (조사자 : 뒤루 이렇게 이렇게 들어간다구요?) 응. 들어가구 나올 때는 인자 대가리가 기냥 쑥 나오는가부지. 그 영감이 그것을 알아. 들어가서-굴 속에 들어가서 본게 아니 손자가 하나 상처도 안 나고 그대로 누워 있거든? 호랭이 굴 속에가. 호랭이가 확 차다가 그냥 굴 속에 너놓고는 또 나갔어. 그래, '요놈으 호랭이!'허구 들어오기만 들어오믄 그냥 죽일 법 잡고, 손자 데리구 나온 것이 아니라 굴 속에가 앉겼어[앉았어], 영감이. (조사자 : 아, 데리고 앉아 있어요?) 응, 데리고 앉아버려-손자는 그냥 놔 두고. (조사자 : 아, 놔 두고? 빨리 도망가셔야지.) 인제 호랭이 오기만 기달라.

그러믄 호랭이가 들어올 때 꺼꾸로 들어온게, 들어오기만 들어오믄 기냥-이게 좁디 좁응게 들어올 때 돌아서딜 못해, 호랭이가. 그렇게 되아 있어. 멍그작멍그작 들어오던가벼. 잉? 그래가지고 기냥 호랭이 꼬리-꼬리를 기냥 확 손에다 감고는 기냥 한 손으로 기냥 호랭이 똥구녁에다 기냥 손을 집어 느. 그래가지구 창자를 막 쭈물러. 그래니께 굴이 좁디 좁은게 호랭이가 돌아서딜 못 한당께. 돌들 못해. 그런게 돌아서 영감을 물들 못해. 그래서 이 손으로 꼬리 잡고 손으로 어트케 호랭이 똥구녁에다 손 느서 창을 잡어서 뜯어서 죽여-죽여버렸어, 호랭이를. (조사자 : 호랭이를 하나 잡었구나!) 응. 잡었어. 손으로 잡았어. 근데 이 손이 호랭이 뱃속이 뜨거워서 익어버렸

---

22) 무리하게 자꾸. 또는 계속하여 자꾸.

어, 그냥. 응. 익어버렸어. 그래가지구 호랭이는 기냥 거따가 내버리구 손자를 보듬어다가 데리꾸가서 그냥 메누리다가 주구는-메누리한테 인계를 했어.

그러고 그냥 속이 벌렁거링게 거그 살들 모다고 그냥 돌아댕예-영감이. 그래 인제 돌아댕기믄서 옛날에는 필상(筆商)이라구 해-필상, 붓장사. 붓 필(筆)자. 붓 필(筆)자 어떻게 써요, 잉? (조사자 : 붓 필(筆)자 한번 써주세요. 여기다 써주셔야 해요.) 여기? (조사자 : 예.) (붓 필자를 써주신다) 이게 붓 필(筆)자여. 필상. 필상을 허믄 필을-그거를 사가지구는 그걸 짊어지구 돌아다녀. 인자 그러믄 소재춘풍으로 즈그가 메누리 있는 디는 안 살구 그냥-물가에서 새끼를 키우면서 잘 살아라구 그냥-그냥 나와가지구 그냥 소재춘풍으로 사람 모이는 데루 돌아댕겨, 그냥. 근디 어디 산중으로 간게 서당이 있어. 예두-예를 보믄 그전에 인자 학생들 학교가 아니고 한문 가르치는 서당. 거그를 가야 붓을 팔아먹제? (조사자 : 그렇죠. 네.) 그렁게 거그를 찾아댕기지. 학생들이 붓도 사고 먹도 사고 종이도 사고 그 선생허고 얘기도 허고. 이러니 낯을 알게 된게 자꾸 거그를 다녀.

그런디 이 영감이 그 서당-이-이것이 서당 방이라 하믄-집이라 하믄 여거가 묏자리로 똑 떨어지더라이요. 응? (조사자 : 산세를-아니 여기를 지세를 보니까?) 응. 묏자리가 똑 떨어졌는디 여그다가 그냥 집을 져가지구는 서당을-공부를 가르쳐, 잉? 그래 욕심이 났어. 그렁게 수년 댕예[다녀]. 열년이[年年이] 핵교 대녀 지가 낯을 잘 익췄에[익혔에]. 안 오믄 기다리고, 잉? 인자 이 정도로- 그런데 한번은 즈그 집에 와서는 즈그 어무니 아부지 빽다구를 다 팠어-묏둥[묏둥] 가서. 파가지고는 석짝23)으루다가 뼈를 담았어, 그냥. 담고 종위[종이] 깔고는 우다가 인자 먹이랑 붓이랑 다 사서 담고는 그러고 짊어지고는 거그 갔어-서당에. 그래 인자 '오시냐?'구 막 그러고 들어가 웃목에-방에다 놓고는 밥 먹고 자. 밤중이나 된게 다 자제. 학생들도 자고 선생도 자고. 그래 석짝을 갖구 나왔어. 지 아부지 어매 빽다구-그놈을

---

23) 대나무를 넓고 얇게 잘라서 밑짝은 깊고 직사각형이 되게 하고 윗짝은 얇게 살짝 덮게 엮어 만든 대나무 그릇을 일컬음.

갖구 나오드니 마루 밑-마루 밑이 허벌허벌 하는 것이여. 땅을 안 볿[밟]아
서. 이 방 들어가는 마루. (조사자 : 밑에 윗목 있는데는-) 응 응. 마루는 사
람이 안 볿은게 흙이 딥떠서[들떠서] 벌렁벌렁 허당게. 거그 가서 그냥 실실
긁고는 그냥 이렇게 느버렸어, 그냥. 일단은 그냥 자기 잠만 자구는 아침에
그냥 나와버렸어.

　다신 거기를 안 가버렸어. (조사자 : 거기를?) 응. 안 가버리다 10년 후에
가봤어. 가본게 그 뻑다구 들어간 후로는 그 서당이 폐쇄가 되았든가비여.
학생들도 안 가고 그 선생-선생도 그냥 늙어서 죽어버리고-그렇게 집이 까
바져가지고-그냥 까바져가지고는-그땐 기와집도 아니고 함석집[24]도 아니
고 초가집이거든. 다 썩어내려가지고는 요렇게 그냥 즈네 부모 뻑다구 묻은
기가 그냥 요렇게 묏등이 되아버렸어, 그냥-집이 그냥 요렇게 주당돼버렸
어[25], 그냥-못등이 하하하. 그래 이 사람은-그 붓장사 이 사람은 뻑다구-
지 엄마아부지 뻑다구를 명당자리다 느버렸어. (조사자 : 그 분이 그렇게 보
통 분이 아니신가 보네요?) 그렇지. 나보다 조금 낮은 사람이지. (청중 웃
음) 나보담 좀 낮은 사람이던가비여. (조사자 : 호랑이도 때려잡고?) 그러제.
그런-그런 전설이 내려와.

[홍농읍 설화 37] mp.40

진덕리 674, 2007. 4. 11., 3조 조사.
방기동, 남 · 79.

대단한 명복名卜

　친구 둘이-둘이 가. 옛날에, 잉? 옛날엔 차도 없고 걸어대닌게, 인자 서장

---

24) 함석으로 지붕을 인 집.
25) 청취 불량. '주저앉어버렸어'라고도 들림.

되어 가는 거야. 요기 가는디 저쪽에서 어떤 노인 양반이-여자 노인 양반이 이리 와. 요만한 보따리 하나 이고 잉? 온게 둘이 가는 사람들끼리,

"아이, 너 저 노인 양반이 가지고 오는 거를-이고 오는 걸 뭣인 줄 알겄냐?"

이 장난삼어서 물어. (조사자 : 아, 내기 하는구나!) 응.

"알겄다."

"뭣이냐?"

"밤이다."

(조사자 : 오, 어떻게 알죠?) 그니까 뭐냐, 이게? 밤-밤을 가지구 인저 이구 오든가비여.

"이걸 개수가 몇 개인지두 알겄다. 예순네 개다."

"그거 확실허냐?"

확실하다구 그래. 귀신이 곡할 노릇이지잉? (조사자 : 그러게요.)

"그럼 오다가다 만나가지고 한번 물어보자."

"그러자."

인제 오다가-늙은이는 오고 이 사람들은 가고 인자 만났어.

"아이, 노인 양반? 쉬어가시죠."

"예. 그래잖어두 쉴라우."

"그럼 그 뭣이요?"

그러니,

"밤이요."

그러거든? 그래 노니,

"그럼 우리 둘이 내기를 했는디 한번 몇 갠가 시어 볼까라우?"

그러니,

"시어 보시우."

시어보니께 예순시 개밖에 안 되야잉? 예순네 개라구 그랬는디. 그렇게 옆에 놈이,

"어째 예순네 개라구 하드니 예순시 개밖이 안 되냐?"

한게, 그 노인 양반이,

"예순네 개가 맞소. 오다가 내 하나 까먹었어라우."

이래. (모두 감탄 끝에 웃음) 하하하~ 아니, 그런 점쟁이가 다 있어잉? (조사자 : 그러게요. 와~)

"그러믄 어트케 밤 인 줄 알고 어트게 개수를 다 아냐?"

이래구 인자 옆에 놈이 물어. 그런게 이 밤 율(栗)짜가~ (한자로 써 보이며) 이게 서녘 서(西)짜여잉? 서쪽이? 여그가 나무 목(木)짜자여. (조사자 : 서녘 서짜에다가~) 나무 목. (조사자 : 나무 목짜.) 응. 이것이 밤 율짜여. 그런디 석양에 이 까치 한 마리가 여기 나무를 물고 (조사자 : 아, 까치가.) 응. 서쪽으로 널레[날애]가. 그러닝게 서쪽으로 나무를 물고 널러갔어. 그러닝게 개수는 어트게 팔 팔에 육십사, 예순 네 개가 나오냐? 널러갈 때 팔팔해. 팔팔해. 팔팔하고 날개를 치믄서 널러가. 팔팔에 육십사. (청중 웃음) 하하하하. 이제 답이 나오냐? (조사자 : 예, 이제 나와요~나와요. 이야, 기가 막히다.) 그러니까 고렇게 알아맞히더라 이것이여. (조사자 : 야, 이거 파자다. 팔자가 고렇게~) 참 용헌 사람이제잉? (조사자 : 아이, 기가 맥힌데요. 팔팔 날라간다는 거지.) 팔팔~팔팔하고 날아가닌게 '팔팔 육십사~예순 네 개다.' 그래서 개수가 나온다 이거지, 답이.

근디 옆에 놈이 소문을 내. '아따, 아무개란 놈이 그렇게 안 봤드니~' 이 놈이 허허허 인자 이름이 났는가비여. 인제 그 촌이라서 그 바다에 나가는 사람이~인자 몇 년 흘렀는디 소 한 마리를 잃어버렸어. 딴 사람이 딴 동네에서 잉? 이 찾아야 쓰겄는디 방법이 없어. 근디, '저 아무 데 동네에 가믄 아무개 씨가 잘 아는 사람이 있응게 거그 가서 한번 물어보라.'구 했어. '그러믄 소를 찾을 수가 있을랑가 한번 물어보라.'구. 그래갖고 인자 소를 잃은 놈이 인자 예를 들어서 나한테 왔어 잉? 내가 인제 잘 아는 놈이라고 하고 잉?

"노인장 계시오?"

"뉜가?"

"아무 데 사는 아무개요."

"어찌해 오셨는가?"

항게 들어와서 하는 소리가,

"아이, 내가 간밤에 소를 잃어버렸어라우. 그런디 말 들은게 어르신이 잘 맞힌다 해서 이 찾아왔소?"

"그래요잉?"

그런디 모른단 소리는 못허고 옛날에는 집이 들창문이 있어. 이 쬐깐한- 쬐깐한 문. (조사자 : 아 작은-따로 나 있는?) 응, 따로. 큰 문이 있고 쬐깐한 문이 있어-들창문. 고놈을 통[틱] 열어놓구는 그냥 연구를 해. 담배 태믄서. 문을 턱 열어놓고 저 앞만 쳐다봐. 근디 앞에 가서 가찹게 이늠 밭이 한 자리 있든가부지 잉? 넘으 밭이. 밭이 한 자리 있는데 그 밭 가운데 가서 허수 아비가 하나 섰어. (조사자 : 응, 밭 가운데 허수아비?) 응. 허수아비. 요놈을 갖고 괘(卦)를 빼, 인제 앉아서. 소 잃은 놈은 여 앉았고. 자, 이늠 점괘가 나오든가부지, 인자? (청중 웃음) (점괘를 한 자씩 써 보이며) 이게 밭 전 (田)짜잉? 가운데 중(中)짜잉? 설 립(立)짜잉? '전 중 립'이여. 잉? 그 음을 따믄 전중립 아니라고? (조사자 : 그렇죠.) 근디 그 무안(無顔)- 여 허저비- 허수아비라구 쓰는디- (무안을 한자로 써 보인다) (조사자 : 아, 얼굴이 없 다?) 응, 무안. 이 허수아비가 얼굴이 없는 것이거든? (조사자 : 그렇죠. 없 죠.) 요러케만 맨들어 논 것이지? (조사자 : 그렇죠. 예.)

"무안 가서 전중립이를 찾으가그라."

이것이여. 무안을-무안 이것이 나보다 없는 것인디 무안이라는 동네를 - 저 동네를 알고. 그 무안이 마침 있었든가부지.

"무안을 찾어가서 전중립이를 찾아가거라. 무안 동네에 가서 전중립이가 산다. 그러믄 거가 느 소가 있다."

"네. 감사허요."

허구 인자 댐뱃값이나 줬든가 어쨌든가는 몰라도-그래놓구 인자 무안을 찾

어갔어. 가서-이 동네 가서,

"전중립씨네 집이 어뜬 집이요?"

한게,

"저 웃집이 기라."

구 허그던? (조사자 : 있어요?) 있든가비여-전중립이네 집이. 이 집이-전중
립이네 집이 가서 본게 멀뚱하니 즈 소가 섰어-희한허게. 그래서 소를 찾아
왔다게. 하하하하. (모두 탄성을 지른다.) 그래서 그 소를 찾었어. (조사자 :
대단한데요.) 그래서 그 사람이 누군가? 누구겠어? (조사자 : 글쎄요. 유명
한 점쟁이?) 그 대단한 사람이 바로 나다 이거여. 허허허.

[홍농읍 설화 38] mp.41

홍농읍 경로당 2층 한문서예교실, 2007. 4. 11., 3조 조사.
이경희, 남 · 52.

백수白岫26) 8열각八烈閣

백수에 그 해안 가에 가면은 팔열부 제각(祭閣)이 있어요. (조사자 : 팔열
부 제각이요?) 정각(旌閣). 정각. 이 정각이라 허믄 열녀를- 그 저기를 모셔
온 그 정각이거든요? 우리가 옛날에 효자가 났다든가 저 효부가 났다든가
하면은 거기에서 그 나라에의 임금이 '아, 그분 참 훌륭헌 분.'이라 해가지고
명정을 내려가지고-천을 내려서 그 천장을 써가지고, '아 이분은 효자-효자
효부니까-효자 효부라고 헐 수 있는 분이다.' 해가지고 임금이 직접 그거
저기 해서 그 한문으로 해가지고 그 열녀로 칭해지기도 허고 효자로 칭해지
기도 허고 그러거든요. 근데 요즈음에는 그분들은 옛날 일제시대 때에-일
제시대 땐데, 거기에서 그 일본 왜군들이 그 강항(姜沆) 수은(睡隱)선생이라

---

26) 영광군 백수면.

든가 그런 분들을 그 인제 납치해서 자기 나라로 데려가기 위해서-데리고 가려고 그러는디 여자들이 거기에서 그 해안가에 가가지고 여덜-지금 원래는 거가 팔열부 부각으로-팔열각으로 되어 있을 겁니다. 그래가지고 여덟 여자 분이 거기에서 바다로 투신을 해가지고 다 죽어버렸어요. 그래가지고 거기를 안 따라 갈려구-일본을. 그래가지구 거기를 팔열각이라고 부르거든요-열부라 해가지고. 그래 그런 정각이 지금 백수 해안가 가면 세워져 있습니다. 그렇게 옛날-많은 오래 전 일은 아니지만은 그런 저기가 좀 있고 그래요.

[홍농읍 설화 39] mp.42

홍농읍 경로당 2층 한문서예교실, 2007. 4. 11., 3조 조사.
이경희, 남 · 52.

하마비 하사받은 효자

그 효자라고 해가지고 그냥 확실히는 잘 모르겠는디-지금은 잊어버려가지고 음-. 이 개갑장터[27]라는 디가 있어요. 개갑장터. (조사자 : 개갑장터?) 응. 개갑장터라고 전라북도 공음면-거기는 인제 전라북도입니다마는-전라북도 공음면이라는 데 개갑장터라는 그 시장이 있는데, 거기에 그-거기에 그 효자 한 분이 참 훌륭한 효자가 있었다는 소리가 있거든요. 근데 그 분이 아침 조석으로 그-그 부모를 공양하는데 있어 개갑장터라는 그-지금두-옛날엔 거가 장이 좀 있었든가 봐요. 인자 긍게 그냥 그리 수시로 가서 시장에 가가지고 사다가 부모 봉양하고 어트게 그렇게 잘했든지-인자 잘했는데 나라에서 그 하마비까지 내렸다는 그런 거시기가 있어요-하마비. (조사자 : 아, 하마비를 내렸데요?) 예. 하마비를. 그 하마비라는 것은 인제 아시겠지

---

27) 현 전북 고창군 공음면 석교리.

마는 옛날에는 말을 타고 간다든가, 대교허구 갈 때는 그냥 막 지내가는 것이 아니라 그 하마비 앞에 내려가지고-반드시 내려서- 말에서 내려가지고 간다는 그런-해당 임금이 (잡음 때문에 청취 불능) 그런 소리가 있는데-그 아마 자세한 내력이 있는데, 그 소식은 내가 기억이 안 나고. (조사자 : 아, 어떤 효행를 했는지에 대해서는?) 응, 그러게요. 그러니께 부모 공양을 그만큼 잘했다는 얘기예요.

[홍농읍 설화 40] mp.43

홍농읍 경로당 2층 한문서예교실, 2007. 4. 11., 3조 조사.
이경희, 남 · 52.

칠산 어화七山漁火

여기 홍농에 금정암이라는 데가 있어요. 금정암-원자력 발전소-이를테믄 부지루 지금 선정이 돼가 있어요. 그 위에 가 절이 또 하나 있어요. 절이 있는데, 그 절에 제일 윗 암자가 있습니다. (조사자 : 아, 금정암 위에 암자요?) 예, 암자. 그런데 그 암자가 올라가가지구는 우리 영광에 팔경 중에 하나에 들어가는 이 운치가 있는- (조사자 : 절경인가 보네요.) 예. 우리 영광군 팔경이 있는데, 그 팔경 중에 하나가 여기가 하나 들어가는 곳인데, '칠산어회'라는 그런 그 시가 있어요. 칠산어회라는 그런 말이. 칠산 어회-어회라는 것은 에- 그 '칠산어화'제, 그러니까. (조사자 : 어화?) 예, 그러니까. 이제 한번 거기 위에 올라가서 딱 칠산 앞바다-서해 앞바다를 쳐다 보면은-거기서 보면은 위도(渭島)[28]라든가 저쪽 그 변산반도(邊山半島) 그쪽이라든가 이쪽 칠산 바다 위도 안마도(鞍馬島)[29]가 싹 보여요. 그래가지고 저녁이면은 거기 가서 보면은

---

28) 전라북도 부안군 위도면에 딸린 섬.
29) 영광군 낙월면에 딸린 섬.

이 불이-그걸 어화라구 그래요. 고깃배를-고깃배들이-그 횃불 횃자로 어화로 했을 때- 근데 그 어횃불이 바다 전체가 그렇게 수를 놔. 그렇키 아름다웠어요-저녁에. 그래가지구 그 칠산어화라는 그런 그 팔경 중에 하나루-. 금정암이[에] 있어요.

[홍농읍 설화 41] mp.44

홍농읍 경로당 2층 한문서예교실, 2007. 4. 11., 3조 조사.
이경희, 남 · 52.

맹종孟宗과 왕상王祥의 효성

이 눈 속에서 죽순을 구하는 설리구순(雪裏求筍)이라는 소리가 있어요. 설리구순이라는 것은 그마만큼 이 사람이 효자라는 것인데, 이 눈 속에서 죽순이 어디가 있겠어요? 구할 수 없지. 이 죽순을 구하면 어미도- (청취불능) 맹종이라는 사람이 그 얼마나 그-이건 내력에 대해서는 내가 지금 확실히 모르겠지만은 눈 속에 죽순을 구해다가 아버님을 드린다는 자체가 얼마나 효성이 지극한지-그 당시에는 냉장고도 없을 것이고-어떻게 된 놈이 뭐 하여튼 저기가 있어가지고-에, 그걸 찾다 보니까-이자 아버님이나 어머님을 공양하기 위해서 찾다보니까, 이 죽순이 이렇고 그 겨울-저 한 겨울에 죽순을 얻었을 것 아닙니까. 이 뭔가 감동이 돼가지구 했다는 그런 것이라고 봐야죠.

그리고 인자 이거는 고빙득리(叩氷得鯉)라고, 얼음을 뚫어가지고 잉어를 얻는다 이 말이여. 이 옛날에는 겨울에 추웠다고 봐야겠죠? 그래 그 겨울에 어디 가서 잉어를 잡을 것이요? 다 얼어갖고 있는데. 근데 그 얼음을 깨고 저기해서 잉어를 잡어다가 아버지를 봉양했다는 왕상이라는 사람에 효가 또 있고-왕상.

홍농읍 경로당 2층 한문서예교실, 2007. 4. 11., 3조 조사.
이경희, 남 · 52.

손순매아孫順埋兒

그『명심보감(明心寶鑑)』에 보면은 그 자기 아들을 그-자기 집이 겁나게 못 살아요. 그래가지고 [며느리가] 시부모를 모시고 살면서 자기 자식이 그렇게 울고 아이- 저기하고 그러니까, 인자 할아버지 뭐 해드리고-봉양헐려고 해드리믄-시아버지를 해드리믄-시아버지, 시어머니 해드리믄, 아, 이놈에 아들이 다 뺏어 먹어부리고 기냥 어머니 아버지 그 견뎌가지고 못헌다고 해가지고-에, 할아버지 할머니가 인자 먹었다고 하면서도 그냥 손자만 줘버리고 그러니까 (조사자 : 손구가 예쁘니까 그렇지.) 예-예. 그래서 그 부모를 모셔야 허고 쓰것고-저 양반이 저래서는 안 되겠고, 그러니까 자기 남편한테 그랬답니다.

"그-여보, 우리가 자식은 다시 낳을 수 있지마는, 어머니 아버지는 한번 가시면은 어찌코롬 못하는 것 아닙니까. 그러니 그 자식을 갖다 버립시다."

(조사자 : 낳은 자식을.) 예, 낳은 자식을. 그래가지고 그 애를 생매장을 시키기 위해서- (제보자 : 가만- 그 얘기가 맞을 건데. 좀 헷갈려서-) 생매장을 시키기 위해서 산으로. 짊어지고 갔어요. 두 부부가. 그래 애를 묻어버릴려고 땅을 한참 저녁에 파고 있는데, 거기서 종(鐘)이 하나가 나왔어요-종. 쇠종. (조사자 : 아, 쇠로 만든 종이요?) 예. 그래 희귀할 것 아닙니까, 그 부부가? 산을 이렇게 팠는디 이 종이 나오니 희귀하다 해가지고, 그걸-다시 애기를 데리고 오고, '이건 뭔가?' 이상하다고 해가지고 애기를 다시 데리고 오면서도 종까지 갖다가 달아다-달아 놓고 종을 치니까 그 종소리가 그렇게 은은허게-소리가 궁궐까지 그게 들렸든가 봐요. 인자 아마 궁궐 옆 어디였든가부지. 그래 궁궐까지 들리니까.

"이 종소리가 과연 무슨 소리냐?"

임금이 물어보니까, 그 신하들이,

"한번 알아보고 저기 말씀드리겠습니다."

해서 알아보니, 그 사람이 자기 부모님-부모를 모시기 위해서 그렇게 앞서 말했듯이, '그 애기가 다 뺏어 먹어버리고 저기 하니까 도저히 이럴 수 없다. 부모는 다시 뵐 순 없-없지마는 자식은 다시 낳을 수 있는 것 아니냐? 그래가지고-그래 하다가 가서 땅을 파는데 이 종이 나와 가지고 결국에 저기를 못허고 집으로 와가지고 그 종을 치니까 그렇게 종소리가 그렇게 은은하게 침전에 들렸다.'고 그런 말을 임금한테 하니까,

"아, 이건 천하에 효자가 아니냐?"

해가지고 그 다음에 그 임금이 그 사람들에게 크게 하사를 내리고 해서 잘 살았다는 그런 소리도 있어.

[홍농읍 설화 43] mp.46

홍농읍 경로당 2층 한문서예교실, 2007. 4. 11., 3조 조사.
이경희, 남 · 52.

왕방울재의 영험

이 우리 마을에 뒷산이 왕방울재라는 데가 있어요-왕방울재. (조사자 : 왕방울재요?) 예. 거가 왕방울재라는 데가 그 옛날에 졌다네요. 전쟁을 하면서도, '왕짜 들어가는 데는 사람을 죽이지 말아라.' 그런 소리가 있었다고 그래요. 나는 뭐 (청취 불능) 어쨌지 모르겠는데 그래서 그랬는지는 몰라도, 우리 마을에는 그 6.25때 죽은 사람이 하나도 없어요. 다른 동네 사람들이 피난 와가지고 죽은 사람은 많은데, 우리 동네 사람은 죽은 사람이 없어요. 이 근방에서 또 우리 동네가 뭐 빨갱이가 많구 그래서 그런 것도 아니었고.

[홍농읍 설화 44] mp.47

홍농읍 경로당 2층 한문서예교실, 2007. 4. 11., 3조 조사.
이경희, 남 · 52.

구수리 의암정

백수 가면은 구수미라는 데가 있어요. 구수미. (조사자 : 구수미?) 구수미.
(조사자 : 구수미.) 예, 지금 구수리(九岫里)라고 아마 그럴 겁니다. 지금은
구수리. 그래가지고 원불교 성지 도래지-원불교 도래 성지 쪽으로 가다 보
면은 왕탄천이라는 데가 있어요. 왕탄천이라고 저 해수반도-저 해수반도
쪽으로 가면은-그렇죠, 해안도로 가는 데거든요. 그쪽으로 가다보면은 거
기가 그 암벽이 하나가 있었는데-이렇게 이렇게 큰 암벽이 있는데, 그 우게
가 뭐 정자가 있었대요. 정자가 옛날에는 그리 그마만큼-물이 그마만큼 높
이 올라왔단 소리것죠 잉? 그 바위 정상 위에가 정자가 있었다는데, 아마,
다시 복원한단 소리도 있대요. 말 들어보니까. 거기가 하도 경관이 좋아가
지고 옛날엔 그 유자광(柳子光)30)이라든가 응- 또 옛날 고위 관직들까지.
의암선생이 그-거기 가끔 가셨대요. 그래 거기에 그 가면은 돌에가 새겨져
있어. 그 돌에가. 새겨져 있으니까 보면 알 거예요. 그래 거기에 비가 있는
데 의암, 의암-의암정이라고 했어. 거가 의암정이라는 그런 정자가 있었다
는 소리가 있어요. 의암정. 내가 이밖이 기억이 안 나요. 그래고 거기에 그
그렇게 경관이 좋아가지고, 거기 와서 사람들이 그 좀 풍류를 즐기고 했다
는 그런 설도 있고 그러거든요.

[홍농읍 설화 45] mp.48

홍농읍 경로당 2층 한문서예교실, 2007. 4. 11., 3조 조사.
이경희, 남 · 52.

---

30) 조선 세조 · 연산군 때의 문신(1439~1512).

강항姜沆선생과 맹자정孟子亭

강항선생이 그 책장사가-강항선생이 그쪽 그 불갑 쪽에 사시는데-불갑사 있는 쪽에 어디 사셨어요. 근데 거기 사시다가 책장사가 온 거예요-책장사. 책장사가 다니면서 책을 팔러 다니는데, 그 강항 선생님한티,

"책을 좀 사라."

구 그러니까,

"어디 한번 봅시다."

해가지고 거기서 단 멧-순식간에 『맹자』 스무 권이라고 허든가 멧 권을 기냥 다 뽈뽈이 해갖고 다 거기서 봐버렸다는 그런 소리가 있거든. 그래서 그거를 그 맹자정이라고 말이 있어요. 맹자정. 이 맹자-주자 맹자 할 때-맹자정이라는 그런 그 저기가 있어요, 유적-유적지가.

[홍농읍 설화 46] mp.49

목맥 마을, 2007. 04. 11., 3조 조사.
장주언, 남 · 52.

도깨비불 3

도깨비불은 그 옛날에 인자 그 호롱불 킬 때-지금은 전기가-지금은 전기가 있으니까 그런게 없어졌는데, 그 전 전기가 없을 때 인자 호롱불 킬 때는 여기서 저 건너편에- (손가락을 창밖을 가르키며) 저 바다 건너에 저 백수쪽에- (조사자 : 아, 백수쪽이요? 네.) 여기서 인자 이 건너가 백수여. 여기는 홍농이고. 그 백수 거그서 불이 번쩍번쩍 막 이쪽으로 나고 저쪽으로 나고 이리갔다 저리갔다 하고 막 그랬어요, (조사자 : 혼자서요? 막 불 혼자서요?) 예. 건너-여기는 없었는데, 그 저 건너편에서 불이-이 불이 밤

에 막 요쪽에서 번쩍 저쪽에서 번쩍 막 그러구 했어요. 그 전에 그- 그때는 불이 지금같이럼 막 전지[전기]같은 것이 없고 호롱불 킬 때라, 그전에는 그 밤에 다닐라면 호롱불 갖고 다녔잖아요? (조사자 : 그렇지요.) 근데 그런- 그런 불이 아니고 그냥 번쩍번쩍 막 그래갖고 도깨비, 도깨비불이라구 허는 거예요.

[홍농읍 설화 47] mp.50

목맥 마을, 2007. 04. 11., 3조 조사.
김희식, 남 · 52.

물을 거슬러 육지로 돌아오는 시체

이리 사람 시체가 저기 좌우지간 배 속력하고 똑같이 따라와-배 속력허고. 배가 한 10노트 나가는데 사람 송장이 똑같이 따라와 부린다고. (조사자 : 어떻게 그게 가능하죠.) 다 그렇게 굴러. 그래갖고 배를 스토피[정지] 시켜갖고 그 송장을 건지는데 손으로는 못 건지잖아? 한가운데로 이러구 까꾸리[갈쿠리]루 잡았어요, 까꾸리. 까꾸리로 딱 찍었는데 이 머리 있는데가 찍어져부려갖고 그 찍은 사람이 머리가 아파갖고 아주 혼탕으루 뛰구 난리가 났었다니까. 진짜 똑같이 가요, 배허고 똑같이. 따라오고. 원래 송장들이 바다에서는 민물 써래 요러구 물을 거실러 다닌다구 그래잖아요? 물을 거실러 다닌다고. (조사자 : 그런데 어떻게 그렇게 쫓아올 수가 있죠?) 그게-그 송장이 육지로 갈라고 그러거등. 육지로 갈라구 했어.

[홍농읍 설화 48] mp.51

목맥 마을, 2007. 04. 11., 3조 조사.
김영구, 남 · 57.

도깨비와 씨름

옛날에 장주희라는 사람이 어떤 사람을 맞어서 술을 야하니 쳐먹고 여그 오빠꾸미 산간을 (조사자 : 아, 바위로요?) 넘어오는디 어뜬 놈이 탁 나타나드만-그러니깐 오빠꾸미- (청취 불능) 술 야시 먹고 돼지고기를 한 두어 근 사갖구 오빠꾸미 산을 올라오는디 어떤 놈이 탁 나타나든만,

"돼지고기를 도라."

항게 한 점 탁 떤져-땡겨줬어. 그놈이 또 그놈이 와서 또 주라구 해 또 땡겨 준게 또 와서 더 주라고 해갖고 멧 번 주다 보니깐 떨어져버렸어. 그래 나중 에는,

"씨름을 한번 하자."

(조사자 : 돼지고기 다 먹고 나서요?) 어.

"씨름 한번-씨름 한번 하자."

그래니께 아이, 씨름 안 한다고 해도 헐 수 없이 허자고 하는게 헐 수 없 이 했어. 근데 아무리 넹겨두 안 넹게지지. 그 놈이 뭐 거시기가 없었든가. 그래갖고 뭔 왼쪽 다리를 건[걸]어봤다나. 확 걸으니깐 넘어가드라게. 그 래가지고 와서 잠을 푹 자구 아침에 하도 거시기해서 가봤다고 하네. 가봉 게 거기가 거 빗자루-빗자루 다 쓰고 기냥 몽당비-그 빗자루 하나 딱 거기 있드래. 유심히 보니깐 거기가 피가-피가 좀 묻었드래. (조사자 : 아, 그냥 빗자루가 아니라 피 묻은 빗자루?) 응. 그래서 저녁내 그놈하고 도깨비하고 씨름했다고. 그거 도깨비가 아니라 빗자루와 저녁내 씨름을 했어. (조사 자 : 도깨비한테 홀린 얘기네요?) (청중 : 이제 그것이 인자 뭐인가 잉? 오른 발은 뭔 짝짝이고 왼발은 머시 해갖고 오른발은 죽어도 안 넘어간다구해, 잉?)

[홍농읍 설화 49] mp.52

목맥 마을, 2007. 04. 11., 3조 조사.
김영구, 남 · 57.

쌀 나오는 바위 5

옛날에 쩌기 금정암 있을 때 에- 거기가 금정암 제일 위에 가면은 우물이
하나 있어, 우물. 그래가지고 거기 쌀-쌀이 나왔다 하드만, 거기. (조사자 :
우물 속에서요?) 긍게 거기 저 금정암 웃쪽에 가면-내가 아마 맞어. 저기
올라가며는 이 바우-바우 속에서-이런 바우에서 요렇게 인자 물이- 물이
나와. 이 물. 물이 나오는데 거기서 인제 딱 쌀이 나오는데 딱 먹을 만큼-
딱, 딱 하루-하루 딱 먹을 만큼 양만 인자 나오는데, 그 많이 나오게 헐라고
거기 저 쐬-쐬에다가 뭐 불을 달궈가지고 뭐 갖다가 뭐 인자 뭐- 저 많이
나오라고 요렇게 거-거 불로-불 거 저 쐬쐬꼬챙이로 뭐 지져버렸다구 하디
야. 그래버렸는디 그 후로는 쌀이 안 나왔댜. (조사자 : 아, 다시는 쌀이?)
응, 매일 나오는데. (조사자 : 욕심이 너무 많아져서.) 응, 욕심이 많아져서.
이제 그 말 있었어, 여기가.

[홍농읍 설화 50] mp.53

목맥 마을, 2007. 04. 11., 3조 조사.
김영구, 남 · 57.

장사 발자국

그래가지고 그 위에 용굴에 가며는 바우가 이렇게 쫙악 널려 있는데, 이
사람-이 슨[선] 자국이 딱 있어-발태[발자국]가. 옛날 장군들은 발이 이따만
했다구만. 요러구 팍 찍은 꼭 발 그 태 같다니깐. (조사자 : 아, 장사로구나!

그 발자국이 딱 이렇게 딱 찍혀 있어요?) 아, 그 바우 우에 가. (조사자 : 이 마을에 그럼 커다란 장사가 있었나보다!) 근데 그건 모르고. 근데 아무리 장사라고 해도 그 바우가 탁 찍히겠어? 움푹 패여가지고. 근데 꼭 사람 여기 발 모양이야. 탁 여기 발 이렇게 탁 슨 모양. (손으로 탁자 위에 발처럼 대면서) 거기 가머는. 그래갖고 용굴 옆에가-용굴 위에.

[홍농읍 설화 51] mp.54

목맥 마을, 2007. 04. 11., 3조 조사.
김영구, 남 · 57.

수숫대 속이 빨간 까닭

인자 쪼-쪼그만한 어린애 남매가 있고 자기 어머니가 있는데 인자 외가에 즈그 아-어머니가 제사를 지내러 갔어, 이 둘 놔두고. (조사자 : 아, 외가에?) 응. 그래가지고 갔는데 가가지고 인제 제살 지내고 인제 떡이랑 그냥 다 싸가지고 인제 그 재를 넘어가는데 인자 호랑이가 변장해가지고 응? 인제,

"그 있는 거 떡-떡 주라."
고 형께 떡 주고 뭣 주고 자꾸-,

"떡 하나만 주믄 안 잡아 먹지."
인제 이런 식으로 해갖고 인제 응? 계속 주는 거여. (조사자 : 하나씩 둘씩?) 응. 그래가지고 결과적으로 인제-인제 그-그 쉽게 말해서 아마 인저 호랑이가 그랬겠지, 잉? 인자 할머니가 그렇게 넘어오니까,

"떡 하나 주믄 안 잡아먹지."
그런니까 떡 하나 줬어. 또,

"떡 하나 주믄 안 잡아먹지."

또-계속 주다보니깐 떡이 없어져가지구 인자-인자 그 먹을 거 가져온 것이 다 없어졌지? 그래 나중에는 인제 먹을 것이 없으니까 인제,

"팔 하나 주믄-"

(조사자 : 안 잡아먹지?) 응.

"안 잡아먹지."

그래갖고 다 결과적으로 싹 인자 몸뎅이까지 다 잡아먹어버렸어. (조사자 : 다 먹혔어요?) 응. 그래가지고 그 호랑이가 인제 그-그 집으로 인제 간 거야. (조사자 : 아, 그 남매 있는 쪽에요?) 응. 인제 잡어먹고 가서 인제 그래가지고 인제 꼬시는 거여.

"악아, 느 할머니가 여기 가라 해서 왔다. 이리 나와봐라."

그렁께 아무리 해도 이상하거든. 분명히 응? 인-인자 낌새가 이상하니까 거기서 뭐라 했는지 인자 나 잊어먹어버렸어. 그래가지구 낌새가 이상하니까 이것들이 도망을 왔어. 응? 낌새가 이상하니까. (조사자 : 어떻게 용케 도망 갔네요?) 응? 인제 거기서 이야기가 좀 있는데 내 잊어먹었어. 도망가지고 뒤에 인자-인자 앞에서 그러니까 뒤에 이렇게 해가지고 인제 그 나무가 있어. 인제 이 우물가에 있고 또 인제 그 저-그 저 뭐냐? 그 나무가 있는-나무로 올라가부렀어. 인제 호랑이는 인제 나무를 못 올라오잖아? 올라가 있으니까 아, 이거 호랑이가-호랑이 보니까 인제 방에 없그던. 나중에 찾아보니까 나무 우게 있었어. 응? 거기 있으니까 인제 호랑이가 인제 그놈 잡을라고 으흥 올라가다 내려오고 올라가 내려오고. 근데 곧 닿게 생겼어. 응? 이 애들이 인제-인제 겁이 나고 그러닝께 하늘에 기도를 드렸어.

"하느님, 하느님. 우리를 살릴라면 새 줄을 내려주구-"

응? 응?

"죽일라믄 헌 줄을 내려주시오."

그러니까 새 줄이 촤악 내려와서 인제 그놈 타구 인제 올라가니까 호랑이가 요것도 자기가 인자-자기도 그렇게 따라 할라고,

"하느님, 하느님. 나를 살릴라며는 헌 줄을 내려주고 응? (청중 웃음) 죽

일라믄 새 줄을 내려주시오."

그러니까-반대로 그러니까 헌 줄이 탁 내려오고 요거를 딱 타구 인제 '아따, 됐다.'구 탁 타구 올라가는데 새-그 헌 줄만 툭 떨어져버렸어. 툭 떨어져서 딱 어디 가 떨어졌냐 하며는 에- 옛날에 그 저 수숫대- (조사자 : 아, 수숫대?) (청중 : 대밭에, 대밭에-) 수숫대. 수숫대-이렇게 비고 나며는 박히는 거 있잖아? 그러니까 거기 가 팍 떨어지니까-떨어져 죽었어. 그러니까 수숫대를 보면은 빨간 저기 저 피 같은 게 있잖아, 피? 그래서 인제 호랑이 피가 튀어-여기에 피가 이렇게 지금도 묻어가지고 이렇게 빨간 저 수숫대가 나 있다고. (조사자 : 아, 수숫대 빨간 까닭이 이거구나!)

[홍농읍 설화 52] mp.55

목맥 마을, 2007. 04. 11., 3조 조사.
이종열, 남 · 52.

목넘기31)

마을 요러고 인자 바꺼[바꿔]지면서- (청중 : 근데 뭐라구 얘기 나왔어?) 목넘기라는 것이- (청중 : 어째 목넘기여?) 거 고기잡으러 거 바다에 그 가믄-바닥이[바다에서] 들어올 때- (청중 : 거 돈배목-) 응, 그래. 그 돈배목. 화토 칠 때 이 목만 넘겨서 안에 들어오믄 산다 해갖구 '목넘기'라구 그랬든데. (조사자 : 아, 목-목을 넘겨.) 그 목만 잘 넘기면 그거 살어, (청중 : 그래서 목넘기여.) 네, 그래서 목넘기요.

---

31) 홍농읍 설화 자료 (55) 참조 비교할 것.

목맥 마을, 2007. 04. 11., 3조 조사.
이종열, 남·52.

호랑이보다 무서운 곶감

그 뭐여? 그 애기가 하도 웅게 호랑이 온다 해도 안 그쳐서 인제 곶감 준다구 그래 딱 그친 거여. 호랭이가 그 잡으러 왔다가 '아유, 곶감이 나보다 더 쎈가보다!' 허고 호랑이가 달아났잖아. (조사자 : 애기가 안 우니까.) 그래가지구 저- (청중 : 뚝-뚝 그쳤어.) 그때 호랑이가 딱 그 이야기를 듣고- 곶감 이애기를 듣고 자기가 도망갈라고 하구 있는데, 소 그-그 집에 소를- 소 도둑질 온 사람이 송아진 줄 알구 호랑이 등에 탁 올라 탔어. 그러니까 호랑이가,

"아이구, 여기 곶감 나리가 있네!"

(청중 웃음) 이래가지고 막 도망갔다는 이야기가 있어요.

목맥 마을, 2007. 04. 12., 3조 조사.
정한성, 남·80.

여물꼬지, 좌우두, 구시미

(청중 : 소-여가 소 머리라고 했소? 여가 소 바꼬시라 했제?) 이 사람아, 여물. (청중 : 여, 여물꼬지. 그런 게 여기여.) 여가 원래는 여물꼬지여-여물꼬지. (청중 : 소 여물이고잉?) 여 여물꼬지라구 그러는디, 여물꼬지라는 것은 여 지금 저-저기 저 백제 불경 최초 도래지 만든 데 있다고. 거가 소 머리고- (조사자 : 아, 거기가 소 머리예요?) 응, 머리고. 저 근네[건네] 백수

땅 그 구시미라고-구시미 거가-거기는 이 구실[구유]-소 여물 쌂는 구실-
소 여물 쌂는 통. 여물 삶는 솥-지금 말하믄. 그때는 그 여물 삶는 거 구실
이라고 그러는디, 여물통. 인자 불 때서 인자 여물을 끓인다고. 그리고 여기
는 여물꼬지라서 여물-인자 여물, 거 풀 같은 거 썰어서 예[넣어]갖고 인자
소 끓여서 멕인다고.

  그리고 인자 여기는 좌우두[32]- (조사자 : 자우둥이요?) 좌우두-여그는 좌
우두, 소 머리. (조사자 : 여기는 그러면 소머리 부분인 거예요?) 여기는 여
물이고- 그라고 그 좌우두라고 여 백제 불경 최초 도래지 만든 데 거그가
좌우두라고 거가 소머리. (조사자 : 아, 그런 데 있구나!) 그리고 인자 저 건
네 인자 구시미라고- (조사자 : 구심리요?) 구시미야. 그러니 소 구시[구유]
라고. 내가 아까 말한 소 솥을 인자 구시라고 그러거든. 소 여물 끓이는 구
시. 그러니깐 구시미 거가 소 여물 끓이는 구시고-솥 즉 말하자믄, 그리고
여기는 여물꼬지. 여물-여물이 인자 지푸랑[지푸라기]-지푸락-풀이여 풀-
쓸어서 솥에다 넣어갖고 끓여서 소가 묵는다고. 그거나 마찬가지로 여기는
여물꼬지고- (조사자 : 그럼 몸통하고 꼬리 같은 건 없어요?) 꼬리는 읎고-
꼬리는 읎고, 거기는 좌우두, 그리고 구시미, 여기는 여물꼬지 그러거든.

[홍농읍 설화 55] mp.58

목맥 마을, 2007. 04. 12., 3조 조사.
정한성, 남 · 80.

목냉기[33]

  옛날에는 여 칠산 바다가 고기가 항상 고기잡이 배들이 실사를 해서 전부

___
32) 영광군 법성면(法聖面) 진내리(鎭內里)에 있는 마을 이름.
33) 앞의 홍농읍 설화 자료 (52)와 참조 비교할 것.

다 했거든. (조사자 : 아, 고기잡이배가 나가서요?) 고기잡이를. 지금은 인자 괴기가 아니 나니깐 안 하지마는 옛날에는 전부 각지의 배들 경상도, 거 삼천포, 남해 그런 데서 전부 와서 거 작업을 고기잡이를 했거든. 그랬는디 이 목냉이라는 디가 파시평(波市坪)-파시였었어, 파시평. (조사자 : 파시평?) 장사-장사하는. 옛날에 거 요리 장사한다고. 그것은 배는 닿는 데가 있으면 요리 장사하는 그- (청중 : 색시들 사갖고 요리 장수하는 거.) 그 파시가 있다고. 그래서 목냉기라는 데가 여기에 목을 못 냉긴다 해서 목냉기라구 이름을 지었다고 그러더라고. (조사자 : 아, 목을 못 남겨서 목냉기예요?) 돈을 벌어가지고-칠산 앞바다에 와서 돈을 벌어가지고 죄다 꼴아박는다 그 말이여. 그 요릿집-그 요릿집이 있고- (조사자 : 아, 그래서?) 응, 그러니깐 못냉기-목을 못 냉겨서 '목냉기'라구 했다는 그런 말이 나와 있든만.

[홍농읍 설화 56] mp.59

목맥 마을, 2007. 04. 12., 3조 조사.
정한성, 남 · 80.

오빠끄미

거 오빠끄미 거기에 대해서 옛날 전설에 나왔었어. 저 법성 안에. (조사자 : 오빠끄미 무슨 전설이요?) 그 전설이 나왔었는디 인제 그 다 잊어버려구만. 그 인제 뭐 오빠허고-동생이 금이고. 이제 물에 떠내려가다-떠내려가면서,

"오빠야, 금이야?"

그런 얘기했다 해서 오빠끄미라고-들어본 그 전설에-그 전설의 고향에 나왔었어. 그래서 오빠끄미라고. 어째서 오빠끄미, 오빠끄미 하는가? 그래서 오빠끄미라고 했다 하드라고.

"오빠야, 금이야?"

떠내려-물에 떠내려가면서,

"오빠야, 금이야?"

(조사자 : 아, 그래서 오빠끄미예요?) 응.

[홍농읍 설화 57] mp.60

목맥 마을, 2007. 04. 12., 3조 조사.
정한성씨 부인, 여·○○.

섬등

저그 산 하나 쪼까 있는 섬은 섬등이라고. (조사자 : 석등이요?) 섬등. (조사자 : 섬등?) 응. (조사자 : 왜 섬등이예요?) 그 전에 그 떠날려와서 거거 가서 섬 맨들어졌다고 섬등이라고. (조사자 : 네?) 그 전에 산이 떠날라서 거 가 섬 맨들어졌다고. (조사자 : 아, 산이 떠내려가서 만들어진 섬인거예요? 그래서 섬등이예요?) 응. (조사자 : 그게 지금도 있는 거예요?) 지금도 동네-동네여. (조사자 : 아, 지금은 동네로 된 거예요?) 응, 거기 가서. (조사자 : 산이 떠내려와서 동네가 된 거네요?) 산이 쪼까 있는데 동네가 하나-동네여.

5) 민요

[홍농읍 민요 1] mp.62

진덕 1리 606, 2007. 4. 11., 3조 조사.
박양순, 여 · 72.

물레노래

물레야 가라가
오뱅뱅 돌아라
넘으집이 귀동자
밤이실을 맞는다
아리아리랑 쓰리쓰리랑
아라리가 났네에에
아리랑 음음음 아라리가 났네

[홍농읍 민요 2] mp.63

진덕 1리 606, 2007. 4. 11., 3조 조사.
박양순, 여 · 72.

베 짜는 노래

얼그덩 절그덩
베짜는 소리
낮에짜는 베는 일광단이요
밤에짜는 베는 월광단이라
일광단 월광단 베짜갖고

신랑신랑 옷이나 짓세

[홍농읍 민요 3] mp.64

진덕 1리 606, 2007. 4. 11., 3조 조사.
박양순, 여 · 72.

들일 하면서 부르는 노래

콩밭에는 콩이나 좋아도
새삼34)이 들어서 못먹겠네
(제보자 : 이자 폽[팥]밭 매면서 그랬어.)
폽밭에는 폽이나 좋아도
붙이들어서 못먹겠네
(제보자 : 그러고 인자 시창두 허고 거서 우리가-)
콩나물은 기뤄서[길러서] 넘존일하는데
우리부모는 날나서 무슨일을 했으까

[홍농읍 민요 4] mp.65

상석 마을, 2007. 4. 11., 3조, 조사.
유재회, 남 · 83.

흥타령

노자노자 노들강변 노자죽순 심었드니

---

34) 메꽃과의 한해살이 기생 식물.

노자죽순은 아니나고서 왕대죽순만 나였고나
죽순우에는 산이앉고 산우에는 용이앉아
용머리 꽃이피어 그꽃한송이 꺾어들고
남원성 춘향방으로 춤추러 가세

달아달아 이태백이 노던달아
이태백이는 어디가고서 저달뜨는줄 오르는가
저고많은 담놀이선 동낭귀나무로 지어달고
강남강릉 경포대로 달마중 갔네

한일짜 마음심짜로 혈서를 썼더니
이제와서 변했으니

꽃과같이 고운님을 열매같이 맺어놓고
가지가지 받았든정 뿌리같이 돋쳤는디
이제 와서 변했으니
차라리 산중으로 들어가서
석가여래나 지킬라네
아이고대고 어허 성화가났네

4

영광군 군남면

1) 조사지역 개관

[군남면 마을 1] 전라남도 영광군 군남면 용암리 용암 마을

마을 인구는 163명, 가구 수는 55호, 면적은 94.1ha이다. 조선조 때 안동 김씨 경순왕 23대손 김정이 함평에서 이주한 후 마을이 형성되었고, 용촌과 평암의 앞 글자와 끝 글자를 따서 '용암'이라고 하였다. 도로를 지나가는 길에 7가구 정도가 있고, 마을 입구 큰 정자나무 네 그루가 나란히 서 있는 모습이 인상적이다. 정자나무를 중심으로 여러 가구가 모여 살고, 몇몇 집들이 띄엄띄엄 떨어져 있어 마을이 넓다는 인상을 준다. 마을 주민들은 조사자들에게 음식과 숙소를 제공해주셨을 뿐 아니라, 조사에도 적극 참여하시는 등 넉넉한 인심을 보여주었다.

[군남면 마을 2] 전라남도 영광군 군남면 대덕2리 대화 마을

마을 인구는 102명, 가구 수는 38호, 면적은 56.3ha이다. 선조 때 밀양박씨

혁거세 54대손 박포립이 장성에서 입주하였고, 그 뒤에 인동장씨가 들어와 마을이 이루어졌다. 삼각산에서 흐르는 물이 맑고, 수원(水原)이 좋아 곡식이 많고 번창한다 하여 '대화' 또는 '한수' 라고 하였다.

[군남면 마을 3] 전라남도 영광군 군남면 양덕2리 검덕 마을

마을 인구는 126명, 가구 수는 32호, 면적은 51.2ha이다. 창원황씨 9대손 황영동이 임진왜란 때 순직하자 그의 부인이 검덕에 정착하여 마을을 이루었다. '마을에서 검소해야 덕을 쌓고 잘살 수 있다'하여 '검덕'이라고 하였다 한다. 마을 입구에는 작은 벚꽃들이 줄지어 있고, 도로 옆에 있는 정자 뒤쪽 언덕 비탈에 마을이 줄지어 형성되어 있다.

[군남면 마을 4] 전라남도 영광군 군남면 양덕3리 양호 마을

마을 인구는 104명, 가구 수는 32호, 면적은 30.8ha이다. 김해김씨 시중공 7대손 김우윤이 조선조 중기에 나주에서 이주하여 마을을 이루었으며, 8.15 해방 이후 양호로 개칭되었다. 1914년 행정구역 폐합에 따라 양덕리에 편입되었다. 양덕2리 바로 옆에 있는 마을로 신식 주택이 많이 들어서 있다.

[군남면 마을 5] 전라남도 영광군 군남면 동간2리 오강 마을

마을 인구는 48명, 가구 수는 15호, 면적은 24.9ha이다. 조선조 때 광주이씨 9대손 이상이가 서편에서 이거 입주하여 마을이 형성되었으며, 마을을 둘러싸고 있는 산의 형국이 오강과 같이 생겼다 하여 '오강'이라고 하였다 한다. 1914년 행정구역 폐합에 따라 동간리에 편입되었고 행정 운영상 동간 2구로 편입되었다.

[군남면 마을 6] 전라남도 영광군 군남면 양덕1리 장혈 마을

마을 인구는 210명, 가구 수는 69호, 면적은 85.3ha이다. 김해김씨 수로왕 38대손 김서광이 염산면 두우리에서 이 곳으로 입주하여 마을을 이루었다. 조선조 초에 마을 뒷산이 노루가 새끼를 안고 젖을 주는 형상이라 하여 '장혈'이라 불렸다. 1914년 행정구역 폐합에 따라 양덕리에 편입되었다. 꽤 큰 마을로서 평지에 마을이 옹기종기 모여 있고, 마을 뒤쪽 언덕에 정자나무가 마을을 내려다보고 있다.

[군남면 마을 7] 전라남도 영광군 군남면 양덕4리 구산 마을

마을 인구는 103명, 가구 수는 36호, 면적은 58.2ha이다. 조선조 때 남평 문씨 27대손 문덕창이 남창리 금동에서 이거 입주하였고, 그 뒤 전주이씨가 차례로 입주하여 마을이 형성되었다. 부락 주변의 산이 거북 형태이고 아홉 개의 봉우리가 있어 '구산동'이라고 한다. 입구에서 보았을 땐 마을이 작아

보이는데 마을 중앙에 가면 마을이 꽤 크다는 것을 알 수 있다. 산비탈이 마을을 가리고 있는 형세이다.

[군남면 마을 8] 전라남도 영광군 군남면 남창1리 묘동 마을

마을 인구는 96명, 가구 수는 25호, 면적은 34.6ha이다. 조선조 때 한양조씨 18대손 조치한이 함평에서 입주하여 마을을 이루었다. 마을 뒷산이 고양이 형국이라 하여 묘동이라 하였다 하며 '요강매'라고도 한다. 마을이 산비탈에 형성되어 있고, 뒤쪽 숲에는 대나무가 많다.

2) 조사 기간 및 일정

2007년 4월 10일 ~ 4월 13일

4월 10일 오후 4시에 조원들이 영광 터미널에 도착했다. 택시 두 대에 나누어 타고 용암리 마을회관으로 이동해 5시쯤에 마을회관에 도착했다. 이장님을 비롯해서 노인회장님, 총무님께서 우리를 반겨주셨다. 마을회관에 짐을 풀고 저녁을 먹었고, 휴식을 가지면서 앞으로 어떻게 조사를 해 나갈 것인가에 대해 간단하게 이야기를 나누었다. 7시쯤 이장님께서 마을 전체에 방송을 해 주셨고, 8시쯤 마을 어르신들이 마을회관에 오셔서 이야기를 들려주셨다. 어르신들께서 삶은 돼지고기와 술을 주셨고, 20편 가량의 설화를 채록할 수 있었다. 10시쯤이 되어 어르신들은 돌아가셨고 자리를 정리한 후에 잠자리에 들었다.

4월 11일 오전 7시에 기상을 하고 씻은 후에 아침밥을 먹었다. 오전 9시에 조를 3개조로 나누어 A조(호준, 하얀)는 면사무소를 방문하여 이야기 잘 하시는 분을 소개받고 지도를 받았다. B조(선민, 덕향)와

C조(주영 조교님, 정현, 상의)는 용암 마을을 돌아다니면서 설화를 채록하였다. 12시에는 조원 전원이 다시 모여서 마을회관을 방문하신 교수님들을 뵈었다. 점심을 먹은 후 용암리를 돌아다니면서 채록을 더 하였다. 오후 3시 2개조로 나누어 A조(호준, 하얀, 덕향, 선민)는 대덕리 대화 마을로 이동하였고, B조(주영 조교님, 정현, 상의)는 양덕리로 이동하였다. 오후 7시 양덕리로 간 B조(주영 조교님, 정현, 상의)가 채록을 마친 후 대화 마을로 돌아왔고 마을 어르신들이 저녁을 차려주셨다. 이 날은 약 40여 개의 설화와 7개의 민요를 채록하였다. 오후 9시 반에 씻은 후 자료를 정리하고 오후 11시에 취침하였다.

4월 12일 오전 7시에 기상을 하고 씻은 후에 마을회관에서 제공하는 반찬을 바탕으로 아침밥을 먹었다. 오전 10시 2개조로 나누어 A조(호준, 하얀, 덕향, 선민)는 남창리, 양덕리 방면으로 채록을 갔고, B조(주영 조교님, 정현, 상의)는 광암으로 향했다. B조(주영 조교님, 정현, 상의)는 먼 거리를 이동했음에도 불구하고 사람을 별로 만날 수 없었다. 오후 2시 B조(주영 조교님, 정현, 상의)는 군남면 전 면장님을 만나러 동간이로 향했고, 많은 이야기를 채록할 수 있었다. A조(호준, 하얀, 덕향, 선민)는 구보로 마을 3개를 돌아다니면서 이야기를 채록했다. 오후 6시에 모든 조원들이 영광 시내에 집합했다. 저녁 7시쯤 저녁을 먹으면서 그간의 조사 상황을 발표하고 그 이후에 자유롭게 뒷풀이를 하였다.

4월 13일 영광시내에서 10시에 출발하여 2시쯤 학교에 도착했다.

3) 제보자

제보자 1 용암리 용암 마을 764번지, 지재용, 남 · 68.
제공한 자료 : 설화 1～7.

태어나서부터 용암리에 거주하신 분으로, 농사를 지으신다. 구연해
주신 이야기는 어렸을 때 어른들에게 듣거나 절에 다니시면서 들으셨
다고 하셨다. 새치가 거의 없으시고 선하신 인상에, 검은 재킷과 검은
바지를 착용하고 계셨다. 발음이 명확하셨고 거의 표준어를 사용하셨
으며, 목소리는 약간 작은 편이었다. 차분하게 구연하셨으나 이야기가
구체적이지는 않았다. 이야기를 많이 들려주시려 하셨다.

제보자 2 용암리 용암 마을, 지회원, 남 · 79.
제공한 자료 : 설화 8, 9.

여기서 태어나신 뒤 객지생활을 하시다가 다시 정착하셨다고 하셨
다. 슬하에 5남매가 있으시고 소학교를 다니셨다. 지팡이를 짚고 계셨
고 걸어가다가 도중에 길에 앉으셔서 구연해주셨다. 조용한 말투로 이
야기 하셨는데, 발음이 부정확하여 웅얼거리는 듯이 들렸다. 손을 심
하게 떨며 이야기하셨다. 아는 것이 많으신 듯한데, 약간 혼란스럽게
이야기하셨다.

제보자 3 용암리 용암 마을 314번지, 박올예, 여 · 71.
제공한 자료 : 설화 10.

19세에 시집을 오셔서 36세 때 서울로 이주하셨다가 다시 돌아오셔
서 정착하셨다. 딸 1명과 아들 2명이 있다고 하셨다. 안경을 끼고 계
시고, 활발하신 성격에 적극적이고 조리 있는 말투로 이야기하셨다.
마을을 떠나려고 버스를 기다리고 있었는데, 이야기를 준비해 오셔서
말씀하셨다.

제보자 4 대덕2리 대화 마을, 박균탁, 남 · 70.
제공한 자료 : 설화 11, 12.

대덕리 이장님으로, 농사를 지으신다고 하셨다. 숙소를 제공받고
마을회관에 있을 때 마을에 관해서 이야기를 해주셨다. 빨간 체크무늬

옷을 입고 계셨으며, 차분하게 아시는 이야기를 차례대로 들려주셨다.

제보자 5 양덕5리 검덕 마을 394번지, 김말례, 여 · 69.
제공한 자료 : 설화 13.

    18세에 시집오셨고, 용암리를 떠나 대덕리로 가는 길에 양덕에 들러서 구연을 들었다. 구연하신 설화는 친정인 부악동 근처에서 어렸을 때에 들으셨다고 하셨다. 슬하에 3남매가 있다고 하셨다. 호의적이고 적극적이셨으며, 더 여쭤보면 이야기를 더 많이 해 주실 것 같았다.

제보자 6 양덕3리 양호 마을 662번지, 김순례, 여 · 65.
제공한 자료 : 설화 14. 민요 5(공동제창), 6(공동제창).

    19세에 시집을 오셨다고 하셨다. 김말례 할머님께서 노래를 잘 부르신다면서 소개해 주셨다. 안경을 끼고 계셨으며, 우리의 취지를 바로 이해하시고 다른 분들께 이야기해 주셨다. 방언을 사용하셨으며, 차분한 말투로 이야기하셨다.

제보자 7 양덕3리 양호 마을, 김연순, 여 · 78.
제공한 자료 : 설화 15.

    19세에 시집오셨다고 한다. 슬하에 9남매가 있으시고, 남편 되시는 분은 돌아가셨다고 하셨다. 남창리로 가던 도중 들르게 되었는데, 김순례 할머니가 소개해 주셨다. 초록색 옷을 입고 계셨으며, 발음이 좀 부정확하며 방언을 사용하셨다. 조용한 목소리로 구연하셨다.

제보자 8 동간2리 375번지, 이병균, 남 · 72.
제공한 자료 : 설화 16~18.

    군남면의 전 면장님이셨다고 한다. 면사무소에서 소개를 받아서 구연을 들을 수 있었다. 대학원까지 나오셨으며 사학을 연구하고 계신 분이셨다. 슬하에 7남매가 있으셨고, 길을 헤맬 때 차를 끌고 나와 주실 정도로 친절하셨다. 조사 목적을 잘 이해하셔서 많은 도움을 주셨다. 목소리가 크시고, 설명할 때 손을 움직이시거나 펜으로 종이에 써 가면서 하셨다. 손수 만드신 것으로 보이는 자료집을 많이 소장하고 계셨다.

제보자 9 양덕4리 구산 마을, 이달연, 남·63.
제공한 자료 : 설화 19.

다들 꽃놀이를 가서서 텅 비어 있는 마을에서 계속 일을 하고 계셨다. 이야기를 하시는 중에도 계속 일을 하셨고 처음에는 마을에 들려줄 만한 이야기가 없다고 하셨지만 이내 다른 마을 이야기를 들려주시면서 협조적이셨다. 마을 토박이시고 슬하에 아들 2명, 딸 1명의 3남매를 두셨다. 지금은 아주머니와 두 분이 살고 계신다.

제보자 10 용암리 용암 마을 334번지, 한상필, 남·75.
제공한 자료 : 민요 1~3.

용암리 이장님의 소개로 구연을 들었다. 마을의 토박이 어르신이시며, 학교는 다닌 적이 없다고 하셨다. 아들 세 명과 딸 세 명을 두셨다. 구연해 주신 민요는 젊었을 때 국악을 좋아하셔서 취미로 하셨다고 말씀하셨다. 줄무늬 재킷을 입으셨고 안경을 착용하셨다. 집으로 찾아뵙자 방 안에 들어오라고 하시며 음료수까지 대접해주시는 등 매우 친절하셨다. 말수가 조금 적으시고 친절하셨으며, 조사 목적을 이해하시고 적극적으로 협조해주셨다. 민요를 구연하실 때 손을 하나씩 꼽아가며 부르셨다. 건강이 매우 안 좋으셔서 많이는 듣지 못하였다.

제보자 11 양덕3리 양호 마을, 정길자, 여·○○.
제공한 자료 : 민요 4, 5(공동제창), 6(공동제창).

조사자의 실수로 제보자의 인적 사항을 조사하지 못하여 자세하게 수록하지 못하였습니다. 제보자께 양해와 용서를 구합니다.

4) 설화

[군남면 설화 1] mp.01

용암리 용암 마을 764번지, 2007. 4. 10., 4조 조사.
지재용, 남 · 68.

조탑을 옮기고 망한 부자 1[1]

  * 할머니들께서 삶은 고기와 김치, 술을 주셔서 분위기가 좋았다. 이 분은 술을 안 드셔서
    계속해서 이야기만 들려 주셨다.

  우리 증조 할머니뻘 되시는 분인데, 그 양반이 그 전속급 이상이었거든. 그런데 인제 우리는 그 서울서 온 사람들 아녀? 그래서 인제 서손-서손이라고 해가지고 푸대접을 받았어. 제사지내러 가면 제사-우리 할아버지가 제사 지내러 가면 제사도 못 지내게 쫓아 버리고-그런데 거 재산을 갖고 있으면서 베풀지를 못했어. 그렇게 영광군에서 백조 한다는 인자 보자, 그게 영광훈이라구 했어. 성촌(成村)하는 데 일조를 하셨는데, 그렇게 인제 그 '공덕은 못 쥐도 쪽박은 깨지 말라-바가지는 깨지 말라.' 이런 소리가 있거든? 근데 그 양반은 바가지까지 깨버렸잖아.
  그래가지구 인제 어떤 스님이 예 와가지고 조탑(朝塔)이라구 있거든? 돌탑을 이렇게 싸놨어. 이 돌탑이 안 좋으니까 저께쥐서 그 조탑이라구 그래, '조탑을 옮겨라.' 그래서 인제 그 탑을 옮기고는 순간 망해버렸어. 그래가지고 인제 옛날에 몇 십 년 전까지도 이 소고기 먹기가 엄청 힘들었어. 그런디 그때 당시 소고기 그 끓여서 물만 빨아먹고 버렸다 그래요-그 양반은. 그러니까 한 150년 아님 200년-150, 150년 됐구만. 그때 소고기를 물만 빨아먹고 버린다는 것은 엄청난 부자여. 그랬는데 그 인자 종이 그 아깝거든. 그래서 그냥 물만 빨아먹으니까 아까우니까 그걸 전부 말렸어. 말려서-다 망해

---

1) 같은 제보자가 유사한 내용의 이야기를 이튿날 다시 구연해 주었다. 아래 자료 (5) 참조.

버리고 인자 그 좀 어렵게 사니까 거, 피 같은 말린 고기를 해서 주니까,

"아따, 이렇게 맛있을 수가 있냐?"

바로 그것이 현실이었어. 전설이 아니라.

[군남면 설화 2] mp.02

용암리 용암 마을 764번지, 2007. 4. 10., 4조 조사.
지재용, 남 · 68.

손자를 먹은 할아버지

* 내용이 좀 잔인해서인지 주저하시면서 이야기를 꺼내셨다.

요건 이제 하나의 전설은, 할아버지 바우-바위-바위라구 있어. 근데 이
거는 그 할 소리가 못 되는디-그게 피난 가다가 어떤 할아버지가 자기 손자
를 데리구 갔는데 엄청 배가-배가 고파서 뭐가 정신이 돌아버렸든가벼. 그
래서 자기 손자를 잡아먹었다구 해서 손자 바위 있어. 요것은 그런 것이고.
그 바위가 옛날 일이라 그 뿌서져 갖고 별로 바위가 없고-바위가 있어도.
그래가지구 인제 워낙 배고프니까 정신이 돌아버렸지.

[군남면 설화 3] mp.04

용암리 용암 마을 764번지, 2007. 4. 10., 4조 조사.
지재용, 남 · 68.

구미시龜尾市의 형국

어떤 저 이 전주 대학교 지리학 교수가 그런 말을 했어. 저 구미-구미시.

구미시가 가북 귀짜-거북이. 그래갖구 인자 그 고속도로를 냈거든. 그라믄 누가 냈냐 하믄은 박-박○○. 거기를 냈다는데, 주변 요짝에는 거북이 알을 까 놨는데 요렇게 고속도로를 내니까 거기다 알을 못 까지. 그래서 구미시가 발전을 못허는 이유가 바로 거기 있다구 해. 나는 구미시는 안 가봤는데 구미시가 발전이 안 된다구 그러드라구.

[군남면 설화 4] mp.06~07

용암리 용암 마을 764번지, 2007. 4. 10., 4조 조사.
지재용, 남·68.

군유산과 마구청

여기 인제 군유산이라는게 있는데, 임금 군(君)짜 놀 유(遊)짜 그래서 인자 임금이 놀다갔다 하는 그-그 일이 있고, 무리 군(群)짜, 놀 유(遊)짜- 그래서 무리라는 것은 인자 군대가 이렇게 왔다갔다 그래서 [군유산(群遊山)]-. 그 이조 때 즉 말하믄 여기를 들렸다 간 사람이서 임금이 돼가지고 다시 여기를 거쳐 갔다 그래서 군유산이라.

마구청이라는 데는 그 마-즉 말하믄 가까이 군인들이 있으니까 인제 말이-저 인제 수천 필이 인저 여기서 인저 주둔했다 해서 마구청. 그래갖구 인저 저수지 위에다 인저 마전골이 있는데, 말이 그래구 움직이고 있는 [형국?].......2)

[군남면 설화 5] mp.12

용암리 용암 마을 764번지, 2007. 4. 10., 4조 조사.
지재용, 남·68.

---

2) 이야기 끝이 미채록됨.

우물 터에 지은 연흥사燃興寺

　여기 연흥사 [자리] 때문에 이 지역이 영광군에서 지금 말하자면 좋을 때
가 있었어. 그래갖구 여기서 저 인자 인물들이 나왔고, 여기 이 신도들이-
그것은 여기서 인저 장군수(將軍水)라고 우물이 있었어. 우물이 있었는데
인제 기도허러 오게 되면 그 우물 물을 먹지.

　그래갖고 여기에 이 스님-인자 (청취 불능) 그렇고, 또 여기서 인자-인자
장군이다 인물들이 태어나니까 어떤 스님이 와가지고 그거를 인자 파괴를
했어. 하도 이제 여그 연흥사[우물] 때문에 어떤 그 인자 관에서는 피해를
본다 해가지고 그 절을 갖다가-인제 우물자리에다가 절을 지어버렸어. 그
우물자리에다가 절을 짓고 나서는 기냥 여기가 이제 완전히 그 폐쇄되다시
피 하구-. (조사자 : 그러믄 그 중이 이렇게 절 세우는 자리를 잘못 알구 지
금 거기에 일부러 우물 자리에다가-) 응, 우물을 그냥 파기시킨 거야. 그래
서 이제 연흥사가 지어진 거야.

[군남면 설화 6] mp.15

　용암리 용암 마을 764번지, 2007. 4. 11., 4조 조사.
　지재용, 남 · 68.

조탑을 옮기고 망한 부자 2

　* 전날 얘기를 많이 들었으나 미진한 것이 몇 개 있어서 다시 찾아갔었다. 그런데도 전혀
　　귀찮아하지 않으시고 차분히 이야기를 들려주셨다.

　인제 아침 조(朝)짜, 볕 양(陽)짜. 아침에 일찍 햇볕을 받는다는 것이 조
양 마을이거든? 인제 그 마을이 저 용암리에서 제일 먼저 생겼다구 그래.
근데 거기가 인자 조탑이라고 그것도 인자 아침 조(朝)짜, 그 다보 탑(塔)잔

데- 여기 저 우리 일가였었거든? 우리 증조할머니뻘 되시는 분이 여기 군남면에서 제일 부자였어. 엊저녁에 그 얘기 했제?

그 탑이 인제 거기 가 있거든. 그것을 인제 요거 밑에가 있었거든. 있었는데 그 탑을 어떤 스님이 인제 즉 말하자믄 인간적인 저것을-인간적인-인제 그 권선(勸善)하니까, 도에서 벗어나니까 인제, '그 탑을 옮겨라. 그러면 더 잘된다-잘산다.' 그래갖고 그 탑을 저기 산 밑에 중간으로 옮겨 버렸어. 옮겨서 싹 망해버렸거든. 그 탑이 지금 남아 있어.

[군남면 설화 7] mp.16
용암리 용암 마을 764번지, 2007. 4. 10., 4조 조사.
지재용, 남 · 68.

치마바위

여기 이자 평암 마을인데 저 앞산 이렇게 삼각으로 된 것이 삼두묏갓이라구 그래. 삼두묏각이라구 하면은 그 공동으루 관리를 했다는 거그던. 남으 산이라도 왜 공동으로 관리를 했냐? 그러믄 그게 한중앙에 이제 그 천마루가 있는데 잡목이 죄 있는데 그 위에가 바위가 있어. 큰 바위가 있는데 이 마을에서 그 바위를 보게 되면은 에- 어떤 불륜 관계가 일어나. 그래서 인제 그거를 관리를 했어. 그래갖구 나무를 세워 놔야 그 바위가 가려지제? 그래서 그 삼두묏갓이라는 명칭이 붙어 있어. (조사자 : 그 나무가요? 아니면 산이?) 산이-바위가. '바위를 가리기 위해서 이-서로 관리를 해야 된다.' 그래서 '삼두묏갓'이여. 그러니까 공동으로 관리를 해야 된다는 의미에서-. 그래 지금 잡목이 그렇게 들었어. 차가지구서 인자 그걸 다 가려져 버려지. (조사자 : 그러다가 진짜로 바람나신 분?) (청중 웃음) 그렇게 바위가 거기 있는 거야. 그게 인자-그 바위가 인자 치마바위라-풍수들은 치마바위라 그래. (조사자 : 풍수론적으로-.) 이 치마를 들쳐 보이면은 그 문제가 생기지. (조사자 : 그러니까 바람피는구나!) 응. 그렇게 바람난다 그래서인제 멧 십 년 전까지는 공동으로 관리를 했어.

[군남면 설화 8] mp.25

용암리 용암 마을, 2007. 4. 11., 4조 조사.
지회원, 남 · 79.

도깨비의 정체

(청중 : 보이는 게-도깨비가 없죠?) 골짜구에서 인자 거기 도깨비들을 인 자 끄나팔[끄나풀]로 쨈-쬄매놨다고, 솔나무에다. 아침에 가서 본게 도깨비 야. (조사자 : 솔나무에다가요?) 솔나무에 쬄매 놓고는 아침에 가서 본 게 빗 자루드라구. (청중 : 도깨비가 어딨어?) 근게 어째서 그러고 도깨비- 빗자루 가 도깨비 되냐 허면, 거 옛날에는 여자들이 봄 안 본다고? 한 달에 한 번씩. 그런 피가 묻으믄 도깨비가 나오는 거여.

[군남면 설화 9] mp.26

용암리 용암 마을, 2007. 4. 11., 4조 조사.
지회원, 남 · 79.

고려장

병원이 없어서 그랬든가, 병원이 없어도 노인들이 아이, 구십 살 백 살 까지 먹응게 고름장[고려장] 시켰어. 고름장을 어트게 했냐 그믄 밥, 김치, 뭐 물, 쌀-쌀은 없고-해서 인자 이러고 해서 파갖고 산 사람을 넣고 밥상을-밥그릇을 발 밑에다 나 둬. 그럼 그걸 먹고 떨어지면 그냥 죽어버려.

그래 인자 즈그 아버지가 즈그 에미 지게다 지고 가서 인자 아들이 뒤에 따라가고, 묻고 인제 지게를 내버리네. 즈그 아버지가,

"아부이, 지게 도루 지구 오시오. 나도 아버지 죽으면 지어 올랑게."

그런 말을 들었어. 못-못 내버리게. 아들이 갖구와서 놔뒀다가 아버지 죽으면 지구 온다고. 그것이 고름장이여. 그전에 어째 그렇코 병원도 없고 그래도 오래 살았든가 몰라.

[군남면 설화 10] mp.29

용암리 용암 마을 312번지, 2007. 4. 11., 4조 조사.
박올예, 여 · 71.

수숫대 속이 빨간 이유

* 해와 달이 된 오누이 이야기를 하시다가, 내용이 헛갈리셨는지 마지막 이야기 내용이 잘못
  되었다.

할매가 살았는데 그 할매가-베 메는 거 모르지? 베 메러 댕기는 거- (조사자 : 아 벼-벼 매러 다닌다고요?) 이렇게 베 짜는 거- (조사자 : 아. 베 짜는 거요. 네.) 베틀에서 짜는 거. 그거 이렇게 풀 묻혀서 메러 댕겼어, 그 엄마가-그-꼭 그 엄마가 즈녁이면 밥 얻어갖구와서 한 그릇쓱 그 애기들을 주고 멕이고 멕이고 했는데, 하루는 잔등[산봉우리]을 넘어온 게,

"밥 고놈 주믄 안 잡아먹지."

그랬어-호랑이가. 그래서 인자 즈 애기들 준다고 그렇고 했는디-처음에는 밥 주고 인제 나중에는 또 주믄은 자꼬 먹고 앞서서 또 뭐-

"옷 벗어 주믄 안 잡아먹지."

해갖구 다 벗어주고 가는데, 호랑이가 잡아먹어버렸어-즈그 엄마를. 잡어

먹고 인자 그 집을 가갖고 즈그 엄마 시늉허믄서 창문내로 인자 오라 해갖고 헌게,

"울 엄마 손은 베 메서 껄끌헌데- (제보자 : 풀 묻은게 껄끌할 거 아냐?) 껄끌헌데 울 엄마손 아니라."

구 헝게,

"느그 엄마-"

라구 막 했어. 그래갖고 인자 안에서 막 이르테믄 똥 매렵다고 막 운 거여, 애들이.

"그러믄 방에다 싸라."

구 헝게,

"방에 싸믄 추접한게 안 싸고 밖으로 간다."

해갖구,

"그러믄 빨리 똥만 싸고 오라."

구 해서 호랑이가 내 보내줬는데, 저 모퉁이 강게 샘이 있어갖고 샘 위에가 -인자 외앞이지. 버드나무가 있어갖고 거 우게로 올라갔어, 애기 남매. 그런게 다 먹고-인자 못허고 찾아댕겨도 없인게 그 샘갓[가]에를 어디루 본게-딱 샘을 들여다보니까 (조사자 : 아. 비치는구먼!) 비치지-애기들이. 그래서 저기-

"조리로 건지자. 함박[함지박]이로 건지자."

막 그랬어. 그 호랑이가. 그래 논게 웃지 말아야 되는데, 거 우게서 히히히 웃어버렸어-애기들이. 긍게 쩍 보드니,

"아가야, 느그들 어츠게 해서 올라갔냐?"

그런게 철때기[철따구니] 있는 저기 오빠는,

"이쪽 이쪽 문네 집서 참기름 얻어서 발바닥에 발르고 올라왔지."

그랬지. 꺼꿀로 말했지. 그렁게-고럭헌게는 또 막 그랬어. 긍게 그 소갈머리 없는 가시네가,

"옆집에서 도끼 얻어다 투덕투덕 패서 올라왔지."

그랬어. 그렇게 그 인자 도끼 얻어다 패갖구 호랑이는 곧 올라가잖아? 그러니까 어째? 올라가자마자 기냥 무서워갖구 툭 떨어져갖구 왜 쭈싯대 껍떡 알지? 쭈시, 쭈시- (조사자 : 아, 수수!) 수수 껍떼기가 삐런[빨간] 거 알지? 그래갖구 그 애들이3) 떨어져갖고 저 똥꾸먹을 쭈싯대 껍딱이 찔러갖구 죽은 거야. 긍게 거 쭈싯대가 그-그거 능신4)이라 거 피먹[피멍] 들어갖구 빨간 놈 있지? 벌레 먹어갖구-그게 고러쿠 했어. 그래서 빨간 거야.

[군남면 설화 11] mp.36
대덕2리 대화 마을 마을회관, 2007. 4. 11., 4조 조사.
박균탁, 남 · 70.

바람을 막고 망한 부자

이 저 건네에서 여기 아주 부자가 살았었어. (조사자 : 부자요?) 응. 부자가 살았었는데 저기서 바람이 이렇게 저 잔등에 고랑이 나가지고 바람이 불면 그 바람이 그 집을-되게 부자집을 이렇게 감싸니까-바람이 감싸니까 그 부자가 그 이 보 안고랑?을 흙으로 막아버렸어, 이렇게. (조사자 : 바람이 못 들어오게요?) 응. 바람이 못 들어오게. 그래가지고 그 뒤로 그 부자가 망해버렸다고. (조사자 : 바람이 안 들어와서요?) 응. 바람이 인자-그러믄 짐승 같으믄 날갠디, 날개 우게다 흙을 놔부렀기 때문에 그 기가 죽어버렸다는 것이여-인자 그 맥이. 그래가지구 그 집이 망했다는 인제 그런 말도 어른들이 하셔.

---

3) '위에'를 잘못 말한 것임.
4) 동물이나 곤충이 죽은 사람의 영혼을 받아 태어난 것을 일컬음.

[군남면 설화 12] mp.44

대덕2리 대화 마을 마을회관, 2007. 4. 11., 4조 조사.
박균탁, 남 · 70.

쌍둥이바위

* 다른 이야기를 하시다가 갑자기 생각나신 듯 구술하셨다.

옛날에 바위 바위가 쌍둥이 바위같이 생긴 바위가 이렇게 섰었어-여기에. 한나는 저짝 산 밑에 가 섰었고 한나는 여기 느티나무 밑에 그 아래 섰었거든, 이렇게. 그런디 그 바위를 세웠는데 그 바위를 자빠치면은 저 건네 양덕리라고 있어. 양덕리 아가씨들이 바람이 나가지고 이 막장 우리 마을로 막 이렇게 막 기냥 왔다는 것이야, 막 이게. 그 돌을 자빠치면-. 그러믄 양덕리 사람들이 그것을 알구 와서 그 바위를 세워놓구 이렇게 했다는 그런 전설이 있어.

그래 그냥 그 바위만 넘어뜨리면 거그 아가씨들이 바람이 나가지고 우리 마을로 막장 왔다구 이렇키 말들 해. 그래서-긍게 그것을 방지하기 위해서- 똑-똑같은 쌍둥이 같이 생겼어, 바위가. 그런 놈 여개가 두 개가 섰었어, 이러게. 그래가지구 저 건네 사람들이 와서 그 바위를-우리 마을 사람들이 넘어뜨리면 와서 시어[세워]놓구 시어놓구 그랬다고 그런 전설이 있어.

[군남면 설화 13] mp.48

양덕2리 검덕 마을 394번지, 2007. 4. 11., 4조 조사.
김말례, 여 · 69.

거인 유화할머니

강이 있었는디- (청중 : 옛날엔 강이 아냐.) 바다. (조사자 : 아, 바다요?)

응. 바다랑게-. 지금 있어, 그 바다가. 저 상에 도락강이 있어-상에 그 도락 강이라고. 근데 그 도락강에 물 돌아져서 빠져나가는디, 그-그 할무니-유화 할머니가 그 강을 건너시다가- (박수를 치시며) 에이, 잘못 되았다. (조사 자 : 그럼 다시요.)

저 상에 도락강이 있는디, 저 명지실 꾸리가 세 꾸리를 풀어서 강 속에다 늬어[넣에]도 땅에 안 가. 근데 유화할머니가 다리가 얼마나 길어갖고 그 강 을 건너시다가 속옷을 멈쳤어. 그래갖구 상-저 혜원동 여수 바우에다가 옷 을 벗어서 널었어. 근디-그랬는디 하나님이 거그다가 베락을 때려버렸어. '여자가 어디가 속옷을 이러구 산에다가 벗어 놓냐?' 그래갖구. (조사자 : 음. 유화할머니가?)

그래갖구-근디 그 옷을 입고-저 넌 놈을 입고 연홍사 절 산골에 오시다 가 거그서 저 옷을 잘못 입어갖고, 거 유채씨가 거가 떨어져버려갖고 유채 씨가 거그서 그러고 많이 나버렸어. 그래갖고 봉술이 된거야-유채밭이.

[군남면 설화 14] mp.50

양덕3리 양호 마을 1362번지, 2007. 4. 11., 4조 조사.
김순례, 여 · 65.

팔녀각 八女閣

(청중 : 팔리강 난리 때-팔리강 난리 때 저기 저 대치미-난리 때, 거 일 본시대 에 거 거시기 저 평란(平亂)이야 헝게[했는데] 난리야 핸[난리난] 지 알고 거기-거가 여덟 명이 빠져죽었어. 그런-그런 것은-그 소리는 들었어 도 다른 건 다 잊어부렀어.) 그래갖고 거그 백수 해안도로라구 있어-인자, 여그서- (청중 : 해안도로.) 근디 거그서 해안도로에서 그냥- (청중 : 거그 지각[祭閣]을 지서놓고.) 팔녀각을- (청중 : 옛날 옛날에 일본시대-) 옛날에

인자 일본시대 일본 놈들에게 몸 안 뺏길라고-그 정조를 지키기 위해서-
(청중 : 그랬어.) 인자 그 처녀들 여덟명이 인자 (청중 : 다 치매 무릅쓰고
이러고 빠져 죽어버렸어.) 옛날 전설이 그랬다 그런게 안 봐서 몰라. 그래
갖고- (청중 : 그래가지고 그 열녀각 지서갖구 있어.) (조사자 : 아, 열녀각
도 지어놨어요? 여기다가?) 그래갖고 열녀-처녀들 그 여덟명이 빠져 죽었
다고 해갖고-그 말하자면 일본사람들한테 그 정조를 안 뺏기기 위해서 거
기서 해갖고 죽어서 그 전설이 지금까지 지켜나구 인자 그 팔녀-팔녀각도
좋게 지서서- (조사자 : 잘 보존돼 있는 모양이죠?) 응. 관광지루 해안도로
가 인자 요렇게 뚫렸기 때무[때문에] 인자 그런 것도 잘해서 보존허고 있어.

[군남면 설화 15] mp.52

양덕3리 양호 마을, 2007. 4. 11., 4조 조사.
김연순, 여 · 78.

호식당한 아기

방애-방애-인자 방애 찧으러 갔는디, 이자 그 배깥 어르신보다 애기를
보라고 [하고] 인자 방애를 찧으러 갔어. 아, 그런데 어째 애기가 울 때가
되았는디 안 울드래. 그래서 인자 본게는-시상에! 앗아 업어가부렀다네, 애
기를. (청중 : 뭐 늑대나 호랑이가 나와서 물어가부리지.) 응, 그래가 애기를
업어가서 애기를 찾을라 해 찾을 수가 있어야제.
그래서 그전에는 인자 그런 거 거시기허믄 막 굴문을 막고 뚜든다 허드
만. 뚜들고 산을-산을 친대[쳐올라간대] 해. 그래갖고는 산을 치서서 올라간
게 다 먹어버리고 거 쬐끔 냉겨 놨드라고 드러드만. (조사자 : 애기를요?) 애
기를-싹 긁어서 먹어버리고. (청중 : 애기라.) 그리고-고러고 해부렀다해.
싹 긁어 먹어버리고는 대거리[머리] 고놈은 어데만 쪼깐 냉겨놓고 그래부렀
드라 해. 그러구 가서본게 얼마나 허망하겄어-그것 보고.

[군남면 설화 16] mp.54

동간2리 375번지, 2007. 4. 12., 4조 조사.
이병균, 남 · 72.

화미火米

알고 있는 것은, 이 백수(白岫) 가면은 그 대절산에 가서 그 화미가 있어. 화미. 화미라는 것은 불 화(火)짜, 쌀 미(米)짜. 쌀이-시키면 쌀이 산에서 나온단 그 말이여-산 중턱에서. 그것이 화미라구 해-화미. 그것이 지금, 지금은 안 나오는데, 중간까지 우리 어려서도 고리 소풍을 갔어. 그래갖구 나왔어요, 그 쌀이. 있어요.

그렇게 어떻게 전설이 되어 있냐 하면은, 인자 어렵게 옛날에 사는데-그게 산에서도 살고 그러지? 근데 거가 절이 있었다요. 근디 절에 가면 보살이 있잖아? 그 절을 보호허는 보살. 보살이 쌀이 쪼깜쓱백이 안 나와. 많이 나와야 밥을 해서 주는디-그렇게 인자 부지땅을 쑤셔버렸어, 거기를. 그렇게 거그서 기냥 불이 나부렀어-그 굴 속에서. 그래서 화미. (조사자 : 아, 그래서 검은 쌀이 그렇게 나온 거예요?) 음. 그 검은 쌀. 그래서 그 지금도-지금은 그 있을랑가 없을랑가 모르는디, 하여튼 그것이 구습으로 내려온 사항이야.

[군남면 설화 17] mp.56

동간2리 375번지, 2007. 4. 12., 4조 조사.
이병균, 남 · 72.

영광 팔괴八怪의 하나인 하사리下沙里 굴껍질

그렇게 대설산에 가면 화미, 불갑산에 가면 철마, 그 다음에 백수 하사리

(下沙里) 가면은 에- 그 귤[굴]껍질[5]이라구 있어. 귤껍질. (조사자 : 굴껍질이요?) 그런 것이 있고-. 지금 그 팔괴라는 것이-영광군에 팔괴라는 것이 있거든? 팔괴. 야닯 가지의 신비스러운 사안이 있다. (조사자 : 어떤, 어떤 얘기가 있어요? 굴껍질에 대해서는?) 에, 굴껍질에 대해서는 에- 어떤 것이 있냐 하면은 물이 들면은 굴껍질이 안 보여버려. 그렇게 어느 때 가보면 없고 어느 때 가보면 있다 그 말이야.

그렇게 조금[6] 때-그렇게 우리가 야드레 조금, 스무 사흘 조금 그러거든? 음력으로. 그래서 음력을 무시 못허는 거여. 그래 조금 때 가면 물 싹 빠져. 그러믄 굴껍질이 하얗게 나오잖아. 근데 물이 들면은 안 뵈여부러. 덮어부리니까. 그래서 그 굴껍질이 팔괴에 들어가는 것이다. 뵀다 안 뵀다 하니께. (조사자 : 생긴 게 굴껍질처럼 생긴 거예요?) 굴껍질이지, 실지. (조사자 : 실제로?) 암은. 근데 지금은 전부 개간해부렀지, 그것도. 옛날엔 바다가 들어왔는데 지금은 다 막어가지고 지금은 물이 안 들어오니까 육지로 돼서 양파를 해-거그다가.

[군남면 설화 18] mp.66

동간2리 375번지, 2007. 4. 12., 4조 조사.
이병균, 남 · 72.

개땅쇠

여그는 만타. 인자 그 말은 내가 이렇게 해주께. 여기가 유배지여. 전라도 개땅새잉? 전라도에서는 개땅[7]을 파묵고 살어라. 근디 지금 '개똥새' 그러거든. 원래는 '개땅새'야. 전라도 개땅새. 그러니까 개땅을 파묵고 살어라.

---

5) 제보자가 이야기 속에서 '굴껍질'이라고 해야 할 것을 '귤껍질'로 계속 발음하고 있음.
6) 조수(潮水)가 가장 낮은 때를 이르는 말. 대개 매월 음력 7, 8일과 22, 23일에 있음.
7) 바닷물이 드나드는 땅.

그러닝게 유배를 보낼 때 그 대개 벼슬해가지고 역적으루 몰리든가 또 임금 말을 안 들었다든가 또 모함을 당했다든가 이런 사람들이 유배를 당하거든. 여그는 전부 유배지여.

[군남면 설화 19] mp.72

양덕4리 구산 마을, 2007. 4. 12., 4조 조사.
이달연, 남 · 63.

구산九山 이름 바꾼 구산龜山

지금 우리가 한자로는 아홉 구(九)짜, 뫼 산(山)짜 구산(九山)이라 그러는 데, 음- 실제로는 그것이 아니여. (조사자 : 아, 그러믄 뭐예요?) 거북이 형 국이라 해가지고, 거북이 구(龜)짜에다가 뫼 산짜를 써, (조사자 : 아, 이게 마을 지형이 거북이 형국이라?) 응. 인자 거북이 형이라 그래가지고, 그 지 금 저 뭐냐 편리하게 쓰느라고- (조사자 : 예. 그냥 아홉 구짜를?) 거북 구짜 를 안 쓰고 아홉 구짜를 써. (조사자 : 아, 거북 구짜 어렵잖아요? 쓰기도 어 려우니까-) 아 뭣이 어려워? 아이, 거북이 구짜도 쉽지. (조사자 : 그러니까 아홉 구짜가 쉽지, 거북 구짜는 어렵잖아요?) 그렁께-그래서 구산이라구 그 래.

5) 민요

[군남면 민요 1] mp.73

용암리 용암 마을 334번지, 2007. 4. 11., 4조 조사.
한상필, 남 · 75.

상여소리

관암 보오살(觀音菩薩)

홍두라니 백발이요 면못할거 죽음인가

아차한번 면못하고 극락서천 가신다네

관암 보오살

천하영웅 진시황이 아방궁 높이짓고

만리성을 쌓지말고 황천길을 막었으면

이런일이 없을것을

아차한번 못면하고 극락서천 가신다네

관암 보오살

춘초는 연연록(年年綠)8)이요 왕손은 귀불귀(歸不歸)9)라

공수래 공수거(空手來空手去)10)하니 세상사가 여분이로세그려

관암 보오살

어노 어화노 오날이 넘차 어화노

북망산천이 어데일레 그리쉽게도 가신다오

어노 어화노 오날이 넘차 어화노

황천길은 멀고도 머다던데

멧날이 되면은 가시나요

---

8) 해마다 푸르름.
9) 갔다가 돌아오지 않음.
10) 빈손으로 왔다가 빈손으로 돌아감.

북망산천 높다고 하여도 산경이에 이슬이오

북망산이 머다고 허여도 순식간에 가신다네

어노 어화노 오날이 넘차 어화노

관암 보오살

에헤이여

마지막 가는길에

일가친척 권속들이 인정옷을 많이써서

북망산에 올라와

노수받아 돈백지어 요단강11)을 건너가고

육신은 북망산에 완장되어

송죽으로 다오른 산벗두견새 벗을삼아

후세세상을 사신다네

에에에 관음 보오살

[군남면 민요 2] mp.74

용암리 용암 마을 334번지, 2007. 4. 11., 4조 조사.
한상필, 남 · 75.

토끼화상 (판소리 〈수궁가〉 중에서)

저화자(畵子)[화가] 불러라

화공을 불러 화상을 그리난디

예정없든 봉황대 봉그리든 환쟁이12)

남국천자 능허대(凌虛臺)에 일월그리든 환쟁이

---

11) '요르단 Jordan 강'을 성경에서 부르는 이름.
12) 화가를 낮잡아 부르는 말.

동정유리(洞庭琉璃) 청홍연(靑紅硯)13)

금수추파(錦水秋波)14) 거북연적

오징어 불러다 먹갈아

양두화필(兩頭畫筆)15) 담뿍풀어

백릉(白綾)16) 설화(雪花)17) 간지상(簡紙上)18)

이리저리 그린다

천하명산 승지강산 경개보든 눈그리구

앵무공작 지지울때 소리듣든 귀그리구

난초지초 온갖향초 뜯어먹든 입그리구

대한엄동 설한풍으 방풍하든 털그리구

신롱씨(神農氏) 상백초(嘗百草)19)에

이실[이슬]주든 꼬리그려

좌편에 청산이요 우편은 녹수로구나

녹수청산 깊으난곳 계수나무 그늘속

앙금주춤에 펄펄뛰니

두귀는 쫑긋 두눈은 도니도니

허리는 늘씬 꽁지는 몽톡

앞발운 짜르귀[짧고] 뒷발이 길어

깡충깡충 뛰어가니

아미산월반륜톤(蛾眉山月半輪兎)20)들 이에서 더할끄나

---

13) 중국 동정호(洞庭湖)와 유리창(琉璃廠)에서 나는, 푸른 빛과 붉은 빛이 도는 고운 벼루.
14) 비단처럼 고운 가을 물결.
15) 양쪽에 화필이 달린 붓.
16) 흰빛의 얇은 비단.
17) 설화지. 종이의 하나. 강원도 평강에서 나는 것으로 빛깔이 흼.
18) 두껍고 품질이 좋은 편지지 위에.
19) 온갖 풀의 맛을 봄. 옛날 중국의 전설상의 인물인 신농씨가 백 가지 풀을 맛보고 의약을 정했다고 함.
20) 아미산에 위에 뜬 반달 속에 보이는 토끼. 원래 이백(李白)의 〈아미산월가(蛾眉山月歌)〉란 시의 한 구절인 '蛾眉山月半輪秋'에서 '추(秋)'를 '토(兎)'로 바꾼 것임. '아미

아나옛다 별주부야 늬가지구 가거라

[군남면 민요 3] mp.75

용암리 용암 마을 334번지, 2007. 4. 11., 4조 조사.
한상필, 남 · 75.

사철가 [단가]

이산저산 꽃이피니 분명코 봄이로구나

봄은 찾아왔다마는 세상사 쓸쓸하드라

나도어제 청춘일러니 오늘백 발 한심허다

봄아 왔다가 갈랴거든 가버려라

니가가고 여름이오면

녹음방초 승화시(綠陰芳草勝花時)21)라 옛부터 불려있고

여름이 가고 가을이 돌아오면

한로상풍(寒露霜楓)22) 요란해도 제절기[절개]를 못잊난듯

황국(黃菊)단풍이 어떠헌가

가을이 가고 겨울이 돌아오니

낙목한천(落木寒天)23) 찬바람에 백설만 펄펄이날려

은세계가 되고 보면

월백 설백 천지백(月白雪白天地白)24)허니 백발이모두 벗이로구나

무정세월은 끝없이 흘러가고

산'은 중국 사천성에 있는 높은 산임.
21) 우거진 나무 그늘과 꽃다운 풀이 꽃보다 나은 때. 즉 여름철을 가리키는 말.
22) 찬 이슬과 서리 맞은 단풍.
23) 나뭇잎이 다 떨어진 겨울.
24) 달빛도 희고 눈빛도 희고 온 천지가 모두 흼.

우리네 청춘들은 속절없이 늙어가니

아차한번 죽어지면 북망산천으 시로구나

(제보자 : 더 안 나온당게.)

사후에 만반진수는 살아생전에 일배주(一杯酒)만 못허느니라

세월아 세월아 세월아 가지를 말어라

아까운 우리인생 다늙는다

세월아 가지마라 가는세월 어쩔꺼나

늘어진 계수나무 꺾어드리라 헤라니[25] 달어놓고

국곡투식(國穀偸食)[26]허는 놈과 부모불효허는 놈과 형제화목 못허는 놈을

차례루 잡어다가 저세상으로 먼저보내버리고

나머지 벗님네들 한 리 모여앉어

한잔 더먹게 들들게 허며

거드럭거리고 놀아보세

[군남면 민요 4] mp.76

양덕3리 양호 마을, 2007. 4. 11., 4조 조사.
정길자, 여 · 70.

둥당이타령

연꽃밑에 송사리는

꽃물들까 수심일레

삼대독자 외아들은

병이들까 수심일레

---

25) 의미 미상. 판소리 단가집에 의하면 '계수나무 끄터리에다가 달랑 매달아놓고'로 되어
    있음.
26) 나라의 곡식을 도둑질하여 먹음.

둥당이더 둥당이더 당기둥당이 둥당이더
대밭에라 댓닙싹은대 잎사귀는]
바람만 불어도 흔들흔들
저지붕에 앉근박은
목만꺾어 슬퍼우네
심산같은 울아버지
첩에방에 감감돌고
외얏꽃같은 울어머니
삼천에 간장이 다녹는다
둥당이더 둥당이더 당기둥당이 둥당이더

[군남면 민요 5] mp.77~78

양덕3리 양호 마을, 2007. 4. 11., 4조 조사.
정길자, 여·70., 김순례 여·65.

아리랑

갈길이 바뻐서 하이야27)를 탔드니
곰보에 차장이 연애만 들[해잔다
아리아리랑 스리스리랑 아라리가 났네
아리랑 음음음 아라리가 났네
일본대판이 얼마나 좋아서
꽃과같은 나를두고 연락선을 탔느냐
아리아리랑 스리스리랑 아라리가 났네
아리랑 음음음 아라리가 났네

---

27) '택시'를 뜻하는 일본어 '하이야 ハイヤ—(hire)'에서 온 말.

깊구나 깊어라 부서나져라

꽃과같은 우리낭군 만나나 볼란다

아리아리랑 스리스리랑 아라리가 났네

아리랑 음음음 아라리가 났네

청천하늘에 잔별도 많고

요내 가슴속에 희망도 많다

아리아리랑 스리스리랑 아라리가 났네

아리랑 음음음 아라리가 났네

[군남면 민요 6] mp.79

양덕3리 양호 마을 1362번지, 2007. 4. 11., 4조 조사.
정길자, 여 · 70., 김순례 여 · 65.

청춘가

어아아아 청춘가로 돌려라

먼디나 사람은 좋다 듣기나 좋도록

나비없는 동산에 꽃피어 무엇하리

임없는 요내몸 좋다 단장해 무엇헐까?

간다 못간다 얼마나 울었던지

정그정[정거장] 마당에 에루와 한강수가 되었구나

지남철벽은 뚝떨어져 살아도

님떨어지고는 에루와 내못살겠구나

5

영광군 대마면

1) 조사 마을 개관

[대마면 마을 1] 전라남도 영광군 대마면 월산리1구 금산 마을

1400년대 광산김씨(光山金氏)가 정착하여 살고 있을 때 김씨들이 마을 뒤 계곡에 있던 절의 중들에게 행패를 가하자 중들이 타인의 인골을 김씨 집안에 묻고 저주를 하여 김씨들이 몰락하였다 한다. 1700년대 이천서씨(利川徐氏)가 정착하고 1800년대 함평이씨(咸平李氏)가 정착하였다. 마을 뒤의 산이 바위산으로 그 속에 금맥이 있다고 하여 쇠뫼라 불리다가 1920년경 금산(金山)이라 칭하였다. 남산천이 가로질러 흐르며 대부분의 지역이 평지로 이루어져 주로 들이 발달해 있다. 월산은 월산 마을 동방에 월랑산이 있어 달이 돋으면 제일 먼저 달빛이 비친다하여 월산(月山)이라 칭하였다.

[대마면 마을 2] 전라남도 영광군 대마면 남산리1구

동쪽으로 태청산이 위치하여 대부분의 지역이 산지와 구릉지로 이루어져 있으며, 서쪽으로 갈수록 지대가 낮아지고 남산저수지가 있다. 자연마을로는 남산, 구천, 상평 등이 있다. 남산은 남산리의 중간 위치에 있다 하여 중남, 아래 부분에 위치하고 있다 하여 하남이라 해서 두 마을로 구분하여 부르고 있다. 구천은 마을 지형이 거북이를 닮았다 하여 구미내라고 불리다가

256 | 호남 구전자료집

1914년 행정구역 개편 시 구천(九川)이라 칭하였다. 상평은 남산리의 중심부에 위치하고 상부에 평탄한 들이 있어 '웃들'이란 뜻으로 상평(上坪)이라 불린다.

[대마면 마을 3] 전라남도 영광군 대마면 송죽리1구 죽동 마을

해주오씨(海州吳氏) 오숙(吳塾)이 경북 안동에서 살다 부친 용노(龍老)가 사망하자 선조의 선산을 따라 형제가 이 고장에 이주하여 한 사람은 묘량면으로 가고, 숙(塾)이 이곳에 정착하였다. 마을 뒷산을 육봉, 옆 산은 주봉, 마을터를 대실이라 불려오다가 1914년 행정구역 개편시 대나무가 많음을 상징하여 죽동(竹洞)이라 하였다.

[대마면 마을 4] 전라남도 영광군 대마면 화평리2구

무재봉, 무재고개 등이 위치하여 낮은 산지를 이루고 있으며, 대부분의 지역은 평지로 이루어져 있다. 자연마을로는 농주, 하화, 칠율 등이 있다. 농주는 본래는 상화 마을과 한 마을이었는데 마을 전후에 9개의 산줄기가 9마리의 용과 같다 하여 구룡이라고 한다. 구룡에 있는 연못과 모래섬의 형세가 구룡이 구슬을 가지고 희롱하는 것 같다 하여 농주(弄珠)라 불린다. 하화는 아무리 심한 가뭄에도 물이 마르지 않는 샘이 있어 수촌(水村)이라 칭하다가 1910년경 마을 주위에 논이 많다 하여 하화(下禾)라 하였다. 칠율은 마을의 지형이 밤송이와 같고 마을에 밤나무가 많아 그 색깔이 옻색과 같다고 하여 '옻밤골'이라 칭하다가 현재는 칠율(七栗)이라 불린다.

2. 조사 기간 및 일정

2007년 4월 10일 ~ 4월 13일

4월 10일 영광읍에 도착해서 대마면으로 들어가는 버스가 6시에나 있었기 때문에 곧바로 택시를 타고 출발했다. 오후 4시경에 대마면 월산리3구 남산 마을에 도착해서 바로 월산리3구 이장님께서 소개시켜 주신 이종범 할아버지댁에 찾아갔다. 설화 4개를 채록한 후, 오후 6시에 남산리로 이동하여, 남산리 마을회관에서 짐을 풀었다. 그리고 남산리 부녀회장님께서 이야기해 주실 정영창 할아버지댁에 데려다 주신다고 하셨는데, 일 때문에 조금 늦으셔서 오후 7시경 저녁식사를 하고 오후 8시에 정영창 할아버지댁에 찾아갔다. 2시간 동안 정영창 할아버지께 설화 4개를 들었다. 밤 10시에 다시 마을회관으로 돌아와 밤 11시에 월산리와 남산리에서 채록한 자료의 내용 정리를 시작하여 새벽 1시에 취침하였다.

4월 11일 오전 8시에 기상해서 아침식사를 하고 남산리 노인회장님께서 마을회관으로 와주신다고 하셔서 오전 9시에 마을회관에서 노인회장님께 이야기를 들었다. 노인회장님께서는 설화 3개를 이야기해 주셨다. 그리고 남산리에는 이야기를 잘 하는 사람이 없다고 하시며 우리 조가 어제 저녁에 찾아갔던 정영창 할아버지께서 소리도 잘하신다고 하시면서 다시 한번 할아버님을 찾아뵈라고 말씀해 주셨다. 그래서 우리 조는 두 팀으로 나누어 정영창 할아버지댁과 남산리 옆의 송죽리1구 죽동 마을을 찾아가기로 했다. 오전 9시 40분에 교수님들께서 남산리 마을회관을 방문해 주셔서, 몇 가지 주의사항을 듣고 우리 조의 중간발표를 실시했다. 오전 10시에 우리 조는 A조와 B조로 나누어 조사를 실시하기로 했다. A조 조원은 김윤지, 방인성, 윤혜원이었고, B조 조원은 김보름, 김주영, 유소영, 정예진이었다. A조는 정영창 할아버지댁에 다시 찾아가기로 했고, B조는 송죽리1구 죽동 마을로 찾아가 조사하기로 했다. A조는 정영창 할아버지댁에 찾아가 민요 1개를 채록했다. B조는 남산리 이장님께서 죽동 마을까지 차로 태워다 주셔서 오전 11시에 죽동 마을에 도착했다. 죽동 마을 이장님께서는 이야기를 잘하시는 분들이 다 읍내에 나가셨다고 말씀하셨으나, 다행히도 죽동 마을 이장님께서 말씀을 잘하시는 할아버지 한 분과 연락이 돼서 죽동 마을 마을회관 앞에서 오병도 할아버지와 이경순 할머니를 만났다. 그리고 오병도 할아버지와 이경순 할머니를 만나 2시간 동안 설화 12개를 채록했다. 오후 1시 30분에 A조와 B조가 남산리 마을회관에서 다시 만나 점심식사를 하고 1시간 동안 짐을 싸고 마을회관 청소 및 채록 내용 정리를 한 후에 남산리 이장님을 뵙고 인사를 드리고 다음 마을인 화평리로 출발했다. 남산에서부터 대마면사무소까지 걸어서 이동하고 오후 3시 30분에 대마면사무소에 도착하여 화평리 이장님께 전화 드렸더니 차로 태우러 와주셨다. 오후 4시에 화평리에 도착하여 마을회관에서 짐을 풀고 A조와 B조로 나누어 곧바로 조사에 들어갔다. A조인 김보름, 김윤지, 김주영, 방인성, 정예진이 화평리 노인회장님을 만나러 갔으나 집에 안 계셨다. 그래서 화평리 이장님께서 소개시켜주신 이봉섭 할아버지를 만나 뵙고, 설화 2개를 채록했다. B조인 유소영, 윤혜원은 그동안 마을회관에 남아서 저녁식사 준비를 하고 채록한 자료를 정리했다. 오후 6시 30분에 A조가 내일 이봉섭 할아버지께서 더 많은 이야기를 해주시겠다는 약속을 받고 마을회관으로 돌아왔다. 오후 8시에 저녁식사를 하고 밤 9시경에 11일 채록한 자료를 정리하고 밤 12시에 취침했다.

4월 12일 오전 7시 30분에 기상하여 아침식사를 했다. 오전 9시에 화평리 노인회장님께서 마을회관으로 찾아와주셔서 설화 3개를 채록했다. 노인회장님께서 처음에는 이야기해 주실 분을 소개시켜 주시기로 했는데, 화평리의 어르신들은 이야기를 해 주실 분이 없다며, 이야기 해 주시는 것도 기피하신다고 하셨다. 순간 우리 조는 화평리 조사를 포기하려고 했다. 그래도 이봉섭 할아버지께서 말씀해 주시기로 약속해 주셔서 이봉섭 할아버지께 이야기를 듣고 나서 결정하기로 하고 오전 11시에 이봉섭 할아버지를 찾아갔다. 그러나 이봉섭 할아버지께서 읍내에 약속이 있다고 하셔서 그 자리에서 설화 1개를 채록하고 2시에 다시 찾아뵙겠다는 약속을 하고 마을회관으로 돌아왔다. 마을회관에서 우리 조는 화평리를 돌아다니며 말씀해 주실 분을 찾아다녔다. 11시 30분에 다행히도 경운기를 타고 가시던 아저씨께서 박정선 할아버지를 소개해 주셔서 찾아갔다. 그리고 약 1시간 30분 동안 박정선 할아버지께 설화 7개를 채록했다. 1시에 마을회관으로 돌아와 점심식사를 하고 2시에 약속했던 이봉섭 할아버지를 찾아가 이야기를 들었다. 이봉섭 할아버지께 설화 5개와 민요 4개와 수수께끼 5개를 채록했다. 4시 30분에 우리 조는 마을회관으로 돌아와 12일 채록한 자료를 정리하고 짐을 정리하고 마을회관을 청소한 후 6시에 화평리 이장님께서 차를 태워주셔서 화평리를 떠나 구비답사 팀이 12일 모이기로 약속했던 영광읍에 6시 30분에 도착했다.

4월 13일 11시에 영광을 떠나서 2시에 학교에 도착하여 구비답사를 완료했다.

3) 제보자

월산리3구 금산 마을, 이종범, 남 · 74.
제공한 자료 : 설화 1~3.

 　금산 마을 이장님의 소개로 만난 분이다. 금산 마을에서 이야기를
잘하시기로 유명하고 서예에도 조예가 깊으시다. 슬하에 3남 2녀를 두
고 계시고 남해에서 선생님을 하고 있는 딸이 집에 자주 오는 것을 자
랑스러워하신다. 고조할아버지 때부터 금산 마을에 살고 계셨으며, 지
역에 대한 유래와 전설을 많이 알고 계셨다. 사투리를 잘 쓰지 않으셨
다. 또한 박학하셔서 높은 수준의 어휘를 구사하셨다. 흰머리이셨지만
나이보다 훨씬 젊어 보이시고 잘생기셨다. 자신이 하는 이야기가 별로
중요성이 없는 것처럼 말씀하셨다.

남산리 남산 마을 478-2, 정영창, 남 · 83.
제공한 자료 : 설화 4~6.

 　남산 마을 부녀회장님께 소개받은 분이다. 남산 마을에서 태어나셔
서 줄곧 이곳에 살고 계셨다. 교육은 받지 못하셨지만 일제 강점기에
한문서당을 다니셨다고 한다. 젊었을 때 소리판에서 꽹과리를 다루셨
던 분이라 소리를 많이 아시고 잘 해주셨다. 조금은 왜소하셨으며 귓불
이 특히 컸다. 목소리가 작았고, 사투리도 자주 쓰셨다. 젊은 시절의 이
야기를 많이 해 주셨고, 당산나무에 관해서 해박한 지식을 가지고 계셨
다. 마을에서 계속 살아오셨던 분 답게 마을에 대해 잘 알고 계셨다.

남산리 남산 마을 54-2, 이규범, 남 · 75.
제공한 자료 : 설화 7.

 　남산리 노인회장님이다. 직접 마을회관에 오셔서 이야기를 해주셨
다. 스스로 자기를 말주변이 없다고 하셨지만 의외로 이야기를 잘 해
주셨다. 그런데 발음이 정확하지 않으셔서 내용을 파악하는데 어려움
이 따랐다. 남산 마을에 관한 이야기는 잘 알고 계셨다.

제보자 4 송죽리 죽동 마을, 오병도, 남 · 74.
제공한 자료 : 설화 8, 9(공동 구연).

　죽동 마을에서 이장을 하셨던 분이시다. 나이에 비해 젊어 보이셨
다. 말씀을 많이 하시려고 하셨고, 말하는 도중에 방해받는 것을 싫어
하셨다. 사투리를 많이 사용하시며, 발음이 정확지 않았다. 특유의 손
동작을 하시면서 이야기를 해주셨고, 말씀하시기 전에, "내가 이 얘기
해 줄까?"라는 말을 계속하셨다. 옛날이야기에 대해 중요성을 못 느끼
셨으며, 잊어버릴 것으로 생각하고 계셨다.

제보자 5 송죽리 죽동 마을, 이경순, 여 · 84.
제공한 자료 : 설화 9(공동 구연), 10.

　송죽리 이장님의 어머니시다. 적적하셔서 그런지 밖에 자주 나와
계신다고 하셨다. 처음에는 이야기를 말씀 안 해 주실 것 같았는데, 나
중에 오셔서 옆에서 중간 중간 이야기를 많이 해주셨다. 젊었을 때, 시
집살이만 하셔서 스스로를 이야기도 못하고 잘 알지도 못한다고 하셨
는데, 정반대로 아는 이야기도 많으시고, 이야기도 재미있게 말씀해
주셨다. 인상이 좋으셨고, 온화하게 생기셨다. 단장도 잘하고 계셨으
며, 자신이 겪은 이야기를 많이 해주셨다.

제보자 6 화평리, 이봉섭, 남 · 77.
제공한 자료 : 설화 11~14.

　화평리 이장님께서 이야기와 소리 잘하시기로 소문난 분이라고 소
개시켜 주신 분이시다. 직접 댁으로 찾아갔는데 반갑게 맞아주시고 우
리 조와 구비답사에 대해 호의적이셨다. 특히 한학을 가르치실 만큼
학문에도 조예가 깊으셔서 알고 계신 이야기도 많았고, 적극적으로 이
야기해 주셨다. 서울에서 대학교를 다니고 있는 손자들을 자랑스러워
하셨고, 유교의 사상을 많이 가지고 계셨다. 자신이 직접 겪은 이야기
나 모내기 노래 등을 많이 알고 계셔서 채록하는데 많은 도움을 주셨
다. 선하게 생기셨으며, 친손자처럼 우리를 생각해 주셨다. 구비문학
에 대한 중요성을 특히 강조하셨다.

제보자 7 화평리, 이한섭, 남 · 77.
제공한 자료 : 설화 15~17.

    화평리 노인회장님이다. 처음 찾아갔을 때 안 계셔서 다시 찾아가
려고 했었다. 그러나 직접 마을회관으로 찾아와 주셔서 매우 감사했
다. 사투리를 많이 쓰지 않으셨고, 발음이 정확했다. 이야기를 해주시
는 내내 조리 있고 재밌게 이야기를 해 주셨지만, 조금 무뚝뚝하셨다.
본인은 다른 마을에서 화평리로 이사를 왔기 때문에 이야기를 잘 모른
다고 하셔서, 이야기를 잘 안 해 주시려고 하셨다. 강직해 보이셨으며,
얼굴이 조금 까마셨고, 입술이 두꺼우셨다. 특히 우리에게 일기의 중
요성을 이야기해 주셨고, 상생의 삶을 살자는 이야기도 해 주셨다.

제보자 8 화평리, 박정선, 남 · 80.
제공한 자료 : 설화 18~21.

    처음에 약속을 잡진 못했는데, 길에서 한 아저씨께 이야기 잘하시
는 분이 없냐고 여쭤봤더니 선뜻 박정선 할아버지를 소개시켜 주셨다.
젊었을 때 못 배운 게 한이 되어서 지금까지도 꾸준히 공부를 하고 계
셨다. 많은 양의 책을 보유하고 계셨으며, 박학하셨다. 특히 국민대학
교에 대해서 잘 알고 계셨고, 구비문학 답사에 대해서도 잘 알고 계셨
다. 박학하셔서 대학에서 강연도 하셨다. 우리가 갔을 때, 흔쾌히 채록
을 허락해 주셨고 적극적으로 이야기 해 주시려고 했다. 귀가 크시고
발음이 좋으셨으며, 키도 크시고, 깔끔하게 차려 입으셨다. 한문을 잘
쓰셨고, 일본어도 독학으로 하셔서 높은 수준의 일본어를 사용할 줄
아셨다. 논리적으로 말씀을 잘 해 주셨으며, 마을에 관한 이야기도 많
이 알고 계셨다.

4) 설화

[대마면 설화 1] mp.01

월산리3구 금산 마을, 2007. 4. 10., 5조 조사.
이종범, 남 · 74.

절터골

  이 터를 잡었다고 허드래-전설에 듣고 있어. 김씨들이 여그서 많은 재산
도 가지구 있었고, 어- 벼슬길도 내가 알기로는 학사를-학사가 나왔다고그
래. 지금 말하자믄 한림학사라 게. 옛날에 성균관에서 거 배출하는 마 학위
-음 학위 지금-지금 말하자믄 학사, 석사거치 인자 그걸루 해서 인제 아-학
사가 나왔는디 이 분이 원성부사를 지내겠어. 응-원성-원성이 지금 저 경
기도 어딘 모냥이여. 지금은 거 저-지금은 원성이라는 디가 없어. 그거이
면 단위나-저 면 단위루 전락되어부렀어. 말하자믄 옛날에는 군이 둘이나
셋이 합쳐갖구 이렇게 군을 형성허믄서 어- 면 단위루 인자 전락해버리구
인자-했는데-

  그래고 집이 하나가 얼마나 컸는지를 알 수 있는 말이 있어. 조금은-더러
는 그렇게 크지 않는데 저그 가서 정주라는 것이 지금 부엌이여. 엥? 그 말
은 알것-알것제? 여 지금은 저 정주가 맞는디 원말은-정지라구-옛날에-지
금-지금 저 뭐야? 사투리루는 정지여, 말하자믄. 정주여-주방이라는 주(廚)
짜여. 응? 정주뚱이 있-말하자믄 저 곡식을 두는 광터가 있고잉? 이 전체가
기와-기와논으로 되어 있어. 논-지금 현재는 논인데. 어째서 그러한게, 거
기와집을 허무르는디 기왓장이 많다게서 기와논. 기와집 터으 그 뒤에 남은
거여, 그. 인자 그렇게 사믄서 에- 이 안에-쇠뫼 안에 가서 절이 하나가 있
는데 이거 절 이름은 우리가 좀 잘 모르고 지금 절터라는 명칭하고, 고쪽-
여짝에 가믄 불당골이라는 게 있어. 불이라는 것은 저 부처 불(佛)짜잉? 그
불당을 지어놓은 골이 있고, 인자 그래서 인자 있는디-

옛날에는 거 척불(斥佛)정책이라는 걸 알겠제? 말하자믄 저 불교를 배척 허는 고걸 척불정책이라구 해. 근데 척불정책에 하나로서 이 김씨덜한테 압 박을 받어. 승려들이. 압박을 받-받으믄서 인자 결국은 요것이 싸움으루 비 화가 되야. 싸움으루 비화가 되면서 압력으로는 승려들이 김씨들을 당할 길 이 없고, 그러니까 갖은 방법을 다해가지고 인골(人骨)을 집안에 어느 우게 가 묻는다든가 여러 가지 방법으로서 인자 저해를 해. 저해를 허는디 결국 은-요것이 인자 전설에 불과한디 아 경을-경문으로 하고 묻어거니 뭐 (청 취 불능) 거 인골이 솟아나고 이러헌 것이 있었다구 그래. 그래갖구 결국은 절이 배척을 당해버렸어. 그래갖고 지금은 거 말로만 터가 있어-터가.

(조사자 : 그 터는 남아 있는 건가요?) 긍게 그 근방을 절터골이라고 하는 인자 이런 인자-절터골. 지금도 거 절터골 거그 가면 여기가 절터골 있다 그래. 근데 우리 선대에 말씀하는 거 보믄 절터굴이라구 그래 기냥. 인자 골-골이름이-아, 동을 이룬-동을 이룬 것이 골이거든 잉? 그러니까 결국은 승려들은 배척을 당해버리고-아 기냥 소멸되어부렸지.

그래가지고 아, 광산김씨들도 인자 그 해에는 인자 그 영향을 받았는지 아니면은 그 자기가 말세가 되었는지 이 마을에서 뜨게 되었어. 근데 김씨 들은 선대에 들어보믄 옛날에는 요-요쩍 마을-잘 들어봐. 요쩍 마을 뒤젱 이라 그래믄 마을 뒤에 맥이 내려오는 데에다가 묘를 쓰는데, 아까 그 한림 학사라는 분의 묘를 쓰는디, 옛날에는 관장들이-사또잉? 사또가 지금 요 군에 관장이거든. 긍게 행정 사법을 총괄허는 이조시대라 그 권력이 막강허 지. 12관장을 지내셔갖고 이 마을 뒤에다가 묘를 쓰는디 마을사람들을 저지 잉? 그래 십이 관장을 집합시켜 놓구 이 마을 뒤에다가 묘를 쓰는디 마을 사람들을 저지해가지구 묘를 썼어. 지금도 현재-현잰 묘가 있어.

그런데 전설을 잘못됐는지 그 분의 비를 가서 읽어보면은 여그 마을로 안 돼 있어. 자기네들은 인자 거 망하고난 때문에 여그다 안 하고 지금 저 마울 이라구 그러는데 여 큰 고총들이 있어. 여그 뒤에 가면은. 그런디 그 고총들 이 광산김씨들의 묘를-묘가 말하자믄 묻은 거, 잉? 그 묘라고 우리가 알구

고 있었어. 광산김씨가 얼릉 지금 말하자믄-지금 어떤 분은 김덕령 장군으 시조여-시조. 김덕령. 저 광주 무등산에서-무등산 줄기를 출생했다는-임진 왜란 당시 그 장군이었지잉? 그렇게 인제 살다가 인자-김씨덜이 두 떰을 살 다가 저 건너쯤에 하나 있고 요쪽 지금 바로 고 이장 지금 간 바루 우게 가서 있고 해서-있었는디 다 떠나버리고 인자 거 여그-여그 보이는 대루 함평이씨가 입주허게 됐어.

그 다음-다음을 이어서 이천서씨가-이천서씨는 뭐 그렇게 뭐 유명한 양 반도 없고- (청중 웃음) 없고, 그렇게 해면서-해면서 약 7대 내지 8대를 살 았다구 그래. 그러믄 약 한 이백 년-7대면 30년 잡고 한 이백 년 살았어. 그러구 인자 그 다음에 인자 함평이씨가 살았대. (조사자 : 함평이씨요?) 함 평이씨가 지금-옛날에 65 이상이 되든 마을이 지금은 현재루는 한 25호 밖에 안 돼. 근데 인제 비율을 보면은 지금 함평이씨가 제일 수가 많애. 그 렇게 비율이가 한 절반 정도는 돼-절반. 언제나 절반 정도를 차지하구 살았 어. 그래 우리 마을은 어쩌게 생겼는지 인물도-내놓을 인물이 없고, 그저 산천에 그런 대로 이어만 오고 살고 있지. 그렇게 그 별 헐 말은 없고.

[대마면 설화 2] mp.02

월산리3구 금산 마을, 2007. 4. 10., 5조 조사.
이종범, 남 · 74.

도술 부리는 할아버지

이 철짜 헌짜라는 분이. 아냐, 철짜 헌짜가 아니라-철짜 헌짜가 아니라- 내가 인자 전설 얘기해 줄께잉? (책을 찾아서 뒤적이신다) 그 이름까지 알 라니께 지금 찾어잉? (한참 찾느라 이야기 중단) 이철황-황-황. 이 분이 한 집을 구성해갖고 사는디 어떠런 형식으로 장원을 쌓는고 허니-장원이란 것 은 저 말하자믄 옛날-지금 장원 형태가 어떻게 생겼는고는 담장이라는 게 있어. (책의 그림을 가리키면서) 요그-요 밖에 보든 요로코-그러믄 인자 집이 이러코 있으면 이 장원이 어트케 생겼는고는-인자 집이 보든 담장이 어트케 생겼는고는 요로코 생겼어. 요거 요 인자 말하자믄 요론 형식으로 있어. 요거 글짜가 '아세아' 하는 아(亞)짜여. 다음 두째 번 짜로는 요거 버금 아(亞)짜여. 그 처음 다음 것이 버금이여, 잉? 버금 아(亞)짠디. 이 형태루 해서 담이 쌓여 있어.

근디 평소에 이 냥반이 인자 전설 이-전설이야기여, 이것이. 근디 평소에 술(術)을 쪼까 했다구 그래. (조사자 웃음) 꾀 술(術)짜여? 뭐 인저 이 먹는 술이 아니라. 도술. (조사자 웃음) 근디 말하자믄 축지법이라든가-축지법. 말하자믄 축소시킨다는 축(縮)자여잉? 따 지짜잉? 이-이 요런 것이 거-거 말이라서 한문으로 해석허믄은 거 딱딱 맞는 거 축지법을 하시고, 그러고 어느 물체를 만들고-지금 마술 같은 이런 거여. 근디 그런 것을 헌다는 말을 들었는디 할머니가 생전 못 봤거든 잉?. 님들한테 얘기 들어보믄 헌다고 소릴 들었는디 그래서 노래(老來)[늘그막]에 얼마나 졸랐든지- (옆에 계신 부인을 가리키며) 이거 저 이 할무니는 뭐 안 들었어. 이거 이 얘기를 내가 안 해준게. (조사자 웃음) 졸랐든지

"그런게 한번 비춰도라."

구잉? 그러니까,

"놀래서 (말해자믄) 기절할 텐데?"

인자 이래.

"안 놀랄게, 안 놀랄게."

이래 하고 인자 보기 위해서 인자 전혀 졸라. 그래서-그러니까,

"참말로 그러냐?"

구 그러닝게,

"그런다."

구- 근데 여 이거 댓님이-댓님? 저 한복에는 여여 짬매는 댓님이 있어. 요것도-요것도 댓님이란 말이 뭣인고는 여기도 띠여-띠. 띠 대(帶)짜-댓님

이여. 긍게 밤에, 밤에 그런디

"참말로 놀랠턴디?"

인제 자꾸 그래싸, 인자. 긍게 요놈을 딱 보드이 딱 이렇게 풀고 들고는-주문이라는 거 있어, 옛날에 그 잉? 주문. 주문을 촥 외우구는 낭군님 앞에 휙 던지닝게는 아니 뱀이 기양 막 기양 뭐 막- (조사자 : 댓님이?) 댓님이. 그것을 인제 별시럽게 안 놀랬든가봐. 별시럽게 안 놀랬-안 놀랬는데 그래도 인제 자꾸 또 졸르닝게는, 아니 당신이 인제 그걸 인자-인자 할무니를 놀래게 헐라고 당신이 문을 열고-저 옛날에는 요런-요로코 인자 문이 정지로 들어대니는 문이 요로코 있시므는 여가 쪼그만한 문이 붙어 있어, 또. 요것 보고-옛날에 하인들이 와서-하인들이 와서-하인들은 밖에 와서 인사하는 법이 없어. 저 밖에서 인사를 서서 허재. 긍게 여그 문-쪼끄만한 문-우리 집도 인제 옛날에는 안 고쳤을 때는 그 문이 있었어. 대창문이라고, 응? 근디 고놈 열고는 저 내다보고 그란디 요-요 큰문으로 나가서, 인자. 큰문이루 나가갖고는 뭐이라구 했는가-이 대창문을 딱 열고는 땅 요럭허는디 호랑이로 변신을 해가지구,

"어홍!"

그러니 그래 그냥 다시는 인자 보라구-인자 보자구 안 해-말도. (조사자 웃음) 놀래부러서.

근디 이 분으 생활이 뭣인고는 양봉을-양봉을 여덟 개를 가지고 이 집 귀탱이에다 놓고- (사진을 가리키며) 요것이 여덟 갠가 될 꺼-하나, 둘, 세이, 네이, 다서, 여서, 일고, 여덜, 아호, 열, 열하나나 되네 잉? 근디 인자 집 주위에다 벌 여덟을 꼭 키우게. 그래구서 인제 노래에 돌아가시면서-여그는 저 돌멩이로만 그대로 쌓아 올려-성 싸득키. 지금 저 문 열어 봐봐. (조사자 문을 연다.) 저 앞에 저 싸 논 담을 한번 봐봐. 흙허고 저것은-흙허고 쌓은 거 보고는 흙-저 돌-저것보고는 돌담이라 허고, 흙 안 들어가구 쌓은 것은 강담이라구 그래. 강담으로 싸져 있어-그 저 담이-요런 형식으로 싸진 담이. 그리고 인자 돌아가시면서 하신 말씀이, '이 요런 형태가 한

간데[군데]라도 허물어서 무너지면은 이 집을 뜨라.'구 그랬어. 근디 결국은 그래서 지금 그 후손들은 지금 마산 가서 살구 있어. (조사자 : 마산?) 마산-저 경상도 마산. 현재로는 지금 그에 4대손이 지금 났어. 그 분 후. 그런 정도. (조사자 웃음)

[대마면 설화 3] mp.03
월산리3구 금산 마을, 2007. 4. 10., 5조 조사.
이종범, 남 · 74.

배바우와 돛대봉

이 마을의 형태가 배라구 그래, 배. 말하자믄 저 바다에 뜬 거보구 총체(總體)해서[모두] 옛날에는 배라구 그랬어. 배 주(舟)짜로부터 시작해. 배-배 주짜루 시작해서 배 주짜가 들어가는 자는 전부-군함까지 정(艇)까지 잉? 경비정, 군함, 함대. 또 배 선(船)짜 선. 요런 것이 전부 다 배 주짜에 들어 있어. 항공기도 지금 여-항공기도 배 주에다가 이러코 써. 응?

그래 저 우에 산에 가면은 배바우가 한-또 있어. 바우-배처럼 생긴 배바우가 있고. 그러구 그 밑으로 내려오먼은 이 마을 언저리에 가서 선창이 있어. 선바우가 있어-또. 앞에 보이는 송강이 있어. 솔 송(松)짜, 강이라는 강(江)짜, 응? 그래서 여그는 배의 형국이라구 그래서 옛날에는 우물을 못 팠어. 우물을 못 팠는디 저 샘에서 흘러나르는 자연수를 떠다 먹고 옛날에는 살았어-우리들 어렸을 때까지. 지금 여기 새로-새 우물 판 지가 한-한 60년밖에 안 됐어. 그래서 저 월남산 바로 밑 봉우리 보믄 돛대봉이여. 돛대. 인자 여 우게로 가면은 쫑끗쫑끗 세워 논 것이 쪼끔 더 있어. 근디 그거 마을의 형태를 그 배의 형태라구 해서-저 옛날 그 풍선(風船)-돛대라는 것이 풍선이거든. 그 배 처음에는 풍선 걸이럼 풍선으로부터 시작한 것이야. 바람을 타고, '돛을 올려라.' 하믄서. 긍게 돛을 내렸다 올렸다 허는 것이 옛날 바람 타는 풍선이여. 바람 풍(風)짜. 바람을-바람 타고 배가 왔다 갔다 했지. 지금 말류[모양으로] 기계가 발달되기 전에는-.

[대마면 설화 4] mp.04

남산리 478-2, 2007. 4. 10., 5조 조사.
정영창, 남·83.

남산리 당산제

그른디 인제 내가 역사 얘기를 헐게, 남산리. 역사 얘기 잘 들어봐. 이 남산이라는 디가 당산이 열두 당산이여. (조사자 : 예.) (청중1 : 십이 당산, 잉?) 열두 당산인디, 에 정월-음력 정월 13일날-음력이여, 잉? 양력이 아니구. 열사흗날-13일 날 저녁부틈서 기맹길 시작해-굿을 치기 시작. (청중1 : 기맹길이라믄 굿이야 굿-농악.) 그러믄 이 주민덜이 다 치는 거야-주민들이 다 치는디, 젤[제일]로 이 쇠를 잘 치는 사람을 사와. 우리 마을에서- (청중1 : 쇠를 잘 친다는 건, 꽹과리-꽹과리. 우리 마을에 잘 치는 사람이 있어도 더 잘 치는 사람이 있으믄 사온단 이 말이여.)

그 전에 그 저 최학엽이라는 분이-최학엽씨라는 분이 우리 젊어서 아주 그 분이 영감이여, 나이 먹었어. 그른디 그 분이 장성 사람이야-저기 장성이라고. 응, 장성 사람인디 그 분이 이박사 때-이박-이대통령-이박사 때 (청중1 : 이승만 대통령) 이승만 대통령 때 서울 가서 그 쇠를 치문 (청중1 : 꽹쇠[광쇠[1]]를 치면은-) 단체로는 안 되는디 개인적으로는 제일 1등으로 노는-쇠를 잘 쳐. (청중1 : 단체루는 안 되는디 혼지 치믄은 일등이다 그 말이여. 이승만 박사 때 그렇게 잘 쳤다 이 말이여, 이 양반이) 그래서 그 냥반

---

1) 꽹과리.

을 항상 사와. 이 마을에서. 그래가지구 열 사흘날 저녁부틈 쇠를 치기 시작
허믄 인자 보름날 아츰-음력 보름날-십오일 날 아츰에 열두 당산을 새벽에
부틈-새벽부트서 기맹길을 치기 시작해 열 두 당산을 돌아 댕기는게-열 두
당산이 있어. 열두 당-당산이. (청중1 : 아니 그 안에-그 안에는 거시기 뭐
굿 안 치구 하는디요?) 아이- (청중2 : 열사흘날부터 쳐갖고-)

(청중 1 : 열 사흘날 치는디 어느 여 어디 어디서 치고 그걸 가르쳐 드려
야죠.) 그러닝게 맨 침[처음]에는 아- 열 사흘날 되믄은 이거-거가 천린이거
든-남간 천린이여. (한동안 청취 불능) 그 열 사흘날 저녁에는 그늠만 그
분이 치지. (조사자 : 열사흘날이요?) 응. (청중 1 : 그런 것을 말씀허셔야죠.
그라 않으믄 모르죠.) 그리고 열사흘날 저녁은 뒷골에서 저녁을 해서 먹었
어. (청중1 : 뒷골이요? 뒷골이 어디요. 뒷장-뒷자락 말이요?) 암. 뒤에서.
뒤에 마을에서. (청중 1 : 아니 마을에서 다 그러믄 같이 한단-) 뒷골 안전
내에는 이거 호수가 많았제. (청중 1 : 아니, 그렇게 열사흘날 인자 그렇게-)
(청중 2: 당산은 거그서만 치고-) (청중1 : 당산은 거기가 치고?) 응. (청중
1 : 거그 뒷골서-마을에서 논다 이그 말이죠, 열 사흘날부터?) 응, 그러제.
(청중1 : 그러믄 뒷골에서두 놀기 시작허요?) 응. 그러지,

열사흘날 저녁. (청중 1 : 그러고?) 그 열나흘날 되며는 인자 아무-인자
아무 디나 가서 그냥- (청중 1 : 가남에서 하면은 가남에서 사는 사람 아무
상관 없고?) 아무 상관없이 아무디 가서-좀 넉넉한 디 가서 쳐. 그러믄- (청
중 1 : 예. 그 부잣집 가서?) 암은. 천계에서 치는 게 아니여. 마을에 도청이
있어. 지금은 마을에 가서 저-저 이장이나-요새 식으루 하믄 이장이랄까?
그런 분이 그 먹을만치 지내는 집이 가서 '오늘 지녁에 자네네 집이 와서
좀 놀아야 쓰것소.' 그러믄 반대를 못히여. 그러믄- (청중1 : 액을-액을 쫓
아내기 위해서 그런다 허믄서 인자 그렇게 인자 옛날에 그랬기 때문에. 액
을 쫓아낸다는데 어떻게 해?) 그래가지고 열나흘날-열나흘날-음력 정월 14
일날 저녁에-저녁내 인자 그 마당에서 놀아-술을 몟 차례 먹으믄스루서.
술을- (청중 1 : 날 새게-날 새게-날 새게 하느라구.) 인자 뭐 죽도 쒀다 먹

구-닭죽, 그리고 인자 그렇게 먹고 다음에는 자는 디가 사랑방이 많이 있어
-사랑방. 저 뭐 이 지금은 인자 보일런디 그때는 방에-온돌방에 가서 다
자. 그래 여름 아닌 겨울이라서.

자구는 인자 새복[새벽] 한 요새루 말하자믄 아- 다섯 시-다섯 시에 저
딴새미 저그부터 치기 시작해. 그러믄 마을 앞에서-마을 앞에 논배미[2]다가
이 인줄-금(禁)줄-금줄이여, 인줄이 아니구 금줄. 금줄을 딱 이렇게 새벽에
앞서 꼬아가지구 그 대를 사방에다가 요렇게 이자 박고는- (청중1 : 그 안에
다가 그래갖고 종이때기-하얀 백지 꽂아가지구.) 그래가지구 인자 그-그
안에다가 뭣을-그 도구통-도구통 알아, 도구통? 도구통 모르지? (청중 1 :
절구통 말야- 절구통.) 그런 것두 갖다 놓구 인자 그 우게다 안반[3][떡판]을-
큰 안반을 놔. 그래 놓고 그 안에 전부 인자 그-다과라든시 뭣을-과실을 다
사오그든. 그래 이 전부 거따가 과실 놓고 떡 시리[시루] 놓고 다 거기서 인
자 진 맹길 치고 한참 놀아.

그러고 나서 열 두 당산 밥을 다 거기서 쌔[쌓]아. (청중 1 : 따로따로.) 응.
열두 당산- 열두 당산 바루 거그서 다 쌓는다고. 따로따로- 과실이구 전부
다- (청중1 : 제물을 전부 다 난-난다 이 말이여.) 그래가지구는 전부 그냥
석짝-석짝[4]이라구 알지, 석짝? (청중 2 : 도시락.) 아니- (청중1 : 도시락 아
니구) 아니, 석짝이 있어. 나무루-대루- (청중 1 : 거 대로 절여가지구 그 만
든 거 있잖아요? 이렇게-) (조사자 : 석?) (청중 1: 그거 대나무로 절여가지
고 이렇게 크게 만든 거.) (조사자 : 아, 떡 담는 그런 것?) (청중 1 : 그려.
떡이고 뭣이고 다 담는 거.) 다 거그다 담어. (청중 1 : 그게 석짝이라구 해-
이 전라도에서 석짝이라구 해 석짝.) 담어 가지구 인자-처음에 제일로 당산
으른나무가 있고 아래녁에두 나무가 있어. (청중 1 : 1번, 2번, 3번 이렇게
남버가 다 있어.) 이거-이거-이거 멕여 있어. 그러면 아침내 인자 다 나무

---

2) 논두렁으로 둘러싸인 논의 하나하나의 구역.
3) 떡을 칠 때에 쓰는 두껍고 넓은 나무 판.
4) 대나무를 넓고 얇게 잘라서 밑짝은 깊고 직사각형이 되게 하고 윗짝은 얇게 살짝 덮게
   엮어 만든 대나무 그릇.

마다 댕기믄서루 밥을 묻어. 술 묻고. 당산나무-나무-나무가 요그 섰다믄 나무 밑에 이러구 꾸뎅이 모다 파고 다 묻어.

그래 열두 당산 다 허믄 아침 아홉 시가 되야. 새복에부터 일어나서 해도 - (청중1 : 그럼 굿은 안 치구요?) 아, 안 치긴-치구 댕기지. (청중1 : 밥만 먹구 댕겨요, 그러고?) (청중2: 아, 먼저 굿 치지.) 아, 굿을 치지. (청중1 : 아 이, 나는 안 봐서 몰라요.) 만나서 어이- 열두 데 사는 사람이 줘. 읍내, 동네두 내고. 나는 내는 건 그거 따라 댕겨서 알아. 근디 열두 당산을 다 그거 댕기믄 아침에 아홉 시가 되야. 그러믄 인자 끝마무리-인자 그 하주집이라구 있어-하주집. (청중1 : 하주집.) 하주집이라믄- (청중1: 알아?) (청중2: 당산 제물을 장만하는 집.) 장만허고 인자 모든 걸 허는 집이 있어. 아-아무 뒤[아무네] 허는 거 아니여. 아무두 허는 거 아-. (청중2 : 생기를 맞춰서) 다 맞춰서-생기 다 맞춰서- (청중2 : 일진허구 해서 생기가 맞인 날-맞인 날 그 냥반을 화주를 시어[세워].) 시어. (청중1 : 운이 안 맞으믄 안 돼. 절대 로.) (청중2: 절대 안 돼.) 그래가지고- (청중1 : 그냥 멕여도 되는 것 아녀.) 그 집에서 인자 밥을 또 다 그-굿 치구 인자 돌아댕김 담에는 그 집에서 다 밥을 먹어.

아침 인자 아홉 시 넘어서 밥을 먹구 나문 인자-새복부터 그렇게 허닝게 되제. 그렇게 실큰[실컷] 시어. 어디 가서 씻구 인자 누워서-누워서 거시기두 허고. 그러믄 열한 시나 열두 시-열두 시쯤 되믄 어뜨케 되냐? 그거 또 그 마당에서 굿을 시작해. 굿을 시작허게 되믄, 저 여그-여그는 남산이고 월산-저 밑이 해롱, 갈말 저리 나가. 그래갖고 인자-그럼 어디루 나가야 허믄은- (청중2 : 거집[걸립⁵)]이루 가지.) 걸립이지-걸립. (청중1 : 걸립이라구 알아?) (청중2 : 걸립이라는 건-) (청중1 : 모르제. 저 사람들 몰라요. 걸립이라 그러믄.) (청중2 : 거시기-가서 인자 무엇을 벌러-돈 벌러 가. 동네 잔치-주혼집 찾아가서 굿 치고-) (청중1 : 굿 치고 잉? 액운을 쫓아내고 돈

---

5) 걸립(乞粒). 걸립굿. 동네에 경비를 쓸 일이 있을 때, 여러 사람들이 패를 짜서 각처로 다니면서 풍물을 치고 재주를 부리며 돈이나 곡식을 구하는 일.

쪼까 주쇼. 액운 쫓아내니 돈 주얄 것 아니여? 고생햇으니까-그러문 그걸-
그것보다 걸집이라 하는 거야.) 근데 그것을 거기 사람들두 반대를 못해. 왜
냐? 그때는 전부 나무를 핸 시대야-해 때는 시절이라 저 아래는 나무 헐 데
가 없어. (청중1 : 이 알루 하믄 나무 헐 데가 없잖아?) 요 여그 올라가 나무
해 가야 헝게 자기들두 다- (청중1 : 안 주믄 나무 못허게 해. 기냥 길 막구-
막구 있는 거야. 나쁜 말루.) 그러믄 저 있는 사람들이 나락 얼른 내주구
다 그래. (청중1 : 옛날에 나무-나무허러 못 오는 거야. 그러믄 나무 못허니
까 뭐 어트게 헐 거야? 하하하.) 그렇게 다 줘.

그래가지구 한 인자 보름날부텀 엿새날, 이렛날, 여드렛날 그렇게 하믄서
한 사날 돌아댕겨. 저그 물 아래 저 아랫말로- (청중1 : 외부로-우리 마을을
떠나서.) 그러믄 인제 들어와. 들어오믄 하루를 쉬어. 그러믄 인자 춤[6] 안
추어? 그래가지구 인자 시무날-음력 시무날 저녁에 (청중2 : 판굿 쳐-판
굿.) 판굿 쳐. 그러믄 그걸 어트케 치냐? 우리 마을에 제일로 있는 집 마당-
마당두 크고- (청중1 : 돈 있고-) 그러믄 인자 그 집에서 다 내는 것이 아니
여. 그 집에서 인저- (청중1 : 앞전에 뭐 다 거기서 받아서-) 해 내기만 허
지. 없는 사람은 그런 거 뭐 죽 쑤지 무 대지-해낼래야 해낼 수도 없어. 다
있는 사람이나 그런 거 해내. (청중1 : 쪼금만 더 얘기허께 여기서 잉? 이
저-이 젊은 친구들은 모르니까 잉? 지금이니꺼 참 자네들 먹기 싫어서 안
먹지 잉? 먹기 싫어서 안 먹지? 그땐 어쨌는고 허니 이게 그 쌀을 죽을 쒔는
데-예를 들어서 죽을 쑤믄-저 죽을 쑤면은 쑥 같은 거-쑥 있잖어, 쑥? 으
잉? 쑥 같은 거 뭐 이거 저 자넨 나무를 말허믄 모를 꺼야. 그런 거두 했고-
거그다가 뭐 쌀 몇 개 느갖고 풀렝이[풀떼기[7]]-풀랭이 해갖고 그렇게 먹고
사는 상황이야. 엥? 그렇게 먹고 사는 세상인디 그때게 없는 사람들이 굿을
친다 그러믄은 그때게 닭 한-닭 한두 마리 잡고 쌀 예를 들어서 한두 세
넣고 죽을 쑨다 그러믄 쌀 한두 세 가지믄은 그 멧 식구가 멧 달 저-) (청중

---

6) '춤'인지 '술'인지 불명확함.
7) 잡곡 가루로 풀처럼 쑨 죽.

2 : 메칠 사는 거지.) (청중1 : 메칠 살아-메칠 살아. 메칠을 살아, 메칠을. 그렇게 식량이 귀했어. 없어. 지금-앞으루 그거와 똑같어. 앞으루다 지금 등을 치잖아? 방송 안 봐서 모르지? 그렇게 그런 식이었어 우리나라가-그때 게 지금 저 으르신 말씀허신게. 그렇게 자네들이 그걸 분명히-내가 인자 지금 말헌 것을 분명히 겨갖고 그렇게 살았다는 것을 그-그때 인자 그거이- 그때 그 말이야. 지금은 솔찍히 말해서 먹어라 해도 안 먹고 애들 막 학 떼 가믄서8) 먹어라고 자꾸 퍼멕이 -퍼멕일래두 안 퍼먹는 세상인디-그 말씀은-말씀허세요.)

그때는 그렇게- (청중2 : 거시기 있제. 옛날에는 하두 배고픈게 그렇고 살고-아이 쌀 한 됫박 가지구 메칠 살고-시방 말할 것두 없지.) 또 그렇게 굿을 잘 쳐. 쩌그 쇠꾼 사다가-쇠치는 사람이 넛이여-넛. (조사자 : 아-예, 넷이요.) 그러구 꼭 장구는 인자 둘이서 치다가 서이서 치다가 그러구- 한 나는 안 쳐. 그러구 장구 다음에 방구가 둘이 따러 댕기고. 그 담에는 인자 그 법구라구- (청중1 : 소고. 소고) 소구-소구-알제? 소구는 그 제한이 없 어. (청중1 : 백 명이면 백 명, 십 명이면 십 명-뒤에 따러 대녀.) 그러구 인 자 이거 패랭이 쓰구 댕기구. 패랭이 알지, 패랭이? 저 중광대, 객포수, 뭐 그 또-여러 가지여-패랭이도. 그 사람들 다 허제. 그렇게 기멩기치는 사람 들이랑 자린[작은] 마당이래믄 못써. (청중1 : 마당이 적으면-) 마당이 커야 제. 그러믄 가운데 불을-모닥불 펴야 해. (청중1 : 모닥풀 펴야 하니까.) 그렇게- 그렇게 친다 그러믄 우리 마을 양반들 저기 싹 나와. 다행히 뭐 먹 을 거-먹을 거 있응게. (청중1 : 배가 고픙게. 일단은. 배 고픈게 얻어먹을 라고. 그러구 외부에서 또 와. 외부에서도 굿 보러 온다구 와. 그러믄 우리 마을 식구만 먹겄어? 외부 손님 양반 전부 똑같이 허든 모양이야. 여그가 일남산 이육창 있는데 영광군에서-그러구 부자가 그랬다구. 긍게 일등으로 -저 남산이-일남산잉게-일남산이 부자였다구. 어뜬 사람은 저 육창이 일이 라구 허고-긍게 우리는 일남산이라 허고 거그-일남산 이육창이라구 허고-

---

8) '학 띠다'는 '아주 어려운 고비를 벗어나다'의 뜻임.

거기-저 육창에서는 일육창 이남산이라구 허고. 인자 그렇게 해-그렇게 헌 거야.) (청중2 : 근디 남산이 그렇고 부촌이면 여그 저수지 뚝 막으면서 폐 촌이 됐다 그러드만.) (청중1 : 응. 여기 효승이 뚝 막어부렀어.) (청중2 : 그 러니께 그 한아부지 일곱 살 때 여 저수지 뚝 막었다게.)

[대마면 설화 5] mp.05

남산리 478-2, 2007. 4. 10., 5조 조사.
정영창, 남 · 83.

도깨비불

　(청중1 : 저 아니 뭐 물어볼 거 있으믄 물어봐. 물어보믄 또 얘기를-어쩜 고 허니 물어보믄서 얘기를 해야 알지. 그라않으믄 허나마나 똑같어.) (조사 자 : 그냥 얘기 같은 거, 옛날 이애기-도깨비 얘기-) 도깨비? (조사자 : 호랑 이 얘기나) 응. 도깨비는 인자 확실히 없어져부렀어. 왜냐? 들어봐 잉. 저 내가 여 높은 데 살아. 그러닝게 날 궂인-옛날에 날 궂을라믄 몇 해 전만 해도 (청중1 : 비 올라믄-) 비 오믄 그냥 맞바람이-저녁에 비 올라믄 여게 문 열어놓으믄 저 망월이라는 데 있어-망월. 망월대 가서 그 도깨비불대여. 하기 그 너머에. 근디 이 근자에는 그게 읎어. 그건 도깨비불은 요것이 여기 서 뻔뜩 했다가 저기 가서 뻔뜩 했다가-아 그 불이 한 가지로만이 아니라 여러-여러 늠이 나타났다 끊어졌다 그래. (청중2 : 인제 요짝에두 왔다가 갑 자기 이짝에서 끊어졌다가 또 이짝에서 나타났다가 그러니까 그 걸 보구 도 깨비불이라구 그러는디 그게 거시기 저 반딧불이 아니라-반딧불 알잖아? 긍게 이-이 도깨비불은 반딧불허구 틀리까 인자-) 그럼, 틀려. 근디 이 근 자엔 그것두 없어져부리고- (청중1 : 안 보여.) 요게 있어. 이 도깨비불이 어트케 됐냐 허믄-자 지금은 그런 좋은 세상이지만, 그 전에는 산에 가서

전부 풀을 벼다가 논에다-논이 지금 쪼끔 있이믄 풀 비야 해. 논에다 부릴 라구. 농사 질라고. (청중1 : 비료가 없으니깐.) 그러믄 들에서 일허다가 피가 나거든. 피가-사람 피가 나. (청중1 : 낫 가지고 저 풀 비다가 보면 상허 잖아. 그럼 피가 나잖아.) 피가 나먼은 그 피가 뭔 나무에나-나무에나- (청 중1 : 에- 암만 흘리지.) 저 인자 그 나무에- (청중1 : 옛날엔 붕대두 없고 많이 상허믄 인제 예를 들어서 뭐시기 옷 찢어갖고 감고-) 그 피가-사람 피 가 저 나무에나 뭐 빗지락-빗지락 저 그 씨는 빗자루 있지? 빗지락이나 저 런 거 인자 이거 사람 피가 묻으믄 그것을 아조 태워부리믄 몰라도 그거이 들루 나가믄 도깨비 된다구 그랬어.

[대마면 설화 6] mp.06

남산리 478-2, 2007. 4. 10., 5조 조사.
정영창, 남 · 83.

딸자식은 도둑

(청중2 : 우리 집 앞에 묘가 오병사 부인 묘거든. 오병사 그 양반-) (청중 1 : 그런 거 가르쳐 줘요. 그런 거 가르쳐 줘야 알지.) 오병사 이 두 양반 묘 가-오병사는 남자 벼슬 이름이여-병사. 병사 이름이-병사 벼실이여. 그러 믄 오병사 그 냥반이 결혼해가지고 인자 내려 사는디, 아 자구나서는 그 오 병사란 양반이 자기 부인 모르구[게] 간밤에 서울에 갔다 왔다 그러거든. (청중2 : 근디 그 냥반이 축지법을 배웠당게.) 가만 있어봐. (청중 웃음) (청 중2 : 그렇게 얘기가 나가야지-) 사월달이라는디- (청중2 : 첫째대가리가 고 렇고 나가야지-) 그래서-그러니까 그러믄 아- 즈그 마누래가-밤에-낮에두 그전에는-그전에는 열차구 어떤 차구 이 차가 없는 참이거든. 말 타구 서울 가는데 며칠 가야 하는디-낮에도. 아 그래 이 간밤에 서울 갔다왔다니 곧이

안 듣거. 그래 곤이를 안 들을라믄 자기가 바깥에 나가서-이렇게 밝었으니 자기 부인보구 배깥엘 나가라구 했어. (청중2 : 원 자기가 나가구 부인보고 내다보라구 그랬다구 그래드만. 자기가 마당으로 나가구-) 아이 뭐-. (청중2 : 마당에서 재주했다구 그러대. 우리 저- 그 이애기 맞제.) 가만 있어. (청중 웃음) 그래 부인보러 나가라구 그래. 방이 자긴 편히 앉었구.[9] 그리구 그냥 부인보구 나가서-이 문이 옛날에는 요렇게 쇠살창 문이 있고 들창문 두 있어. 쇠로 했든 들창문 알아? 마당에서-그러구 또 문을 크게 띄[뚫]지 말고 침을 묻혀서 쪼그만허게 뜨서-뚫고 인자 얼른 이거 인자 밖에 들여다[내어다]보라구 허거든. 그 그리루 들여다보라구 했어. 아, 그래 당장에 들여다 보니깐 기냥 아이구- 호랭이가 되어가지구 딱 이러구 있어. 그래서 부인이 그냥 넘어져서 그냥 자살해-넘어졌어, 놀래서. 그래 그냥 그렇게 인자 그 뒤집어 변장을 해가지구 나가서-문 열구 나가서 주문 읽어가지구 다시 부인을 살렸어. 살려서 인자 살았는디, 이 냥반이 부인이예요. (청중2 : 이 앞에가.) 그러믄 그 부인 허는 말이 즈그 자손들한테-아들들한테,

"행여라도 죽으믄 영감 옆에다 묘를 쓰지 마라."

그래서 따루 있어. 영감으 묘는 저 묘량면에 가 있어-영감님 묘는. (조사자 : 아, 묘량면이요?) 묘량면이야. 그러구 인자 부인 묘는 여가-여기 있어. 그 냥반이 으사리 저수지-지금 수리조합 저기-수리조합 물 안 생겼다구? 응, 거그서- (청중1 : 아니예요-아니. 묘량면 삼효리[10] 그 석재란 마을 있어. 거 저수지 위에 거가 계셔.) (청중2 : 거기다가-저수지가-거기 저 저수지 있는 디가 기[其]다우? 거-거 우에랑 넘어가는 디?) (청중1 : 그 우리 축국하-할아부지-바로 그 우게.) (청중2 : 어트게 거-거 그렇게 항시 어트게 돼 양지[兩主]가 고렇고 고런 거 역사가 있어 놔서 한테다 못 모시구 거 그러구 띠어서 모셨다구 그러드랑게.)

9) 이 말을 제보자가 잘못 말한 것이다. 즉 남편이 부인에게 자기가 밖으로 나갈 테니 문구멍을 뚫고 밖으로 내다보라고 한 것이다.
10) 묘량면 삼효리(三孝里).

(청중1 : 그 우리 집 그 축국 할아부지-할아버님은 그때게 그 베슬을 해 갖구도 그렇게 점잖으셨다고 그러드만. 진짜 양반이었다고 해. 거짓말 않고 저 처갓집 장인 양반이 이뻐갖구 그 땅을 그렇게 뗐다구 헙디여. 이뻐서-달 란 것이 아니라 이서방이 하도 벼슬 않고도 그 청-그 철두철미해갖고 돈두 필요없구 다 필요없구 당신 월급 타갖구 고놈만 먹고 누가 주는 걸 받도 않 고-) 어느서 그 양반이? (청중1 : 아니, 우리 할아부-저 축국 할아부지.) (청 중2 : 그래갖고 축구한아부지가-축국 한아부지 부인이 친정 오심에서 산 묏 을 쓸라구 그러니까 딸이 가서 치매[치마] 밑이다가 물을 떠갖구 저녁에 가 서 뫼 쓸라구 청학분에다가 다다 부서[부어]부렀어. (청중1 : 아이, 그런 게 아니라-) (청중2 : 그렇게-그래갖고-) (청중1 : 아니, 그렇게 한 것이 아니라 -) (청중 : 못 쓰것다고 파묘헝게 즈 남편을 거다 갖다 넜다구 그러대.) (청 중1 : 그렇게 한 것이 아니라, '우리 아버지 돌아가-저 돌아가신디 내가 가 서 묘 저 어떤 자린지 한번 볼란다.' 항게 막-그때는 인자 그 여자한테두 봤다는구만. 그 세상은 가서-긍게 내쫓안게[내쫓으니깨-여자들 전부 치마 입구-저 치마-하얀 치마 입고 이 댕기잖아? 이 밑에다가 물을 병을 차고 가서-치마 안에다가 물병을 차고 가서 묘자리에다가 부서붐[부어버린] 거 야. 묘 파 논 거다. 부서불고-그래불고 물을 붓고는 인자, '세상에, 잉! 우 리 아부지를 여그다가 묘를 써야?' 그만 통곡허구 막 운 거야. '물 났다. 물 난 디 여그다 묘를 써야?' 허고-그러니 지관이 환장허것거든. 아, 분명히 묘 짝두 다 봤고 다 저거했는디-진짜 좋은데 가서 보니께 물이 나왔거든. 그 물이 나왔거든. 갖다 부서부리닝게 물이 있제잉?) 물기가 있지. (청중1 : 땅 에 물기가 있을께 아냐? 그래서 인자 거기를 통지허구 다 저-우게다 쓰고 그렇게 거 인자 메인 거야. 그래갖고 나중에 인자 그-그 저-저 사위가 죽응 게 딸이 뭐라구 허는고 하니, '우리 불쌍한 이서방을 여기다 쓰자.' 해갖고 거기다 썼다구 인제 그래죠.) (청중2 : 그러게 딸자식은 도둑놈이다 그러지.) (청중1 : 그래서 그 뒤로는-그 뒤로는 여자들을 저 산에 못 따라가게 했어. 그 뒤로-. 그래갖구 지금이닝게 또 함께 댕기잖아? 근디 옛날에는 그래서

여자는 그 상여 나갈 때게 밖에서 막 울구 그 상두 뜨구나서 못 따라 오구 있잖아? 남자가 따랐잖아. 인제 그 뒤루 못 따라오지-전부들. 그거 사실이여. 그 일이 우리-우리 저 우리-) (청중2 : 우리 함풍이씨.) (청중1 : 함풍이 씨뿐만이 아니라 다른 집안에도 마찬가지여.)

[대마면 설화 7] mp.07
남산리 남산 마을 54-2, 2007. 4. 10, 5조 조사
이규범, 남 · 75.

사주혈과 개구리섬

(조사자 : 여기 뭐 남산 형상이 뱀과 관련됐다고 하대요.) 그러지. 사주혈이여. (조사자 : 예?) 사주혈. (조사자 : 사주혈이요?) 응. 사주-사주-뱀하고 같제. 뱀-사주뱀이라구 있어. 그 앞에 머시기가-저 들에 가서 개고리 섬이라구 있구. (조사자 : 개구리섬이요?) 개고리섬. 그 사주-사주 밥이제. (조사자 : 왜 개구리섬이에요?) 그 사주혈이라. 저 섬이 쪼그만한 게 있었어. 큰 복만하게. 그러게 개구리섬이라고 허제. 사주 밥이라고. (조사자 : 아하! 뱀 밥?) 뱀 밥.

(조사자 : 그 마을 이름은 뭐예요?) 응? (조사자 : 그 마을 이름이요?) 우린 들에가 있어-논 가운데가. 바로 남산이여, 저기가. 그 건네가 성강이라는 그 뭣이가 있었고, 배가 옛날에는-강이 여기-강물이 여기까지 들어왔어. 옛날 몇 천 년 전에. 그래서 성강이라고 그래. 우리도 모르제.

그리고 저 큰 산이 태청산. 우리 남산 터가 월랑산 줄기여. 어제 저기 저 몇이 갔잖니? 영감님한티- 거기 제 뒷산이 월랑산이여. 그래서 그 뒤에 요렇게 허믄 요리 남산 줄기가-능선이 월랑산 능선이다 이 말이여.

[대마면 설화 8] mp.08

송죽리 죽동, 2007. 4. 11., 5조 조사.
오병도, 남 · 74.

떼깍바위

여기는 주봉(周峰). 두리두리[두루두루]가 있다고 잉?-두리두리 있으닝게
-두리 주(周)짜 주봉이여. (조사자 : 둘러서져 있다구요?) 두리두리 있다구
해서 주봉이고 잉? 노자산이라구 그 이 주봉이여. 쩌-쩌그 가면은 태청산이
라구 해, 태청산. (조사자 : 제일 높대든데요, 영광에선?) 높은 디가-영광에
선 이게 제일 높은 디가 태청산이고, 거그 가서 떽-뭐냐 허믄 바우가 옆에
가 있어. 거그가서 보면은 바우 밑에 가서 떼깍 하면 떼깍 해. (조사자 : 떼
깍? 때깍?) 사람이 떼깍 허믄 거그서 떼깍 한다 그 말이여. (청중 웃음) 바우
밑에서. 그래서 '떼깍바우'라고 한 것이여. 떼깍바우라고 잉? 떼깍바우. 바우
가 하도 이상해서-떼깍박우라고 바위 옆에 가서 떼깍 하면은 바위 옆에서
떼깍 한다 그 말이여. (청중 웃음) 그리고 거그서 이렇게 서갖고 있어, 바우
가. 명주실로 이렇게 딱 이렇게 둘러보면 그냥 나와. 안 떨어지고. 그렁께
동동 떠갖고 있다 그 말이여. 그렇게 바우가 떠서도 있다 그 말이여. 그렇게
떼깍 떼깍 허구 그런 거이여.

[대마면 설화 9] mp.09

송죽리 죽동, 2007. 4. 11., 5조 조사.
오병도, 남 · 74., 이경순, 여 · 84.

쇠두박골

(청중 : 뭐 바우? 세세-세-세-) 쇠서[소혀]바우? (청중 : 응, 쇠서바우.)

(조사자 : 쇠서바우요?) (청중 : 쇠서바우.) 왜냐 뭐냐 하믄 땅이름이-땅이름이 쇠두박골이라고 그래. 쇠두박골이라고 (청중 : 산 이름이 그래.) 산 이름이 쇠두박골이여. 그러믄 여기서-여기 저짝에 보면은 태청산 옆에가 이 쇠두박골이라고잉? 그 말이 뭔 말인고 허니, 소 섯바닥[혓바닥]이다 그 말이여. 소 섯바닥. 긍게 소-요건 쇠두박골이여 그렇게 잉? (조사자 : 쇠두박?) 그렁게 소 섯바닥이다 그 말이여, 긍게- 그래서 쇠루-쇠두박골이라 그런 것이여. (청중 : 소 이빨-소 혓바닥 모양이루 이렇거든.) 인저 소 섯바닥 모양이라, 이거이- (조사자 : 음, 바우가?) 바우가 아니라 산세가 그렇게 지었다 그 말이여-산세가.

[대마면 설화 10] mp.11

송죽리 죽동, 2007. 4. 11., 5조 조사.
이경순, 여 · 84.

도깨비불

도깨비불이 언제 봤냐 허믄, 한실 양반 겔혼해갖고 이바지 돌리러 댕기믄서-이바지를 돌리러 댕기는디, 인자 요 아래쪽으로 요리 인자 다 이 동네는 돌리고는 저 너메 또-너메가 또 동네가 있었어. 그래서 거그를 갈라고 이러고 인자 거시기 허고 본게는 시방 저그-저그 동네 안 있다고, 저? (조사자 : 예, 저기요?) 응. 거기서 처음에 불이 하나 빤닥 하니 나오데. 아, 나오드니 누가 뭔 후라시불 잡구 인자 오는 줄 알었어. 그랬드니 아니 나중에는 기양 그 뚝이 기양 짝 깔려버려, 기양. (조사자 : 불이요?) 불이. 불이 기양 짝 깔려부러. 워메! 이런 망헐-넘어가야-저 산을 넘어가야 쓰겄는디, 아이고-그래서 가기는 둘이 갔지마는 아이- 이러구 저 음슥 할라 들고 인자 그러고 강게, 아이 무섭지잉? (조사자 : 도깨비들이 음식 때문에 그랬나?) 아니. 좌우에 이자- (청중 : 음식을 갖구 댕이면은 도깨비들이 따라 대니는 것이여.) 아이, 지랄허네. (청중 웃음) 그 불이 아 너브드룩 있드라고. 너브드룩 있드니, 불이 한나가 대체서 고러당으로 시방 기쌔대고 골앞 바다 안 보이요? (청중 : 그래.) 그 박 보는데 고리 톡 들어가데. 고리 쏙 들어강께, 일절이 기양 쏙 고리 다 고리 들어가갖구 없어져부러. (청중 : 그렇게 한개라도 뙹겨주면 도망가는 거 아니요?) 그래서 도깨비불 한번 봤제.

[대마면 설화 11] mp.12

화평리, 2007. 4. 11., 5조 조사.
이봉섭, 남 · 77.

도끼 팔아 부모 제사

부모에 대한 효성이 있다는 얘기를 한번 해볼까. (조사자 : 아-네, 좋아요 -좋아요.) 에-지금으로부터서 천사백 년 전 일이었어. (조사자 웃음) 너무나도 오래된 일인디, 옛날에 저 산골 마을에 젊은 청년 내외가 살고 있었단 말이지. 그런디 자기 아버지 어머니 기일이 닥쳐와-제삿날이. (조사자 : 네.) 근디 세도가 얼마나도 곤란한지 어떻게 해서 그 메[11]진지를 돌아가신 양반한테 밥을 올리는 것을 메진지라구 그러잖아. 지금 우리나라에서도 살아갖구 있는 대통령보고는 가령 오찬-오찬이다, 만찬이다 그러는디, 그 메진지에 올릴 뭐 대책이 없어. 그 끄니를 낙노[누락]허다시피 하니까.

그래서 하루는 산에를 올라가서 나무를 해갖구 나서 연구 끝에 도끼가 있잖아? '이 도끼를 대장간에 갖구가서 팔아가지고 식량을 구입을 해서 우리 어머니 아버지한테-내 어머니 아버지한테 메진지를 올려야 씨겄다.' 하는 그런 각오를 가지고 산에서 나무를 해가지고 짊어지구 내려왔단 그 말이여.

---

11) 제사 때 신위(神位) 앞에 놓는 밥.

그래서 자기 마누라 되는 사람허고 상의를 한 끝에, '그렇게라도 허는 수밖에 없지. 우리야 산 입에 거미줄 치랴?' 하고, 어떻게든지 우리야 살테니깐. 그것이 그 도끼가 필수적인 거-자기 생계에 도움을 주는 도군디, 어쩔 수 없이 팔아야 쓰것다 그 말이지. 그래서 하루는 장에를 가서 그 도끼를 대장간에 팔아가지고 돈을 마련해가지고 좁쌀을 팔았어[샀어]. 좁쌀을 팔고- 좁쌀을 판 것이 아니라 지금 표준어로 말하자면 샀다-팔았다 그리고, 그것이 사왔다를 팔아야-곡식은 근디 팔아왔다고 허고, 다른 기타 사물은 샀다고 그러거든-우리가 말할 때 평상시에. 내가 오늘 가게 가서 이걸 사왔다 그러지, 팔아왔단 소리는 안하거든, 잉?

그래서 그 곡식을-좁쌀을 팔아 와가지고, 그 좁쌀로 일부는 메를 짓고, 일부는 인저 제주(祭酒)-술을 담궜다 그 말이여. 그래서 제삿날이 다가와서 제사를 모실라구 준비를 다 갖추고 있는디, 그때야 말로 군주정치 시대라, 나라에서 식량이 귀허고, 먹을 것이 귀허니까, 술이라는 것은 금주령을 내려버린 때여. 일반 공사 간에 공사직 간에 술을 일체 못해 먹게 했어. 식량 소비를 해서. 지금마냥으로 이렇게 뭐 소주가 나오고, 맥주가 나오고 허는 세상이 못 돼서. 그만큼 나라으 세도가 곤란했기 따문에 전 국민한테다가 그렇게 금주령을 내려서 술을 먹으면 안 된다. 응? 우선 식량이 소비되고, 실제로는 무엇인가? 뭐 위계 질서가 다 어긋난다 해서, 그리고 상하도 모르고, 그리고 뭐 어른 아도 모르고, 이런다 해가지고 금주령을 내린 때여. 군주정치 시대여.

그런디 헐 수 헐 수 없이 부모에 효신[효성]이 지극 헌지라 그 일부를 술을 담갔다 그 말이여. 그래 즈그 인자 안식구허고 상의하기를 이렇게 되야 있는디, 이것을 어찌할 것이냐? 산 사람은 못 마셔도 돌아가신 어머니 아버지께서는 흠향(歆饗)[12]이라도 허고 가시라고, 은밀히 이것을 어떻게 했어, 정성을-정성껏 마련해서 제주 말이 올려야 안 쓰것냐고. 주과(酒果)라 한다고. 제사라는 것이 술 주(酒)짜, 과일 과(果)짜, 술허고 과일허고 이 메허고-

---

12) 신명(神明)이 제물을 받아서 먹음.

밥허고 세 가지 것이믄 만족헌다는 것이여. 그 옛날부터도. 그 정성이 깊단 말이여. 그렇게 해서 마련을 해서 제사를 지낼라구 하는디, 밤에-밤이-깊은 밤이 돼도 불을 써[켜] 논다 그 말이지. 그 제사를 모실라니깐. 자정을 넘어야 제사를 모신다 그 말이여.

그런디 그 고을에 암행어사 한나가 떡 거기를 찾아와 들어왔단 말이여. 먼 길에 보니깐 이 고요한 밤에, 그 집만 유난히 불이 켜졌단 그 말이여. 다른 집은 다 깊이 잠이 들었는디. 그래서 그 암행어사가, 내가 성씨도 인자 잊어버렸구만. 염씬디, 성씨가-이름 잊어버렸어-하여튼. 그러는 나와 찾아가서 주인을 부른게, 주인이 엄청 놀래버렸다 그 말이여. 응? 그 깊은 밤에 난데없는 인정질을 허고 호령을 하는 소리가 들려서 엄청 놀래갖고 어쩔 수 없이 맞아들였어,

"그래 왜 웬 젊은 두 내외가 이렇게 깊은 밤에 잠을 못 이루고, 무슨 고통이 심허길래 이러냐?"

하고 물으니까,

"오늘 밤이 제 친기일입니다."

아버지, 어머니 제삿날이다 그 말이여.

"그런디 뭐 준비한 것은 없고, 헐 수없이 주과허고 메허고나 올릴라고 이렇게 지금 시간을 기두리고 있느니라."

고 그래. 주과라고 허니까 벌써 과일허고 메는 관계가 없는디, 술이 딱 뭐냐 들어가니깐 촉각이 곤두 세워진다 그 말이여. 응? 거 암행을 시방 같으면 관찰관이지, 잉? 촉각이 곤두서.

"주과라니? 술은 어트케 해서 마련을 했느냐?"

하고 인자 캐묻는다 그 말이여. 그 대답을 안 헐 수 있가디? 어쩔 수 없제. 그때는 군주정치 시대라 그 삐뚝만 하면 나가버리고 그러제. 그거 뭐 거 참 맘대루 이리저리 해버리는 그런 때라-세상이라. 그래서,

"이렇게 해서 내가 오늘날로 해서 참 부모 친기를 모시구 해서 내가 손수 벌어먹고 사는-이 나무를 참 해 나르는 도끼를 내가 시장에 갖구 가서 대장

간에 팔아가지고 이런 준비를 갖춰가지고 오늘밤 제사를 모실라구 헙니다."
하고 그러니까, 그 암행어사 되시는 분이 곰곰이 생각해 볼 때 참 부모에 효
행이 지극 정성하다 그 말이여. 오직하면 그 자기가 나무를 해서 먹고 사는
그 도구를 팔아서까지라도 잉? 그 지극 정성을 디리는 것이 아닌가 싶어서
거기에 감동을 받았어-그-그 암행어사. 그 젊은-젊은 청년한테다가 감동
을 받으고-효행이 지극하다는 것을 느끼고 감동을 받아가지고,

"아, 좋다. 그렇다면은 너 같은 사람이 앞으로 우리 이 나라에서는 자꾸
본보기가 돼가지고 많이 나와야 할 것 아니냐? 뭐 일이야 후환은 없이 해
줄 테니까-뒤에서 어떤 염려는 없이 해줄 테니깐 지극 정성으로 모시라."
구 그러고 인자 작별을 하고 갔단 그 말이여.

그런디 그거 제사를 모신 술을 아 의당 부모가 흠향을 했으니까 자손이
음복(飮福)13)을 해야 하는 것이 도리여-제사를 모신 끝에는 잉? 어느 슬하
자손들이나 어느 성씨 자손들이나-지금 현재에까지도 그렇게 이렀지[이르
렀지]. 그 제례 법을 지켜 나오고. 그런디 그 술을 안 마시고 뒤뜰로 갖구
가서 파고 묻었다 그 말이여. 부어버렸어. 그래 나라에는 충성이요, 부모에
는 효행이라 그 말이여. 응? 나라에서 못 먹게 하는 술을 내가 먹어야 이
말이여. 그럴 일 아니여? 그건 이 나라에 충성이고, 그러구 부모에는 참 넘
몰리 그 은밀한 그런 효행이고 말이여. 넘의 눈에 보이지도 않고 알지도 못
허는 그런 효행이구 말이여. 그렇게 부어버렸어. 그러고는 흔적도 없이-

아, 지금 같으먼 제사를 모셨다 그러믄, 우리 집 가령 할머니 할아버지
생일이 닥쳤다 무엇이 닥쳤다 허면 이웃 사촌이라구 이웃두 오라 그러구,
도시 아파트 주민들두 떡도 나눠 먹구 이래 안 헌다고? 그런 세상에는 너도
나도 참 응? 귀천이 엄헌 세상이구 허기 때문에 제사 지낸 흔적도 없이 인
자 나라를 보내고 지낸다 그 말이여. 근데 나라에서 응? 딱 요샛말루 말하
자믄 저 명령장이 내려왔어. 응? '너는 귀중을 해라.' 하고 아무 날 몇 시에.
잉? 그런게 이것이 문제가 붙어 버렸다는 얘기여. 응? 내가 이 암행어사 그

---

13) 제사를 지내고 난 뒤 제사에 쓴 음식을 나누어 먹음.

감찰관한테다가 술이라는 문제를 내갖구 이러쿠 헌 것이 발간발각이 돼가
지구 나는 인자 영 골로 간다 이 말이여. 그렇게 해서 인자 불-출두하는 날
을 기다리고 있다가 그 참 인자 날이 닥쳐[닥쳐]. 그 뭐라 허하냐? 지금은
정부라 허고 뭐 허지? 가령 법무부는 법무부라 허는디 그때 당시는 음- 뭣이
라구 허냐? 에- 통정-통정, 통정 뭣이여. 거그로 갔다 그 말이지 잉? 가서
본게,

"소인은 나라에 어명을 받고 죽을 죄를 짓고 이 자리에 나왔습니다."

그런게,

"죄는 무슨 죄를 지었느냐?"

하구 인제-인제 전사(前事) 이애기를 다해 줬다 그 말이여. '이리저리 해서
내가 부모에게 제사를 모시느라고, 술을 조그만치 참 정성껏 그 맑은 물로
끼려 논 것이 그날 저녁에 내가 암행어사님한테-암행어사님한테다가 발간
이 돼가지고 솔직히 고백했노라.'고. '그런게 저를 처분대로-재량대로 해 주
십시오. 죽일라믄 죽이고, 옥살이 시킬려면 시키고. 나는 나라의 이 국적(國
賊)이나 다름없지 않아요?' 말이여. 이렇게 인자 고(告)를 허니까, 그때 그
참 치정자(治政者) 왕이지-지금 같으믄 잉? 이-그 분이 허시는 말씀이-한
참 심사숙고 끝에 생각을 하시드니만은 쫄병들 불러 주겠어-하인을 불러
주겠어.

"저 창고 문을 열고-"

국고(國庫)-시방은 우리가 불를 때는 창고하지만 그때는 국고여 잉?

"나라에 창고를 열고, 저 몇 가마니 허고, 옷, 이불, 옷감허고 주어서 내려
보내라. 이런 사람은 장래에 우리나라에서 타인으 본보기가 될 것이니, 양
성을 해줘야 쓸 사람이다."

이런 사례가 있어갖고 이거 죽으러 간 줄 안 몸이-그 참 이거 뭐 그때으
기분이야 말로 부모님을 살아서-돌아가신 부모님을 살아서 뵈온 것이나 다
름이 없을 것이야. 그 이상도 더 뭐 기쁠 도리가 없지. 그래가지고 결과로는
그 동네 밑이 외딴 산골 마을에서 동네 마냥으로 살았는디 그 아래 산골요

마을 밑이 와서 다 인자 입을 열어 주겠다 그 말이여. '내가 이런 이런 곤궁에 빠져 있다가, 나라에서-원님께서 이런 참 소상을 주어서 내가 인자는 힘을 갖고 살게 되었고, 앞으로 여러 분들도 길러내는 이 자손들을 이런 효행심을 기르고 나라에 충성을 허고 해도 괜찮다. 잘 길러주소.' 했다는 그런 고담(古談) 얘기가 있어. 그래서 도치[도끼] 부(斧)짜-한자로 이 도치 부짜가 있어. (직접 쓰시면서 설명하셨다) 요렇게 요 각각이라서 요 각 마냥으로 해가지고 요기다가 이렇게 쓰고 그러는 거 이 도치 부(斧)짜라는 부 짜가 있어-한자로. 옥편에 가 찾아보믄 알아.

그 도치를 팔아서 자기 어머니-아이 자기 아버지 어머니 제사를 그렇게 자기 정성껏 모셔갖고 결국은 나라에 도움을 받아서 그 사람이 잘 살게 되었다는 그런 하나의 미담이 있어. 그러니 딱 타의 모범이 될 만한 사람이지. 잉? (조사자 : 네.)

[대마면 설화 12] mp.13

화평리, 2007. 4. 12., 5조 조사.
이봉섭, 남 · 77.

팔녀각 八女閣

(조사자 : 효녀 얘기 있던데요. 효녀 얘기. 열녀각 얘기.) 남광사라고-남광사라고 서원이 있어. 거그 내가 제사를 지내러 잘 다녀. 열녀가 나시고 다 그랬어-그전에. 임진왜란 당시에-임진왜란 당시에 거기서 어- 열녀도 생겼어, 성씨 가문에서. 그래서 영광 가믄 임진수성비라고 써겼어. 저 칠산 바다-백수(白岫) 앞 바다에 가서 투신 자살했어. 일본놈-일본놈들한테 끌려 가기 싫어서. 그냥 바다에 몸을 던져가 죽었어. 그래서 구열이다-팔열이다 그래. 야닯 명이 여서 이- 그래서- (조사자 : 여덟 명이요?) 응. 여덟 명

이-. 그래 팔녀각이라 해갖고 우리들이 가서 추모제를 모시제. 추모제를 지내줘.

[대마면 설화 13] mp.14

화평리, 2007. 4. 12., 5조 조사.
이봉섭, 남·77.

생원의 결연

　옛날에 생원 한 분이-생원이라 허면은 진사 급제 다음에 생원이여. 그러든 1개 가문에서 생원 하나가 급제 셋을-셋보다 낫다는 것이여. 그래 급제 3명 낳는 가정보단 생원 하나 난 문이-났는 가정이 더 훨씬 그 문벌이 좋다는 그 가정이라 그 말이여. 그 생원 한 분이 장마 끝에 날이 개가지고 있는디 비 오고 갠 날이라드니 비 오고 나구서 갠 날에는 봄에는 유난히 더 청명허그던. 깨끗하구 잉? 그런디 말을 타고 친구가 돌아가셨다는 고서(告書)를 받고 조문을 갈라구 떡 나섰다 그 말이여. 가는디 냇을-냇을 건네야 하것는디-시냇물을 건네야 하것는디, 그 전날 밤에 비가 많이 와가지고 인자 흙탕물이 많이 껴서 흘러간다 그 말이여. 근디 그때는 이 다리가 지금 마냥으로 교량이다 이렇게 몇 십년이고 존속헐 수 있는 교량이 나 있지만은 그때는 이 '딸각다리[14]'라고 진[긴] 목재 토막을 두 개로 엮어서-묶어서 잉? 쬠매서 저 끄트리다가 요기 끄트리다가 요렇게 걸쳐놓고 거기다 사람이 건네댕겼어. 거의가 그랬어.

　그런디 그 다음날 밤 비가 와서 그 딸각다리가-딸각다리라구 하믄 안 돼. 그냥 계단다리보구 딸각다리라구 해. 그 토막다리가 물이 남실남실해 걸쳐갖구 빠져 나간다 이 말이여. 그렇게 망아지를 거기다가 몰아넣고 가면 망아

---

14) 계단을 일컫는 전라도 사투리.

지는 시엄[헤엄]도 잘 치고 또 시엄 안 치고도 갈 수 있는 그 다리라 그 말이여. 인자 거기서-마상에서 딱 내렸어. 여하튼 이것이 물을 어트케 건네야 하느냐? 말허고 어짜피 내가 말 승마를 허고 건네야 하느냐? 말을 끗괴끌긔 내가 저 딸각다리루 걸어서 이 꼬삐만 잡고 걸어야 옳으냐? 거기서 저 말을 허구 있으닝게-저 건네편에서 어여쁜 아가씨가 빨래를 허고 있그던.

그때는 전부 다 냇가에서 빨래들 해 먹고-거의 다 이 계곡에서 빨래를 해 먹구-우물가에서 빨래를 했응게. 그렇게 거그다 대고 그 생원 한 분이 허신 말씀이 있어. 말을 건네기를,

"미인 대화가-"

뭣이라 했냐 허머는 '아름다운-' (제보자 : 아름다울 미(美)짜-) 아름다운 아가씨가- (제보자 : 뭣이라구 했어? 미인 대화-)

"아, 빨래를 허고 있다."

고 인자 그렇게 말을 건네니까, 그 아가씨는 뭐라구 허는고니는,

"탐을 내걸랑은 내 곁으로 가까이 건너를 오라."

구 이랬다 그 말이여. 아, 그 소리를 들응게 그 생원이 야, 겁이 나그던. 응? 당당한 여자라 그 말이여. 그래 건네갔어. 건네가서 봉게 아, 그때도 그 빨래를 허러 나온 규슈-규수, 규수라구 그러지, 그때는. 규수도 다 문벌으 집 규슈였든 모냥이지? 그래 서로 통성명을 했어. 통성명을 허고는 지금 같으믄 전화라도 다 일러주고 허지만 그러지는 못 허고, 하시(何時)에 하(何) 곳에서-하처에서-어느 때라도 어느 장소에서라도 만나자고 응? 말만 타고 말에 가서 그 머시 있거든, 거-여 저 채찍질하는 뭣이 있잖아? 거 지휘봉 같은 거? 그것만 흔들믄은 내가 알고 달려 가겠노라고 말이여-먼 곳에서. 꺼이 꺼이 꺼이 하구 간다 그 말이여.

이렇게 해서 인자 규슈가 그렇게 헝게 흔쾌히 승낙을 허고 친구 집이 가서 문상을 마치고 돌아가서 자기 집에 와서 가족들 보구 그런 얘기를 했다 그 말이여. 그러니까, '그거 좋은 일이다.'고. '세상에 인연이다.'고. '그런 인연을-그런 인연을 배필루 맞이해서 사는 것이 얼마나 행운이고 가문의 영

광이다. 어느 때 하시라도 한번 찾아가 봐라.' 그래-그렇게 인자 주지를 허니까, 그 생원께서 마음에 결심을 먹고 그 냇가에를 다시 한 번 갔드라매. 가갖고는 말을 되게 매고는 채찍질을 막 허니께 망아지가 악을 막 써. 말 악쓰는 소리도 거 이상하잖아? 그러니까 왼 동네가 억씬욱씬 허그던. 그러니께 그 규수가 나왔드라게. 그래서 규수가 친히 안내를 자기 집이루 해서 거그서 참 점심 대접을 잘받고 부모들으 그 흔쾌헌 승낙을 받고 결국은 가례를 마치고 훌륭허게 살았다는 그 하나에 그 전설적인 이야기가 있어.

그렇게 이 사랑이라는 것도 억지로는 도저히 못 이루어지는 것이여. 마음에 마음으로 통허고 이것이 돼야 허는 것이라. 그러구 지금 인제 거-저 그 전에는 남녀칠세부동석이라그 그랬지? 말 들었지? 그런데 그것은 너무나도 거 참 봉건주의라고 할까? 사대주의라고 할까 하는 것이 참 극심했고, 지금 세상이라 그건 좀 안 맞고, 지금 세대루 봐서는 특히나 안 맞어. 지금 시대는 여필규요 여성 상위 시댄디 여성인들 뭣을 못허냐 말이여. 대통령도 헐 수 있고 국회의원도 헐 수 있고 장관도 헐 수 있는 세상이여. 그러니까 뭐 여권신장이지 참. 그렇게 좋은 세상이지.

[대마면 설화 14] mp.18

화평리, 2007. 4. 12., 5조 조사.
이봉섭, 남 · 77.

똑똑한 며느리

헌디 요 아녀자가 서초부가 아니라 며느리 되시는 분이 효부가 있었어. 헌디 그 선비가 일을 헐 지[줄] 모르고 날마다 자부께서 빨아주는 그 빨래를 갈아입고 갈아입고 그러신단 말이여. 그 며느리가 무지허게 고달프지. 한복 맨날 한복 빨래해서 다 대림질해서 또 시아버지를 위해서 밖에 출입을 해드리고 허시고 그렇게 인자 여생을 보낼라니 겁나게 시달리고 복잡허지. 그래도 할아버지께서는 그런 것을 그 아들 며느리가 해주는 것을 그 수고로움을 생각질 안 허고 날마다 밖에 나가시면 술이 곤드레만드레 만취해갖고 꼭 들어오셔. 그러는디 하루는 장날이 되었는디 그 며느리께서 허는 말이 시아버님 보고,

"나-아버지 일거리가 너무 없어서 쉬시는게 일[위시장에 가서 소를 한 마리 사다 주십시오. 그럼 내가 키우것습니다."

그래,

"늬가 무엇을 멕여서 키울라냐?"

고 그렇게 그냥 자만이나 허시거던. 그래,

"어떻게든지 키울랑게 이건 내 열의 아닙니까? 내 성의로 그러니께 한번 구입을 해다 주십쇼."

그랬드니 하루는 빼코든한 옷을 또 입고 장날 장에를 가겠다 그 말이여. 그래 장에를 가신다구 가겠는디[가셨는데] 딱 둘러본게 소가 많이 났는디 당신 맘에 든 놈이 없다 그 말이여. 그래 인자 빈 몸으로 집이를 돌아오겠어. 그 메누리가 보니까-역시나 빨래줄에다 빨래를 널고 있거든, 그 시아버지 빨래를. 그 아버님이 소를 갖고 소 꼬투리[고삐]를 잡고 들어오실 줄 알았는데 아 맨몸으로 오시니까 마음으론 어째 조까 좀 섭섭했다 그 말이여. 아버님한테,

"벌써 시장에 다녀오십니까?"

허고 인사를 급히 드리구 나서,

"오늘 장에 소가 그렇게 안 났습디까, 많이?"

그러니께,

"나기는 많이 났드라만은 마음에 맞은 놈이 없어서 사들 안 허하고 왔다."

"아, 을마나 많이 났가드니 그렇게 많이 났다 하믄 마음에 맞은 놈을 못 골라겠어요?"

그러는 거야. 그렇게 인제 물은께-자부가 물은께,

"우족까지 천 개는 났드라만은 내 맘에 맞는 놈은 하나도 못 골랐다."

이렇게 메누리가 빨래를 딱 널다가 중단허드니,

"아이, 그렇게 천 개나 난 속에서 송아지는 한 마리밲에 안 나왔어요?"

이러드란다. 머리가 얼마나 아이큐가 잘 돌아갔냐 그 말이여. 벌써 딱 그 소리 허고낭게 며누리께서는 소가 몇 마리에 송아지 한 마리 들었다. 이걸 알고-알아버렸다 그 말이여. 그렇게 시아부지께서 허시는 말씀이,

"음- 니 머리가 돌아가기는 참 비상한 머리다만은 내가 그 열의가 조금 모지라구나! 돈이 적으면 적은 대로 작은 송아지라도 사다줄 것인디."

이렇게 인자 속언을 했다 그 말이여. 그러고는 방에 들어오셔서 어트게 뭣을 생각했느냐 하면은 그 양반 말씀은 '추중어묵은 회초롱 하니 만날인간 득자15)이니라.- 가을 등불 아래 책을 덮고 앞일을 천년만년 생각허느니 인간다운 그런 다운 삶을 살지 못허고 사는구나!' 그렇게 허고는-그래 한 마디로 말해서 며누리를 속였다 그 말이여. 그러고 인자 혼자 한탄을 허고 앉아 있는디 아버님 문을-방에 있는 문을 열고,

"세상에 소가 우족까지 천이라 그러믄 소가 백 육십 육 마리에다가 송아지가 한 마리가 들어 있는디 그것을 못 구입했습니까?"

이렇게 다시 한 번 원성 비스름허게 반문을 했어. 천 개라 하믄 여 계산을 해봐. 응? 일육육 육육 삼십육에다가 딱 네 개 남았어. 소는 우족까지 세니라. 발이 넷에다가 뿔이 둘이여. 그 제대로 큰 소는 여섯-육 개여. 적은 송아지는 뿔이 없어. 그래서 네 개여. 그러면 천 개를 딱 계산해 보믄은 수학상으로 암산을 해보믄 백육십육 마리에 송아지 한 마리가 들었다 그 말이여. 네 개가 남어. 일육육 육육 삼십육에다가 그렇잖다고? 그래 '백육십육 마리에 송아지 한 마리가 끼었습니다.' 잉? 이렇게 머리가 비상허게 돌아갔어. 그 며누리 되는 자부께서는. 그래서 그 며누리에 말에 감동을 해가지고는 방에 들어와서 그렇게 '추중어묵은 회초롱하니-' 가을 등불 아래 선비라 책을 덮고 앞일을 생각하니, '난자인간 식자'이니라. 알고 살아도 사람 노릇

---

15) 원 한자어구를 확인치 못하였음.

허고 살기 어렵구나! 그런 그 하나의 전설이라면 전설이고, 학설이 있어.

[대마면 설화 15] mp.15

화평리, 2007. 4. 12., 5조 조사.
이한섭, 남 · 77.

십정골十井洞 1

무주로 귀향을 보내. 응? 요기 가서 살으라구 보내니까 그렇게 해서 낭남
으로 내려오신 분이 그 있어. 사백 년-인자 한 사백 년 되는데 경짜 종이라
고-경종씨라고 그 분이-박경종씨라고 그 분이 여그를 내려왔다 이 말이여.
그래서 거기에서 손이 퍼져서 여기에서 잘 살게 되었어. 그래서 인제 어디
에서 살게 되었냐면 상화 부락이라는 데서 살게 되었어. 요 우게가 상화여.
그러믄 그 전에 우리 이 조선이 건국헐 적에, 에- 고려시대까지는 불교를
숭상하고 살았잖아. 인제 국교로 허고 인자 그렇게 살았는데, 인자 이씨조
선 태조가 건국한 이후 정조 때부터는 즉 말하자믄 뭣이냐 허믄 숭유억불
(崇儒抑佛)을 했어. 뭐 불교를 억제시켜부리고 인자 유교를 했다 이 말이지,
잉? 그럴 때게부텀서 인제 그 시작이 되는 것인디, 그러면서 인자 이 죄라는
것이 그 전 인자 고려시대나 불교 그 머시 시대는 용서라는 것이 있었지만
은, 유교에는 용서란 것이 없어. 내가 죄를 주믄-지믄 죽을 줄 알고, 또 공
자가 말할 적에도, '내가 죄를 지면은 누가 안 죽여도 하늘이 나를 죽인다'
하는 것을 머리에다 딱 심어줘, 여기. 초등학교 교육부터 그렇게-그렇게 해
서 나오든 인자 차제(此際)16)에-

그 지금부터 한 사백 년 전에 박씨 그 한 분이 여그를 오셔가지고 터를
잡구 살면서 단양[丹良17)]허게 잘 살았어. 그러면서 그- 그 자리에다 십정

---

16) 때마침 주어진 기회.

골이라는 그 골이 있어. 그-그 동네 앞으로 잉? 그 열-샘이-샘이 열 개라 이 말이여. 그래가지고 그 물로 지금 말하자믄 물방아도 찧고 그랬다 그래-요 밑에서 잉? 인자 그 전 어른덜이 허던 말을 들으면은 그렇게 하고 살 적에는 전부 농사를 여 밑에서 짓어서 올라가섰어 잉? 그 사람들이 고생하지. 지금은 기계나 있으니 그르지만 그전에는 사람이 뭐시 허기-저 전부 인력으로 허기 때문에 그러면은 종들이 또 많이 있을 것 아닌가? 이 농사짓는 종들도 많구 그렇게 되니까 너무나 세가 당당해가지고 그 중들이 시주나 허러 오면은 내두면은 잡아서 그냥 혼을 내. 그렇게 허든-인자 이야기에 들으면은 그렇다 이 말이여.

  그렇게 허든 찰나에 중 하나가 와가지고 저그 정자나무 골을 비어버리고 파믄은 물이 많이 나겄다고-더 많이 나겄다고 그러니까, 그러면 됐지. 그런 말을-그 중 말을 듣고 그 나무를 비고 팠어. 그르니 물이 참 많이 나왔어. 그래믄서 거기에-그 부락에 먹을 만치 물만 나왔지 과거 십정은 다 보태말려버렸어. 그 말을 알아들어? 그렇게 해가지고 밑에 인자 물방아도 못 돌려. 그 지방 물만 먹지-먹지, 식수(食水)만 하지. 인자 그것은 중간에 내가 여그 72년에도에 장성서 여기 이사를 왔어. 그때게도 가뭄에 보니까 68년도가 참 한해였었거든. 그때 보니까 아 나무뿌리가 나오드라고, 그 샘에서. 인자 그런 것을 보면은 인자 그 전설이라도 거짓말이 아니다 하는 것을 알겄고, 그 후에 거기에서 어떤 뭣이 있냐 하면은 에- 물이 그렇게 인자 십정 샘이 보트면서 그 부락이 전부 불이 나버렸어. 그래가지고 싹 없어져 버리고, 그 사람들이 요리 내려와서 살게 됐어. 이 농주라구 허는 데를. 그르면 거기는 상수, 요 너메는-요 너메 동네 갔다왔지? 그 저 애국지사 있는 그 부락에 갔다왔어? 음. 거기는 인제 하수-아래수말[마을]이라 이 말이여. 그러고 바로 요 밑에 동네 가면은 집 세 가구 있는디, 거가 마을이 참 형성된 지가 오래여. 거가 수촌-지금 말하면 수동이라구 그래. 수동. 그렇게 허는 덴디, 여기가 그 후로 물이 귀해가지고 참 온갖 뭐시기를 허하고 여기가 참

---

17) 마음이 곧고 선량함.

살다가 에-뭣이냐? 어- 그, 그 천구백 몇 년도냐? 칠십이 년도 칠십 년도 어- 칠십팔 년도부터 여기따 지하수를 파기 시작했어. 그 배-여 전라남도 는 제일 지하수가 많이 나는 디가 여그여. 그래서 그 전 송오림 도지사 있을 때-송오림 도지사가 여기 와서 고기 보구 그랬어. 지하수가 많이 나니까. 인자 그렇게도 헌 인자 유래가 있고-

또 그런가 하면은 여기가 지금 사람들이 다 기피한 원인이 뭣이냐 하면은 그 전에는 학자들도 많이 있었어. 여기가 잉? 그랬는디 저 육이오 동란 이 전에-육이오 동란 때부터 인재들이 많이 죽어부렸어, 여기서. 이 뭐냐 허면 은 전부 다 갖다가 그냥 죽여버리고, 또 그런가 하면은 죽고 나니까 안 죽을 라니까 입산해가지고 자기가 활약을 했고, 그리고 나서 참 인재들이 많이 죽어버리고 나니까, 그 후로 공부 조까 헌 사람들도 어디 취직을 할래야 연 좌제 때문에 취직을 못했어. 연좌제 때문에 전부 다 소용없어. 그냥 가서있 으-일이 년 들어가서 있다가도 그거-그것이 발견되면 그냥 쫓아내버리고. 음- 그런 뭐시기-그런 사람들이 지금 살아 있으니까. 그렇게 해서 여가 피 해가 많은 동네여. 그러기 때문에 실은 지금 아직까지도 여기가 참 누구 고 시 하나 파스한 사람 없고, 어- 뭐냐? 참 행정적으로도 멀리 나가서 뭐 데뷔 한 사람이 없어. 지금 현재 여그 이 동네 내력은 그렇게 되어 있어. 이 너메 동네는 에- 뭣이냐? 그 저 뭐냐? 보훈처에서 뭣이 애국지사라 해갖고 거 거 시기 삼강문 있고 그러제. 삼강문이 옛날 충·효·열 그 삼강이라고 그러거 던? 그 삼강문이 있고 그 송구를 집집이 다 해놨드라고. 그러믄 지금은 그 렇지만은 그 전에 일제시대에는 굉장히 학대를 받았어. 그때도. 왜. 즉 말하 자믄 일본에 순응을 않고 의병 활동을 했다 해가지고 굉장히 역적동네라구 했다 이 말이여.

그랬다가 인제 대한민국이 이 수립되면서 그도 한참 있다가 인제 이 독립 운동 뭐시기는 그 순국 선열들을 찾기 때문에 그 분들이 인자 거기서 생긴 것이여. 그래서 거기가 참 훌륭한 동네여-이 너메 동네가. 그러면은 여기는 또 뭐시냐 허면은 그런 것을 뭐시 하기 위해서 많이 피해도 받았지-그때매로. 그러믄 여그 지명이 인자 화평리라구 그러는데, 그 전에는 여기가 그 조선시대-그전 조선시대에는 여기 보고 마천면이라구 그랬어, 마천면. 마천면은 뭣이냐 허면은 그 하여간 사각을 그 주로 허는 사람은 알 것이여. 그 전에 역촌(驛村)이라구 알지. 역촌 잉? 암행어사가 생기고 어떤 뭣이 있을 때는 뭔 역촌, 응? 그 역촌이라고 그 전에는 헌 디여-이런 디가. 그래서 그 마촌이여. 그렇다면 그 전 삼한시대에도 여기는 부락이 형성되었든 곳이라고 봐. 그 뭐냐 하면은 고인돌이 쭉 있어. 저기 있는 디까지 삼인리[삼효리?]에가 죽 허니. 그래서 아홉 개가 있어서 여기 보고 구룡목이라고 그래. 구룡이라고. 그 돌은-그 고인돌이 아홉 개가 죽 허니 저기 묘량서부터 그 여기 죽 허니 여기까지 있어.

그래서 그 인자 요기-요기 요 보면 집 거 넘어가는 고개 있는 데가 조립식집두 있구 허제? 거기가 구룡목이여. 지금 현재는 인자 어떤 뭣이냐 허면 나도 어- 여기 생겨난 디가 아니고 난 장성서 생겨났고 또 내가 참 여그 주의원이 돼서 내가 왔기 때문에 여기 내력을 어른들하고 앉어서 이야기하면서 들어서 아는 거지 모른다 이 말이여. 어저께 저짝 이봉섭씨네 집이 갔드라면서? (조사자 : 네.) 거기 그 분은 여기서 생겨난 분이여. 그러믄 그 분들이 그 확실한 이야기를 해 디려야지. 그 왜 그러냐 하면은 쉽게 말하자면 여기에서 박씨들이 많이 피해를 받구 있기 때문에 그 체면에, 그리고 여기 박씨들으 한 가지 장점이 뭣이냐 하면은 외손들을 그렇게 저 챙겨. 외손들을-여기에 있는 사람들은 다른 성씨들은 다 외손이여. 나도 외손이여. 쉽게 말하면 여그 박씨들 외손이여. 그것도 여그 함평이씨도 인자 여그 외손이고, 여그 양씨들도 여기 오고 척손(戚孫)[외손]이 되고, 그 누구냐? 저그 이봉섭씨 그 분도 인자 척분(戚分)[18]이 되야-여 박씨들허고. 그래서 인자 여기가 그 부락이 형성된 것이지, 그 전에는 산세 좋고 물 좋아서 헌 것이 아니여. 쉽게 말하자면은 한 분이 오셔가지고 여기 와서 거 참 단양하게 살다가 인저 그러헌 고비가 많은 디지.

---

18) 성이 다르면서 일가가 되는 관계.

그 지금도 아직은 힘을 못탔어 다. 인제 육이오 직후에 연좌제가 폐지된 지가 지금 얼마 안 되지 않아? 인자 한 십 년 되잖아? 그 전에는-십 년 전에는 우리가 그 면서기 생활도 못했어. 그거 그냥 그 뭐 신원조회해가지고 뭣이 허믄 그냥 뭣이 해버리고- 그 육사생 하나가 없으니까, 이 동네는. 이 너메는 육군사관학교 나와서 지금 현재 그 대령인가 그 뭣이 하나 있어. 그 무안박씨. 그 여그는 밀양박씨고 거그는 무안박씨고. 이 지금인게 인제 그걸 알아야 돼. 여기서 박씨 있어? 성 박씨 성 가진 분이? (조사자 : 없어요.) 없어? 음. 박씨들이 인제는-그전에는 무안박씨, 반남박씨, 뭐냐? 밀양박씨-그렇게 여러 박씨가 있었지만은, 지금은 우리 영광만이는-다른 데도 그럴 거여. 신라박씨로 다 통일을 해부렸어. 그럼 신라가 어째서 박-박가냐? 알제, 그것은? 이 신라 시조가 박혁거세 아녀? 음. 그래서 신라박씨루다 통일 허는 것이 인자 지금 현 추세여. 그치. 아직까지도 이 동네는 어디 가서 참 뭐 헐라고도 않고, 또 해야 돼도 안했고-한 십 년 전에는. 이제 포도시[간신히] 어디 가서 개인 사업이라도 인제 중소기업이라도 허는 사람이 있지. 그-그 전에는 중소기업도 못했어. 허게 되면은 어츠구두 그놈 해갖구 그냥 뜯어먹제. 그래갖고 그냥 망허게 만들어버렸어. 그것이 이 박ㅇㅇ, 전ㅇㅇ 시절으 그 뭐시기여.

[대마면 설화 16] mp.16

화평리, 2007. 4. 12., 5조 조사.
이한섭, 남 · 77.

소 잡아먹는 메기

혹시 머기[메기]가 소 잡아묵은 것은 알아? (조사자 : 아니요. 그런 얘기 해주세요.) 응? (조사자 : 그런 얘기 해주세요. 모기가 소를 잡아먹어요?) 메기라구 있어, 메기. (조사자 : 네, 메기. 물고기요?) 응, 물고기-메기. (조사자 : 그런 얘기 해주세요.) 메기 얘기가 아니고- (조사자 : 괜찮아요. 다른 얘기라두 해 주세요.) 저기 그 전라북도 고창군 성송면(星松面) 암치리(岩峙里)라구 하는 데를 가면은-거기 가면은 강수사(姜水使) 사당이 있어. 강수사라구 허면은-수사, 수사라구 허면은 지금 음- 뭐냐 허믄 해군사령관이지 잉? 그-그 분이 이 살았을 때껜데, 그 분이 응- 그 암치때라구 허는 데 가서 음- 거기따가 정자를 짓고 거서 공부를 해. 즉 말하자믄 낭청같은 데를 가서 시정을 짓구 공부를 허는데, 그 냇가에다 소를 매 놓으믄 소가 없어져. 긍게 인자 거기 가서 큰 쇠[沼]가 있었든가봐. 근디 자꾸 없어지니까 한번은 소를 즈그 작은 조그마한 소를 하나 갖다 매놓으라구 그랬어. 그 매놓으니까 아 뭣이 물 속에서 나와서 이렇게 혹 쏟고 들어가그든- 먹을 걸 물고. 그래서 거기서 활을 갖고 쐈어-활로. 그래서 삼일이나 요놈에 가 피가 쏵 나와. 그래서 한 오일 지내니까 거그서 며기가 죽어서 나왔따 이거거든.

그래서 그 며기 껍-껍닥을 벗겨서 북을 맸어, 북. 이 치는 북 있제? 북을 맸는디 육이오 동란 때 그-그 사람들이 다 찢어버렸어, 북을. 그래서 거기 보물이 없어져버렸어. 지금도 가면은-거기 가면은-암치 가면은 -그 진주강씬디-강수사라구 거그-거기 가면은 응- 그 전설이 있어. 그 -그 전에는 그 며기 북도 치고 그랬는디, 그 육이오 때 찢어버려서 없어졌다구 그랬어. 그랬는디 지금도 가면은 뭐시기가 헐 거여. 인자 그 이야기가 거기 가면 있을 거여.

[대마면 설화 17] mp.17

화평리, 2007. 4. 12., 5조 조사.
이한섭, 남 · 77.

강항姜沆과 이천우李天祐 사당

저리 영광 서쪽으로 나가서 보믄 알지만, 하루에 에- 일 메타는 다 못되고 한 육십 전씩은 물이 안 들으와. 나가. 그러면은 지구가 동쪽으로 기울진단 소리 아니냐 말이야, 서쪽이 높아지고. 그래 그 이유가 뭐냐 허믄, 그 전에는 인자 그런 경향이 없지마는, 지금부터 한 이백 년 전에 에- 만들어진 책-그런 것을 보면은 중국하고 말하면은 서로 들킬[들릴] 정도으 요 육지가 올라온다구 그랬어-여기가. 그러니까, 응- 요짝 요리 그냥 대마, 노량, 불갑-요리는 동삼면이라구 그래. 그리고 영광군이 십 면인데 잉? 저기 저짝으로는 서칠면이라구 그래. 서쪽은 칠면이라고. 그러면은 사람들이 거기 사람들허고 여기 사람들허고 앙기믄 어느 정도 같지만, 말허는 거허고 성질허고는 또 보는 거허고는 틀려. 그래서 '서칠면 놈들'이라고 그러고 또 여기 사람들은 '동삼면 사람들'이라고 그르고 그러구 있어.

인제 여기 동삼면에는 보면은 여기 그 영장사[影幀祠]가 있구, 또 저기 가면 이응사가 있고, 이응사는 알제? 알아, 몰라? 거기 가면은-강항(姜沆) 선생이 일본에 가서 우리 나라 풍속이나 글을 가르치는 선생이여. 저기 왕인박사말로[처럼]. 그러고 여기 영상사에는 이천우(李天祐)[19]라고 양도공 음-사원인데 거기도 갈랑가는 모르지만 거기 가면은 다 그 이야기를 헐 것이여. 그 분이 이 이태조가 회군할 때 같이 이태조으 휘하에서 같이 싸움을 따라다닌 사람이여. 그래서 남원에 가면은 에- 뭣이냐? 황산대첩(荒山大捷)[20]이라구 있어. 황산대첩비라구 남산-저 남원에 가면 저 화정면(華井面)[21]이라구 있어. 거기 가면은 그 여기에 사당에 모셔져 있는 분, 주객이라구 있는-제일 가운데 있는 분, 그 분이 이천우라고 헌 분이여. 그 분이 거기

---

19) 조선 전기의 문신(?~1417). 이성계의 조카. 조선개국, 제1차, 제2차 왕자의 난에 공을 세웠다. 영광(靈光)의 무장영당(畝長影堂)에 제향됨.
20) 고려 우왕 때(1380. 9.) 이성계(李成桂)가 전라도 지리산 근방 황산에서 왜구(倭寇)를 격퇴시킨 싸움.
21) 전남 여수시 관내의 면임. '황산대첩비지(荒山大捷碑址)'는 현재 전라북도 남원시 운봉읍(雲峰邑) 화수리(花水里)에 있음.

에서 귀도 하나 짤라지고 뭐시기도 했어. 그랬어도 왜구를 전부 싹 전멸시
킨 디여-거기가. 그래서 그 분이 지금 태종 종묘에 모셔져 있는데, '부조[22]
를 해라.' 해가지구-이 부조라는 건 뭣이냐 하면은, 우리 이 사람이 죽으면
은 제사 지내드끼 응? 몇 백 년까지 지내라 이 말이여. 그 우리는 오대 넘으
면은 시사(時祀)[시향; 시제]로 모시잖아? 일 년에 한 번씩. 그러지만은 그
전에는 그런 분들은 그것이 아니여. 몇 백 대를 가도 뭐시기 저 '제사를 모
셔라.' 그래서 그 제사를 지내는 것이여.

그러고 인제 여기 서원이라고 인자 제각(祭閣) 지서[지어]놓고 거기에는
선비들이 와서 지내-자손들이 와서 지내는 것이 아니라, 여-저 향교에 유
림덜. 그런 것이 영광에도 다섯 개여. 그런데 인제 나는 이가(李哥)기 때문
에 인자 우리 영당사(影堂祠)를 말을 허고 그 역사를 말을 허는 것이고, 음-
이 인제 강항선생-가까운데-그 분은 가까우니까 불과-가까우니까 인자 그
분 모시기를 허고 그러는 것이제. 그 분의 『간양록(看羊錄)』이라구 있어.
『간양록』은 뭐시냐 하면은 여기서 일본 가갖고 일본서 누구를 밝히고 뭣허
고 헌 것까지 싹 일기로 써놓은 것이여. 그것이 『간양록』이여. 여러분들 지
금 일기 써? (조사자 : 예.) 그러지. 일기를 써 놔봐. 일기를 써 노먼은-나
도 통 일기를 안 썼어. 어려서도 거 일것 써 노면 뭣허냐고. 난리통에 쫒
겨 댕기느라구 잉? 그거 못허고 했는데, 난 이 근랜 한 오 년 간 그 일기를
쓰구 보니까 그게 역사가 돼. 내 역사. 이게 일기는 여러분들 꼭 써야 쓰
것더라고.

[대마면 설화 18] mp.19

화평리, 2007. 4. 12., 5조 조사.
박정선, 남·80.

---

22) '불천지위(不遷之位)'를 말함인 듯. '불천지위'는 예전에, 큰 공훈이 있어 영원히 사당에
　　모시기를 나라에서 허락한 신위(神位).

십정골十井洞 2

화평리(禾坪里) 유래를 말할게. 여그 잉? 여그는 화평리가 저 1구, 2구 있어. 여그는 1구고, 저 너메-이 너메 마을은 두 마을이 형성돼가지고 있는데 그거는 2구여. 거기는 같은 화평리라도 거기는 2구고 여기는 1구. 그래서 여기 와서 이 화평리 와서 제일 먼저 자리를 잡은 것은 하음봉씨(河陰奉氏)가 있어. 하음-하음봉씨가 여기에 터를 잡았다는 것이여. 음? 하음봉씨, 잉? 봉씨를 다 알지? (조사자 : 네.) 그래 인자 하음봉씨 성씨가 여기 난을 피해. 어떤 것은 그 고려 뭐 어쩐 때 그 난리를 피해가지구-피난 와서 고것이 여기 와서 정착돼가지구 응? 그래서 하음봉씨가 이 조그만한 골짜기에다가 머물러가지구 가족들과 함께 즉 말하자믄 생계를 유지했다는 그것이 여그 있는 것이구.

저 그리고 또 인자 여그 하음봉씨 요짝으루 인제 촌락을 형성 가리키는 바우 뒷산 골짜기에 큰 당산나무가 돼 있었는데, 그때 인자 여그는 그 우리가 당산나무가 있고 여그 와서 생긴 것이 십정골이라는 새암이 있었어. 십정골. 그러면 열 십(十)짜, 새암 정(井)짜, 응? 십정골이 있는디, 그-그때가 어는 시대라두 물이 그렇게 잘 나가지구, 산에서 내려온 계곡에서- 큰 그 계곡도 아니지. 거기서 내려오는 물이 그렇게 많아가지고 그 물을 가지고 수렁방애[물레방아] 알지? 수렁방애. 이 물이 돌아가지구 그 방아 찧는 그런 그것이? 고것이-그게 한나에 여기서 말하자믄 저기 영광읍내 아까 말한 바와 같이 무령리(武靈里) 이런 데까지 그 물줄기에 따라서 방애가 열 개가 돌았다구 그랬어. 방아-그 방아가. 그게 한 군데가 있어가 그리 내려간 물이 다 한 군데서 자꾸 내려간 것이지. 그래 그 물을 받구 받구 한 것이 그때만 하더라도 인제 말하자믄 이렇키 발달이 되여져갖구 이 도구질[절구질]한다든가 그런 방애 씨는 그 물 하나를 가지고 열 개가 돌았다는 에- 여그 그때-지금도 십정이라는 샘이 있어서 한 몇 집이 거그다가 댐을 쪼그맣게 막어가지고 호수를 매설해갖구 한 너댓집은 그 물 가지구 식수를 해. 에-

그런디 그 전에 그렇게 많이 내려왔든 물이-이 수렁방애까지 했든 것은 인자 그 전설인가 이거 야화(野話)인가는 몰라도 잉? 거그 물이-그 십정이라는 샘이 지금도 보존해갖구 있어, 시방. 몇 집이를 그 물 가지고 식수를 해.

[대마면 설화 19] mp.20

화평리, 2007. 4. 12., 5조 조사.
박정선, 남 · 80.

구룡농주형九龍弄珠形 마을

여그 와서는 농주라고 허괴는¦ 마을인디, 농주-희롱 농(弄)짜, 구실 주(珠)짜 농준디-그것보담도 농주라 하기 전에 아까 말한 바와 같이 에- 팔도가 대한면-대한면, 마촌면, 잉? 전에는 이 마을이 숙말이여-숙말. (조사자 : 쑥?) 숙-숙말. 잘 숙(宿)짜, 끝 말(末)짜-잘 숙짜, 끝 말짜 그럼 말이-마을- 골이라구 하지, 이 말마을¦이. (조사자 : 여기가요?) 그러니까 그 전에- 그때. (조사자 : 아, 농주가?) 응, 농주가. 그래 인자 농주 고 얘기를 할 테니껜. 그래 숙마을 그래서 그런지 숙마을이 어찌하면, 에- 그 말을 꼴¦골¦이라구 하잖어? 이 마을이 형성되기를-농주라고 헌 마을이 어트게 된고 허니, 여기서 저 지금 대마면허구 묘량면허구 경계에서 잉? 거기서 바위가 있어. 바위가 여그서 돼가지고 저기 이 저 지금 저그 뭐-뭐신¦무슨¦ 저 있지. 그 하얀 집 있제? 그 집 가까이 가서 하우스도 있고 뭐 그 경비집 뭐신가 모르겠는디 잉? 그 집게까지 해서 바위가 아홉 개가 있어. 응. 그래 하나, 둘, 셋, 넷 이래갖고 이것이 여섯- 그래서 구룡. (조사자 : 구룡?) 에- 용 아홉이 구실을 입에다 물고-여의주를 입에다 물고 희롱했다 해가지고 마을 이름을 구룡이라 해서 농주여. (조사자 : 용 용짜[23], 구슬 주짜, 이렇게?) 에? 아, 그

---

23) 제보자가 '희롱 롱'짜라고 한 것을 조사자가 잘못 이해하고 한 말이다.

라니께 그 용이라구 해서-여의주라구 해서- (조사자 : 용이 여의주를 물고 있는?) 응, 여의주. 여의주를 물고 이 마을을 희롱했다구 해가지구 희롱 농짜, 구슬 주짜-용이 구실을 입에 이렇게 물고 이 마을을 희롱했다구 해서 농주라 했어. 거까지만 허믄 그만.

[대마면 설화 20] mp.21

화평리, 2007. 4. 12., 5조 조사.
박정선, 남 · 80.

형설지공螢雪之功24)

언젠가 하믄 주몽왕 알지? 주몽왕 시대에 에- 그 얼매나 가난허고- 이건 민담이여, 민담. 가난허고 추운 사람이 배우질 못해서 형설지공이라구 그런 말이 있어. 그 한문 알지? 형설지공, 응? (조사자 : 네.) 눈[雪]-눈빗[빛]으로- (조사자 : 공부했다?) 응. 그리고 이 반딧불루 공부했다구 그런 말 있지. 그래 형설지공이란 그 말이 있어. 그러면 에- 그 손강(孫康)이라는 사람-손강, 에-손강이 하도 가난한게 에, 그 책을-기름 사서 등잔불 헐 그 돈이 없어. 에? 그렇게 그 눈빛. 눈빛에다가 보구 그래서 책을 읽어가지고 양산군자라 하는가? 아 뭐-뭐시냐? 좌우지간 큰 벼슬[어사대부]을 했어. 에? 그리구 또 해당이 누구냐? 그래 또 한사람[차윤(車胤)]은 받은(?) 마찬가지여. 에? 그래서 또 그 사람은 그 비단 주머니에다가 잉? 빨간 그 비단 이 수건 있지? 그 천이 있지-천? 거그다가 반딧불을 잡아 너가지고- 응? 반딧불을 잡어 너가지고 책을 읽다가 글을 모르면 이렇게 흔들어. 그렇게 공부를 했어.

---

24) '형설지공'이란 말은 중국 진(晉) 나라 때 사람 차윤(車胤)과 손강(孫康)이란 사람의 고사에서 나온 것이다.

화평리, 2007. 4. 12., 5조 조사.
박정선, 남·80.

우렁각시

(조사자 : 우렁이 각시 얘기 좀.) 아, 우렁이? 여기도 보믄 우렁이가 나와 있는디. (조사자 : 네. 해주세요.) 에- 가난헌 사람이-그 어느 총각이 들에서 일을 헌다 그 말이여. 일을 헝게 에- 말하자믄 그것도 거기서도 본디 문짜가 있어. '광야도왕숙(廣野稻?熟)허어니 공작부공식(共作不共食)이라.' 그런 말이 있어. '몇 놈들의 나락이-벼가 들에 익었는디-광야도왕서기-넓은 들에 저 벼 도(稻)짜, 잉? 나락 도(稻)짜라고두 허구, 잉? 나락이 다 익었는디 공작부공식이라. 다 농사를 지었는디 먹을 사람이 없어. 마누라가 없쓩께. 응? (조사자 : 네.) 그런게,

"나랑 먹제?"

어디서. 어디서 나는지를 모르게,

"나랑 먹제."

그러믄 하도 그 말이 신기해서 또 이상시러워서 둘레둘레 쳐다봐도 사람 있는 자최두 없는디, 아까 그 '광야도왕숙허니 공작부공식'이라-말하자믄 이것은 문짜여, 잉? (조사자 : 네.) 그래 인제 문짜루 그 '나락은 이렇게 익어서 크고 농사지어서 누레졌는디, 먹을 사람은 나 혼자-하나밖에 없다.' 말이여. 하나도 없다 그 말이여. '공작부공식이라' 한가지 공(共)짜, 지을 작(作)짜, 아니 불(不)짜, 먹을 식(食)짜, 잉? (조사자 : 네.) 그래 같이 먹을 사람 없다구 헝게,

"나랑 먹제?"

(청중 웃음) 그렇게 헌게 그 소리를-이렇고 그 자리 가서 판게 우렁이 나와. 응? (조사자 : 아아.) 어째 내 말이 재밌어? (조사자 : 네.) 그래 우렁이

나와. 그래서 그 우렁을 갖다가 그 뭐 살강[25] 밑에다가 물독에다 담가놓고
고놈 기[길]렀어. 그러믄 아- 인자 어디 들에 가서 갖다 오면은-오면은 다시
때가 되어서 있다믄 그 우렁은 거가 있는디, 진수성찬으로 반찬을 장만해가
지구 밥상을 해놨어. 엥? (조사자 : 네.) '아, 이상하다.' 그러믄 그 내 항아리
-그-그 뭣이야 단지-그 물에다 가봤어. 우렁은 거가 있는디 누가 아무도
몰라. 그러믄 도저히 안 볼 수두 없는 것이란 말이여. 그래서 인자 그 결국
은 그것이 사람으로서 인생 보생[復生]해가지고 사람이서 같이 행복허게 살
았다 말이여.

---

25) 그릇 따위를 얹어 놓기 위하여 부엌의 벽 중턱에 드린 선반.

엮은이

조희웅, 국민대학교 국어국문학과 명예교수, 고전문학.
노영근, 국민대학교 국어국문학과 교수, 고전문학.
이선형, 국민대학교 국어국문학과 강사, 고전문학.

호남 구전자료집 - 영광군

초판 인쇄 2010년 10월 20일
초판 발행 2010년 10월 27일

엮은이 조희웅, 노영근, 이선형
펴낸이 박찬익
책임편집 이기남, 정봉선, 지미정

펴낸곳 도서출판 박이정
주소 서울시 동대문구 용두동 129-162
전화 02)922-1192~3
전송 02)928-4683
홈페이지 www.pjbook.com
이메일 pijbook@naver.com
온라인 국민 729-21-0137-159
등록 1991년 3월 12일 제1-1182호

ISBN 978-89-6292-115-1 (93810)

* 책값은 뒤표지에 있습니다.